Schwarze
SERIE

BASTEI
LÜBBE

Aus der Schwarzen Serie sind folgende Bände erhältlich:

19 100 Leonard Schrader
Yakuza

19 101 Fredric Brown
Hunters erste Jagd

19 102 Loren D. Estleman
Das Sterben in Detroit

19 103 Max Allan Collins
Ein Veteran kehrt heim

19 104 Fredric Brown
In den Straßen von Chicago

19 105 Max Allan Collins
Der Einäugige

Leonard Schrader
YAKUZA

Mit einem Nachwort von
Norbert Grob

Schwarze
SERIE

BASTEI
LÜBBE

BASTEI-LÜBBE-TASCHENBUCH
Schwarze Serie
Band 19 100

Deutsche Lizenzausgabe 1987
Bastei-Verlag Gustav H. Lübbe GmbH & Co., Bergisch Gladbach
Originaltitel: Yakuza
Lektorat: Martin Compart
Ins Deutsche übertragen von Jürgen Bürger
Titelillustration und Umschlaggestaltung:
Quadro-Grafik, Bensberg
Druck und Verarbeitung:
Clausen & Bosse, Leck
Printed in Western Germany
ISBN 3-404-19100-5

Der Preis dieses Bandes versteht sich einschließlich
der gesetzlichen Mehrwertsteuer.

Für Chieko

1

In Kalifornien läßt es sich wunderbar leben –
falls man zufälligerweise eine Orange ist.
Fred Allen

FREITAG, 13. Juli

Vierundzwanzig Stunden zuvor hatte ein einflußreicher und mächtiger Tokioter *yakuza* Kato Sho, den besten professionellen Killer Japans, engagiert, um einem amerikanischen Geschäftsmann in Südkalifornien eine Nachricht zu überbringen. Mr. Katos Dienste waren ungeheuer kostspielig, da der Ehrenkodex seines Berufsstandes bei Todesstrafe den erfolgreichen Abschluß eines jeden Auftrages zwingend vorschrieb. Doch der Tokioter *yakuza* war der Auffassung, daß der Ernst seiner Nachricht die zusätzlichen Kosten rechtfertigte, einen Mann zu engagieren, der keine Fehler machte.

Der heutige Tag jedoch schien vollkommen normal zu sein. Die Umweltverschmutzung verseuchte einfach alles. Die Luft war zum Schneiden dick, der dichte Verkehr quälte sich stoßweise durch die Straßen, und über allem schwebte der schmierigbraune Smog wie ein gigantischer Hamburger. Es war alles ganz so wie immer in Los Angeles, dem größten selfservice, take-out Drive-in der Welt.

Die großen Weltstädte wie Paris und Tokio haben ihre

Lektion aus der Geschichte gelernt: Die Schonzeit war unwiederbringlich vorbei. Nur L. A. funktioniert nach einem selbst zusammengebastelten Prinzip: Die nächste Schonzeit, der nächste Honeymoon muß schon laufen, noch ehe der erste vorüber ist. Nur L. A. pulsiert, ohne jemals eine Pause zu machen, und lacht, ohne zuzuhören. Nur L. A., wo sich ausgewachsene Männer wie Billy the Kid und Gypsy Rose Lee verkleiden, konnten eine mutierte Sonnenblume wie Dusty Newman hervorbringen.

Er raste über die Autobahn, drängelte und schob sich in seinem neongrünen Datsun gekonnt durch den Nachmittagsverkehr. Dusty war sechsundzwanzig, kräftig gebaut und aufdringlich. Angezogen war er wie ein Salat aus Zitrusfrüchten: Limonengrüne Hose mit weitem Schlag, dazu ein grünlich-zitronengelbes Hemd und eine Armeejacke, die die Farbe reifer Blutorangen hatte. Er war ungepflegt und schmuddelig, und es war ihm ziemlich gleichgültig, wer das wußte. Er war alles, was ein gutgekleideter Privatdetektiv genau nicht sein sollte.

Er verfolgte gerade einen kackbraunen Buick.

Mit achtzig Meilen pro Stunde schlängelten sich die beiden starkmotorigen Wagen über die vier Richtung Westen führenden Spuren des Santa Monica Freeway, donnerten auf das Meer zu, bis sie schließlich im dichten Rush-hour-Verkehr steckenblieben. Nur ein anderer Wagen befand sich zwischen ihnen. Die Luft war drückend, und die vom Smog verschleierte Sonne stach ihnen in die Augen. Doch Dusty genoß es. Er ließ seine Fenster heruntergekurbelt und seine Klimaanlage ausgeschaltet. Er wußte weder wer hinter dem Lenkrad des Buick saß noch warum George Tanner wollte, daß er diesen Mann verfolgte. Er wußte nicht einmal, ob der Fahrer des Buick ihn schon entdeckt hatte. Und er war sich auch voll der Tatsache bewußt, daß diese Schuljungen-Botengänge für Tanner nichts waren, was ein richtiger Privatdetektiv jemals tun würde. Aber nichts von alledem störte ihn weiter. Er genoß all das, genauso wie eine Blume sowohl die Sonne wie auch den Regen liebt. Nachdem sie das Autobahnkreuz mit dem San Diego Freeway hinter sich hatten, wurde der Verkehr wieder dünner und flüssiger. Dusty schob eine Rolling-Stones-Cassette in seine Autostereoanlage und donnerte weiter hinter dem Buick her. *Kiss me, baby. You can be my partner in crime.* Sein olivgrüner Stiefel trat rhythmisch das Gaspedal, seine Finger honkytonkten auf dem Lenkrad, und der Rest seines Körpers rüttelte und schüttelte sich wie ein Rockabilly-Pianist. *You gotta call me the tumbling dice.* Während seine Augen immer fest auf dem Buick klebten, summte und trällerte er mit einem verzückten Grinsen im Gesicht. *You gotta roll me.* Der Buick bog auf die zweispurige Ausfahrt nach Santa Monica ab. Dusty folgte ihm. Für einen kurzen Augenblick flatterten seine dunkelblonden Haare aus dem Seitenfenster. *Keep on rolling.*

Obschon der Datsun wie ein völlig normaler, durchschnittlicher Mittelklassewagen aussah, machte es Dusty keinerlei Mühe, dem Buick auf den Fersen zu bleiben. Auf den Felgen hatte er Breitreifen, und unter der Haube steckte ein Corvette-Motor mit Turbolader. Nach monatelangem Üben konnte er das Tempo und die Bewegungen des Datsun mit jedem Song harmonisieren. Er liebte es, um Mitternacht auf das Spinngewebe der Freeways hinauszudonnern und bis zum Morgengrauen frei zum Radio zu improvisieren. Doch bei der Arbeit blieb er immer bei dem vertrauten Repertoire seiner Cassetten. Seine augenblickliche Spezialität waren die Stones. Und jetzt, als er auf die rechte Spur synkopierte, um den Buick nicht zu verlieren, war er gezwungen, einen knallroten Porsche zu schneiden, wenn er den Rhythmus seines Finales nicht durcheinanderbringen wollte. Noch während er seinen Datsun in einem furiosen Powerslide herumriß, hörte er die quietschenden Reifen des Porsche.

»Jesus!«

Vor der Ampel am Ende der meilenlangen Autobahnausfahrt blieb der Buick stehen, und Dusty hielt vorsichtig hinter ihm an, nutzte die erste sich bietende Gelegenheit aus, richtig nahe an den anderen Wagen heranzukommen. Er klappte die Sonnenblende herunter, um sein Gesicht wenigstens zum Teil zu verbergen. Am Nummernschild des Buick erkannte er, daß es ein Mietwagen war. Der Fahrer hatte pechschwarzes Haar wie ein Mexikaner. Seine weiße Anzugjacke und der Kragen seines roten Hemdes waren aus Seide. Er studierte gerade eine Straßenkarte von L. A.

Mit kreischenden Reifen hielt dann plötzlich das knallrote Porsche-Cabrio neben Dustys grünem Datsun. Der Fahrer des Porsche war ein stinksaurer Chicano von der knallharten Sorte. Ein *ese bato* mit modischer Plastik-Sonnenbrille. Er trug ein hautenges, lilafarbenes T-Shirt, und auf seinem Hals zeichneten sich deutlich wütend angeschwollene Adern ab. Er schaltete seine Stereoanlage aus und gab Dusty zu verstehen, daß er es auch tun sollte. Seine Goldzähne blitzten, als er brüllte: »*Cabrón!* Du hast mich geschnitten!«

Dusty schaltete seine Anlage aus, beugte sich aus dem Seitenfenster und schenkte dem knallharten Burschen sein strahlendes, himmlisches Lächeln. »Du hast echt tolle Musik dabei, *mano.* Wie wär's? Sollen wir tauschen? Meine schlechteste Cassette gegen deine schlechteste Cassette.«

Der knallharte Bursche grinste breit. »*Si, compadre.* Du wirfst mir deine zuerst rüber.« Dusty nahm eine Cassette vom Armaturenbrett und warf sie zu dem Porsche hinüber. Der knallharte Typ fing sie lässig mit einer Hand auf und grinste ihn wieder breit an. »Arschloch! Wie kommst du eigentlich auf die Idee, daß ich dir auch eine von meinen gebe?«

Dusty grinste den Kerl schief an. »Tja, das liegt wohl an meinem festen Glauben an die Menschheit.«

Nachdem der knallharte Bursche verächtlich ausspuckte, wurde Dustys Lächeln eine Spur finsterer, doch seine Stimme blieb ruhig und gelassen. »Darf ich dann vielleicht an deinen amerikanischen Sinn für Fairplay appellieren, *mano?*«

»*Marcion!*« Der knallharte Typ machte eine obszöne Handbewegung. »Du weißt nichts, absolut gar nichts von Amerika!«

Dustys Lächeln glühte finster, als er dem Kerl sein Wissen über Amerika zeigte. Er griff zu dem Schulterhalfter unter seiner blutorangenfarbenen Armeejacke, riß seine vernickelte .38er Automatik heraus und zielte ganz gemächlich auf den

Chicano. »Vielleicht sollte ich dann besser an deinen Überlebenssinn appellieren, *bato.*«

Der knallharte Bursche fletschte seine Zähne – »*Bato loco!*« –, packte eine Cassette und schleuderte sie mit aller Kraft nach Dustys Gesicht. Als Dusty sie auffing, wurde die Ampel wieder grün, und der Porsche zog mit quietschenden Reifen in einer dicken Abgaswolke ab.

Der Buick fuhr an. Nachdem er die .38er zurück in das Halfter gesteckt hatte, schaltete Dusty seine Stereoanlage wieder ein und folgte auf vier Wagenlängen Abstand. Am Holiday Inn bogen die beiden Autos Richtung Süden ab und fuhren parallel zum Meer über die Pacific Coast Highway. Zwischen den Motels auf der zum Meer gelegenen Seite der Straße schimmerte hin und wieder ein Stück Strand und Wasser durch. Selbst jetzt noch übervölkerten Flüchtlinge vor der erdrückenden Hitze der Stadt den Strand. Die kupferfarbene Sonne trieb faul auf dem verschwommenen, grauen Horizont. Gedämpft durch den bräunlichgrauen Smog erinnerte die Sonne an die Öffnung einer Messingtrompete.

So als wäre er noch etwas zu früh für seine Verabredung, ließ der Fahrer des Buick sich von dem nachfolgenden Verkehr überholen. Tanners Reederei an der Coast Highway in Long Beach befand sich jetzt nur noch zwanzig Meilen weit von ihnen. In sicherem Abstand blieb Dusty hinter dem anderen Wagen. Seine Finger trommelten nervös und ungeduldig auf dem Lenkrad, sein turbogeladener Motor röhrte unter der Kühlerhaube. Die vierspurige Highway war voller todschicker Wagen, hinter deren Steuer ebenso todschicke Miezen hockten: Protzige, glänzende Sportwagen, gefahren von seidigen Blondinen mit rückenfreien Tops. *You can be my partner in crime.* Abgesehen davon, daß ihre Wagen verschiedene Geschmacksrichtungen repräsentierten, sahen sie alle absolut gleich aus. *Keep on rolling.*

Fünfundzwanzig Minuten später hatten der Buick und der Datsun Long Beach erreicht und warteten hintereinander an der letzten Ampel von Tanners Büro. Auf der rechten Seite erstreckte sich die San Pedro Bay mit ihren Docks und den

Schiffen im trüben Smogdunst. Auf der linken Seite der Highway drängten sich Fiberglas-Restaurants: Billige Imitationen Schweizer Chalets und tahitischer Hütten. Das kupferfarbene Licht der Sonne verlieh ihnen einen metallischen Glanz. Sie erinnerten an eine einzige, lange Reihe von Verkaufsautomaten.

Die Ampel schlug auf grün um. Dusty beobachtete, wie der Buick die Kreuzung überquerte und dann, nachdem er vor Tanners Firma langsamer geworden war, nach rechts in die Einfahrt der Reederei einbog. Dusty stellte seinen Wagen am Bordstein ab und ging dann schnell von seinem Datsun zu der Telefonzelle unmittelbar neben der Firmeneinfahrt. Als er durch das schmierige Glas der Telefonzelle nach draußen blickte, sah er den braunen Buick neben dem taubenblauen Ferrari Tanners parken. Die beiden Wagen standen allein unter dem Holzschild mit der Aufschrift: »Tanner Freight Shipping, Tokyo & Los Angeles.«

Der Mann in dem weißen Seidenanzug stieg langsam aus seinem Buick aus und schaute sich um. Er war ein großer, muskulöser Japaner. Und er war ganz und gar nicht so wie die freundlichen Japaner in Little Tokyo, die sich immerzu verbeugten und lächelten, und die klein und sehr zerbrechlich aussahen. Dieser Bursche hier stand da wie ein stählerner Ladestock, und die Seite seines Gesichts sah wie ein Stück Metallschrott aus. Unter seiner linken Achselhöhle zeichnete sich das Schulterhalfter deutlich ab. Dann ging er mit schnellen Schritten zu der Fliegendrahttüre hinüber. Ohne auch nur eine Sekunde innezuhalten, riß er sie auf und war in dem Gebäude verschwunden. Der Kerl meinte es ernst.

Schnell überquerte Dusty den großen Parkplatz. Weit und breit waren keine anderen Autos oder Lastwagen zu sehen. Alle außer Tanner hatten für den Tag bereits Feierabend gemacht und waren nach Hause gefahren. In dem Bürogebäude war es vollkommen still. Die einzigen Geräusche kamen von der Highway herüber. Als Dusty das Gebäude erreicht hatte, schlich er sich vorsichtig dicht an der Wand entlang zu der Fliegendrahttüre. Mit einem Auge warf er einen vorsichtigen Blick in das Innere: Der Korridor war dunkel und verlassen. Langsam zog er die Aluminiumtüre auf und betrat vollkommen lautlos den Flur. Die Türe zu Tanners Büro stand offen. Ein Rechteck von grellem, weißem Neonlicht fiel in den ansonsten dunklen Korridor. Erregte Stimmen hörten auf zu sprechen. Dusty zog seine .38er Automatik. Auf Zehenspitzen schlich er sich dann, ohne auch nur das winzigste Geräusch zu machen, den Flur bis zu der hellerleuchteten Türe hinunter. Vorsichtig warf er einen Blick in den dahinterliegenden Raum und sah sie beide im Profil: Tanner saß hinter seinem großen Schreibtisch und der Japaner stand davor.

Ganz offensichtlich hatte Tanner Angst, den Japaner direkt anzusehen. Er starrte auf die Wand am anderen Ende des Zimmers. Sein Gesicht war aschfahl. Seine Augen klebten auf dem Modell eines Schiffes: *No. 2 Tanner Maru*. Sechsundfünfzig Jahre, dünn und geistesgegenwärtig war George Tanner kein Mann, den man leicht einschüchtern konnte. Obschon er rein körperlich gesehen weder besonders stark noch kräftig war, war er dennoch ein furchtloser Manager mit einem sehr starken Willen, der dadurch, daß er große Risiken in einem risikoreichen Geschäft eingegangen war, zu beträchtlichem finanziellem Erfolg gelangt war. Er wußte, wie man mit Geld umgehen mußte, wie man Menschen führte und wie man Schwierigkeiten anpacken konnte. Zwanzig Jahre lang hatte er allein seine Firma geleitet, doch jetzt hatte er eine so entsetzliche Angst, daß er nicht einmal mehr sprechen konnte. Er hatte sofort erkannt, daß sein Besucher kein gewöhnliche Bote war, sondern vielmehr ein *yakuza*-Mörder, ein Kamikaze-Killer. Gelähmt vor Angst wartete er auf jene eiskalten, brutalen Worte, auf die förmliche Verkündigung des Schicksals im Stil der *yakuza:* George Tanner, ich werde deinen Tod empfangen.

Plötzlich beugte der große Japaner sich aus der Hüfte heraus vor und nahm die formelle Einleitungshaltung des *yakuza* ein: Die linke Hand auf dem linken Knie, die rechte Hand mit der Handfläche nach oben ausgestreckt. Mit einer tiefen, krächzenden Stimme begann er langsam auf englisch zu sprechen.

»Beginnen wir noch einmal, Mr. Tanner. Ich bin Kato Sho.

Ich bin ein freier Beauftragter ohne *oyabun* und Clan. Ich überbringe eine Nachricht von Tono Toshiro, dem *oyabun* des Tono-Clans.«

Tanner schaute auf und biß sich heftig auf die Unterlippe. »Hat Tono Sie engagiert, damit Sie mich töten?«

»Noch nicht. Ich überbringe lediglich eine Botschaft. Ich spezialisiere mich auf eine Tätigkeit eher internationaler Natur.«

Dusty hatte genug gehört. Er hob seine .38er und zielte auf Katos Kopf. Dann trat er offen in die Türe. »Keine Bewegung!«

Kato richtete sich auf und warf einen flüchtigen Blick auf die .38er, als wäre sie nichts als ein lästiger Moskito. Er funkelte Dusty an. Der harte Blick dieser stechenden, schwarzen Augen ließ Dusty unwillkürlich zusammenzucken. Dann drehte Kato sich wieder zu Tanner um. »Ist das notwendig? Ich bin nichts als der Überbringer einer Nachricht.«

Tanner nickte. Langsam kehrte die Farbe wieder in sein Gesicht zurück. »Steck sie wieder ein, Dusty.«

Dusty senkte seinen ausgestreckten Arm und ließ die .38er locker an seiner Seite baumeln. Kato ignorierte sie.

»Mr. Tanner, Sie müssen innerhalb der nächsten drei Tage nach Tokio zurückkehren, um Ihr bislang unerledigtes Geschäft mit Tono zu regeln. Das ist die Nachricht.«

Einen Augenblick lang erwiderte Tanner darauf nichts. Er fand seine Fassung sehr schnell wieder. Dann stand er auf und sagte in einem nüchternen Geschäftston: »Ich verstehe. Und was ist, wenn ich nicht zurückfahre?«

»Tonos Nachricht läßt keinerlei Diskussion zu.« Kato griff in die Innentasche seines weißen Jacketts und nahm einen grünen Stoffetzen heraus, den er auf die Schreibtischplatte fallen ließ. Tanner griff hastig nach dem Stück Stoff. Auf seinem Gesicht erschien ein ungläubiger Ausdruck, und dann ließ er sich in seinen Sessel zurücksinken. Der grüne Fetzen in seiner Hand zitterte.

Katos Stimme klang eiskalt und völlig unbeteiligt. »Ich nehme an, Sie erkennen die Bluse Ihrer Tochter wieder. Tono hat auch nicht das geringste Bedürfnis, Ihrer Tochter etwas anzutun. Aber ich darf Ihnen versichern, daß so etwas durchaus nicht außerhalb seiner Fähigkeiten liegt. Sollten Sie also innerhalb der nächsten drei Tage nicht wieder in Tokio eintreffen, werde ich mit etwas anderem von Ihrer Tochter zurückkehren. Allerdings wird es dann wohl kaum ein Stück ihrer Kleidung sein.«

Mit seiner zitternden Hand umklammerte Tanner das grüne Stück Stoff.

»Drei Tage, Mr. Tanner.«

Kato verbeugte sich knapp, machte dann auf dem Absatz kehrt und ging mit schnellen Schritten auf die Türe zu. Als er an Dusty vorüberging, sausten seine stählernen Hände wie Blitze durch die Luft. Drei schnelle Karate-Schläge schickten Dusty in die eine und seine .38er in die andere Richtung. Es war eine saubere, ökonomische Demonstration grimmiger Macht und Gewalt. Dusty flog über den Boden, bis er mit seinem Kopf gegen die Wand schlug. Völlig ruhig und gelassen stand Kato in der Türe. »Tono wartet, Mr. Tanner.« Er verbeugte sich noch einmal und verschwand dann in den dunklen Flur.

Dusty umklammerte seinen Hals und Bauch, verzog schmerzerfüllt sein Gesicht, schüttelte die Benommenheit aus seinem Kopf und rappelte sich mühsam wieder auf. Schnell hob er seine .38er vom Boden und warf einen Blick in den Korridor: Leer. »Jesus!« Als er sich wieder in den Raum umdrehte, sah er, daß Tanner sich auf seinem Schreibtischstuhl gedreht hatte und durch das große Fenster auf das Meer hinausstarrte. Er saß vollkommen reglos wie in einem Schockzustand da. Langsam ging Dusty durch das Büro zu Tanners Schreibtisch. »Tut mir leid, Mr. Tanner.«

Steif und angespannt starrte Tanner auf den grauen Pazifik hinaus, als könne er bis nach Tokio sehen.

Dusty schob seine .38er zurück in das Schulterhalfter, wartete einen Augenblick und sagte schließlich: »Wer war dieser Kerl?«

Tanner rührte sich nicht. »Er ist ein *yakuza*. Ein gottverdammter japanischer Gangster.«

»Soll ich ihn weiter verfolgen?«

Einige Minuten lang antwortete Tanner nichts. Sein angespanntes Gesicht blieb regungslos, seine dunklen Augen fixierten weiter die vom Smog verschleierte, dicke Kupfer-Sonne, die träge auf dem grauen Wasser trieb. Dusty wartete. Schließlich begann Tanner zu sprechen. Nichts außer seinen dünnen, schmalen Lippen bewegte sich. »Das ist ein Job für Harry Kilmer. Er ist meine einzige Chance.«

»Hab' schon von ihm gehört.«

Tanner blickte mit funkelnden Augen aus dem Fenster. Sein schmales, bleiches Gesicht reflektierte das kupferfarbene Licht der Sonne. Seine Miene drückte angespannte, feste Entschlossenheit aus. »Ja. Kilmer ist meine einzige Chance.«

»Die Jungs auf der Polizeiakademie sagen, daß er sich aus dem Geschäft zurückgezogen hat.«

»Meine absolut letzte und einzige Chance«, wiederholte Tanner mit größerem Nachdruck. Jetzt lag in seiner Stimme wieder die Autorität des erfolgreichen Managers.

Dusty zuckte die Achseln und schob seine Hände lässig in seine Gesäßtaschen.

»Und du wirst Kilmers Assistent sein. Ich rufe dich morgen früh an. Du kannst jetzt gehen.«

»Okay, Mr. Tanner.«

Tanners Augen blieben auf der kupferfarbenen Sonne kleben. Dusty warf noch einen kurzen Blick aus dem Fenster. Die Öffnung der Trompete war mit Rauch gefüllt.

2

Liebe deinen Nachbarn, aber reiß trotzdem einen Zaun nicht ab.
Benjamin Franklin

SAMSTAG, 14. Juli

Um zehn Minuen nach Mitternacht bog Harry Kilmer, hungrig und erschöpft, schließlich mit seinem grauen Mercedes in die Auffahrt zu seinem Haus in Brentwood ein. Er hatte den ganzen Abend damit verbracht, dafür zu sorgen, daß sich seine drei Anlageberater vor ihm auf dem Boden wanden, hatte ihnen ihre zahllosen Fehler klipp und klar vor Augen gehalten und ihre aalglatten und raffinierten Entschuldigungen und Ausreden einfach ignoriert. Unfähigkeit widerte ihn immer wieder an, doch jetzt war er so weit, daß er sich entspannen und völlig abschalten konnte. Nachdem er seinen Husky im Hinterhof gefüttert hatte, schloß er die Küchentüre auf und machte sich sofort daran, sich zwei Schinken-und-Käse-Sandwiches zuzubereiten. Er stand vor der Arbeitsfläche in seiner Küche und schnitt fachmännisch Scheiben von dem geräucherten Schinken ab. Seine Finger führten das große Schlachtermesser mit der Präzision eines Chirurgen.

Wie die meisten amerikanischen Männer war auch Kilmer sehr lange Kind gewesen, doch anders als die meisten war er schließlich doch noch erwachsen geworden. Er war zweiundfünfzig, groß und breitschultrig, und mit zunehmendem Alter war er attraktiver geworden. Sein kastanienbraunes Haar gewann durch die silbergrauen Strähnen. Doch sein erfahrenes Gesicht war immer noch das Gesicht eines Privatdetektives: Seine sonnengebräunte Haut hatte Falten wie gebogenes Leder, und seine hohe Stirn und sein energisches Kinn waren aus Stein. Und seine körperliche Ausstrahlung war auch jetzt noch die gebieterische Ausstrahlung eines Detektives: Die kühne, kraftvolle Selbstsicherheit des Profis, die konstante Wachsamkeit eines Ex-Soldaten und die lauernde Wildheit eines Raubtieres. Doch Kilmers beeindruckendstes äußerliches Merkmal, seine tiefliegenden nachtblauen Augen, deuteten auf ein Engagement mit dem Leben hin, das weit über die Grenzen seines Berufes hinausging. Manchmal waren diese Augen wie stechender blauer Stahl, die Ungerechtigkeit und Schlechtigkeit verabscheuten, bereit, eiskalt und unbarmherzig zuzuschlagen. Und manchmal waren sie wie kristallklares blaues Wasser, die Integrität schätzten, bereit, mit warmer, offenherziger Großzügigkeit zu helfen. Doch diese tiefliegenden Augen verrieten niemals, auf welche nackte, krasse Weise er die Welt einschätzte, und ebensowenig die rücksichtslose, harte Art, wie er mit sich selbst umging.

Als er fertig war, nahm Kilmer die Sandwiches und ging in den einzigen ungewöhnlichen Raum seines ansonsten gediegenen Hauses im Tudor-Stil. Vor einem Jahr hatte er diesen Raum mit peinlicher Detailtreue wie eine Kneipe um die Ecke umdekorieren lassen, und jetzt befanden sich in dem großen, nur schwach beleuchteten Raum all die richtigen Utensilien und Einrichtungsgegenstände: eine blau beleuchtete Jukebox, ein Münz-Billard, ein abgewetzter Linoleumfußboden und eine polierte Mahagoni-Theke. Es war der Ort, wo er mühelos aus seiner Reserve herauskommen und ganz er selbst sein konnte. Er setzte sich rittlings auf einen Barhocker und beugte sich über das blankpolierte Mahagoni. Kilmer zapfte sich ein frisches Faßbier. Doch ehe er einen Schluck trinken konnte, begann das Telefon zu läuten. Er warf einen kurzen Blick auf die »Old Milwaukee«-Uhr – 0.25 – und nahm den Hörer ab. Seine Stimme war lustlos, und er sprach kurz angebunden.

»Ja?«

»Harry? Harry Kilmer?«

»Wer will das wissen?«

»Oh, Gott sei Dank, Harry. Ich versuche schon den ganzen Abend dich zu erreichen. Ich bin's . . . George Tanner.«

Kilmers markantes, hartes Gesicht entspannte sich. »Schön, deine Stimme zu hören, Lieutenant.«

»Harry, ich muß unbedingt sofort mit dir sprechen.«

»Ärger?«

»Ja, aber ich kann am Telefon nicht darüber sprechen.«

»Du bist in Malibu, George?«

»Ja.«

»Dreißig Minuten.«

Ehe Tanner sich bei ihm bedanken konnte, nahm Kilmer die beiden Sandwiches von der Theke und ging mit schnellen Schritten durch die Küche hinaus auf die dunkle Auffahrt zu seinem Haus. Sein muskulöser, durchtrainierter Körper bewegte sich mit der schnellen, geschmeidigen Anmut eines Athleten. Nachdem er in seinen grauen Mercedes gestiegen war, steuerte er auf den Wilshire Boulevard und fuhr schnell weiter Richtung Freeway. Sein Ellenbogen lag lässig aus dem Seitenfenster gelehnt, die milde Nachtbrise zerzauste sein Haar. Der Smog war immer noch ziemlich übel. Im Juli war es am schlimmsten. Er sollte es sich zur Regel machen: Verlaß im Juli die Stadt. Als er nach Norden auf die auf Betonpfeilern geführte San Diego Freeway einbog, begann er das erste Sandwich zu essen.

In der Dunkelheit unter ihm erstreckte sich Los Angeles, diese Stadt ohne ein Zentrum, dieses Spiel ohne Regeln, dieser glitzernde Sumpf, wo der mit Engelszungen redende Schwindler King Kool ist. Zum Erfolg war nichts weiter nötig als *Stil* und *Tempo*, jene beiden Herzkammern von L. A., die kein Erdbeben jemals erschüttern konnte. Die Stadt versuchte das daraus resultierende Chaos und Durcheinander hinter einer blendenden Zurschaustellung von Schaumschlägerei und großem Gerede zu verbergen, doch Kilmer hatte ein gegenteiliges Axiom: Ein Schlamassel ist ein Schlamassel. Und doch war L. A. Kilmers Stadt, seine frei gewählte Heimat und sein berufliches Aktionsfeld. Er beschwerte sich niemals oder entschuldigte sich deswegen, denn Los Angeles, ohne jede Skrupel und überschwemmt mit Charme, war Kilmers genaues Gegenteil. Zwanzig Jahre lang war er gerne und bereitwillig durch ihre

Gassen und über ihre Grundstücke geschlichen, und er war sehr stolz darauf, seinen Job gut zu machen. Doch vor zwei Jahren hatte er dann eine unerfreuliche Tatsache aufgedeckt, von der ein Gentleman aus Bel Air nicht wollte, daß sie aufgedeckt wurde. Der Gentleman hatte Kilmer fünfzigtausend Dollar und ein Haus in Brentwood angeboten, um sie wieder zu vergessen. Kilmer hatte sie vergessen. Seit dieser Zeit zog Kilmer sich nach und nach aus der Arbeit als Privatdetektiv zurück, und jetzt, nachdem er zum ersten Mal, seit er die Armee verlassen hatte, auf eine gesicherte finanzielle Grundlage blicken konnte, nahm er neue Fälle nur noch aus Freundlichkeit ehemaliger Klienten gegenüber an. Das war eine weitere Sache, auf die Kilmer sehr viel Wert legte: Sein Freundeskreis in dieser Stadt der King Kools ohne Freunde.

Nachdem er Richtung Westen auf die Malibu Canyon Road abgebogen war, fuhr Kilmer schnell auf das Meer zu, aß sein zweites Sandwich und dachte über George Tanner nach. Er hatte den Lieutenant das erste Mal auf Bataan und Okinawa getroffen. Während der Besatzungszeit hatten sie sich dann mit Wheat und Hoekstra zu den Four Jacks zusammengetan – dem härtesten Zahltags-Pokertisch in ganz Tokio. Tanner war schon immer der große Organisator und Unternehmer gewesen, hatte die anderen drei immer wieder in seine unzähligen Geschäfte verwickelt und sich dann an Kilmer gewandt, wenn er in der Klemme steckte. Schwierigkeiten und Ärger waren Tanners große Schwäche: Er hatte eine ausgezeichnete Nase für Geld, aber nicht für Ärger. Nach zwanzig Jahren wirkte das alles nur noch wie ein Traum. Wheat war der einzige, zu dem Kilmer noch Kontakt hielt, indem sie per Post Fernschach spielten. Hoekstra war auf irgendeinem Highway in Michigan ums Leben gekommen. Wheat und Tanner waren beide Söhne von in Japan lebenden Missionaren, und beide hatten sie sich auf Dauer in Tokio niedergelassen. Alle fünf Jahre kam Wheat für einen Monat in die Staaten. Irgendwie waren das auch gleichzeitig die einzigen Gelegenheiten, bei denen er Tanner sah, obschon Georges Geschäfte ihn viermal im Jahr nach L. A. führten. Hauptsächlich Postkarten, und dann auch nur Weihnachtskarten: Daher würde es schön sein, ihn wiederzusehen, obschon er sich wieder mal wie ein Mann anhörte, der in Schwierigkeiten steckte. George würde alles tun, um ein gutes Geschäft zu machen, doch er hatte immer seinen Anteil bekommen. Als Kilmer kurz bevor er 53 Tokio verließ kurzfristig viertausend brauchte, hatte George ihm das Geld ohne groß nachzufragen geliehen, obschon Tanners Reederei zu diesem Zeitpunkt gerade erst am Anfang stand. Kilmer hatte das Geld in sechs Monaten zurückgezahlt, doch er hatte diese Freundlichkeit nicht vergessen. Zwanzig Jahre lagen jetzt zwischen ihnen, doch das Band war nicht zerrissen. Axiom:

Ein Freund ist ein Freund.

An der Ampel in Malibu bog Kilmer ab und fuhr auf der Pacific Coast Highway Richtung Norden, bis er das schmale Tor erreichte: »Privatstraße.« Vorsichtig steuerte er die schmale Asphaltstraße entlang, die dreißig Meter vom Wasser entfernt am Meer verlief. Die Meeresluft war frischer, und der Vollmond stand beinahe klar und ohne jeden Schleier am Himmel. Die dunklen, weit auseinander liegenden Häuser prahlten nicht mit dem Wohlstand ihrer Besitzer. Malibu erinnerte mehr an eine träge, verschlafene Bucht als an eine derjenigen Ecken dieser Welt mit den höchsten Grundstückspreisen. Tanners Briefkasten schimmerte im Licht der Scheinwerfer.

Kilmer stieg aus seinem grauen Mercedes und warf einen Blick über das Wasser auf den Mond. Ein großer Mann, der im silbernen Licht des Mondes stand, tadellos sauber und korrekt gekleidet. Seine gut geschnittene, konservative Kleidung ließ ihn wie eine Granitsäule erscheinen: Grauer Straßenanzug, graues Baumwollhemd mit schwarzen Streifen, schwarzer Ledergürtel und schwarze Schuhe. Die auf Bestellung maßangefertigten Schuhe sahen wie ganz gewöhnliche Freizeit-Halbschuhe aus, doch sie besaßen wie Sicherheitsarbeitsschuhe Stahlkappen. Kilmer machte auf dem Absatz kehrt und folgte unter den dunklen Eukalyptusbäumen dem gewundenen Weg zur Vordertüre des großen Hauses im Ranch-Stil.

Die Türe öffnete sich plötzlich, und im Rahmen stand George Tanner: dünn, noch eine Spur kahler als früher, gekleidet in einen khakifarbenen Freizeitanzug. Etwas beklommen blieben die beiden Männer einen Augenblick in der Dunkelheit voreinander stehen, dann streckte Tanner seine schlaksige Hand aus. »Schön, daß du gekommen bist, Harry.«

Kilmer schüttelte die angebotene Hand herzlich. »Es ist lange her, George.«

»Zu lange. Wieviel . . . Fast vier Jahre?«

»Ja.«

Als er in das Marmorfoyer hineinging, bemerkte Kilmer, daß Tanner mit den Nerven ziemlich am Ende war. Die Haare um seine Glatze herum glänzten verschwitzt, und auf seinem Gesicht hatte sich die Röte nach dem Genuß starken Alkohols niedergeschlagen. In nervöser Verlegenheit leckte er sich kurz über seine Lippen. Kilmer sagte mit seiner tiefen, beruhigenden Stimme: »Schön dich zu sehen, George. Wie geht es dir?«

Tanner machte eine weit ausholende Geste, versuchte Kilmers intensiven, musternden Blick abzulenken, und antwortete mit gezwungener Heiterkeit. »Du kennst mich doch, Sergeant. Immer gesund und munter. Wie geht's dir selbst?«

»Man lebt.«

»Man sieht's dir an, Harry. Du hast mehr von diesen grauen Haaren gekriegt, die man distinguiert nennt. Ich habe schon so viele verloren, daß ich mir bereits über ein Toupé Gedanken mache.«

Kilmer sah ihn aufmerksam an. Die Nervosität war nicht Verlegenheit, sondern blanke Angst. Trotz des tapferen Versuches, die alte Kameraderie wiederzubeleben, wirkte Tanner wie ein Hengst, der in einer brennenden Scheune gefangen war. »Was ist los, George?«

Tanner machte eine Handbewegung, die andeuten sollte, diese Frage noch einen Moment aufzuschieben, und führte Kilmer in das geräumige Wohnzimmer, das mit eleganten Möbeln und japanischer Kunst eingerichtet war. Tanner setzte sich in einen der beiden schwarzen Ziegenledersessel vor dem großen Panoramafenster. Kilmer nahm ihm gegenüber Platz, erkannte, daß er immer noch nicht soweit war, das eigentliche

Thema anzuschneiden, und sagte daher: »Wie laufen die Geschäfte?«

Tanner war ganz offensichtlich erleichtert. »Viel zu tun wie immer, Harry. Genaugenommen laufen sie sogar zu gut. Wenn ein Mann seine Freunde vier Jahre lang nicht sehen kann, wofür arbeitet er dann eigentlich? Aber wie immer habe ich da eine Sache im Laufen, so daß ich schließlich vielleicht doch mal mit allem aufhören kann – falls sich in den nächsten paar Wochen alles gut entwickelt.«

»Ich wünsche dir, daß du recht hast.«

»Sag mal, Wheat hat mir erzählt, daß *du* auch zu ein bißchen Geld gekommen bist.«

»Ja, genau das, was ich brauchte. Nicht viel, aber genug.«

»Freut mich, das zu hören, Harry. Der Herr wird es schon geben, wie mein Dad immer zu sagen pflegte.«

»Wie geht's dem alten Knaben?«

»Habe ich dir das nicht erzählt? Dad ist vergangenes Jahr gestorben. Zweiundachtzig ist er geworden.«

Kilmer nickte langsam. »Er hat ein erfülltes Leben gelebt.«

»Ja. Er ist ganz friedlich im Schlaf von uns gegangen. Wheats Vater war im selben Altersheim. Sie sind im Abstand von einem Monat gestorben.«

»Ja. Wheat hat mir das von seinem Vater geschrieben.«

»Wheats alter Herr war vierundneunzig. Diese alten Missionare sterben nie – sie entschlafen einfach nur in ihr ewiges Paradies.«

»Wie alt ist Stephanie jetzt? Sie muß schon bald zwanzig sein.«

»Siebzehn«, sagte Tanner, und die Angst kehrte in seine dunklen Augen zurück.»Wegen ihr habe ich dich angerufen.«

»Sie steckt doch wohl nicht in Schwierigkeiten?«

Tanner nickte.

»Ist es ernst?«

Wieder nickte Tanner und stand auf. »Laß mich dir zuerst einen Drink holen. Bourbon?«

»Ja.«

Kilmer sah sich in dem weiträumigen Zimmer um. Der

schwarze Lacktisch, die Satsuma-Keramik, die No-Masken – all das rief Erinnerungen in ihm wach. Die einzigen Imitationen in diesem Raum waren die teuren Reproduktionen der Genji- und Heiji-Rollen, die quer über die hintere Wand angebracht waren. Ihre farbenprächtigen Bilder erzählten die Geschichte des alten Kaiserhofes mit all seiner exklusiven Pracht und brennenden Zerstörung: die verschlagenen Adligen, die blendend schönen Hofdamen und die mächtigen Samurai. Eine Geschichte der Intrige, der Eleganz und des Gemetzels.

Tanner kehrte mit den Drinks zurück und setzte sich wieder hin. Kilmer trank einen Schluck – Jack Daniel's – und schaute auf. Wie die meisten Menschen hatte auch Tanner Schwierigkeiten, direkt und unverwandt in Kilmers eindringliche blauen Augen zu sehen, doch jetzt steckte mehr dahinter. Tanner war sichtlich verblüfft und ängstlich, so etwas wie der Kartengeber beim Poker, der plötzlich dreiundfünfzig Karten in seinem Spiel entdeckt. Kilmer nahm wieder einen Schluck und wartete. Doch Tanner drehte einfach nur sein Glas in der Hand und sagte nichts. Schließlich meinte Kilmer: »Also schön, George, was ist los?«

Tanner seufzte schwer. »Ach, Harry. Ich weiß nicht, wie ich anfangen soll.«

Kilmers Stimme war vollkommen nüchtern und sachlich. »Misch gut und teile von oben aus.«

»Sie haben mein kleines Mädchen entführt.«

»Wer ist ›sie‹?«

»Ich wünschte, ich wüßte es. Ein *yakuza*- Clan in Tokio.«

Kilmer hob fragend seine Augenbrauen. »Bist du sicher?«

»Ja, und ich habe eine gottverdammte Angst. Sie werden sie ohne lange nachzudenken umbringen«, stöhnte er und bemerkte nicht, daß das Glas in seiner Hand zitterte. »Du mußt mir helfen, Harry. Ich glaube, ich drehe noch durch.« Er senkte seine Augen und suchte in seiner Tasche nach einem Taschentuch.

Kilmer wartete, bis Tanner seine Fassung wiedergefunden hatte. Regel: Präzise Fragen bieten mehr Trost als rührselige

Sentimentalitäten. »Wann haben sie sich das erste Mal mit dir in Verbindung gesetzt?«

Tanner nippte an seinem Glas. »Ungefähr vor einer Woche.«

»Wie?«

»Sie haben einen Boten in mein Tokioter Büro geschickt. Er sagte, daß ein *oyabun*, ein *yakuza*-Boß, mit mir sprechen wollte.«

»Welcher *oyabun?*«

»Tono, der Chef des Tono-Clans.«

»Weißt du etwas über diesen Mann?«

»Eigentlich nicht. Mein Steuerberater sagt, daß der Tono-Clan sehr alt ist. Die Hauptgrundlage ihrer Macht befindet sich im Hafen von Yokohama, wo auch meine Docks liegen.«

»Was hast du dem Mann geantwortet?«

»Gar nichts. Ich bin hier herübergeflogen, um die quartalsmäßige Inventur durchzuführen, und hatte die ganze Geschichte schon völlig vergessen, als heute nachmittag dann ein zweiter Bote zu mir kam. Dieses Mal war es ein gedungener Profi von der Sorte, die einen ganzen Haufen Geld kosten. Er ist den ganzen weiten Weg von Tokio zu meinem Büro hier in Long Beach geschickt worden. Er sagte, daß Tono Stephanie in seiner Gewalt hat, und er hat mir das hier gegeben.« Tanner zog das grüne Stück Stoff aus seiner Tasche. »Falls ich nicht innerhalb von drei Tagen wieder in Tokio bin, hat er mir versprochen, mit einem Körperteil von ihr zurückzukehren – und das wird er auch. Du mußt mir helfen, Harry. In drei Tagen werden diese Schweine ihr dem Arm abschneiden.«

Kilmers Stimme war ruhig und endgültig. »Bezahl ihnen, was auch immer sie von dir verlangen.«

»Aber sie wollen gar kein Geld. Sie wollen *mich* .«

Kilmer beugte sich in seinem Sessel vor. »Warum?«

»Ich glaube, daß sie versuchen, meine Firma zu übernehmen.«

»Sind die anderen Reeder ebenfalls bedroht worden?«

Tanner fuhr mit einer Hand über die kahle Stelle auf seinem Kopf. »Ich weiß es nicht.«

»Gibt es einen Grund, warum sie gerade dich ausgesucht haben?«

»Ich kann mir höchstens vorstellen, daß der Tono-Clan dieselben *yakuza* sein müssen, die ich aus meiner Firma rausgeschmissen und mit Druck von meinen Docks vertrieben habe. Das war vor ungefähr sechs Monaten.«

»Du kannst nicht gegen *yakuza* kämpfen, George, es sei denn du bist bereit, einen Kampf auf Leben und Tod zu führen. Also geh wieder zurück nach Japan und rede mit ihnen.«

»Nur wenn du mitkommst, Harry. Ich habe Angst, daß sie sowohl Stephie als auch mich töten werden.«

»Das bezweifle ich. Sie sind an etwas ganz anderem interessiert.«

»Ich werde Tono hinhalten. Wenn du Stephie findest, dann werde ich mit ihm sprechen.«

»Kommt nicht in Frage, George.«

»Sag das nicht! Ich bezahle dir jeden Preis.«

»Such dir einen anderen Mann.«

»Wo denn? Du bist der einzige Mann, der diesen Job erledigen kann – und das ist eine Tatsache.«

»Ich bin seit zwanzig Jahren nicht mehr in Japan gewesen.«

»Aber du *kennst* Japan. Und du verstehst auch etwas von dieser Art Arbeit. Wo sonst soll ich denn einen Japan-Experten finden, der zudem Privatdetektiv und Cop gewesen ist?«

»Ich arbeite heute nicht mehr sonderlich viel auf diesem Gebiet.«

Tanner streckte seine Arme aus und flehte ihn an. »Bitte, tu's für meinen Seelenfrieden.«

Kilmer schüttelte seinen Kopf. »Die Antwort ist klipp und klar nein, George. Ich werde nicht fliegen. Abgesehen davon gibt es rein gar nichts, was ich für dich tun könnte, das die Tokioter Polizei nicht viel besser kann.«

Während er versuchte ganz ruhig zu bleiben, umklammerte Tanner die Lehne seines Sessels. Seine Stimme wurde schrill. »Wenn ich jetzt zur Polizei gehe, dann ist Stephie schon so gut wie tot. Und das weißt du selbst auch genau. Ich bitte dich doch nur um ein paar Tage, Harry. Dann werde ich zur Polizei gehen.«

»Tut mir leid, George.«

»Harry, wie kannst du einfach so dasitzen und so etwas sagen? Ich bin völlig verzweifelt. Ich brauche deine Hilfe.«

Kilmer blickte fest direkt in Tanners Augen. Seine Stimme war hart und monoton. »Ich würde dir wirklich gerne helfen, George, aber ich kann aus Prinzip nicht dorthin zurückgehen. Und das weißt du auch. Und jetzt hören wir mit diesem Thema auf.«

Tanner wurde gereizt. »Das Leben meiner Tochter steht auf dem Spiel – und da erzählst du mir etwas von Prinzipien?«

»Wenn du willst, werde ich dir jemand anderen für diesen Job empfehlen.«

Tanner beugte sich vor, sein Arm war in einer Geste des verzweifelten Bittens ausgestreckt. Angst und Besorgnis verzerrten sein schmales Gesicht. »Ich flehe dich an, Harry. Ich stehe mit dem Rücken an der Wand. Ich bin vollkommen in die Enge getrieben. Bitte!«

Kilmer lehnte sich zurück und schnitt ihm mit einer schroffen Handbewegung das Wort ab. Einen Freund vor sich auf dem Boden herumkriechen zu sehen, war alles andere als angenehm, aber er würde nicht nachgeben.

Tanner senkte seine Augen, ließ seinen Arm fallen und schüttelte verbittert seinen Kopf. »Du und deine gottverdammten Grundsätze.« Er preßte seine geballte Faust auf seine Glatze, stand dann abrupt auf und funkelte Kilmer wütend an, schleuderte ihm die wütenden Worte entgegen.

»Knallhart wie immer, was?«

»Nein, George.«

»Zum Teufel auch!«

Kilmer blieb ruhig. »Es geht nicht anders.«

»Und ob es anders geht!«

Kilmer erwiderte Tanners wütenden Blick und blieb vollkommen ausdruckslos.

»Du verdammter Bastard.« Tanner stürzte den Rest seines

Drinks mit einem Schluck herunter und ging stolpernd in die Küche, um sich einen neuen zu holen.

Kilmer drehte sich zu dem großen Panoramafenster um und starrte nach draußen. Abgesehen von dem fahlen weißen Mond, der genau in der Mitte des schwarzen Rechteckes hing, war es draußen völlig dunkel. Es sah wie das Negativ einer Photografie der japanischen Fahne aus. In dem fahlen weißen Schein sah er das Gesicht einer wunderschönen japanischen Frau mit traurigen Augen. Sie lächelte, hielt seinen Arm und beobachtete ihre kleine Tochter, die auf seinen Schultern saß und verspielt an seinen Haaren zog. Ihr Lachen jagte ihm ein Zittern durch den Bauch. Dann sah er sich selbst allein mit der wunderschönen Frau und hörte sich sagen: »Aber warum, Eko? Ich werde dich nie verlassen. Du mußt mir einfach sagen warum.« Ihre traurigen Augen blickten zu Boden. Sie lehnte ihren Kopf gegen seine Brust und bat ihn leise: »Frag nicht, Harry-*san*. Bitte, frag nicht mehr.« Und dann sah er, wie er auf dem Schiff stand, seine Tränen unterdrückte, die Reling umklammerte, seine Hand dazu zwang, dem schönen blassen Gesicht, das langsam kleiner wurde und verschwand, zum Abschied zu winken. Zwanzig Jahre und immer noch ein Rätsel. Zwanzig Jahre. Vielleicht war es an der Zeit, zurückzukehren. Regel: Wenn du ein Durcheinander nicht entwirren kannst, dann mach es zu deiner Lebensaufgabe oder laß es für immer ruhen. Axiom: Stelle niemals eine Regel auf, außer du weißt, wann du sie brechen mußt. Fakt: Zwanzig Jahre.

Kilmer trank einen Schluck und bemerkte, daß Tanner ihn beobachtete, unbeweglich im Raum stand, Angst hatte, ihn zu stören. Er drehte sich um und nickte. Sein Gesicht war ausdruckslos. Tanner setzte sich leise und sagte: »Ich weiß, an wen du gerade denkst, Harry. Es gibt keinen Grund, warum sie erfahren sollte, daß du wieder in Tokio bist – wenn du es so haben willst.«

»Würde nie zurückgehen, ohne sie zu besuchen. Ihr Bruder könnte außerdem dein heimlicher Trumpf sein.«

Tanner nickte, behielt sorgsam seinen ruhigen Ton bei. »Denk an Stephanie. All die vielen Male, die du und Beth zu uns gekommen seid, und wie du Stephie auf deinen Knien reiten gelassen hast.«

Kilmer starrte auf die beiden Eiswürfel in seinem Glas. Fakt: Es war Zeit zurückzukehren.

»Du und ich, Harry, wir fangen wieder von vorne an, von diesen Nächten damals, als die Bomben fielen und wir glaubten, daß wir den nächsten Tag nicht mehr erleben würden. Ich bitte dich, Harry, laß meine kleine Tochter den nächsten Tag erleben. Seit Janets Tod ist sie mein ein und alles.«

Kilmer nickte. George zog wirklich alle Register – Eko, Beth, Bataan, Janet –, doch das war gar nicht mehr nötig. Er blickte auf, seine Stimme war kühl und sachlich. »In Ordnung, George. Ich werde mit dir zurückkommen. Eine Woche, tausend Dollar pro Tag.«

Tanner ließ sich in seinem Sessel zurückfallen. »Gott sei Dank.«

»Keine Versprechungen. Nur so viel, daß ich mich umsehen werde.«

»Das genügt mir, Harry. Ich weiß, daß du sie finden wirst.«

»Schick Wheat ein Telegramm. Sag ihm, daß ich meinen Gutschein bei ihm für all die Male einlösen komme, die er bei mir gewohnt hat.«

Tanner nickte und beugte sich vor. Seine Augen strahlten vor Erleichterung. »Er wird sich freuen, dich wiederzusehen. Wenn das alles vorbei ist, können wir ja ein Spielchen Poker wie früher machen.«

»Schraub deine Hoffnungen nicht zu hoch, George. *Yakuza* halten sich nicht an irgendwelche Spielregeln. Es wird erst alles noch viel schlimmer werden, bevor es besser wird.«

»Ja, aber ich fühle mich jetzt schon erheblich besser. Ich lasse dir dein Ticket morgen früh vorbeibringen. Wir nehmen die Nacht-Maschine. Sieben Tage Tokio, Harry. Sieben, wie Dad immer gesagt hat, die vollkommene Zahl.«

»Ja«, meinte Kilmer trocken, verärgert über Tanners übertriebene Begeisterung.

»Du wirst einen Assistenten benötigen. Ich werde dir einen meiner Männer mitgeben.«

»Nein. Ich mache es lieber allein.«

»Sei doch nicht immer so ein gottverdammter Einzelgänger, Harry. Du bist auch nicht mehr der jüngste. Außerdem, der Junge, der für mich arbeitet, ist ein eins a Schütze, und er hat Tonos Boten gesehen. Ich werde dafür sorgen, daß du ihn morgen kennenlernen kannst. Wenn er dir nicht gefällt, machen wir es auf deine Weise.«

»Okay, das ist nur recht und billig.« Kilmer stellte sein Glas ab und stand auf. »Ich gehe jetzt, George. Ich habe vor morgen abend noch eine Menge zu erledigen.«

Tanner erhob sich ebenfalls und legte seine Hand auf Kilmers kräftige Schulter. »Harry?«

Kilmer sah tief in seine dunklen Augen.

»Danke.«

»Ja.« Kilmer nickte und ging dann in das Marmor-Foyer hinaus.

»*Ja mata*, Sergeant.«

»*Mata.*« Kilmer öffnete die Haustüre und trat in das fahle Licht des Mondes hinaus.

Um 11.30 wartete Kilmer im Restaurant Sambo in der Nähe des Santa Monica Pier auf sein Frühstück. Die Plastikeinrichtung in grauenhaftem Rot und Orange war nicht unbedingt das, für was er sich entschieden hätte. Das Restaurant war zur Hälfte gefüllt mit der üblichen Mischung aus Geschäftsleuten in hellen Sakkos, sonnengebräunten Surfern in Flickenjeans und einer Familie Schwarzer, die einen Ausflug zum Strand machte. Kilmer war mit Abstand der am konservativsten angezogene Mensch im ganzen Restaurant. Seinen Husky hatte er bereits in ein Tierheim gebracht, seine Termine für die kommende Woche abgesagt, einen kleinen Koffer gepackt und sich im japanischen Konsulat ein Touristenvisum besorgt. In seiner Tasche steckte ein Hin- und Rückflug-Ticket der JAL nach Tokio sowie eine handschriftliche Beschreibung eines Menschen namens Dusty

Newman. Falls die Beschreibung zutreffend war, dann war Dusty Newman so etwas wie ein wandelnder Weihnachtsbaum.

Während er auf seine Bestellung wartete, beobachtete Kilmer das Pärchen an dem Tisch auf der anderen Seite des Ganges, das jetzt gerade dabei war zu gehen, nachdem sie sich die letzten fünf Minuten gestritten hatten. Die Frau strich ihren Rock glatt und sagte: »Du bist ein billiger, mieser, kleiner Bastard!« Der Mann packte ihren Ellenbogen und zischte sie an: »Halt deinen Schnauze, du Miststück!« Wie zwei kleine Kinder, die keine anderen Spielkameraden hatten, stapften sie dann nach draußen.

Die hübsche, junge Kellnerin in ihrer rotorangen Sambo-Uniform brachte seine Milch und die verlorenen Eier auf Toast. Kilmer versuchte ihre Aufmerksamkeit zu erregen, doch sie hatte zuviel zu tun. Er sah ihr nach, als sie zu einem anderen Tisch ging, an dem ein kleiner Junge seine Cola umgeworfen hatte. Wie sie sich so mit flinker Geschäftigkeit bewegte, wirkte die Uniform durch ihren flotten, jungen Körper beinahe sogar geschmackvoll. Die Art, wie er sie beobachtete, verriet, daß er ein Mann war, der die Frauen liebte, ihren Charme und ihr Geheimnis, ihre Stärke und ihre Verletzlichkeit, der das »Dich-Kennenlernen« liebte, sofern es nicht zum »Dich-hassen-Lernen« führte.

Fünf Minuten später, nachdem er seine Eier gegessen hatte, sah Kilmer Dusty durch die Türe hereinkommen und beobachtete ihn aufmerksam, als er an seinen Tisch kam. Der Weihnachtsbaum bewegte sich mit einer ausgezeichneten Koordinierung seiner Gliedmaßen, sah allerdings eher wie ein Obstkorb aus: Dunkelrotes Seidenhemd, weißer Gürtel, rote Cordhose mit Schlag und Schuhe aus imitiertem Krokodilleder.

Dusty lächelte. »Harry Kilmer?«

Kilmer nickte.

»Tagchen.«

Die Kellnerin gab Dusty die Speisekarte, als er sich an den Tisch setzte. »Was darf's denn sein?«

»Nur einen Kaffee.«

Die eine Hand mit dem Bestellblock stemmte sie in die Hüfte, mit der anderen klopfte sie energisch ihren Bleistift auf den Tisch. »Komm schon, Junge. Wenn du nur einen Kaffee willst, solltest du dich vielleicht besser an die Theke setzen.«

Kilmer lächelte trocken. Sie verstand was von ihrem Job.

Dusty stach mit seinem Finger auf die Speisekarte und sagte: »Dann nehme ich ein Stück von dem Apfelkuchen hier.« Die Kellnerin ging. Dann blickte er auf und lächelte wieder. »Hab' schon viel von dir gehört, Kilmer.«

Kilmer blickte fest in Dustys strahlendblaue Augen. Sein Gesicht blieb völlig ausdruckslos, seine Stimme kalt und gefühllos. »Ich aber noch nichts von dir.«

Dusty blinzelte überrascht, ließ sich aber nicht unterkriegen. »Tschuldigung. Ich heiße Dusty Newman. Ich bin Privatdetektiv.«

»Privatdetektiv, meine Fresse.«

»Jesus, Kilmer. Langsam komme ich dahinter, wie du zu deinem Ruf gekommen bist.«

»Tut mir leid, mein Junge. So hab' ich's nicht gemeint.« Kilmers Miene wurde eine Spur sanfter, und er fordete Dusty auf, mit seiner Vorstellung fortzufahren.

»Ich wollte eigentlich Cop werden, aber dann haben sie mich aus der Cop-Schule gefeuert. Dachte mir, daß ich meine Vietnam-Ausbildung vielleicht irgendwie ausnutzen sollte, also hab' ich mir 'ne Fotokopie gemacht. Aber das ist nur vorübergehend. Ich habe sie benutzt, um Erledigungen für George Tanner zu machen – die Hunde der Nachbarschaft aus seinen Blumenbeeten fernhalten und so weiter. Ich glaube, er mag mich nicht besonders.«

»Er mag dich schon. Erwartest du, daß er dir jeden Tag das Köpfchen tätschelt?«

Dusty lachte, dann kam die Kellnerin mit seinem Kaffee und Kuchen. Kilmer lächelte sie an, und sie erwiderte sein Lächeln. Dusty schluckte einen Bissen von seinem Kuchen herunter und sagte: »Hab' gehört, du warst 'ne richtige heiße Nummer. Damals in den goldenen Tagen der großen Schlafzimmer-Schnüffler, häh?«

»Immer schön sachte, mein Junge. Wir hatten unseren Spaß. Nicht so wie heute – ich beneide keinen, der heute anfangen will. Heutzutage ist ein Dick doch nichts anderes als ein gut bezahlter Miet-Bulle. Oder ein Elektronik-Fachmann, was allerdings auch nicht viel besser ist.«

»Wie habt ihr es denn früher gemacht?«

»Genauso wie heute auch: auf die harte Tour.«

»Hattest du deine eigene Kamera dabei?«

»Mann, wir haben damals mit elektronischer Überwachung gearbeitet. Ihr frischgebackenen College-Burschen konntet uns das Wasser nicht reichen. Wir haben den entsprechenden Ort ausgekundschaftet – du weißt schon, eine Wohnung, einen Bungalow, was auch immer –, und dann Wanzen rein. Also sowohl Tonband als auch Kamera. Und dann, im strategisch günstigsten Augenblick: Wammm! Alles ging gleichzeitig hoch.« Kilmer trank seine Milch aus und lehnte sich zurück.

»Manchmal hatten wir schon unseren Spaß, aber die meiste Zeit war es eine ziemlich schmutzige Arbeit. Der Himmel allein weiß, wie viele Ehen ich damals auseinandergebracht habe – völlig unnötigerweise. In den meisten Fällen wenigstens. Deine Leute zum Beispiel. Kann gut sein, daß ich sie auseinandergebracht habe.«

Dusty legte seine Gabel aus der Hand. »Warum sagst du das? Meine Eltern haben sich nicht getrennt.«

»Für mich siehst du wie das typische Produkt eines zerrütteten Elternhauses aus.«

»Du bist wohl verheiratet gewesen, häh?«

Kilmers Stimme traf Dusty wie ein Vorschlaghammer. »Bleib auf deiner Seite des Zaunes, Junge.«

»Tut mir leid.«

»Ich bleibe auf meiner Seite, und wir beide werden wunderbar miteinander auskommen.«

»Wie du willst, Kilmer.«

»Außerdem, heute gebe ich mich nicht mehr mit so einer Scheiße ab. Ich bin Kapitalanleger.«

»Jesus.« Dusty aß seinen Kuchen auf und trank einen großen Schluck Kaffee hinterher. »Ich wollte wirklich nicht neugierig sein. Ich war früher selbst verheiratet. Genau an dem Tag, als ich aus Nam zurückkam, hat sie mir die Scheidungspapiere in die Hand gedrückt. Zwei Wochen lang habe ich anschließend in einem Sessel gehockt und nur die Wand angestarrt. Dann bin ich aus dem Haus gegangen, hab' mir eine Kanone gekauft und einen Job gefunden.«

»So was kann ein Mann tun.«

»Ist's bei dir genauso gewesen?«

»Mein Privatleben bleibt auch privat.«

»Wie du willst. Du bist Skorpion, stimmt's?«

»Weiß ich nicht und ist mir auch gleichgültig.«

»Komm schon, Kilmer, jeder kennt doch sein Sternzeichen.«

»Ich bin ein *daimon.*«

»Was soll das'n sein?«

»Ein Arschtritt.«

»Okay, okay. Tut mir leid. Keine Fragen mehr.«

»Jetzt verstehe ich auch, warum George dich mag. Du bist ein echter Süßholzraspler.«

Dusty grinste und trank seinen Kaffee aus. »Gut, ich glaube, wir beide werden eine Woche lang zusammenarbeiten. Ich möchte, daß du weißt, daß das eine echte Ehre für mich ist. Du sagst, wo's langgeht, Kilmer, und ich mache alles, was du sagst.«

Kilmers nachtblaue Augen wurden kalt und stechend, als sie jetzt Dusty genau musterten. Regel: Einem Partner muß man vorbehaltlos vertrauen oder gar nicht. Sub-Regel: Treffe diese Entscheidung, ehe du mit der Arbeit anfängst. Kilmer untersuchte jedes Detail von Dustys Gesicht: Das lange blonde Haar wies auf Nachlässigkeit hin, das couragierte Lächeln deutete auf Starrköpfigkeit, die strahlendblauen Augen waren großspurig, hatten aber durchaus auch ein Potential für Ehrlichkeit. Ein Gesicht ohne Würze und Erfahrungen.

Dusty rutschte nervös auf seinem Platz hin und her. »Du bist der Boß, Kilmer.«

Kilmer stieß seine Faust halb über den Tisch. Der ausgestreckte Zeigefinger war wie der Lauf einer Pistole auf Dusty gerichtet. »Vergiß das niemals. Niemals, hörst du. Ich erwarte

Ärger, wahrscheinlich sogar eine ganze Menge, aber ich will, daß er von außen kommt – und nicht von innen.«

»Keine Angst«, raunte Dusty, wagte nicht wegzusehen.

»Falls du in eine Situation geraten solltest, die du nicht verstehst, zieh dich zurück und bleib mir aus dem Weg. Verstanden?«

»Verstanden.«

»Gut.« Kilmer nickte und öffnete seine Faust. »In Tokio wird es massenhaft solcher Situationen geben. Und *yakuza* sind verdammt gefährlich.«

Dusty nickte. »Tanner sagt, du wärst ein echter Japan-Kenner. Dann weißt du sicher auch alles über Geishas und so, was?«

»Hör mir jetzt genau zu, mein Junge. Wenn du mit mir kommst, dann wirst du weder eine Geisha noch einen Steingarten, weder eine Pagode noch irgendwelche Hotelfoyers sehen. Wir werden uns kilometerweit vom üblichen Touristentrampelpfad aufhalten.«

»Ja, klar. Kein Problem.«

»Es gibt ein Wort, das du besser jetzt schon gut lernen solltest: *domo.* Das bedeutet ›Danke‹, und du wirst es zwanzigmal am Tag sagen.«

Dusty wiederholte das Wort in einem Singsang. *»Domo, domo, domo.«*

»Ja.« Kilmer wandte sich ab und wollte schon aufstehen, dann fixierte er Dusty wieder. »Ich weiß nicht genau, ob du wirklich ernsthaft krank bist oder einfach nur total bekloppt.«

»Domo.« Dusty lachte, wodurch mehrere andere Gäste zu ihrem Tisch herüberstarrten.

»Aber ich glaube, du wirst es schon schaffen.« Kilmer stand endgültig auf und ließ ein großzügiges Trinkgeld unter seinem Teller liegen.

»Was denn? Du läßt *der* soviel liegen?«

»Ja.«

Sie drückten die Glastüren auf und gingen auf den Parkplatz des Restaurants Sambo hinaus. Dusty blieb stehen und sagte: »Danke, daß du mich mitnimmst, Kilmer.«

»War nicht meine Idee.«

Dusty, gleichzeitig amüsiert und fasziniert von Kilmers Art, fühlte sich gezwungen, nach Sprüngen in dieser Fassade zu suchen. »Aber im Grunde freust du dich doch, daß ich mitfahre, stimmt's nicht?«

Kilmer musterte Dusty betont langsam vom Scheitel bis zur Sohle. Seine Augen waren wie kalter blauer Stahl. »Du siehst wie eine gottverdammte Obstschale aus.«

Dusty begann schallend zu lachen. »Komm schon, Kilmer. So schnell kannst du mir keine Angst machen.«

Kilmer lächete trocken. »Schon gut, schon gut, Mister Dusty der Privatdetektiv. Wir sehen uns heute abend auf dem Flughafen.«

»Domo.«

Dusty winkte noch einmal, sprang in seinen neongrünen Datsun und startete seinen turbogeladenen Motor. Kilmer beobachtete, wie der übermotorisierte Datsun von dem Parkplatz röhrte und die Straße hinunterdonnerte. Dann ging er zu seinem Mercedes und brummte leise zu sich selbst: »Äpfel und Bananen.«

Zwanzig Minuten später fuhr Kilmer auf der Santa Monica Freeway Richtung Osten. Ihm blieb gerade noch genügend Zeit, um die Sequoia bis Sonnenuntergang zu erreichen und anschließend bis Mitternacht zum Flughafen zurückzufahren. Während er die Augen fest auf die Straße gerichtet hielt, mischte er die neuen Fakten und die alten Regeln, katalogisierte sie wie ein Computer-Operator.

Fakt eins: Dieser Fall war ein heilloses Durcheinander. Alle bekannten Fakten waren wie unterbrochene Stromkreise, es fehlten Glieder, und es gab jede Menge lose Enden. Regel: Finde das zugrundeliegende Schema .

Fakt zwei: Man merkte, daß George älter wurde. Früher war er viel zu gewitzt, um in dermaßen ernsthafte Schwierigkeiten zu geraten. Aber jeder darf mal ein paar Fehler machen. Regel:

Laß einen Freund niemals im Stich, sofern es nicht unbedingt nötig ist.

Fakt drei: Dieser Bursche Dusty war eine grüne Banane, noch einer dieser Wassermänner, die ihren Verstand im Hintern haben, noch einer dieser unreifen Klugscheißer, der glaubt, das Leben hielt irgendwelche verborgenen Geheimnisse, der glaubt, daß er eines Tages frei sein könnte. Und genau wie George konnte er einem ein Loch in den Bauch reden. Aber zumindest faselte der Junge nicht an einem Streifen von seinem Psychiater, und er sah ganz so aus, als wüßte er, wie er auf sich selbst aufpassen könnte. Regel: Sobald du einen Partner brauchst, ist es höchste Zeit, deine Chips einzulösen und dich zur Ruhe zu setzen.

Fakt vier: Die Information über diesen Tono war irgendwie nicht stimmig. Wenn Tono wirklich ein echter *oyabun* war, aus welchem Grund ließ er sich dann zu der billigen Gewalt-Tour herab? Falls Tono sich aber nur als *oyabun* ausgab, was war er dann wirklich? Entweder war Tono ein *oyabun*, der in ernsten Schwierigkeiten steckte, oder aber er war ein aufmüpfiger Schmalspur-Ganove, ein mieser, kleiner, dilettantischer Laie. Beides sah für Stephie nicht besonders gut aus. Beides konnte ziemlich schmutzig werden. Regel: Halt es sauber.

Fakt fünf: Die ganze Vorstellung eines *yakuza*-Angriffes auf George war abwegig, da George weder Japaner noch *yakuza* war. In der Welt der *yakuza* gab es ein ungeschriebenes Gesetz: *yakuza* töten ausschließlich andere *yakuza*. Auf diese Weise hielten sie sich die Polizei vom Hals, und die Polizei hielt sie innerhalb annehmbarer Grenzen. Doch George hatte sie an die Luft gesetzt und damit an ihrem komplizierten Machtgleichgewicht herumgepfuscht. Was kein besonders intelligenter Schachzug gewesen war. Die einzig sichere Art, mit *yakuza* umzugehen, war, ihnen aus dem Weg zu gehen, denn ausrotten konnte man sie nicht. Gleichgültig was auch immer man anstellen mochte, sie kommen doch immer wieder wie die Termiten aus den Wänden. Und jeder *yakuza* ist ein gut ausgebildeter Profi, bereit, jederzeit zu sterben, ein kaltblütiger Spezialist in Kamikaze-Angriffen. Ein *yakuza* rechnet mit seinem Tod. Gegen einen solchen Mann hat man auch nicht die geringste Chance, sofern man nicht auch mit seinem Tod rechnet, sofern man nicht bereit ist, aufs Ganze zu gehen, sofern man nicht alles auf einen uneingeschränkten Showdown ankommen lassen kann. Doch Georges dummer Fehler schien irgendwie nicht auszureichen, um dermaßen große Schwierigkeiten auszulösen. Regel: Rechne immer mit dem Schlimmsten.

Fakt sechs: Die Welt der *yakuza* hatte sich radikal verändert. Das Land war zunehmend wohlhabender und die Gangster zunehmend verderbter und schlechter geworden. Die modernen *yakuza*-Clans, die letzten Bollwerke der Tradition, hatten die alte Einheit von Pflicht und Selbst gelöst. Diese Veränderung hatte in den zwanziger Jahren dieses Jahrhunderts eingesetzt, als die *yakuza* – fünfzig Jahre später als alle anderen – gegenüber der Modernisierung aufgeben mußten. Und ihr Verfall war nach Kriegsende von einem schnellen Doppelhaken besiegelt worden: durch die Schwarzmärkte der amerikanischen Militärbasen, gefolgt von Japans einsetzendem »Wirtschaftswunder.« Die *yakuza* hatten ihre eine rettende, positive Eigenschaft aufgegeben, den Yakuza-Kodex, der sie über Jahrhunderte bei den Massen beliebt machte. Sie hatten ihren Ehrenkodex genommen und ihn gegen das neue, rationalisierte Vorbild, gegen die kaltblütige Effizienz der Mafia, eingetauscht. Indem sie ihre persönliche Note durch die Zwänge der Gemeinschaft ersetzten, hatten sich die Männer mit den Reptilien-Tätowierungen in Tötungsmaschinen verwandelt. Die endgültige Umwandlung war schon in vollem Gange, als er Tokio verlassen hatte, doch jetzt mußte er die Weiterentwicklung von zwanzig Jahren aufholen. In einer Woche. Seine einzige Chance bestand darin, daß Ekos *yakuza*-Bruder ihm half – falls er noch lebte. *Yakuza* hatten ein Talent, jung zu sterben, sofern sie mit dem Schwert nicht wirklich verdammt gut waren. Doch wenn er noch lebte, und wenn er einverstanden war, dann war Tanaka Ken der ideale Mann für diese Sache. Regel: Jedes Spiel, das sich zu spielen lohnt, ist es auch wert, gut gespielt zu werden.

Kilmer bog auf den Santa Ana Freeway ab und setzte seine

Fahrt in nördlicher Richtung zu den Riesen-Sequoias in der Sierra Madre fort. Die hohen Bäume, von Touristen verunstaltet und von der Braunfäule bedroht, strahlten immer Ruhe aus. Nichts stört sie. Rein und still waren sie abgesehen von Little Tokyo die einzigen Dinge in Kalifornien, die ihn an Japan erinnerten. Er fuhr immer langsam und allein durch sie. Das eine Mal, als er Liza mitgenommen hatte, hatte sie gesagt: »Selbst diese muffigen Redwoods wachsen schneller als du.« Das war auch das einzige Mal gewesen, daß er sich dort oben einsam gefühlt hatte; etwas, das er niemals fühlte, wenn er allein dort hinausfuhr.

Als der graue Mercedes den drückenden Smog hinter sich ließ, tauchte die Sierra Madre nach und nach am Horizont auf. Frisches, sauberes Sonnenlicht, lautlos und stumm in der Stadt, sang über den felsigen Gipfeln. Es war kaum zu glauben, aber in vierundzwanzig Stunden würde er wieder in Japan sein. Japan besaß eine sehr subtile Art, einen Menschen zu verändern, geheime Türen in einem zu öffnen und einen Dinge tun zu lassen, die man hier niemals tun würde. Schon sehr bald würde er wieder dort sein, wieder zurück in seiner Vergangenheit, in seiner Heimat weit entfernt von seiner Heimat, seinem gebrochenen Herzen der Dunkelheit. Kilmer fuhr weiter den von der Sonne beschienenen Gipfeln und den hohen Bäumen entgegen.

3

Mit sechzehn wurde ich fett und war nicht länger ein erstklassiger Samurai. Also schlief ich nur noch mit einem engen Korsett, aß keinen Reis mehr, trank keinen Wein und enthielt mich für zehn Jahre des Sex. So machte ich mich geschmeidig und schlank.

Kumazawa Banzan (1619 – 1691)

SONNTAG, 15. Juli (Los Angeles)
MONTAG, 16. Juli (Tokio)

Die beiden Samurais mit ihren starren, harten Gesichtern kehrten zum Landsitz ihres Fürsten zurück, nur um es in Schutt und Asche und den gesamten Haushalt ihres Fürsten brutal abgeschlachtet vorzufinden. Gemeinsam, ohne dabei auch nur ein Wort zu wechseln, bestatteten die Samurai ihren Fürsten nach dem korrekten Ritual neben seinen adligen Ahnen. Dann schritten sie, ohne ein Wort, durch die mondhelle Nacht auf den Landsitz des benachbarten Fürsten zu. Sie schlichen sich nicht wie Kriminelle an den Landsitz an, sondern gingen mit großen, sicheren Schritten durch das große, hölzerne Tor, als wäre es ihr Eigentum. Nachdem sie sich schlagend und hackend einen Weg durch das überraschte Gesinde auf dem Innenhof gebahnt hatten, sprangen sie auf die Veranda, platzten in das Haupthaus und, den schmachvollen Tod ihres Fürsten, das Ende seiner adligen Familie rächend, ermordeten den benachbarten Fürsten, zerhackten ihn in blutige Fleischklumpen. Und indem sie einen Adligen töteten, brachen sie ihren Samurai-Kodex, begingen ein Verbrechen, für das es nur eine unvermeidliche Form der Sühne gab: Hara-kiri.

Während des Japan Air Lines Fluges 057 wurden zwei

Spielfilme gezeigt. Die erste Klasse und die vorderen beiden Abteile der Touristenklasse sahen eine Hollywood-Sexkomödie. Für die hinteren Sitzreihen wurde ein Samurai-Thriller gezeigt, und dort, weil Kilmer darauf bestanden hatte, saßen die drei. Nur im hinteren Teil der Maschine war jeder Platz belegt, und sie waren die einzigen Nicht-Japaner unter diesen Passagieren. Die reizende JAL-Stewardess hatte ihnen Bourbon serviert, doch Kilmer war der einzige, der immer noch trank. Tanner war eingeschlafen, und Dusty hatte sein Glas während des ersten Ausbruches des Schwertkampfes fallen lassen.

Die beiden Samurais kämpften sich den Rückweg auf die Veranda frei, indem sie ihre gewaltigen Schwerter durch die Luft wirbeln ließen. Das mit Schwertern und Speeren bewaffnete, aufgebrachte, wütende Gesinde pirschte sich vorsichtig an sie heran und griff in Dreier- oder Vierergruppen an. Trotz der Länge der Schwerter wirbelten die beiden Samurai sie mit der Geschwindigkeit von Tambourmajoren wie Windmühlenflügel durch die Luft. Stählerne Tambourstäbe, die einen Menschen mit einem einzigen Schlag von oben bis unten aufschlitzten. Während sie sich über den Hof schlugen, wurde einer von ihnen durch den Rücken von einem Speer durchbohrt. Mit dem Speer in seinem Körper wirbelte er herum und schlug noch im Fall dessen Besitzer durch die Hüfte, hackte ihn in zwei Teile. Die zehn noch lebenden Diener stürmten vor und stießen ihre Klingen in den Rücken des sterbenden Samurai.

Dusty fuhr wie von der Tarantel gestochen auf seinem Platz senkrecht auf. »Jesus!«

Die Diener hasteten durch das hölzerne Tor hinter dem anderen Samurai her. Er wartete auf sie, stand mit dem Rücken vor der Außenmauer des Landsitzes, sein riesiges Schwert in der Bereitschaftshaltung. Sie umkreisten ihn langsam. Sein Schwert, nicht mehr als ein schimmernder, verschwommener Flecken im Mondlicht, fuhr blitzschnell in ihre Mitte. Es war eine einzige schnelle, fließende Bewegung. Das Schwert sauste blitzschnell nach links, rechts und nach hinten. Außer dem anhaltenden Schwirren seines Schwertes, das nur von dem Aufreißen ihres Fleisches unterbrochen wurde, war nichts zu hören. Plötzlich stand er vollkommen regungslos da, lauschte in die Nacht. Ein Turm aus Eisen, umgeben von Blutlachen. Dann, nachdem er sein Schwert in seine Scheide zurückgestoßen hatte, drehte er sich um und schritt mit aufrechtem Gang durch die wogende Landschaft mit ihren Erddämmen und Reisfeldern, marschierte unverwandt zu dem frischen Grab seines Fürsten.

Kilmer stellte sein Glas ab. Das war die Szene, die er immer am meisten schätzte. Der Augenblick der Ruhe, nachdem der Feind erschlagen war und nur noch eine Aufgabe zu tun blieb. Das war der Augenblick, in dem der Revolverheld wieder in seinen Sattel stieg und fortritt, doch der Samurai kehrte zu seinem persönlichen Rendezvous mit der Pflicht zurück. Das war Bushido, die höchste Verkörperung des japanischen Geistes, der Kodex der Samurai – eine Morallehre, die das gesamte Leben eines Mannes bestimmte; ein Kodex, der äußerste Loyalität, Mut und Etikette erforderte; ein Kodex, der inneren Eifer und äußere Beherrschung ohnegleichen inspirierte. Der Kodex der Samurai, mehr ein Gefühl als ein Glaubensbekenntnis, ist niemals in einem einzigen Buch niedergeschrieben worden, sondern ist über die Jahrhunderte in den Gedichten zahlloser Samurai dokumentiert worden. Ihre Gedichte hatten alle ein Thema: Der Zweck des Lebens eines Samurais ist der Tod – zur richtigen Zeit auf die richtige Weise zu sterben. Nachdem er während seiner Kindheit und Jugend gelernt hat, wie er auf die richtige Weise sterben kann, verbringt ein Samurai sein Mannesalter damit, darauf zu warten, im richtigen Augenblick zu sterben. Das war das Ideal der Samurai: zu wissen, wann und auf welche Weise man starb. Ein Samurai hatte nicht nur keine Angst vor dem Tod, sondern er hielt ihn zudem auch für den heiligen Augenblick der Ehre. Falls er um die Ehre betrogen wurde, im Kampf für seinen Fürsten zu sterben, dann empfing er diese Ehre, indem er seinen eigenen Tod herbeiführte. Für ihn waren Leben und Tod nicht zwei Dinge, sondern eins. Und genau dieses Paradoxon machte den japanischen Geist aus.

Obschon der mächtige Samurai nicht langsam ging, nahm er

die ihn umgebende Landschaft ein letztes Mal begierig in sich auf, lauschte auf die Grillen in der Ferne, beobachtete den Halbmond, dessen Licht durch die Äste und Blätter blinzelte. Als er das Grab seines Fürsten erreichte, verbeugte er sich und kniete sich dann in der förmlichen Sitzposition vor den Grabstein. Seine Knie lagen auf dem Boden, sein Rücken gerade gestreckt. Er nahm das Langschwert und das Kurzschwert aus seiner Schärpe und legte beide ehrerbietig vor den Grabstein nieder. Nachdem er sich noch einmal verbeugt hatte, zog er seinen schwarzen Kimono bis zur Taille herab. Dann zog er sein Kurzschwert und kratzte ein Gedicht in den Staub vor sich: »Mein Herz ist froh, daß es seine Pflicht erfüllen kann.«

Nachdem er sich ein drittes Mal verbeugte, richtete der Samurai mit seiner linken Hand die Spitze seines Kurzschwertes auf die linke Seite seines Unterleibes und stieß es dann mit dem Ballen seiner rechten Hand hinein. Seine Augen öffneten sich weit, die Welt schwankte in einem betrunkenen Chaos, doch sein Gesicht blieb unbewegt und starr. Seine glühende Konzentration ließ beide Hände beben, dann riß er das Schwert mit kurzen, ruckartigen Bewegungen seitlich durch seinen Bauch. Die weiche Nachgiebigkeit seiner Därme drückte die Klinge immer wieder nach außen, doch er hielt sie fest umklammert. Mit dem dritten Ruck erreichte er seine rechte Seite und zog die Klinge heraus. In seinen Augen funkelte dunkle Ekstase. Nachdem er die Klinge wieder hereingleiten ließ, riß er sie senkrecht nach unten, und sofort fielen seine ineinander verwobenen Eingeweide auf seinen Schoß. Schweißperlen liefen über sein Gesicht, doch abgesehen von dem leichten Beben seiner zusammengepreßten Lippen blieb sein Gesicht unbeteiligt und gefaßt. Er legte die blutverschmierte Stahlspitze an seine Kehle und zerschnitt mit einer schnellen Bewegung seine Jugularvene und seine Halsschlagader. Als das warme Blut über seine nackte Brust sprudelte, verloren seine Augen ihren Glanz, und sein bleiches Gesicht war nicht mehr länger das Gesicht eines lebenden Menschen. Er legte sein nasses Schwert ehrerbietig vor den Grabstein, schloß seine Augen und fiel in einer ewigen Verbeugung tiefster Ehrerbietung nach vorne über sein Gedicht. Die sanfte Abendbrise verteilte weiße Kirschblüten, deren Reinheit und Klarheit den Samurai symbolisierten, auf seinem nackten Rücken.

Ein paar schneeweiße Blütenblätter wehten in einen nahegelegenen Bach und trieben auf ihm flußabwärts dem Ozean entgegen. Ende.

Das Licht ging wieder an, und Kilmer leerte sein Glas. Dusty starrte immer noch wie gebannt auf die jetzt leere Leinwand. »Warum ausgerechnet der Bauch?«

Kilmer antwortete ihm mechanisch. »Um die Seele zu befreien, die nach dem Glauben der Buddhisten im Bauch sitzt. Aus diesem Grund ist Buddhas Bauch auch so groß.«

»Und warum dann auch noch die Kehle?«

Kilmer gab ihm mit einer schroffen Handbewegung zu verstehen, daß er still sein sollte.

»Okay.« Dusty zuckte mit den Achseln und bückte sich, suchte sein Bourbon-Glas.

Kilmer lehnte seinen Kopf gegen das Fenster, schloß seine Augen und sah wieder die dunkle Höhle auf Okinawa vor sich, in der er und Tanner den toten japanischen General gefunden hatten. Die stickige Luft wimmelte vor Fliegen, und die mehrere Tage alte Leiche erfüllte die Höhle mit dem üblen Gestank des Todes. Schlangen glitten tiefer in die Dunkelheit. Der tote General hatte sich seinen Bauch mit einem zeremoniellen Schwert aufgeschlitzt und sich mit einem Gewehr in den Hals geschossen. Seine Innereien waren auf seinen Schoß herausgequollen, und sein Kopf war beinahe vollständig vom Rumpf abgetrennt. Der Schorf auf seinen klaffenden Wunden war mit Fliegen und Schlangenbissen übersät. Kilmer drehte plötzlich durch und versetzte dem General einen scharfen, ungestümen Tritt in den Bauch, schlug seinen Stiefel mit voller Wucht tief in die klaffende Wunde hinein, verspritzte dabei die heraushängenden Därme und trat wie ein Besessener wieder und immer wieder zu. Tanner versuchte ihn aufzuhalten, und er sprang Tanner an, vergrub brutal seine Finger in Georges Hals, würgte ihn, bis er ohnmächtig wurde, und hätte ihn beinahe umgebracht. Keiner von ihnen hatte die Höhle jemals wieder erwähnt.

Vom Lärm der dicht gedrängt sitzenden Passagiere, die jetzt ihre Unterhaltungen wieder aufnahmen, wurde George Tanner wach. Er streckte seine Beine und setzte sich wieder gerade hin, sah wieder ganz wie der Alte aus, hatte seine aalglatte und diplomatische Art wiedergefunden. Trotz einer Spur von Besorgnis in seinen Augen wirkte sein schmales Gesicht ruhig und zuversichtlich. Er hatte sich von seiner traumatischen Konfrontation mit einem *yakuza*-Killer wieder vollkommen erholt und sich auf die Tatsache eingestellt, daß seine Tochter entführt worden war und jetzt befreit werden mußte. Sein gepflegter, beigefarbener und in Hongkong maßgeschneiderter Anzug unterstrich noch seine Ausstrahlung von fester Zuversicht. Er beugte sich vor und sah die beiden anderen kurz an: Kilmer trug seinen üblichen konservativen, grauen Anzug und Dusty seine limonengrüne Kluft mit einer Weste aus ungegerbtem Leder. Kilmer starrte gedankenverloren aus dem Fenster.

»Und? Wie war der Film, Dusty?«

»Gut, Mr. Tanner.« Dusty warf Tanner einen neugierigen Seitenblick zu und stellte überrascht fest, daß er sich offenbar in einer geselligen Stimmung befand. Allerdings sah er auch, daß er mehr an Kilmer interessiert war.

»Gentlemen, was würdet ihr zu einem kleinen Poker-Spielchen sagen?«

»Einverstanden, George.«

Tanner rief eine Stewardess, bat um ein Kartenspiel und lehnte sich zurück, versuchte nicht an Stephie zu denken und dachte über Harry, seinen Freund, und Kilmer, den Privatdetektiv, nach. Harry war schon knallhart, doch Kilmer war einfach furchterregend. Haargenau der richtige Mann für diesen Job. Obschon er Harry kaum noch kannte, war sein Vertrauen durch Kilmers Ausstrahlung sofort wiederhergestellt worden. Er war sich selbst nicht ganz sicher, wie er es geschafft hatte, jedenfalls hatte er Harry wieder einmal dazu überredet, für ihn den Troubleshooter, den Problemlöser, zu spielen. Dafür war er bereit, sowohl Harry als auch Kilmer auf jede erdenkliche

Weise ihren Willen zu lassen, selbst wenn das bedeutete, einen hirnverbrannt dummen Film in der Touristenklasse aushalten zu müssen. Kilmer war dieses Opfer wert – war alles wert. Im Kampf war der Mann der reinste Virtuose, ein Führertyp, ein Kämpfer mit unheimlichem Instinkt und Fähigkeiten. Drei Jahre lang waren Tanner-Karte und Kilmer-Kanone ein unschlagbares Team gewesen. Das einzige, was er nach zwanzig Jahren im Geschäftsleben bedauerte, war, daß es ihm nicht gelungen war, Harry dazu zu bewegen, als Partner in sein Geschäft einzusteigen und so ihre erfolgreiche Teamarbeit fortzuführen. Doch Harry hatte sich mit seiner gewohnten verstockten und unmäßigen Dickköpfigkeit standhaft geweigert, obschon er Harry ein beträchtliches Darlehen gegeben hatte. Doch in Zwangslagen war Harry durchaus bereit, ihre Partnerschaft auf einer zeitlich befristeten Basis zu erneuern, und alles in allem gesehen genügte das auch. Wenn Kilmer diesen Job nicht erledigen konnte, dann konnte es keiner. Der Tono-Clan hatte eine tödliche Karte ausgespielt, doch mit Kilmer, der Stephie suchte, war er bereit, darauf zu reagieren, bereit, Tono von Angesicht zu Angesicht gegenüberzutreten. Kilmer würde seinen Job schon machen, und gemeinsam würden sie auch einen Weg finden. Gott helfe ihr, falls ihnen das nicht gelang.

Die Stewardess kehrte mit dem Kartenspiel zurück, und sie spielten für die nächsten zwei Stunden Poker. Dann meldete sich der Pilot über die Lautsprecher: »Willkommen in Tokio, Ladies und Gentlemen. In etwa fünf Minuten werden wir auf dem Haneda International Airport landen. Die Bodentemperatur beträgt zur Zeit 92 Grad Fahrenheit und die örtliche Zeit ist 13.36 am Montag, dem 16. Juli. Ich bedanke mich bei Ihnen, daß Sie mit der JAL geflogen sind, und wünsche Ihnen einen angenehmen Aufenthalt in Japan.« Er wiederholte diese Durchsage auf japanisch und gab die Temperatur in Celsiusgraden durch; dann forderte eine Stewardess die Passagiere auf, sich wieder anzuschnallen.

Kilmer starrte aus dem Fenster, als der Jumbo-Jet durch den dichten Smog – Tokios torloses Tor – zur Landung ansetzte.

Durch den braunen Dunst war das gewaltige Tokioter Becken mit seinem endlosen Gewirr tausendfach gewundener Straßen, kunterbunt durcheinander gemischt wie eine riesige Schüssel mit Spaghetti, kaum zu erkennen. In einem Umkreis von zwanzig Meilen lebten zwanzig Millionen Menschen. Die meisten von ihnen waren anständig und ehrlich und arbeiteten, an amerikanischen Maßstäben gemessen, unglaublich hart. Fakt: Manche waren *yakuza* und einer war Tono Toshiro.

Dreißig Minuten später, nachdem sie durch die »Einwanderungskontrolle« und die »Zollabfertigung« hindurch waren, betraten die drei Amerikaner die von Menschen wimmelnde Eingangshalle des Flughafens. Kilmer entdeckte Wheat in der Menschenmasse sofort.

Dreiundsechzig Jahre alt, exzentrisch und hausbacken, trug Professor Oliver Wheat eine braune Khaki-Hose, ein rotkariertes Hemd, eine braune Cordjacke und eine knallrote Baseball-Mütze. Nicht anders als bei Buddha-Statuen war sein Bauch alles andere als klein, doch im Gegensatz zu denen Buddhas sprühten seine graublauen Augen nur so von Weisheit. In Tokio geboren und aufgewachsen, hatte Wheat, abgesehen von drei Jahren als Doktorand in Harvard, gefolgt von fünf Jahren Dienst als Dolmetscher bei der U.S.Army während des Krieges, sein ganzes Leben in Japan verbracht. Seit dreißig Jahren war er nun Dozent für amerikanische Geschichte an der Aoyama Universität, und seit zwanzig Jahren hielt er ein Seminar über den Amerikanischen Bürgerkrieg an der mächtigen Universität von Tokio. Was zur Folge hatte, daß er einflußreiche Verbindungen auf jeder Stufe der japanischen Gesellschaft gesammelt hatte, die er jedoch nur höchst selten ausnutzte. Akademischer Einzelgänger, der er nun einmal war, ging er immer seinen eigenen, abgeklärten Weg. Kilmer hatte er während eines von Tanners Pokerspielen kurz nach Kriegsende kennengelernt, als Kilmer, fünfundzwanzig Jahre alt und schlachtenmüde, ein leicht aufbrausender, morbider Mensch gewesen war. Wheat hatte ihm geholfen, aus seiner düsteren Stimmung herauszukommen, indem er Kilmer mit Japan bekannt gemacht, ihm die Sprache und die grundlegenden Regeln beigebracht hatte. Seit damals waren sie enge Freunde geblieben, und als Kilmer sich jetzt einen Weg durch die überfüllte Eingangshalle bahnte, mußte er allein schon bei dem Anblick von Wheats knallroter Mütze lächeln. Mit beiden Händen schüttelten sie sich herzlich die Hände.

»Wie geht's dir, Major?«

»Gut, Sergeant. Ach, Harry, es ist schön, dich zu sehen.«

»Ja, bei mir ist es genauso, Ollie.«

Tanner lächelte und legte jedem der beiden Männer eine Hand auf die Schulter.»Die drei Jacks sind wieder vereint.«

Wheat lachte. »Der nächste Tisch steht im Warteraum, und ich glaube, ich muß geben.«

Tanner nahm seinen Koffer in die Hand und entschuldigte sich. »Nächste Woche, Gentlemen. Ich fürchte, diese Woche wird es ziemlich hektisch. Harry, halt mich auf dem laufenden. Ich werde die Waffen noch heute abend von einem meiner Leute vorbeibringen lassen.«

»In Ordnung, George. Ich rufe dich morgen mittag an.«

Tanner nickte und ging nach draußen zum Taxi-Stand, seinen Koffer in der einen, seine Aktentasche in der anderen Hand.

Kilmer legte seine Hand auf Wheats Schulter. »Dusty, darf ich dir Oliver Wheat vorstellen. Ollie, das ist Dusty. Er geht mir bei ein paar Kleinigkeiten zur Hand.«

»Hallo, Dusty.«

»Tagchen.«

Sie schüttelten sich die Hände, und Wheat deutete auf den überfüllten Parkplatz vor dem Terminal. »Mein Wagen steht draußen. Verschwinden wir aus diesem Irrenhaus hier und werfen wir uns in das dort draußen.«

Als sie durch die automatischen Glastüren das Flughafengebäude verließen, tippte sich Wheat an seine rote Baseball-Mütze. »Du hast es wahrscheinlich schon bemerkt, Harry, ich trage meine Schach-Uniform.«

Kilmer lächelte ironisch. »Ollie, ich denke ja gar nicht daran, dir auch nur den geringsten Vorteil zu geben. Zuerst muß ich unbedingt ein Nickerchen machen.«

Sie überquerten den Parkplatz, und urplötzlich hatten sie fünf College-Studenten an ihrer Seite. Drei von ihnen waren attraktive junge Mädchen, und die hübscheste von allen verließ ihre Gruppe und trat neben Dusty. Mit einem lieben Lächeln auf den Lippen sagte sie: »Harro. Darf ich englisch mit Ihnen sprechen?«

Dusty lächelte überrascht. »Tagchen.«

»Wie lang sind Sie schon in Japan?«

»Häh?«

Wheat flüsterte Dusty über die Schulter: »Wie *lange* .«

»Ach so!« Dusty strahlte sie wieder an. »Ungefähr fünf Minuten.«

»Oh, das ist nett. Was halten Sie von Japan?«

»Ich weiß noch nicht, aber *du* bist sehr hübsch.«

»Oh, das ist nett. Sind Sie der Amerikaner?«

»Yeah, ich komme aus Amerika. Wie heißt du?«

»Das ist nett.« Die reizende Studentin rückte noch etwas näher zu ihm heran, doch bombardierte ihn weiter mit Fragen, sobald er mit Sprechen aufhörte. »Aus welcher Stadt kommen Sie denn?«

»L. A. Verrat mir deine Telefonnummer.«

»Das ist nett. Können Sie Stäbchen gebrauchen?«

»Klaro. Kannst du einen Freund gebrauchen?«

»Das ist nett. Was ist Ihr Hobby?«

»Mit Frauen zu reden, die mir auf meine Fragen antworten.«

»Oh, das ist nett . . .«

Ehe sie ihre nächste Frage stellen konnte, hatte Dusty Wheats weißen Toyota erreicht. Wheat und Kilmer hatten bereits auf den Vordersitzen Platz genommen, und Kilmer hielt ihm die hintere Wagentüre auf. Dusty hüpfte in den Wagen und kurbelte das Seitenfenster herunter. »Muß jetzt leider weg, Baby. *Sayonara.*«

Die Studentin lächelte, legte ihren Kopf verschämt zur Seite und winkte. »Bye bye.«

Als der Toyota anfuhr, winkte Dusty ihr noch einmal zu und drehte sich dann nach vorne um. »He, *was* war *das* denn?«

Wheat lachte leise in sich hinein und warf einen kurzen Blick in den Innenspiegel. »Dusty, du bist gerade in eine nationale Institution genannt E. S. S. oder auch English Speaking Society eingeweiht worden. An jeder Schule gibt es hier so eine Arbeitsgemeinschaft. Die Mitglieder schließen sich zu kleinen ›Angriffs-Rudeln‹ zusammen und üben ihre sprachlichen Fähigkeiten an nichtsahnenden Touristen.«

»Aber sie hat auch nicht ein Wort von dem verstanden, was ich ihr gesagt habe!«

»Ja, das stimmt, aber dafür war sie ganz begeistert davon, daß du sie verstanden hast. Sie war eben einfach an der Reihe. Die anderen werden wahrscheinlich jetzt gerade ihre Leistung gründlich kritisieren.«

»Na ja, an mir kann sie jederzeit üben.«

An der Einfahrt zu der auf Betonpfeilern geführten Shuto Expressway hielt der weiße Toyota an der Mautstelle und fuhr dann Richtung Norden in das smogverhangene Herz Tokios.

Kilmer starrte unverwandt aus dem Fenster. Unter ihnen glitten Tausende und Abertausende von Häusern vorbei, die wie bei einer Honigwabe dicht aneinandergepackt waren. Jedes Haus war von einem Bambuszaun eingefaßt, jedes Haus war eine ästhetisch vollendete Montage heller und dunkler Hölzer, jedes Haus wurde von den leuchtenden Farben eingetopfter Blumen besonders hervorgehoben. Trotz der dichtgedrängten städtischen Verhältnisse schienen sie der Natur sehr verbunden und nahe zu sein. Doch je näher sie Tokio kamen, desto mehr wurden die Holzhäuser durch düstere, graue Gebäude, eintönige Fabriken und triste Wohnsilos in einer endlosen Wüste aus vorgefertigten Betonteilen ersetzt. Die Japaner, Meister des Hausbaues mit natürlichen Materialien, hatten sehr lange Zeit benötigt, um sich an von Menschenhand hergestellte Baumaterialien zu gewöhnen. Mit Bambus konnten sie einfach alles machen, mit Beton jedoch rein gar nichts.

»Jesus«, brummte Dusty schließlich, nachdem er sich die

eintönig grauen Eingeweide Tokios eine halbe Stunde lang angesehen hatte. »Ich wußte nicht, daß Tokio so häßlich ist.«

Wheat warf einen Blück über seine Schultern. »Warte noch ein bißchen, Dusty. Die wirkliche Schönheit Japans wird nicht öffentlich zur Schau gestellt. Es ist immer eine sehr persönliche, private Angelegenheit, versteckt dort unten hinter diesen Gartenzäunen und Schiebetüren. Deshalb bekommen auch nur so wenige Touristen sie jemals wirklich zu sehen.«

Kilmer lächelte wehmütig, erinnerte sich daran, wie er denselben Spruch vor siebenundzwanzig Jahren gehört hatte, doch blickte weiterhin unverwandt auf das unter ihnen vorbeigleitende Panorama.

Zehn Minuten später, im Zentrum Tokios, war die triste Einfarbigkeit einem Wald aus schlanken, neuen Wolkenkratzern gewichen: Anmutige Riesen-Konstruktionen mit gigantischen Beton-Pylonen und schwungvollen, kühnen Stahlträgern. Die klaren, geometrischen Entwürfe dieser Gebäude, geschaffen von Meistern wie Tange Kenzo, wirkten in ihrer ruhigen Schlichtheit therapeutisch. Als die Japaner schließlich die moderne Architektur beherrschten, verfeinerten sie sie bis zur absoluten Perfektion. Das war der japanische Weg: nicht Originalität, sondern Perfektion. Nichtsdestoweniger blickten diese klaren, ruhigen Gebäude auf einen chaotischen Wirbel aus heillosem Durcheinander und Lärm herab: donnernde Pendlerzüge, geschäftige eilige Fußgänger, hupender dichter Verkehr. Nach zwanzig Jahren erkannte Kilmer die Stadt nicht wieder. Die durch die über der Stadt hängende Dunstglocke nur verschwommen sichtbare Skyline wimmelte von Fernsehantennen und Telefondrähten. Die zahllosen engen Gassen und Seitenstraßen erinnerten an ein Labyrinth ohne jeden Plan und Muster. Ein hirnloser Amateur konnte sich dort unten für immer verstecken, ganz zu schweigen von einem professionellen *yakuza* mit einer Geisel. Fakt: Er hatte auch nicht die geringste Chance, Stephie, auf sich allein gestellt, zu finden.

»Weißt du, Ollie, das ist heute eine ganz andere Stadt. Alles hat sich verändert.«

»Ja, es gibt sogar einen Witz darüber: Wenn du in Urlaub

fährst, verändert sich dein Stadtteil während dieser Zeit so sehr, daß du nicht einmal mehr den Weg nach Hause zurückfindest. Das alte Nippon ist unwiederbringlich verschwunden.«

»Nur Tokio. Auf dem Land hat sich wahrscheinlich doch nichts verändert.«

»Nein, Harry. Der lange Arm des Fernsehens hat auch die Bauern erreicht und beeeinflußt.«

»Ja.«

»Sie verbrennen ihre Tatami-Matten genauso schnell wie die Leute hier in Tokio.«

»Aber manche Dinge ändern sich nie.«

»Stimmt. Ein gutes Beispiel dafür ist mein Schachspiel.«

Kilmer warf Wheat einen kurzen Seitenblick zu und lächelte. »Vergiß es, du gerissener alter Bussard. Du hast auch nicht die geringste Chance, mich um mein Nickerchen zu bescheißen.«

»Stimmt.«

Kilmer machte es sich auf seinem Sitz bequemer und schloß seine Augen. Er dachte über die zwei Dekaden der Veränderung und des Wandels nach. Die Jahre hatten Ollie nicht sehr verändert. Aber Tanaka Eko, diese gutherzige Frau des Leidens – waren die Jahre auch nachsichtig mit ihr gewesen? Nur noch ein paar Stunden. Mondschein am Mittag, das geheimnisvolle Echo.

4

Wertlos ist der Mann, der sich in allen Dingen auszeichnet,
doch der sich der Liebe nicht hingibt, denn er ist
wie ein Weinkelch aus feinstem Gold, aber ohne Boden.
Yoshida Kenko (1282 – 1350)

Das prächtige zweistöckige Haus war 1892 von Wheats Großvater als eine Bastion der westlichen Kultur in einem fremden Land erbaut worden: ein reichverziertes, überladenes Heim im viktorianischen Stil mit einem strengen Garten im Geist des Zen. Doch als jetzt der schwarze Handschuh der Nacht über die rosaroten Finger des Sonnenuntergangs schlüpfte, ähnelte Wheats Küche plötzlich einem Arsenal westlicher Waffen.

Kilmer und Dusty hatten in den Schlafzimmern des oberen Stockes bis 18.30 geschlafen, als Wheat sie zu seinem selbst zubereiteten süß-sauren Schweinefleisch heruntergerufen hatte. Während des Essens hatte Tanners Chauffeur die Kiste mit den versprochenen Schußwaffen abgeliefert, und während Wheat jetzt den Tisch abräumte, öffnete Kilmer die Kiste und bereitete ihren Inhalt auf dem Küchentisch aus: drei Schulterhalfter, zwölf Schachteln Munition, zwei sechsschüssige .38er Smith Wesson Revolver, einen .45er U.S.Army Colt Automatik und eine Remington Schrotflinte Kaliber 20. Kilmer berührte sie auf die sichere, respektvolle Art eines Jägers, der seinen treuen alten Hund streichelt.

»Jesus.« Dusty schien begeistert zu sein, er strahlte und nahm eine der .38er S&W in die Hand, ließ die Trommel aufschnappen und untersuchte die Kammern. Unter dem Licht der Küchenlampe glänzte der schwarze Stahl des Laufes. »Diese Schönheiten hier sind ja funkelnagelneu.«

Kilmer faltete Tanners Zettel auseinander: »Tut mir leid,

Harry, den .45er Colt Commander habe ich dir leider nicht besorgen können. Und auch nicht die .38er Automatik für Dusty. Beiliegend findest du das Beste, was meine Leute auftreiben konnten. Es sind durch die Bank Schwarzmarkt-Waffen und nirgends registriert.« Nachdem er Dusty den Zettel gegeben hatte, untersuchte Kilmer den gewaltigen Army Colt, der länger und schwerer als der kompakte Colt Commander war. Er zog das Magazin heraus und überprüfte den Schußmechanismus. Fakt: sperrig, aber zuverlässig.

Dusty warf den Zettel in die Kiste und sah Kilmer an. »Wie viele Kanonen trägst du eigentlich?«

Kilmer blickte ihn betont kühl an und sagte einen Augenblick lang gar nichts. »Schußwaffen sind in Japan verboten. Trage deine .38er niemals, ohne mich vorher zu fragen. Ist das klar?«

»Klar.«

»Weißt du, wie man mit einem Revolver umgeht?«

»Natürlich, Kilmer. Kein Problem.«

»Ja.« Er legte die .45er in die Kiste zurück, nahm die Schrotflinte und lud zweimal durch.

»Tragen *yakuza* Kanonen?«

Kilmer riß das Magazin heraus und blickte mit einem Auge den Lauf entlang. »Manchmal.«

»Was für welche?«

»Was immer sie kriegen können. Normalerweise kleinkalibrige Handfeuerwaffen – aus Hongkong oder, wenn möglich, von US-Army-Basen eingeschmuggelt.« Nachdem er die Schrotflinte ebenfalls wieder in die Kiste zurückgelegt hatte, nahm er die andere .38er in die Hand und ließ die Trommel herausspringen. »Aber die meisten *yakuza* benutzen keine Schußwaffen. Sie ziehen das Schwert vor.«

»Wieso?«

Gewissenhaft überprüfte Kilmer jede einzelne Schachtel Munition. »Temperament, Verfügbarkeit, Sicherheit.«

»Sicherheit?«

»Das Schwert tötet, ohne Aufmerksamkeit zu erregen. Und ohne unbeteiligte Nicht-*yakuza* zu treffen. Kein Lärm und keine Fehler. Das hält den Druck von seiten der Polizei niedrig.«

Dusty nickte. »Und womit ist dann die Polizei hier bewaffnet?«

»Hauptsächlich mit Gummiknüppeln. In extremen Situationen benutzt die Bereitschaftspolizei auch Handfeuerwaffen und Gewehre.« Kilmer verstaute die letzte Munitionsschachtel wieder in die Kiste. »Bist du mit deiner .38er zufrieden?«

Dusty steckte sie neben die Munitionsschachteln. »Klar, vollkommen.«

»Ja.«

Kilmer wuchtete die Kiste auf seine Schulter und ging den Flur zu Wheats Arbeitszimmer hinunter. Dusty trug die Schulterhalfter.

Drei Stunden später saßen sie alle zusammen im Wohnzimmer und entspannten sich bei einem Glas Whiskey. Das zweistündige Schachspiel hatte mit Wheats kühnem Schachmatt und Kilmers Begleichung ihres üblichen Zehn-Dollar-Einsatzes geendet. Die folgende Stunde hatten sie sich zu ihrem gegenseitigen Vergnügen an alte Abenteuer erinnert und neue erzählt, wobei sie sich oft auf japanisch unterhielten. Dusty hatte sich zunehmend mehr gelangweilt, und jetzt stand er vor dem offenen Fenster und starrte in den Garten auf die Steinlaterne hinaus. Sie stand still zwischen zwei beschnittenen Kiefern in der Dunkelheit. Als er die beiden Männer lachen hörte, drehte er sich um.

Wheat stellte sein Glas gerade auf den Couchtisch und sagte: »Und dann hat sie mich *kusomajime* genannt.«

Kilmer lachte wieder und lehnte seinen Kopf in das weiche Rückenpolster des Sessels zurück.

Das große, wie ein Salon wirkende Wohnzimmer enthielt all die Annehmlichkeiten von zu Hause: dunkle Tischlerarbeiten, eine hohe Zimmerdecke und Möbel in westlichem Stil. Vor den beiden längeren Wänden des rechteckigen Raumes standen polierte Bücherschränke. In der Mitte der linken Wand befand sich eine Stereoanlage, und an der rechten Wand gab es eine kleine Bar. Der große Couchtisch aus Walnußholz stand in der

Mitte eines grünen Teppichs. Das abgewetzte, von zwei kleinen Beistelltischen flankierte grüne Sofa stand links, und rechts von dem Couchtisch standen die beiden marineblauen Sessel, in denen Wheat und Kilmer saßen. Der kleine Schachtisch befand sich zwischen ihnen. Das breite Portal in der gegenüberliegenden Wand führte über den Flur in die Küche.

Obschon der ganze Raum mit bizarren Skulpturen und Holzschnitten geschmückt war, wurde Dustys Aufmerksamkeit immer wieder von einem ganz bestimmten Objekt in Bann gezogen: die Samurai-Schwerter über der Stereoanlage. Die beiden zusammengehörenden antiken Schwerter in ihren schwarz lackierten Scheiden ruhten auf einem ebenfalls schwarz lackierten Ständer, der mit goldener Filigranarbeit verziert war. Das Kurzschwert lag über dem Langschwert. Im sanften Licht des Raumes schimmerte der polierte schwarze Lack dunkel.

Dusty wechselte sein Glas von der rechten in die linke Hand, ging zu der Stereoanlage hinüber und nahm das ein Meter zwanzig lange Langschwert aus seiner Halterung. Ohne die Scheide zu entfernen, nahm er die gleiche Haltung wie der Samurai in dem Film ein, schwang das Schwert mit einer Hand und verlor die Gewalt darüber. Das riesige Schwert sprang aus seiner Hand, segelte durch den Raum, prallte gegen das Bücherregal und fiel dann mit einem dumpfen Schlag auf den Boden.

»Jesus!«

Wheat, durchaus nicht verärgert, lehnte sich aus seinem Sessel und hob es wieder auf.

Kilmer lächelte ironisch. »Das ist ein *katana,* Dusty. Und ein *katana* hält man immer mit beiden Händen.«

Wheat reichte das Schwert über den Couchtisch. »Es erfordert viele Jahre, um ein *katana* zu beherrschen. Daher würde ich vorschlagen, daß du vielleicht besser bis morgen wartest, wenn du draußen üben kannst.«

»Klar.« Dusty legte das Schwert auf den schwarz lackierten Ständer zurück.

Kilmer warf einen Blick auf seine Uhr – 22.15 – und stand auf. »Ich mache mich jetzt besser auf den Weg, Ollie. Sie schließt um zwölf, richtig?«

»Ja, richtig. Aber meinst du nicht auch, daß du vorher anrufen solltest?«

»Nein.« Kilmer nahm seine graue Anzugjacke. Er trug einen grauen Pullover mit breiten roten Streifen. Die roten Streifen betonten sein markantes gutes Aussehen, während der weiche graue Pullover etwas von der nüchternen, sachlichen Strenge seines grauen Anzuges nahm. Im Türrahmen blieb er stehen, deutete auf das Schachbrett und sagte: »Laß dich von diesem alten Profi nicht dazu bequatschen, mit ihm um Geld zu spielen, Dusty.«

Wheat lächelte und tat das Kompliment mit einer Handbewegung ab. »Ach, Harry, du hat dir auch schon um wichtigere Sachen Gedanken gemacht.«

»Ja. *Ja mata.* « Dann verschwand Kilmer im Flur und verließ das Haus durch die Vordertüre.

Dusty ging um das Sofa herum und setzte sich hin. »Wo geht er hin?«

»Jemanden besuchen, den er liebt.«

»Liebt? Ich hätte nicht gedacht, daß Kilmer überhaupt jemanden liebt.«

»Du bist nicht der einzige, der sich wundert. Ich hätte auch nie gedacht, daß ich noch den Tag erleben würde, an dem ein Einzelgänger wie Harry ein Küken mitnimmt.«

Dusty überhörte diese Bemerkung. »Wer ist sie?«

»Tanaka Chieko. Besser bekannt als Tanaka Eko.«

»Und?«

»Nun ja, diese Geschichte geht bis in das Jahr 1945 zurück, bis in das letzte Kriegsjahr, als Tokio wiederholt mit Brandbomben angegriffen und von gewaltigen Feuerstürmen überrollt wurde. In weiten Teilen der Stadt ist einfach alles und jedes vernichtet worden. Hier, in dieser Stadt, sind mehr Menschen ums Leben gekommen als in Hiroshima und Nagasaki zusammen.« Wheat schaute nachdenklich in sein Whiskyglas, als würde es eine ganze Stadt verlorener Freunde enthalten.

Dusty wartete.

Wheat trank einen Schluck und räusperte sich. »Als Dolmetscher für General MacArthur war ich einer der ersten, die das ganze Ausmaß der Zerstörung zu sehen bekamen. Eine Woche nach der Kapitulationszeremonie auf dem Schlachtschiff *Missouri* am 2. Septemer. Ich bin hier in Tokio aufgewachsen, wodurch die lange qualvolle Fahrt in meine Heimatstadt zu einem der traumatischsten Erlebnisse meines ganzen Lebens wurde. Je näher wir der Stadt kamen, um so weniger Häuser und Menschen fanden wir noch vor – es war das genaue Gegenteil wie bei einer normalen Stadt. Und im Herzen von Tokio gab es dann schließlich absolut gar nichts mehr. Soweit das Auge reichte, war es nichts als eine Wüste aus rostroten Trümmern. Die Hitze der Feuerstürme war dermaßen stark gewesen, daß die Zinnbleche der Walzblechdächer einfach weggeschmolzen waren. Die eingestürzten Blechdächer waren dann schließlich gerostet. Tokio sah aus wie ein riesig großer Ozean von getrocknetem Blut.«

»Aber wer ist jetzt diese Tanaka Eko?«

»Die gesamte Familie Tanaka hat während der Feuerstürme ihr Leben verloren. Nur Tanaka Eko und ihr Baby, Hanako, überlebten das Inferno. Sie waren ein Jahr zuvor in die Berge geflohen. Als der Krieg vorbei war, kehrte Eko nach Tokio zurück und mußte feststellen, daß sie plötzlich vollkommen mittellos und allein war. Ihre Verwandten und Freunde waren zu Asche verbrannt; ihr Mann und ihre Brüder waren auf dem Schlachtfeld gefallen. Wie viele andere Frauen auch hatte sie kein Dach mehr über dem Kopf und nichts, womit sie ihr Kind ernähren konnte. Diese erste Zeit nach dem Krieg war verdammt hart, Dusty. Verdammt hart. Es herrschte eine unglaubliche Lebensmittelknappheit. Es gab keine Arbeit. Überall nur Armut und Hunger. Einige Kriegswitwen begingen Selbstmord und nahmen ihre Kinder mit sich. Tanaka Eko, um ihrer Tochter willen, entschied sich für einen anderen Weg. Sie wurde Prostituierte. Ein Pan-Pan-Mädchen, wie sie damals genannt wurden, die Frauen in der Nachbarschaft der amerikanischen Kasernen, wo das Geld war. Und so haben Eko und

Harry sich kennengelernt – im Frühjahr 1946. Sie verliebten sich ineinander, und schon bald mietete Harry eine Wohnung außerhalb der Kasernen und wurde ein richtig häuslicher Mann.« Wheat steckte sich eine Zigarre an und bot Dusty ebenfalls eine an.

»Nein, danke.«

»Tja, ich habe Harry niemals so glücklich gesehen wie damals. Er hat sogar mit dem Pokern aufgehört, wobei Harry und ich uns kennenlernten. Er war immer noch derselbe junge Soldat mit viel zuviel Schlachterfahrung auf dem Puckel. Ein einsamer Wolf mit einem Pokergesicht, der einfach alles tun würde, außer zu mogeln, um sich ein As zu besorgen. Du kennst Harry – immer ruhig, vorsichtig und korrekt. Damals war er schon genauso. Doch durch Eko erhielt er eine gewisse Würde, die er vorher nicht hatte. Und er gab ihr dafür ihr Selbstvertauen zurück, ließ sie aufblühen wie eine Blume im Frühling. Du mußt wissen, daß Eko eine zutiefst traurige Frau gewesen ist. Das ist sie heute noch – auf eine merkwürdige Weise, die sehr schwer zu erklären ist. Es ist irgendwie eine Art von resignierter Melancholie. Sehr japanisch. Jedenfalls verlängerte Harry seine Dienstzeit bei dem Militär, und so lebten sie für mehr als sechs Jahre glücklich zusammen. Und dann begann der letzte Akt. Harry wollte sie heiraten, doch Eko lehnte seinen Antrag ab. Natürlich war das schon seit einigen Jahren so gegangen, doch dieses Mal war die Situation insofern akuter, da Harry sich entschlossen hatte, seine Militärzeit nicht noch einmal zu verlängern. Eko sagte, daß sie ihm ewig dankbar sein würde, daß sie für immer in seiner Schuld stehen würde, daß sie mit ihm solange zusammenleben würde, wie er es wollte – aber daß sie ihn niemals heiraten könnte.«

»Warum denn nicht?«

»Wer weiß? Harry hat ihr diese Frage hundertmal gestellt, doch sie hat ihm kein einziges Mal darauf geantwortet. Vielleicht aus Respekt vor ihrem verstorbenen Ehemann. Vielleicht wollte sie auch nicht, daß ihre Tochter in Amerika aufwachsen sollte. Vielleicht meinte sie auch, daß sie aufgrund ihrer Erfahrungen als Prostituierte zur Ehefrau nicht mehr geeignet war. Wer kann das schon wissen? Tanaka Eko, weißt du, ist keine gewöhnliche Frau. Sie besitzt einen äußerst starken Willen und einen ausgeprägen, kompromißlosen Sinn für innere Würde – wie man es wahrscheinlich auch von einer Frau erwarten würde, die so viele Tiefschläge überlebt hat. Man kann sie nicht herumkommandieren und ihr etwas vorschreiben. Natürlich wußte Hary das alles – ganz ohne Frage war das einer der Gründe, warum er sie liebte. Also erkannte er schließlich, daß er ihre Entscheidung wahrscheinlich niemals verstehen würde, sondern daß er wie ein Japaner diese Tatsache einfach als gegeben akzeptieren müßte.«

»Dann weiß er es also bis heute noch nicht?«

»Stimmt.« Wheat paffte an seiner Zigarre und legte seine Beine auf den Couchtisch. »Dann kehrte 1952 Tanaka Ken, Ekos Bruder, von den Toten zurück. Sechs Jahre lang hatte er irgendwo auf den Philippinen in Dschungelhöhlen gelebt. Da er die Besatzungszeit selbst nicht miterlebt hatte, war er äußerst wütend auf Eko, daß sie mit einem Amerikaner zusammenlebte. Er bedankte sich bei Harry dafür, daß er sie von einem Leben in noch größerer Schande bewahrt hatte, doch er war in keinster Weise mit der Situation einverstanden und schon gar nicht darüber erfreut. Absolut nicht. Du mußt dazu wissen, daß Tanaka Ken ein Mann mit einem wahrlich fürchterlichen Ehrempfinden ist. Einem sehr traditionellen Ehrgefühl. Er ist ein sehr zäher, harter, dickköpfiger Mann. Er und Harry trafen sich dreimal. Bei ihrem zweiten Treffen war ich als Vermittler anwesend. Selbst heute noch sehe ich ganz deutlich vor mir, wie die beiden Männer mit überkreuzten Beinen auf den Tatami in Harrys Wohnung saßen, nichts als ein niedriger Tisch zwischen ihnen, und wie sie sich gegenseitig mit einem sehr merkwürdigen, ursprünglichen Respekt verbissen anstarrten. Die unterdrückte Wut war beinahe schonungslos brutal. Beide starrsinnige Männer, Männer von wenigen Worten, die nicht nachgeben. Harry wollte Kens Einverständnis zu der Heirat mit Eko, weil er hoffte, daß diese ihre Meinung ändern würde. Ken wollte Harrys Versprechen, sobald als möglich abzureisen, und hoffte, daß es ohne Verbitterung gehen würde. Beide blieben sie unversöhnlich. Jeder hielt den anderen für unvernünftig. Und dann verschwand Ken urplötzlich eine Woche nach seiner Rückkehr von der Bildfläche. Er sagte Eko, daß er niemals wieder mit ihr sprechen könnte, und wurde ein *yakuza*, ein professioneller Gangster.«

»Und was hat Kilmer gemacht?«

Wheat klopfte die Asche von seiner Zigarre. »Anfang 1953, dem letzten Jahr der siebenjährigen Besatzungszeit, lief Harrys Dienstzeit ab, und er hatte sich entschlossen, seinen Dienst nicht mehr zu verlängern. Während dieser letzten Wochen nahm er seine Bemühungen wieder auf und machte einen letzten Versuch. Er bot an, Eko und Hanako mit nach Kalifornien zu nehmen. Er machte das Angebot, daß er sich, wie George Tanner und ich, hier in Tokio niederlassen würde. Doch Eko weigerte sich hartnäckig, ihn zu heiraten. Also lieh Harry sich etwas Geld von George, kaufte eine kleine *kissaten* – ein Café und eine Bar – mit der dazu gehörenden Wohnung im ersten Stock und gab ihr das als *sayonara*-Geschenk. Tanaka Eko führt ihr Lokal heute noch und ist sehr erfolgreich damit. Ich habe sie vor einigen Jahren wiedergesehen, als Hanako eine meiner Studenten war. Und, wie ich Harry vorhin erst erzählt habe, Eko hat jetzt einen kleinen Sohn, obschon ich nicht glaube, daß sie jemals wieder geheiratet hat. Jedenfalls geht Harry Kilmer jetzt genau dorthin – um eine Frau zu besuchen, die er seit mehr als zwanzig Jahren nicht mehr gesehen hat.«

»Jesus.«

Wheat drückte seine Zigarre langsam aus und schaute dann auf. »Nun, Dusty, kann ich dich vielleicht zu einem spätabendlichen Schachspiel überreden?«

»Lieber würde ich ja etwas über General MacArthur hören. Wie war er denn so?«

»Der General war ein sturer, dickköpfiger Angeber, aber er hatte auch seine guten Seiten. Und jetzt laß uns ein bißchen Schach spielen.«

»Warum sagen Sie das?«

»Ich sage das, ohne lange zu zögern, weil ich genau das, als ich ihn das letzte Mal sah, zu Big Mac persönlich gesagt habe.«

»Und was hat er geantwortet?«

Hocherfreut, daß er ein neues Publikum für seine alten Anekdoten gefunden hatte, lehnte Wheat sich behaglich in seinem Sessel zurück. »Tja, Dusty, das ist eine sehr lange Gesichte.«

Nachdem er auf der Ginza das Taxi verlassen hatte, blieb Kilmer einige Minuten einfach auf dem Bürgersteig stehen und blickte voller Staunen auf die Tokioter Innenstadt. Die Veränderung war einfach unglaublich: U-Bahnstationen, breite, zehnspurige Avenues, auffallende Neonreklamen, protzige Kaufhäuser. All die improviserten, behelfsmäßigen alten Spezialitätengeschäfte waren durch neue, schicke Geschäfte ersetzt worden. Ein ausländischer Name war der letzte Schrei – für gewöhnlich auf englisch, doch der absolut allerletzte und größte Modeschrei war ein französischer Name. Kilmer betrat ein feines, neues Geschäft namens »Toy Town« und erstand ein Plastikschwert mitsamt einer Plastikscheide. Dann schlenderte er gemächlich die von Neonlichtern beleuchtete Avenue zu einem eleganten Schallplattenladen hinunter, suchte Alben von Neil Young und Roberta Flack heraus und ließ sie sich an der Kasse als Geschenk einpacken.

Kurz vor einer belebten Kreuzung etwas weiter unten auf der Chuo Dori Avenue entdeckte Kilmer ein kleines Blumengeschäft und trat ein. Der liebenswürdige alte Florist verbeugte sich, rückte seine Nickelbrille zurecht und lächelte ihn freundlich an. Er sprach den höflichen Tokio-Dialekt. »Guten Abend, mein Herr, und herzlich willkommen. Darf ich Ihnen vielleicht helfen?«

»Guten Abend.« Kilmer sprach ebenfalls Tokio-Dialekt. »Eine weiße Rose bitte.«

»Nur eine?«

Kilmer nickte zustimmend. *»Hai.«*

»Unser Preis für das Dutzend oder halbe Dutzend ist sehr günstig.«

»Ich möchte nur eine. Eine weiße Rose.«

»*Sah.*« Der alte Florist seufzte tief. »Es tut mir wirklich sehr leid,mein Herr, aber ich kann Ihnen leider nicht weniger als ein halbes Dutzend Rosen verkaufen. Wie wäre es vielleicht mit einer Orchidee?«

»*Ah so ka*?« Kilmer nickte bedächtig. »Na schön, dann machen wir es eben so. Berechnen Sie mir das halbe Dutzend, wickeln Sie mir eine weiße Rose ein und die anderen fünf nehmen Sie Ihrer Frau mit nach Hause. Wäre Ihnen das recht?«

»Aber natürlich. *Domo.*« Der Florist verbeugte sich tief. »Bitte entschuldigen Sie diese bedauerlichen Unannehmlichkeiten. Vielen, vielen Dank. Sie haben wirklich ein sehr großes Herz.«

»*Domo.*«

Zehn Minuten später saß Kilmer auf dem Rücksitz eines Taxis, die beiden Päckchen auf seinem Schoß und die die Seidenpapier eingeschlagene weiße Rose in der Hand. Der mürrische Taxifahrer warf einen flüchtigen Blick über seine Schulter und machte eine Bemerkung über ihren erfrischenden Duft. Kilmer nickte zustimmend, lehnte sich zurück, starrte aus dem Seitenfenster und lächelte leise in sich hinein. Es tat gut, wieder in dem Land zu sein, in dem gegenseitige Höflichkeit immer noch allgemein verbreitet war, wo die Menschen sich immer noch mit Respekt behandelten. Manche Dinge änderten sich eben doch nicht. Anstand bleibt Anstand.

Als das Taxi den Ginza-Bezirk verließ, wurden die Straßen mit den grellen Neonreklamen durch ruhigere, dunklere Straßen ersetzt, die zunehmend schmaler wurden. Mit jedem neuen Abbiegen nahm auch die Verkehrsdichte ab. Nicht lange, und sie fuhren eine dunkle Straße mit nicht mehr als nur vier Fahrspuren hinab. Das einzige Licht auf dieser Straße fiel aus den rund um die Uhr geöffneten Nudel-Ständen, den Telefonzellen und den *kissaten* dieses Viertels. Die meisten *kissaten* hatten ausländische Namen: Chagall, Blue Door, Trombone, Bon Bon. Die schlimmsten ihrer Neonreklamen waren von einem übelkeiterregenden Lila und einem einfach widerlichen Gelb, doch die besten ließen das blendende grelle Neon beinahe dezent erscheinen. Die an ihm vorüberziehenden Leuchtreklamen weckten die Erinnerungen an jenen Tag, als er und Eko kurz vor seiner Abreise das einfache Holzschild für ihre *kissaten* gemalt hatten. Saubere rote Buchstaben auf einem weißen Hintergrund, ein kleines Wortspiel mit ihrem Namen: »Echo Place.« Ihre traurigen braunen Augen hatten vor lauter Dankbarkeit gestrahlt, so vollkommen glücklich darüber, daß sie jetzt ein eigenes Haus besaß.

Kilmer sagte dem Fahrer, wo er von der Hauptstraße abbiegen und sich in das Labyrinth der schmalen Wohnstraßen einfädeln sollte. Die Erinnerung an den Weg zu ihrem Haus war tief in sein Gedächtnis eingegraben. Die Straße war dunkel und eng, es gab keinerlei Bürgersteige, und sie war beinahe schon für zwei aneinander vorbeifahrende Autos zu schmal. An ihren Seiten standen die ruhigen Holzhäuser der Mittelschicht. Manche der Häuser besaßen hohe Bambuszäune, andere standen unmittelbar an den offenen Rinnsteinen am Rande der Straße. Das Taxi drang immer weiter und tiefer in das dicht bebaute Wohnviertel ein, als plötzlich zwei hellrote Säulen im Licht der Scheinwerfer auftauchten: das zinnoberrote Tor des Shinto-Schreines dieses Stadtteiles. Das Taxi bog am Schrein rechts ab und fuhr dann langsam Ekos Straße hinunter: Es war ein Korridor dunkler Bambuswände mit einem sanft glühenden roten Licht an seinem Ende.

Nachdem er aus dem Taxi gestiegen war, blieb Kilmer regungslos im Schatten eines Telegrafenmasten stehen und sah mit großen Augen zu Tanaka Ekos *kissaten* hinüber. Die Leuchtreklame war neonrot und strahlte hell in die Dunkelheit: »Kilmer House.« Er hätte wissen müssen, daß sie den Namen ändern würde – ohne ihm jemals etwas davon zu sagen. Das weiche rote Licht tauchte sein Gesicht in einen warmen roten Schein. Kilmer klemmte die Päckchen unter seinen Arm und grub in seiner Tasche nach einer Maalox-Tablette.

Im Schatten bleibend, kaute Kilmer ruhig die Tablette und blickte auf die elegante, zweigeschossige *kissaten.* Ekō hatte das Haus vollständig renoviert, hatte die alte Holzleistenkonstruktion durch adrette weiße Backsteine ersetzt. Man sah dem Gebäude ihren persönlichen Geschmack an, und mit seiner dezenten, selbstbewußten Schlichtheit wirkte das Haus sowohl frisch als auch verführerisch. Die gedämpfte rote Beleuchtung schien auf den sauberen weißen Backstein. Aus dem Inneren wehte ein sentimentaler alter Pop-Song nach draußen, und mehrere Stimmen sangen dazu. Plötzlich näherte sich eine Gruppe von Gästen der Milchglastüre und platzte auf die Straße hinaus. Drei fröhliche, angetrunkene alte Herren sangen, wobei sie sich gegenseitig ihre Arme um den Hals gelegt hatten. Zwei Geschäftsleuten mittleren Alters wurde von ihren jungen Mätressen nach draußen geholfen. Und plötzlich war sie da. Tanaka Eko. Sie stand in der Türe, verbeugte sich höflich, verabschiedete sich fröhlich von ihren Gästen. »*Oyasumi-nasai.*« Ja, sie war es wirklich, bezaubernd und anmutig und auf eine schmerzhafte Weise schön. Sie zeichnete sich als Silhouette gegen die Türe ab, trug einen glatten weißen Rock, einen roten Ledergürtel und eine frische weiße Bluse, die an ihrem Hals offenstand. Die sanften Kurven ihres schlanken Körpers waren wie das Auf und Ab des sanft wogenden Meeres. Sie sah viel jünger aus, als sie tatsächlich war, aber da war eindeutig diese ruhige Selbstsicherheit, mit der sie ihre Gäste behandelte und sie einlud, doch wiederzukommen. »*Mata dozo.*« Ebenso unmißverständlich war der unwiderstehliche Zauber ihrer Stimme, die so voll und rund wie Tempelglöckchen in einer klaren Winternacht klang.

Als ihre Gäste fort waren, kehrte Eko ins Haus zurück und schloß die Türe. Die Leuchtreklame flackerte noch einmal kurz und verlosch dann. Das zarte Nachglühen verblaßte. Die Musik hörte abrupt auf, und eine junge Kellnerin in einem Mini-Rock trat aus der Tür und verschwand die dunkle Straße hinunter.

Kilmer trat aus dem Schatten und überquerte langsam die schmale Straße. Die weiße Rose zeigte ihm den Weg. Als er spürte, wie sehr sein Herz klopfte, mußte Kilmer leise lächeln. Er biß sich auf die Unterlippe, blieb vor der Michglastür stehen, räusperte sich und klopfte an.

»*Mo owarimashita kedo.*«

Er klopfte noch einmal, wartete und beobachtete durch das trübe Glas, wie sich ihre schlanke Gestalt der Türe näherte. Sie zog die Türe ein paar Zentimeter weit auf. »*Nan deshoo ka*?«

Kilmer antwortete leise auf englisch. »Hello, darlin'.«

Das Schweigen wurde durch ein überraschtes Luftschnappen gebrochen. »Harry.«

»Hallo, Eko.«

»Harry-*san!*« Eko berührte seinen Arm, drückte ihn fest, als müßte sie sich vergewissern, daß er nicht eine Fata Morgana war. Dann öffnete sie die Tür ganz. Kilmer, die Rose wie ein Wahrzeichen vor sich haltend, trat ein und sprach die Begrüßungsformel, die ein japanischer Mann sagte, wenn er nach getaner Arbeit zu seiner Familie zurückkehrte: jene aus nur einem Wort bestehende Begrüßungsformel, die Kilmer ihr sieben Jahre lang jeden einzelnen Tag gesagt hatte.

»*Tadaima.*« (Ich bin zu Hause.)

»*Okaeri-nasai.*« (Willkommen daheim.)

Kilmer hielt ihr die weiße Rose hin. Eko nahm sie, nickte, und wandte dann plötzlich ihr Gesicht ab, damit er ihre Tränen nicht sehen konnte. Kilmer schloß kurz seine Augen, holte tief Luft und blickte dann in das helle Leuchten ihres wunderschönen Gesichtes herab. Eko lächelte und hielt die Rose an ihre Wange. »Danke, Harry.«

Kilmer nickte, und Eko deutete auf eine der Sitznischen. »Setzen wir uns doch. Okay?«

»Okay.« Kilmer setzte sich und legte die beiden Päckchen auf den Tisch, beobachtete, wie sie ihm gegenüber Platz nahm. »Eko, du bist noch genauso, wie ich dich in Erinnerung habe.«

Sie berührte seine Hand. »Oh, Harry, es ist so schön, dich zu sehen. Wie geht es dir?«

»Gut. Ja, ganz gut.«

Sie musterte aufmerksam sein markantes Gesicht und lächelte. »Dein Haar hat Rauhreif angesetzt.«

»Ja.« Kilmer lächelte ironisch.

»Es sieht sehr gut aus.«

»Wie geht es Hanako?«

Eko bedeutete ihm, einen Augenblick zu warten. Dann eilte sie durch den Raum und lief schnell die Treppe im rückwärtigen Teil der *kissaten* hinauf.

Kilmer schaute sich in der *kissaten* um. In dem schwach

beleuchteten Raum befanden sich vor der einen Wand schwarze Vinyl-Sitznischen und vor der anderen eine Mahagoni-Theke. Dazwischen standen fünf Tische. Am hinteren Ende der Bar, neben dem Treppenaufgang, stand ein Stereoplattenspieler und eine rot beleuchtete Jukebox. Der Raum wirkte warm und intim, ohne daß man sich eingeengt fühlte.

Eko kam die Treppe wieder herunter und durchquerte den Raum. Auf ihren Armen trug sie einen verschlafenen kleinen Jungen. Eine attraktive junge Frau etwa Mitte Zwanzig in einer weißen Jeans und einem leuchtendgelbem T-Shirt folgte ihr.

Kilmer sah sie mit großen, fragenden Augen an. Fakt: Die junge Dame war ganz sicher kein Kind mehr. »Hanako?«

Hanako lächelte und verbeugte sich. »Hallo, Onkel Harry.«

»Du bist eine sehr schöne Frau geworden, Hanako.«

»Vielen Dank.«

Kilmer erhob sich und sie umarmten sich kurz. Verlegen und etwas unbeholfen. Sie gab ihm einen Kuß auf die Wange und sagte: »Du erinnerst mich immer noch an Abraham Lincoln. Als ich klein war, glaubte ich, du *wärest* Lincoln.«

Eko strahlte vor Stolz und schien sich in ihrer Rolle als Mutter schon erheblich wohler zu fühlen. »Deine Englischstunden haben sich ausgezahlt, Harry. Hanako unterrichtet heute Englisch an der Aoyama High School.«

»Meine Glückwünsche.«

»Domo.«

Als er sich wieder Eko zuwandte, lächelte Kilmer den verschlafenen kleinen Jungen auf ihren Armen an. »Und wer ist das?«

»Das ist mein Sohn – Taro.« Eko strich Taro zärtlich seine zerzausten Haare aus der Stirn und, indem sie sein Gesicht zu Kilmer drehte, flüsterte ihm auf japanisch etwas zu. »Willst du deinem Onkel nicht Hallo sagen, Taro-*chan? Go-aisatsu wa?«* Taro rieb sich mit seinen kleinen Fäusten die Augen und vergrub dann schnell seinen kleinen Kopf an der Brust seiner Mutter, nachdem er einen langen, verstohlenen Blick auf den großen fremden Amerikaner geworfen hatte. Eko lächelte über seine Schüchternheit und streckte seinen kleinen Arm aus.

Kilmer schüttelte Taro fest die Hand, drehte sich kurz zu dem Tisch in der Nische zurück und gab ihm das Plastikschwert. Taro lächelte schüchtern. Seine kleinen braunen Augen funkelten vor Überraschung. *»Domo.«*

Eko legte ihn in Hanakos Arme und sagte ihr, daß sie ihn wieder nach oben bringen sollte. Als Hanako sich zum Gehen abwandte, gab Kilmer ihr die als Geschenk eingepackten Schallplatten. Dann kehrten Kilmer und Eko zu der Sitznische zurück und setzten sich wieder hin. Kilmer deutete mit seinem Kopf auf ihre beiden Kinder und schaute Eko an. »Ich wußte nicht, daß du wieder geheiratet hast.«

Eko sah direkt in seine Augen. »Das habe ich auch nicht.«

»Ach.« Kilmer nickte befangen, wußte, daß Taros Herkunft niemanden außer ihr etwas anging.

»Und du? Hast du geheiratet?«

»Ja. Zweimal. Es hat beide Male nicht geklappt.«

Hanako kam wieder die Treppe herunter. Nachdem sie ein Tablett hinter der Theke geholt hatte, kam sie zu ihrer Nische und servierte ihnen einen Kübel mit Eis, zwei Gläser und eine Flasche Suntory Gold Whiskey.

»Domo.« Kilmer bemerkte, daß sie die anmutige Tüchtigkeit ihrer Mutter geerbt hatte, und lächelte leise.

»Gute Nacht, Onkel Harry.« Sie erwiderte sein Lächeln und drehte sich wieder der Treppe zu.

»Gute Nacht, Hanako.« Während sie die Treppe hinaufstieg, schaute Kilmer ihr mit väterlicher Zuneigung nach. »Du hast eine prächtige Tochter, Eko.«

»Domo.«

Kilmer schraubte den Verschluß der Suntory-Flasche auf, schenkte zwei Drinks ein und reichte Eko ein Glas. Nachdem sie sich schweigend zugeprostet hatten, genossen sie den samtweichen Nachgeschmack des Whiskeys und blickten in erwartungsvollem Schweigen – jeder wartete auf den anderen – in ihre Gläser. Die plötzliche tiefe Stille im Raum ließ sie beide befangen und unsicher aufblicken. Sie lächelten sich kurz an, erinnerten sich mit angenehmen, warmen Gedanken an eine gemeinsame Vergangenheit, fühlten sich wieder wie ein schüchternes, jugendliches Liebespaar, als ihre Zurückhaltung langsam in der Wärme dahinschmolz. Kilmer blickte in ihre reizenden mandelförmigen Augen und erkannte langsam, daß ihre Sichtweise ihrer gemeinsamen Vergangenheit sehr wenig mit seiner eigenen gemein hatte. Ihre auseinandergehenden Erinnerungen schienen beinahe in keinerlei Beziehung zueinander zu stehen. Es war, als ob dieselbe Szene nicht mehr länger dieselbe Szene wäre, wenn sie auf einem japanischen Tuschbild und auf einer amerikanischen Radierung dargestellt wurde. Er setzte sein Glas ab und blickte ihr strahlendes Gesicht konzentrierter an. Ihre schönen braunen Augen, so klar und tief, hatten den dunklen Schimmer eines Bergsees im Mondlicht. Schließlich sagte er mit leiser,belegter Stimme: »Wie geht es dir, Eko? Erzähl mir, was du all die Jahre gemacht hast.«

Zwei Stunden später, immer noch in derselben Nische, hatte Eko ihr geschmeidiges, glattes schwarzes Haar gelöst, das jetzt sanft über ihre Schultern fiel, und Kilmer hatte seine graue Anzugjacke ausgezogen und die Ärmel seines Pullovers hochgeschoben. Die Flasche Suntory Whiskey war inzwischen halb leer, doch ihre Unterhaltung war sehr ernst geworden. Kilmer sprach über seine Geschäfte.

»Daher ist George natürlich vollkommen außer sich. Seine Tochter scheint mitten in so eine Art von *yakuza*-Machtkampf geraten zu sein.«

»*Yakuza* sind schrecklich.«

»Aber aus diesem Grund muß ich unbedingt deinen Bruder wiedersehen.«

»Ken-*san* ist kein *yakuza* mehr. Er ist heute Geschäftsmann. Er besitzt eine Baufirma.«

»Aber Tanaka Ken weiß alles. Ich will nur mit ihm sprechen.«

Eko blickte in ihr leeres Glas. »Vielleicht will er nicht mit dir sprechen.«

»Warum nicht?«

»Okay, Harry. Vielleicht solltest du ihn wirklich wiedersehen.« Sie stellte ihr Glas auf den Tisch und schaute zu ihm auf. »Ich werde Ken-*san* anrufen. Du kannst dich morgen mit ihm in der *kendo*-Halle treffen. Er unterrichtet dort von acht bis neun.«

»Danke, Chieko. *Domo, domo.*«

»Laß uns jetzt bitte das Thema wechseln.«

»In Ordnung.«

Ekos Augen funkelten. »Laß uns tanzen, Harry. Okay?«

Kilmer lächelte sie herzlich an. »Oh, ja. Sehr okay.«

Eko ging zu der Stereoanlage hinter der Theke, während Kilmer eine Tanzfläche schaffte, indem er die Tische gegen die Nischen zurückschob. Sie legte eine alte Schallplatte auf, drehte sich um und schaute ihn an. Plötzlich, als ob ihre leichte Berührung ein Zauber wäre, umspülte sie die vertraute Melodie einer längst vergangenen Zeit. Zuerst Tommy Dorseys leises Intro und dann Sinatras mitreißende Sanftheit. Kreisend, sich in die Luft erhebend. Ein weißer Reiher, der vor einem silbernen Mond vorübergleitet.

Kilmer stand immer noch vor den Tischen und beobachtete, wie sie anmutig hinter der Theke hervorkam und auf seine offenen Arme zuging. Wie sie sich ihm zuerst noch zögernd, dann bereitwillig näherte, wobei ihre ruhige Schönheit in dem milden, warmen Licht strahlte. Der Kloß in seinem Hals wurde dicker, erstickte ihn beinahe, und er schluckte schwer. Seine kräftigen, muskulösen Arme zitterten, als er seine linke Hand um ihren schlanken Körper legte und mit der Handfläche ihren festen Rücken berührte. Und dann nahm er ihre zarte Hand und spürte, daß auch sie zitterte. Sie drückten sich näher aneinander, umarmten sich erst zögernd, vorsichtig und dann fester. Ihre wohlproportionierte schlanke Figur schmiegte sich an seinen großen, starken Körper, und dann glitten sie gemeinsam durch die Schatten, schwebten in einer anmutigen Harmonie. Ihre Knie berührten sich leicht, ihr zarter Atem wehte gegen seinen Hals. Sie wiegten sich langsam, sanken Schritt für Schritt in einen dunklen Traum . . . Ihr erster Abend im Offizierskasino, als sie bis zum Morgengrauen getanzt und getanzt hatten . . . Der Sommerabend, als sie sich auf der Fußgängerbrücke geküßt hatten und sie ins Wasser gefallen war und er ihr nachgesprungen war, und wie sie sich in dem warmen Wasser geküßt hatten und gelacht und geküßt hatten und immer und immer wieder untergegangen waren.

Ihre Hand berührte sanft seinen Nacken. Er spürte ein Prickeln. Er öffnete seine schweren Lider und sah ihre großen glänzenden Augen voller Traurigkeit und Zärtlichkeit. Behutsam zog sie seinen Mund zu ihren Lippen, und sie küßten sich leicht, zärtlich, fest. Plötzlich hörte Eko auf zu tanzen und drehte ihr Gesicht abrupt zur Seite, riß ihre Lippen von seinem Mund. Erstarrt und bewegungslos standen sie einfach da. Sie blickte auf den Boden, ihr Körper war angespannt und steif, ihr Scheitel berührte leicht den Kragensaum seines Pullovers. Ohne aufzusehen flüsterte sie: »*Domo.*« Sie preßte ihre Fäuste gegen seine Brust, ihre Arme bebten fest entschlossen, und dann schob sie ihn langsam von sich fort. Kilmer drückte ihre Arme und trat zurück. Das Zittern hörte auf, und sie stand wie eine Marmorstatue bewegungslos da und blickte weiter unverwandt zu Boden. Ihre Stimme war nicht mehr als ein heiseres Flüstern. »Bitte, frag nicht.«

Kilmer sagte nichts und wartete. Während er ihre einsame und verlassene Gestalt beobachtete, spürte er in seinem Mund wieder diesen alten, bitteren Geschmack, denselben Geschmack wie zwanzig Jahre zuvor, den stumpfen, bitteren Geschmack der vollkommenen Hilflosigkeit. Er ging zu der Nische hinüber, nahm die Flasche vom Tisch und trank einen langen, tiefen Schluck Whiskey. Der bittere Speichel und der Whiskey liefen heiß seine Kehle hinunter, kratzten in seinem Hals wie ein altes rostiges Messerr. Er nahm einen weiteren Schluck und, seine Anzugjacke in die Hand nehmend, sah sie wieder an. Sie stand immer noch mit gesenktem Kopf und mit fest über ihren Hüften gefalteten Händen da. Er wußte immer noch nicht, was er sagen sollte. Sie spürte seinen eindringlichen Blick und sagte: »Gute Nacht, Harry.«

Kilmer schluckte. »Gute Nacht, Eko. Wir sehen uns bald.« Sie sah weiter auf den Boden, rührte sich nicht. Kilmer stellte die Flasche auf den Tisch zurück, drehte sich um und ging leise mit seiner Jacke in der Hand über die Tanzfläche. Lautlos öffnete er die Türe, zog sie hinter sich zu und trat in die Nacht hinaus. Sinatra sang immer noch.

5

Das kostbarste Geschenk des Lebens ist die Ungewißheit.
Yoshida Kenko (1282 – 1350)

DIENSTAG, 17. Juli

Um 7.25 war die durch den Smog drückende Morgenhitze bereits sehr intensiv, als Kilmer und Dusty durch das Backsteintor in Wheats Gartenmauer im viktorianischen Stil schritten. Auf dem Weg zu der zwei Blocks entfernten Hauptstraße genossen sie für einen kurzen Augenblick eines der größten Vergnügen Tokios: durch die kleinen Seiten- und Nebenstraßen der Wohnviertel der Stadt zu schlendern. Auf beiden Seiten von Wheats namenloser Straße befanden sich hohe Zäune aus zu komplizierten Mustern verflochtenem Bambus, die nur einen flüchtigen Blick auf die gepflegten hölzernen Häuser dahinter zuließen. Durch die belaubten Äste hinter den halb offenstehenden Toren waren undeutliche Silhouetten zu erkennen, die sich hinter den papierbespannten Schiebewänden der Häuser bewegten. Japanische Häuser im traditionellen Stil, ewig betörend und verführerisch, waren wie Striptease-Tänzerinnen, die nie ihre sieben Schleier fallen lassen.

Wie alle anderen Menschen auch lieben die Japaner Geheimnisse, doch mehr als andere wissen sie sie zu schätzen und kultivieren sie mit einer glühenden Leidenschaft. Die eigenen Geheimnisse eifersüchtig zu bewachen, während man diejenigen der anderen herausfindet, ist der Lieblingszeitvertrieb der Nation. Nichts beleidigt den Japaner mehr als Bloßstellung; nichts löst größere Qualen aus als das grelle Scheinwerferlicht der Beschämung. Die eine Sache, die sie mehr fürchten und verabscheuen als alles andere, ist nackte, unverhohlene

Deutlichkeit. Indem sie Offenheit als geschmacklos und vulgär und Unverblümtheit als Torheit auffassen, sind die Japaner wahre Meister der suggestiven, zweideutigen Anspielungen, der mehrdeutigen Gesten, der rätselhaften, verwirrenden Ausdrucksweise – Eigenschaften, die, gemessen an den unmißverständlichen, geradlinigen amerikanischen Maßstäben, an Unnahbarkeit und Unaufrichtigkeit grenzen. Folglich ähneln japanische Heime Geheimkammern, die mit Vorrichtungen gefüllt sind, die den offenen, direkten Blick verhindern und zum Voyeurismus ermutigen: verschiebbare Trennwände, Papierwände, Bambuszäune. Und die japanischen Straßen und Städte stellen eine Fortsetzung dieses Prinzips dar, dessen höchster Ausdruck jene gigantische Büchse der Pandora ist, die Tokio genannt wird – das größte Versteck dieser Welt.

Andere große Weltstädte, die zumindest mit einem Anflug von Ordnung geplant und entwickelt worden sind, ermöglichen Mobilität und Erkundung. Nur Tokio besitzt chaotische Verknotungen tausendfach gewundener Straßen und gibt ihnen dann nicht einmal Namen. Nur Tokio teilt seinen Häusern Anschriften in der chronologischen Reihenfolge ihrer Erbauung zu, so daß sich Hausnummer 156 zwischen den Nummern 45 und 708 befindet. Nur Tokio stellt sicher, daß kein Mensch sämtliche Ecken, Winkel und Gassen kennt, daß die meisten Menschen lediglich jene Stadtteile und Bezirke kennen, in denen sie arbeiten und leben, daß alle Menschen wissen, daß es am besten ist, dort zu bleiben, wo man ist, und in zufriedener Privatsphäre zu leben.

Harry Kilmer jedoch war niemals dort geblieben, wo er sich gerade befand, und so hatte er Toko schließlich besser als die meisten Tokioter kennengelernt. Doch für seinen Job benötigte er einen wirklichen Spezialisten, einen Mann, der Tokio so gut kannte wie Kilmer L. A., und das bedeutete: Er brauchte Tanaka Ken. Mühen und Schwierigkeiten schreckten Kilmer selten von etwas ab, doch dies war eine vollkommen andere Sache, eine Angelegenheit, die tadellose Korrektheit voraussetzte und die Möglichkeit des Scheiterns von vornherein ausschloß, da Stephanies sowieso schon sehr geringe Chance durch Tanaka

Kens Weigerung endgültig eliminiert würde. Während Kilmer die schmale Straße entlanggging, strich er sich über sein energisches Kinn und erinnerte sich voller Besorgnis an den Starrsinn Tanaka Kens, eines Mannes von extremer und unnachgiebiger Sturheit. Die Bitte würde ein grober Verstoß gegen die guten Sitten sein, eine ungerechtfertigte Zumutung für die Gutmütigkeit und das Pflichtbewußtsein dieses Mannes. Fakt: Der geringste Fehler würde fatale Folgen haben. Die Bitte mußte mit tadelloser Etikette und uneingeschränkter Offenheit vorgebracht werden. Doch genau aus diesem Grund hatte Tanner Kilmer ja engagiert – weil er Japan *kannte.* Regel: Halt es sauber.

An der Ecke zur belebten Hauptdurchgangsstraße blieben Kilmer und Dusty stehen und warteten auf ein Taxi. Die Dunstglocke lastete schwer auf der Stadt, und es war bereits drückend heiß. Der dichte Rush-hour-Verkehr verwandelte die sechsspurige Straße in einen wilden Strom aus Metall: Lastwagen, Personenwagen, Motorroller, Busse – sie alle wirbelten und schlängelten sich auf die Geschäftsviertel der Stadt zu. Es waren mehr Taxen als irgendwelche anderen Fahrzeuge unterwegs, doch sie waren alle besetzt. Dann fuhr ein dunkelblaues Taxi an den Bordstein und hielt an. Als sie sich dem Wagen näherten, warf sein Fahrer einen kurzen Blick auf ihre Gesichter und fuhr dann mit Vollgas wieder los.

»He!« rief Dusty überrascht und starrte wütend auf die Abgaswolke des schnell verschwindenden Taxis. »Warum hat dieser Bastard das gemacht?«

»Glaubt, wir könnten kein Japanisch. Hätte uns sicher mitgenommen, wenn nicht gerade Hauptverkehrszeit wäre.«

»Das ist mir ja eine putzige kleine Sitte. Die Arschlöcher können uns doch mal. Wir besorgen und einfach einen Mietwagen.«

»Nein«, brummte Kilmer und suchte die Straße nach einem anderen Taxi ab.

»Warum nicht?«

»Wir würden den ganzen Tag brauchen, um einen Parkplatz zu finden.«

Sie gingen den Bürgersteig weiter hinauf, der ein vor Menschenmassen wimmelndes Gewirr eines freundlichen Stadtteilmarktes war. Während Kilmer direkt am Bordstein stand und nach einem Taxi Ausschau hielt, blieb Dusty stehen und starrte mit großen Augen auf das bunte Treiben des frühmorgendlichen Marktes. Muntere, energiegeladene Lieferanten luden frischen Fisch, Pepsi Cola, *tofu*-Bohnenquark, Baguette und merkwürdig aussehende Gemüsesorten von ihren Lieferwagen und Lastwagen ab. Höfliche Ladenbesitzer arrangierten Obst und Gemüse zu Auslagen in den farbenfrohen Designs à la Mondrian. Geschäftige Hausfrauen klapperten auf ihren Holzsandalen von Stand zu Stand, suchten nach dem günstigsten Einkauf, schwatzten miteinander, während überschwengliche Verkäufer auf Sonderangebote hinwiesen. Und jeder nickte und wünschte Gott und der Welt einen fröhlichen guten Morgen.

Schließlich hielt ein kastanienbraunes Taxi an und ließ seine automatischen Türen aufspringen. Sie stiegen schnell ein, und Kilmer sagte auf japanisch: »Zur Städtischen Halle der Kampfkünste.«

Der Taxifahrer war ein alter Mann, der einen ordentlichen Kater zu haben schien, jedoch fuhr, als würde er bei einen Stock-car-Rennen mitmachen. Fünfzehn Minuten später standen sie auf der Eingangstreppe der Halle, einem dreistöckigen Betongebäude, das durch die Umweltverschmutzung häßlich geworden war, aber durch seine schlichte, nichtssagende Art beeindruckte. Kilmer ging mit großen Schritten hinein, und Dusty folgte ihm. Kilmer fand schnell heraus, daß sich der *dojo* – oder die Kampfhalle – auf dem ersten Stock befand.

Sie standen auf dem Flur und blickten durch die geöffnete Türe hinein. Der *dojo* war ein sehr großer Raum, etwa von den Abmessungen eines Basketball-Spielfeldes mit einer Begrenzung aus Tatami-Matten. Abgesehen von einer Handvoll mit Hartholzschwertern bewaffneter junger Männer in einer Ecke war der Raum leer. Kilmer machte den älteren Ausbilder sehr schnell aus und erkannte sofort Tanaka Kens Hinterkopf aufgrund des sehr kurz geschnittenen Haares, nach Art der *yakuza*.

Ken und seine vier barfüßigen Schüler sahen wie geheimnisvolle, altertümliche Krieger in schwarzen Uniformen aus: wattierte schwarze Leinenhosen und kimonoartige Jacken, Schulterharnisch und eine den Unterleib schützende Panzerschürze aus schwarzlackiertem Bambus und ungegerbtem Leder sowie schwarze Handschuhe, die Boxhandschuhen ähnelten. Ihre schweren stählernen Gesichtsmasken lagen auf einer Seite der Tatami. Ken war der einzige, der weder Handschuhe noch Rüstung trug.

Dusty setzte sich in Bewegung und wollte schon durch die Türe den Raum betreten, als Kilmer ihn auf den Flur zurückriß und ihn schroff anfuhr. »Wir warten hier, bis er fertig ist.«

Einer der *kendo*-Schüler, der versuchte, Kens Kopf von der linken Seite aus zu treffen, wurde wiederholt von Kens Hartholzschwert abgeblockt, während die anderen drei Schüler aufmerksam die Handgelenke und Füße ihres Meisters beobachteten. Der angreifende Schüler änderte plötzlich sein Tempo und versuchte einen Überraschungsschlag, doch die blitzschnelle Verteidigungsparade Kens ließ ihn mitten in seinem Schlag zögern, lähmte ihn für einen winzigen Augenblick und machte ihn verwundbar. Mit schnellen kurzen Schritten sprang Ken auf ihn zu, stieß seine offene Handfläche vor und schlug dem Jungen grimmig ins Gesicht. Sein Schlag war so hart, daß der Kopf des jungen Mannes nach hinten flog. Der rotgesichtige Schüler zuckte zur Schmerz zurück, gab aber keinen Laut von sich. Er festigte seinen Angriff mit gesteigerter Schärfe wieder auf. Ken parierte methodisch jeden einzelnen der stechenden Schläge. Hinter ihnen an der Wand hing eine japanische Schrifttafel: »Die Seele Japans ist der Samurai, und die Seele des Samurai ist das Katana.«

Wenn man *kendo* eher als eine Kriegskunst denn als eine Kriegswissenschaft betrachtet, dann ist es die Essenz der japanischen Tradition, in der jeder Aspekt des Lebens als eine Kunst gesehen wurde. Jede Kunst, wie das Leben überhaupt, hatte die ihr geziemende Rolle als ein Teil des allumfassenden

Alls zu spielen. Die traditionelle japanische Kunst war nie so etwas wie Nippesfiguren auf einem Bücherregal, nie muffige Leinwände in einem Museum, sondern immer Bestandteil der tagtäglichen Erfahrung. Japanische Kunst war ein Mittel und ein Weg zum täglichen Bewußtsein, mehr eine Lebensweise als eine Betrachtungsweise. Und da sie einen Lebensstil repräsentierten, waren die traditionellen Künste – Kalligraphie, Bilderrollen, Keramik, Gärten, Schwerter, was auch immer – allesamt im täglichen Leben zweckmäßig. Dem Schwert, weil es eines der *Drei Heiligen Gegenstände* war, kam jedoch eine noch höhere Funktion zu. Das Schwert, als Wächter des Kaisers und seiner Fürsten, war der Beschützer der Ehre, der Verteidiger der Gerechtigkeit, das Instrument der heiligen Pflicht. Schwertherstellung und Schwertkampf waren daher ausschließlich auf Meisterkünstler begrenzt, die die vier Grundpfeiler der japanischen Kultur verkörperten: die strenge Ethik des Konfuzius, die harte Selbstdisziplin des Zen, die rigorose Reinheit des Shinto und die vornehme Ästhetik des klassischen Nippon. *Kendo,* den Weg des Schwertes, zu erlernen, hatte bedeutet, eine Lebensweise zu erlernen. Doch heute war die ruhige, gelassene Kunst des Schwertkampfes von den turbulenten Wissenschaften des modernen Lebens überholt worden.

Fünf Tage in der Woche sagte Tanaka Ken, in dem Wissen, daß man *kendo* nur durch Tun und nicht durch Zuhören meistern konnte, wenig und drillte seine Schüler die volle Unterrichtsstunde. Seine vier jungen Schüler, die fortgeschrittensten seiner Klassen, wußten, daß er ein ausgezeichneter Lehrer war. Intuitiv spürten sie den Unterschied zwischen Tanaka Ken und ihren anderen Ausbildern: Für Ken war die Kunst des Schwertkampfes kein modisches Hobby, sondern vielmehr ein zeitloses Ideal, das schon immer unerreichbar gewesen war und heute allgemein vernachlässigt wurde; ein Ideal des menschlichen Verhaltens, das anzustreben immer noch wert war. Selbst die Art, wie er das Schwert hielt, war anders: In seinen Händen verwandelte sich das *katana* in einen untrennbaren Teil seines Selbst. Obschon sie nicht wußten, daß Ken für viele Jahre als Soldat und *yakuza* den Weg des

Schwertes gegangen war, wußten seine Schüler jedoch sehr wohl, daß Kens Schwertkampfkunst kein Zeitvertreib, sondern vielmehr ein Lebensstil war. Sie begehrten seine körperlichen Fähigkeiten und seinen kompromißlosen Geist so sehr, daß allein seine eisige Reserviertheit – er war immer ernst und lächelte niemals – sie daran hinderte, ihn ganz offen und unverhohlen abgöttisch zu verehren. Doch die äußerst seltenen und dazu schwerverdienten Male, an denen er zustimmend nickte, reichten aus, um sie den ganzen Tag vor Stolz erstrahlen zu lassen.

Obschon die Schüler alle die Grundlagen der Körpertechnik beherrschten, erkannte Ken doch, daß ihre innere, geistige Entwicklung noch hinterherhinkte. Als Kendo-Meister war er dafür verantwortlich, sie die fortgeschritteneren Muskeltechniken nicht eher zu lehren, bis ihr Geist es wert war, sie zu besitzen. Ein Kendo-Meister war in körperlicher Hinsicht zwölf Nicht-Meister-Schwertkämpfern überlegen, und diese Art der äußeren, physischen Stärke sollte ohne die entsprechende innere Stärke nicht besessen werden. Muskeln bildeten nur die Oberfläche; der Kern des *kendo*-Geistes war die innere Reife. Ein Mann konnte diesen Geist nur aus sich selbst heraus entwickeln, konnte ihn nicht von einem Lehrer lernen. Also wiederholte Ken die Übungen und den Drill und wartete schweigend ab. Drei Schüler blieben auf der Strecke, versuchten vergebens, den Geist und die Erleuchtung durch übertriebenen Enthusiasmus und durch uneingeschränkte Hingabe zu erreichen. Nur einer zeigte Anzeichen dafür, daß er einer weiteren Förderung wert war, und das war derjenige, den Ken gerade drillte. Mit ihm übte er länger als mit den anderen.

Exakt um neun Uhr ertönte ein Summer, und jeder senkte sein Schwert. Drei Schüler näherten sich Ken und stellten eine ungeduldige Bitte. Ken starrte sie einen Augenblick lang mit ernstem, kaltem, unnahbarem Gesicht an, dann nickte er knapp. Sofort wichen die vier Schüler zurück, hoben ihre Schwerter und umkreisten ihn vorsichtig, glitten mit ihren nackten Füßen über den Hartholzboden. Er stand in ihrer Mitte. Ken riß sein Schwert in die mit beiden Händen geführte

Bereitschaftsstellung hoch und wartete bewegungslos wie eine Säule aus Stein ab. Sein Schwert verschmolz mit seiner Persönlichkeit, wurde eins mit seinem Selbst, und er strahlte die Aura eines Meisters aus. Sein Kopf bewegte sich nicht, doch sein angespannter Körper schien auch die Bewegungen der Schüler in seinem Rücken wahrzunehmen, wie es der alte Meister vorschrieb: »Der wahre *kendo*-Mann besitzt Augen in seinem Herzen und auf seinem Hinterkopf.«

Plötzlich stieß einer der Schüler einen scharfen Schrei aus, und gleichzeitig begannen die vier Schwerter einen heftigen Angriff. Augenblicklich wurden Kens Schwert und sein Oberkörper zu einem blendenden, verschwommenen Flecken, der in einer unablässigen, blitzschnellen Bewegung herumwirbelte und ohrenbetäubendes Krachen von den Wänden zurückprallen ließ. Und dann, so plötzlich wie er begonnen hatte, stand er wieder vollkommen bewegungslos da, wartete in der Bereitschaftsstellung, während die vier feindlichen Schwerter durch die Luft flogen und auf den Boden krachten. Nachdem sie ihre Waffen wieder aufgehoben hatten, verbeugten sich die vier Schüler respektvoll, bedankten sich bei ihm, trabten dann in einer Reihe hintereinander durch den *dojo* und verließen durch die Türe an Kilmer und Dusty vorbei den Raum.

Tanaka Ken begann mit ruhigen Bewegungen die Leinenhülle über sein Hartholzschwert zu ziehen, hielt dann jedoch abrupt inne und warf einen kurzen Blick zur Tür. Quer durch den *dojo* schauten er und Kilmer sich direkt in die Augen. Für einen langen Augenblick bewegte sich keiner der beiden Männer. Ihre harten, markanten Gesichter blieben vollkommen ausdruckslos. Schließlich zog Kilmer seine schwarzen Halbschuhe aus und betrat den *dojo*, nachdem er Dusty ein Zeichen gegeben hatte, daß er im Flur warten sollte.

Kilmer ging mit langsamen Schritten über den Hartholzboden, fixierte die hagere, muskulöse Gestalt in schwarzem Leinen, musterte das harte, ernste Gesicht: dunkle Haut, hohe Wangenknochen, markante, ausgeprägte Gesichtszüge. Die großen braunen Augen, ruhig und furchtlos, waren sehr dunkel, hatten die Farbe von schwarzem Kaffee. Fakt: Die

Augen eines Mannes, der niemals um etwas bat, der niemals mit etwas prahlte – der Mann, der niemals um einen Gefallen bat. Kilmer mußte ihn um einen Gefallen bitten.

Drei Meter vor ihm blieb Kilmer stehen, und sie blickten sich beide weiter tief in ihre Augen, sagten nichts. Dann nickte Ken, indem er seinen Kopf kurz und heftig vorstieß. Manchmal bedeutet ein knappes Nicken nach japanischer Art *Danke,* manchmal *Entschuldigung,* manchmal *Ich verstehe* und manchmal *Ich nehme deine Anwesenheit zur Kenntnis.* Der Empfänger eines solchen Nickens ist dafür verantwortlich, die Bedeutung dieser Geste zu verstehen. Kilmer antwortete sofort mit einem identischen knappen Nicken.

Indem er wieder eine förmliche gerade Haltung einnahm, sagte Ken mit fester, tiefer Stimme: »*Shibaraku,* Harry Kilmer.«

»Ja, Tanaka Ken, es ist sehr lange her.«

Ken sprach langsam auf englisch weiter. »Sie sehen gesund aus, Kilmer.«

»*Domo.*« Kilmer nickte kurz. »Sie auch.«

»Entschuldigen Sie mein schlechtes Englisch. Ich spreche diese Sprache nicht sehr häufig.«

»Ich muß Sie um einen Gefallen bitten.«

»Harry Kilmer hat meiner Schwester Chieko und ihrer Tochter Hanako sehr viele sehr große Gefälligkeiten erwiesen. Ich vergesse die Vergangenheit nicht.« Ken verbeugte sich sehr tief und hielt seinen Kopf unverwandt in der förmlichen Haltung der vollen Verbeugung unterhalb seiner Gürtellinie. »*Domo,* Kilmer-*san. Domo arigato gozaimasu.*«

»*Iie.*« Kilmer zuckte zusammen und gab mit einer Geste seine Unwürdigkeit für eine solche Dankbarkeit zu verstehen. Die tiefen Falten auf seinem Gesicht zogen sich voller Schmerz zusammen.

Ken richtete sich auf und blickte Kilmer wieder an. Seine dunklen Augen schimmerten. »Ich werde tun, was in meiner Macht steht, Kilmer. Stellen Sie Ihre Bitte.«

Kilmer nickte knapp, bedankte sich. »Vor drei oder vier Tagen ist George Tanners Tochter aus seiner Wohnung im Bezirk Roppongi entführt worden. George und ich waren sehr enge Freunde, als ich vor vielen Jahren hier gelebt habe. Er hat mich gebeten, ihm zu helfen und sie zu finden. Tanner glaubt, daß der Tono-Clan für diese Entführung verantwortlich ist.« Kilmer nickte knapp, bat darum, daß seine nun folgende Zumutung entschuldigt würde. »Tanaka Ken, ich würde zutiefst jede Hilfe zu schätzen wissen, die Sie mir geben können.«

»Sind Sie heute bei der Polizei, Kilmer?«

»Detektiv. Privatdetektiv.«

»Ich bin kein *yakuza* mehr, Kilmer. Die Zeiten haben sich geändert und auch ich habe mich geändert. Ich habe die Welt der *yakuza* verlassen, sobald ich das Geld zusammen hatte, eine eigene Firma zu gründen. Heute besitze ich eine Lastwagenfirma und ein Baugeschäft. Ich lebe jetzt seit mehr als zehn Jahren vollkommen legal und rechtschaffen. Ich habe mein *katana* schon sehr lange nicht mehr angerührt. Nur dieses hölzerne hier.«

Kilmer nickte.

»Heute habe ich nichts mehr mit *yakuza* zu schaffen. Sie lassen mich in Ruhe und ich lasse sie in Ruhe. Ich bin ein Einzelgänger geworden.«

»Ich dachte, Sie könnten vielleicht einige Informationen für mich in Erfahrung bringen. Hören Sie immer noch manchmal etwas?«

»Ich höre sehr viele Dinge.«

»Ich bitte Sie nicht darum, mir zu helfen, sie zu befreien, sondern nur mir dabei zu helfen herauszufinden, an welchem Ort sie sich befindet.«

»Ich werde Fragen stellen und zuhören. Vielleicht kann ich die Tochter Ihres Freundes ausfindig machen. Ich helfe Ihnen, weil Sie meiner Schwester und der Tochter meiner Schwester geholfen haben, weil Harry Kilmer sehr freundlich und großzügig zu meiner Familie gewesen ist.«

»Domo.« Kilmer nickte knapp. *»Domo,* Tanaka-*san.«*

»Wir treffen uns heute abend um sieben in Ekos *kissaten*.«

Beide nickten noch einmal kurz; mit einem weiteren Nicken entschuldigte Kilmer sich.

Als sie wenig später die Treppe zum Eingang der Kampfkunst-Halle hinuntergingen, klopfte Kilmer Dusty in schierer Erleichterung auf die Schulter. Fakt: Die Bitte war für Tanaka Ken eine unverschämte Zumutung gewesen. Sehr unhöflich. Aber es ging nicht anders. Ken war Stephies einzige Chance. Regel: Halt es sauber.

Die Rush-hour war jetzt beinahe vorbei, und sie riefen sich ohne Schwierigkeiten ein Taxi. Kilmer sagte dem jungen Fahrer, wie er nach Tanners Apartmenthaus fahren mußte. Nachdem er vom Bordstein losgefahren war, blickte der Fahrer kurz über seine Schulter und sagte auf japanisch zu Kilmer: »Sind Sie Amerikaner, Sir?«

Kilmer nickte.

»Sie sprechen sehr gut japanisch.«

Kilmer schwieg.

»Ich versuche jetzt schon seit mehreren Tagen, einen japanisch sprechenden Amerikaner aufzulesen. Wenn Sie mir die Unverschämtheit verzeihen würden, Sir, ich möchte Ihnen gerne eine Frage stellen.«

»Fragen Sie.«

»Entschuldigen Sie meine Unhöflichkeit, aber was halten Sie von japanischen Frauen?«

Kilmer drehte seinen Kopf zur Seite und starrte aus dem Fenster auf den Bürgersteig, der vor lauter Fußgänger überquoll. Trotz der Hitze hasteten sie energiegeladen ihrer Wege.

»Ich bin ganz sicher, daß ein Mann mit Ihren internationalen Erfahrungen ganz sicher eine Menge über Frauen weiß.«

»Ziemlich warm heute, stimmt's?«

»Vor drei Tagen habe ich in einer Illustrierten gelesen, daß die Amerikaner ein sagenhaftes Sexualleben führen.«

Kilmer blickte weiterhin stur auf die Fußgänger hinaus. »Wann soll diese Hitzewelle denn zu Ende sein?«

Während er sich mit einem ziemlichen Zahn geschickt durch den Verkehr schlängelte, plapperte der junge Fahrer auch weiterhin über seine Schulter nach hinten. »Also ich persönlich bin jetzt seit zwei Jahren verheiratet, und in letzter Zeit mache ich mir über meine Kondition etwas Sorgen. Sie verstehen, was ich meine, ja? Wir haben es früher immer mehrere Male am Tag getrieben, doch in letzter Zeit nur noch ein paar Mal pro Woche. In der Illustrierten hat gestanden, daß die Amerikaner da viel besser wären.«

Kilmer lächelte ironisch. Die Japaner, normalerweise immer äußerst verschlossen, konnten sich einem völlig Fremden gegenüber, den sie nie wiedersehen würden, vollkommen öffnen. Und wenn sie das taten, dann war es, als würde ein Damm brechen.

»Stimmen Sie mit der Meinung dieser Illustrierten überein, Sir?«

»Illustrierte veröffentlichen einen ganzen Haufen ausgemachte Scheiße.«

»Ja, das meine ich auch.« Der Fahrer nickte langsam. »Also ich finde, die Menschen sind wahrscheinlich überall ziemlich gleich. Aber glauben Sie, daß mit *mir* vielleicht irgendetwas nicht stimmt?«

»Ja.. Aber es ist nicht das, weswegen Sie sich Sorgen machen.«

»Wenn ich meine Unhöflichkeit noch einmal wiederholen darf, was halten Sie von den japanischen Frauen?«

Kilmer drehte seinen Kopf und starrte in die dunklen Augen des Fahrers, die sich im Innenspiegel spiegelten. »Halt deine Augen auf die Straße, mein Junge.«

»*Gomen.*« Der Fahrer nickte eine Entschuldigung und hielt seinen Mund.

Dusty hatte die Unterhaltung verfolgt, ohne auch nur ein Wort davon verstanden zu haben. Jetzt sah er Kilmer fragend an. »Über was zum Teufel habt ihr beide die ganze Zeit gequatscht?«

»Über das Wetter.«

»Häh? Der Bursche schien mir aber verdammt interessiert zu sein.«

»Ja.«

»Aber wieso interessiert sich dieser Kerl so brennend für das verdammte Wetter?«

»Die Japaner fühlen sich der Natur eben sehr verbunden.«

»Jesus.«

Fünf Minuten später verließen sie das Taxi und betraten den Parkplatz von Tanners Wohnhaus. Das vornehme Gebäude lag in einem sehr exklusiven Stadtteil, und von hier aus konnte man sowohl Roppongi als auch Asakusa, die beiden vornehmsten und teuersten Vergnügungsviertel Tokios, leicht zu Fuß erreichen. Als sie sich der Glastüre des Seiteneingangs gerade näherten, kamen Tanner und zwei seiner japanischen Assistenten aus dem Gebäude. Tanner streckte seine Hand aus. »Harry, schön, daß du gekommen bist. Hat sich schon irgend etwas ergeben?«

»Heute abend weiß ich mehr, George. Habe eben erst mit Ekos Bruder gesprochen, und er war einverstanden, uns zu helfen. Wenn er sie nicht ausfindig machen kann, dann stecken wir wirklich in ernsten Schwierigkeiten. Aber ich mache jede Wette, daß er sie schon finden wird.«

»Ich hoffe es, Harry. Ich verlasse mich ganz auf dich.«

Kilmer antwortete nichts darauf.

»Ich bin gerade auf dem Weg zu Tono. Ich habe mich mit ihm in seinem privaten Hauptquartier in Yokohama verabredet. Ich werde versuchen, ihn noch eine Woche hinzuhalten. Länger, wenn es möglich ist. Dadurch müßtest du eigentlich genügend Zeit bekommen.«

»Ja. Falls Ken Stephie ausfindig machen kann, dann hast du sie vielleicht schon morgen wieder.«

»Du arbeitest wirklich verdammt schnell, Harry.«

»Soll ich dich begleiten?«

»Nein. Ich will nicht, daß Tono erfährt, daß du im Lande bist. Außerdem, ich habe früher auch mal harte und zähe Verhandlungen geführt. Alles was er tun muß, ist, ihn zu bluffen, bis wir etwas bessere Karten in der Hand haben.«

»In Ordnung, George.«

Tanner warf einen scharfen Seitenblick auf Dusty. »Alles klar?«

»Sicher doch, Mr. Tanner. Kein Problem.«

»Wenn ihr was trinken wollt, hier ist mein Wohnungsschlüssel.«

»Nein.« Kilmer schüttelte seinen Kopf. »Wir werden noch ein bißchen herumschnüffeln.«

»Ruf mich heute abend an, Harry. Viel Glück.«

»Ja, für dich auch, George.«

Kilmer beobachtete, wie Tanner und sein Assistent in den Fond seiner schwarzen Limousine einstiegen. Der Assistent sah wie ein Buchhalter aus, doch der Chauffeur war sehr kräftig und stark. So wie ein ehemaliger Dock-Arbeiter. Tanner ging kein Risiko ein.

Die schwarze Limousine verließ den Parkplatz und fuhr auf die Straße hinaus. Kilmer und Dusty gingen über den Bürgersteig zu dem Eingang der U-Bahnstation an der nächsten Ecke. Während ihre Schuhe einen schnellen Rhythmus auf die Treppenstufen schlugen, dachte Kilmer über die beste Möglichkeit nach, wie er die beiden Schwarzmarkt-*yakuza* ausfindig machen könnte, die er vor zwei Jahrzehnten gekannt hatte.

Dusty fragte: »Wo gehen wir eigentlich hin?«

»Magst du rohen Fisch?«

»Klingt schrecklich. Bei Meeresfrüchten muß ich immer kotzen.«

»Mach dir nichts draus. Es gibt ganz bestimmt auch ein paar Äpfel und Bananen.«

»Häh?«

Kaum fünf Minuten nach Beginn des Treffens geriet die Unterhaltung ins Stocken, und George Tanner erkannte, daß er um sein Leben kämpfte. Er stand in der Mitte eines Ganges, der von zwei langen schwarzen Sofas gebildet wurde, und hatte das Gesicht einem großen Metallschreibtisch zugewandt, der gut fünf Meter vor ihm stand. Man hatte ihm keinen Platz angeboten.

Steif und angespannt saß Tono Toshiro hinter seinem auf einem Podest stehenden Schreibtisch. Er war ein unterkühlt eleganter Mann mit grau werdendem Haar und einem Gesicht aus Stahl. Gekleidet war er wie ein konservativer leitender Angestellter oder Manager: Dunkelbrauner Anzug, weißes

Hemd, breite braune Krawatte. Doch er besaß die eiskalte Ausstrahlung eines Managers, dessen clever geführtes Firmenkonsortium durch kühl kalkulierte Morde vergrößert wurde. Sein ruhiges, humorloses Gesicht war weiß wie ein Fischbauch und unbeteiligt hart: das Gesicht eines professionellen Spielers. Das einzig Lebendige in dem Gesicht waren seine flinken schwarzen Augen, die kalt und ruhig waren. Diese stechenden dunklen Augen wie schwarze Pistolenläufe besaßen einen matten, ausdruckslosen Glanz, der alles, worauf sie gerichtet waren, gefrieren ließ. Tono hatte seine Hände gegen die Schreibtischplatte gestemmt und starrte Tanner schweigend an. Zwischen seinen Händen lag ein grünes Stück Stoff mit Paisley-Muster.

Tanner vermied es, in diese stechenden Augen zu sehen, und fixierte seinen Blick statt dessen auf den gestärkten weißen Hemdkragen Tonos. Er wollte ehrerbietig wirken und auf gar keinen Fall seinen Bluff offenlegen. Doch man konnte sich Tonos Aura der Macht nicht entziehen: Er strahlte die stahlharte, unnachgiebige Autorität eines *oyabun* aus. Tanner spürte den unbeugsamen, harten Blick eines *yakuza,* der sich skrupellos bis an die Spitze eines Geschäftes, in dem jeder des anderen Feind war, hochgekämpft hatte, und der jetzt der unbestrittene Herr des Tono Clans war. Während er seine Augen weiterhin fest auf Tonos steifen Hemdkragen gerichtet hielt, wartete Tanner darauf, daß Tono ihre Unterhaltung fortsetzte. Der gestärkte Kragen sah scharf genug aus, um damit ohne weiteres rohes Fleisch schneiden zu können.

Fünf von Tonos besten Männern, zähe, abgehärtete *yakuza*-Leibwächter, standen schweigend vor der Wand zu Tanners Linken. Ihre durchtrainierten Körper waren angespannt, ihre sehr kurz geschnittenen Haare standen von ihren Köpfen ab. Abgesehen von ihnen kalten dunklen Augen bewegte sich nichts an ihnen. Vier waren mittleren Alters, drei trugen unauffällige dunkle Anzüge und einer einen dunklen Kimono. Ihre Kleidung war ganz bewußt durchschnittlich und unscheinbar, doch ihre dunkelhäutigen Gesichter waren von schmalen, weißen Narben gezeichnet. Der fünfte Leibwächter trug eine

Sonnenbrille, war jünger als die anderen und hatte keinerlei Narben. Er trug einen Filzhut, den er sich schräg über dem linken Auge in die Stirn gezogen hatte. Sein Schädel war wie bei einem Mönch rasiert.

Vor der rechten Wand stand nur Koto Sho, der engagierte Leibwächter und Profi-Killer. Zu seinem üblichen weißen Seidenanzug trug er ein neues kobaltblaues Hemd, mit Abstand das Farbenfrohste in diesem Raum. Als sein eigener Herr war seine Verpflichtung Tono gegenüber auf eine rein vertragliche Basis begrenzt. Kato war der einzige Mann, dessen Respekt vor Tonos Macht keinen Unterton von Angst besaß. Er rauchte eine Zigarette und beobachtete Tono und Tanner mit der Gleichgültigkeit eines Mannes, der immer im voraus bezahlt wird.

Oyabun Tono starrte Tanner weiterhin durchdringend an, schätzte seinen Gegner ab. Seine schwarzen Augen funkelten wie die Augen eines hungrigen Hundes. Schließlich lehnte er sich zurück und nahm den grünen Paisley-Stoff in die Hand. Als er mit monotoner Stimme zu sprechen begann, klang es beinahe vollkommen beiläufig.

»Ich hätte gedacht, daß es eigentlich ganz klar und offensichtlich wäre, Mr. Tanner. Ich bin nicht in der Stimmung zu feilschen, und Sie befinden sich nicht in der Position, es zu versuchen.«

Tanner blickte direkt in Tonos stechende Augen und streckte in einer um Gnade bittenden Geste seine Arme aus. »Es ist mir einfach unmöglich, alles dermaßen kurzfristig zu arrangieren, Tono-*san* . . .wie diese Unterlagen hier auch belegen werden.«

»Mit Ihren netten Worten, Mr. Tanner, werden Sie Ihre Schulden nicht bezahlen können. So leicht lasse ich mich nicht hinhalten.«

»Geben Sie mir noch eine Woche, Tono-*san*. Ich bin sicher, in dieser Zeit werden meine Anwälte ein für alle Seiten zufriedenstellendes Abkommen ausarbeiten können.«

»Sie sind schon jetzt zwei Wochen hinter dem vereinbarten Termin. Verstecken sich in Ihrem Los Angeles. Es wird schon sehr bald erforderlich sein, daß ich die Reederei übernehme.«

Tanner wischte sich über die Stirn und schwieg, wartete auf eine günstigere Gelegenheit.

»Keine Angst, Mr. Tanner. Falls Sie kooperieren, werde ich Ihnen ein höchst großzügiges Gehalt anbieten.«

»Aber warum haben Sie meine Tochter mit in diese Geschichte hineingezogen?«

»Ich muß etwas in der Hand haben, damit Sie hier in Tokio bleiben. Mit Phantomen mache ich keine Geschäfte.«

»Geben sie mir noch vier Tage, Tono-*san*. Ich werde mit allem, was Sie haben möchten, in vier Tagen wieder zu Ihnen kommen.«

Tono Toshiro beugte sich langsam vor und hielt die vier Finger seiner linken Hand hoch – einschließlich seines Daumens, da sein kleiner Finger abgehackt worden war. »Vier Tage, Mr. Tanner.« Tono nickte kurz und deutete damit an, daß ihre Besprechung zu Ende war.

Tanner nickte ebenfalls, verließ den Raum und zog die Türe hinter sich zu. Tono wandte sich sofort Kato Sho zu und sagte: »Folgen Sie ihm. Dann sehen Sie nach dem Mädchen und bleiben dort, bis ich weitere Instruktionen schicke.« Kato nickte kurz und verließ den Raum.

Nachdem Tanner seine Schuhe im Vorraum wieder angezogen hatte, warf er einen kurzen Blick in den großen Tatami-Raum auf seiner Rechten. Durch die teilweise geöffneten Schiebewände waren mehr als zwanzig *yakuza* und Kunden zu sehen, die um eine lange weiße Stoffbahn auf dem Boden saßen und Karten spielten. Die drei Kartenausteiler waren bis zur Taille nackt. Auf ihren Schultern und Rücken waren die typischen Tätowierungen nach Art der *yakuza* zu sehen: kunstvolle Muster und Ornamente in leuchtendem Rot und Grün.

Nachdem er das Haus durch die Vordertüre verlassen hatte, folgte Tanner dem schmalen Pfad zu der gewölbten hölzernen Fußgängerbrücke, die zu dem kleinen Parkplatz führte. In der Mitte der Brücke blieb er stehen und unterdrückte ein zufriedenes Lächeln. Er hatte es geschafft. Er hatte zwar nur vier Tage statt einer Woche für Kilmer herausgeholt, doch alles in allem war er doch bemerkenswert erfolgreich gewesen. Stephie hatte immer noch eine faire Chance.

Tanner legte seine Hand auf das Brückengeländer, drehte sich um und betrachtete Tonos Grundstück. Das Hauptquartier des Tono Clans, ein zweigeschossiges feudales Herrenhaus, war von einem tiefen Bach umgeben, der sich auf beiden Seiten des Hauses in große Teiche verbreiterte. Der Garten selbst war von einem hohen Bambuszaun umgeben. Der sicherste Weg, Stephie zurückzubekommen, würde sein, Tono einfach zu kidnappen und dann zu verhandeln. Doch das gut verteidigte Haus Tonos ließ jeden Angriff völlig außer Frage stehen. Obendrein umgab sich der raffinierte alte Bastard ununterbrochen mit einem Dutzend oder mehr erfahrener Leibwächter und geübten Killer. Nein, jetzt hing alles einzig und allein von Harry Kilmer ab. Alsolut alles.

Als er sich zu seiner Limousine umdrehte, hörte Tanner, wie sein Chauffeur den Motor anließ. Er hatte seinen Teil getan. Jetzt war Kilmer an der Reihe. Kilmer hatte ihm früher schon das Leben gerettet und würde es wieder tun müssen. Es gab, wie Harry selbst sagen würde, gar keine andere Möglichkeit.

6

Wenn man die japanische Kunst erst einmal liebt,
dann ist es für immer.
Vincent Van Gogh

Um 18.55 verließen Kilmer und Dusty ihr Taxi und standen fünf Minuten vor dem mit Anaka Ken vereinbarten Zeitpunkt vor Tanaka Chiekos *kissaten* in einer der kleinen Seitenstraßen Tokios. Das rote Neonschild »Kilmer House« brannte bereits und leuchtete hell im schwindenden Tageslicht. Harry Kilmer trug die schwere .45er Automatik, die sich unter seinem linken Revers deutlich abzeichnete. Dusty Newman trug einen kleineren .38er Revolver in dem Schulterhalfter unter seiner linken Achselhöhle. Den Nachmittag hatten sie damit verbracht, in verschiedenen Unterweltkneipen herumzustöbern, um die beiden Schwarzmarkt-*yakuza* aufzuspüren, die Kilmer früher einmal gekannt hatte. Herausgekommen war dabei nicht mehr als eine Handvoll Nichts: Der eine *yakuza* war tot, und der zweite verbüßte gerade eine Haftstraße von neun Jahren bis lebenslänglich. Nachdem sie später mit Tanner telefoniert und kurz mit Wheat zu Abend gegessen hatten, hatten sie sich ihre Schulterhalfter umgeschnallt und sich ein Taxi gerufen. Und jetzt waren sie bereit zu handeln und warteten nur noch darauf, daß Ken ihnen die richtige Richtung wies.

Dusty warf einen kurzen Blick auf das hell leuchtende »Kilmer House« und lächelte wissend. Kilmer drückte die Milchglastür auf und winkte ihn brüsk herein. Ihre Augen stellten sich schnell auf die schummerige, intime Beleuchtung ein. Die einzigen Gäste waren eine Gruppe von College-Studenten, die in einer der Sitznischen saßen. Es waren Künstlertypen, die scheinbar gerade einen Wettbewerb machten, um herauszufinden, wer von ihnen am meisten in war und am deprimiertesten aussehen konnte.

Ken und Eko saßen am entfernten Ende der Theke und unterhielten sich leise bei einer Tasse Kaffee. Als sie Kilmers gebieterische Gestalt in der Tür bemerkten, nickten sie beide und standen auf. Eko trug ein hübsches blaugraues Strickkleid, das an ihrem Hals offenstand. Ken hatte noch seine Arbeitskleidung an: ein dunkelblaues T-Shirt, Blue Jeans und weiße Leinenschuhe. Während Kilmer Dusty vorstellte, kam Hanako mit einem Abtrockentuch in der Hand die Treppe hinunter. Nachdem alle genickt und *yoroshiku* gesagt hatten, ging Ken zu einer leeren Nische hinüber. Kilmer folgte ihm und sagte: »Irgend etwas herausgefunden?«

Ken nickte. »Die Tochter Ihres Freundes wird vom Tono Clan festgehalten. Sie halten sich im Eiji-Kloster, einem alten Tempel in den Masahino Bergen, versteckt.«

»*Domo,*Tanaka-*san.*« Kilmer nickte knapp. »*Domo arigato.*«

»Ich werde Sie dorthin fahren. Es ist zwei Stunden entfernt.«

»Das ist nicht nötig.«

»Ich bin in diese Sache hineingeraten, Kilmer. Falls es zu Schwierigkeiten kommt, will ich es sofort wissen.«

»*Domo.* Ich kann Ihnen nicht genug danken.«

»Sind Sie soweit?«

Kilmer nickte, klopfte auf sein linkes Revers und drehte sich dann um. »Auf geht's, Dusty.«

Als die drei Männer auf die schmale Straße hinausgingen, standen Eko und Hanako in der Türe und schauten ihnen nach, wie sie zu Kens viertürigem KXL gingen. Das schimmernde rötliche Licht von der untergehenden Sonne auf der einen und von der roten Neonreklame auf der anderen Seite fiel auf die drei ernsten Gestalten und ließ sie aussehen, als wären sie blutdurchtränkt. Ekos Besorgnis war ihr deutlich anzusehen, ihr Gesicht war verbittert und blaß; es war nicht das erste Mal, daß sie Männer hatte ausziehen sehen, um gegen *yakuza* zu kämpfen. Impulsiv rief sie ihnen nach: »Seid vorsichtig.«

Ken und Kilmer drehte sich wie ein Mann um und antwortete in ihrer jeweiligen Muttersprache.

»Shimpai naide.«

»Mach dir keine Sorgen.«

Sie verließen Ekos *kissaten* im Bezirk Meguro. Der dunkelblaue KXL fuhr schnell über die dunkler werdenden Straßen in den Bezirk Shibuya und dann, nachdem sie an der Mautstelle der gebührenpflichtigen Autobahn angehalten hatten, auf die auf Betonpfeilern geführte Tomei Expressway. Während der Fahrt auf den mit starkem Rush-hour-Verkehr gefüllten Fahrspuren Richtung Westen sprach keiner der drei Männer ein Wort. Die untergehende Sonne spiegelte sich auf der Windschutzscheibe und schimmerte hinter den am Horizont liegenden schwarzen Bergen wie ein schwelendes Feuerrad. Mit viel Geschick und Geduld steuerte Ken den Wagen durch den dichten Verkehr und hielt unverwandt auf den dunkelroten Sonnenuntergang zu.

Dusty saß allein auf dem Rücksitz, starrte gedankenverloren auf die rotglühenden Strahlen, die zwischen den beiden dunklen Gestalten auf den Vordersitzen nach hinten fielen, und fragte sich, ob alle *yakuza* so ernst und zurückhaltend wie Tanaka Ken waren. Dann drehte er seinen Kopf zur Seite und blickte auf das endlose Meer dicht aneinander gebauter hölzernen Wohnhäuser, das sich bis an den smogverhangenen Horizont erstreckte, auf die Dachziegel und die Holzzäune, die matt in dem rotgoldenen Licht schimmerten. Die zahllosen, gleich aussehenden Häuser, die sich ordentlich wie die einzelnen Sechsecke einer riesigen Honigwabe aneinanderfügten, vermittelten den merkwürdigen Eindruck von vereinigter, familienähnlicher Macht und Stärke. Dusty fingerte an seinem Schulterhalfter und blickte wieder zu den beiden dunklen Gestalten auf den Vordersitzen. Er war dankbar dafür, daß er nicht allein war.

Fünfzehn Minuten später, der Pendlerverkehr war inzwischen dünner geworden, schaute Kilmer auf Kens dunkelhäutiges Gesicht, auf dem das langsam verblassende rote Licht des Sonnenunterganges lag.

»Ist Eiji nicht ein schon lange verlassenes Zen-Kloster?«

»*Hai.*« Ken nickte zustimmend.

»Ein etwas merkwürdiger Ort für ein Versteck, oder?«

»*Hai.* Zumindest nicht, was ich erwartet hätte, Kilmer. Die Tochter Ihres Freundes muß für den Tono Clan wirklich sehr wichtig sein.«

»Sie wollen seine Reederei in Yokohama.«

»*Soka?*«

»Ja.«

Kilmer wandte seinen Kopf zur Seite und blickte auf die zunehmende Dunkelheit unterhalb der Autobahn herab. Er ließ sich die Handlungsweise des Tono Clans durch den Kopf gehen. Stephie war wichtig, richtig. Einen Boten nach L. A. zu schicken, war eine sehr kostspielige Angelegenheit. Das Versteck war genial. Maximale Sicherheit bei minimalem Risiko: Die abgeschieden lebenden Zen-Mönche besaßen weder Telefon noch Autos, und die nächstgelegenen Gehöfte lagen immerhin mehrere Stunden weit entfernt. Eine saubere, glatte Operation – Stephie in abgelegenen, menschenleeren Bergen verschwinden zu lassen, während Tanner in der Tokioter Unterwelt suchte. Sehr sauber. Tono spielte ein verwegenes und sehr raffiniertes Spiel. Aber warum dann zuerst die Entführung? Eins: Aus welchem Grund sollte Tono einen solchen riskanten und gefährlichen Zug machen? Zwei: Oder aus welchem Grund war Tono so zuversichtlich, daß er es so schaffen konnte?

Die glühendrote Sonne glitt hinter die zerklüfteten Berge, warf einen ausgefransten roten Streifen zwischen die schwarzen Gipfel und den schwarzen Himmel. Die dünne strahlende Linie verblaßte langsam und verschwand in der Schwärze wie ein Blutrinnsal auf schwarzem Samt. Ken bog die letzte Ausfahrt vor den Masahino Bergen von der Autobahn ab und schlug eine nördliche Fahrtrichtung ein. Schon bald befanden sie sich tief in der pechschwarzen Landschaft. Die zweispurige Landstraße verlief zwischen den dunklen Gebirgsausläufern im Westen und den sich nach Osten erstreckenden dunklen, wassergefüllten Reisfeldern. Außer ihnen fuhr praktisch niemand auf dieser Straße. Abgesehen von ihren eigenen Scheinwerfern kam das einzige Licht von den vereinzelten strohgedeckten Bauernhäusern in den Reisfeldern. Die Bauernhäuser leuchteten in weiter Ferne wie Schiffe auf einem riesigen, friedlichen See der Finsternis.

Ken veränderte seinen Griff um das Lenkrad und bewegte seine Schultern, um seine verkrampften Muskeln zu lockern. Dann warf er einen schrägen Seitenblick auf Kilmer. »Irgend etwas stimmt an dieser ganzen Sache nicht, Kilmer. Echte *yakuza* sind keine Kidnapper.«

Kilmer nickte knapp, hielt seine tiefliegenden Augen aber unverwandt auf den schwarzen Asphalt der Landstraße gerichtet.

»Vielleicht ist es aber auch doch wieder nicht so merkwürdig«, sagte Ken mit einem verbitterten Ton in seiner Stimme. »Moderne *yakuza* leben nicht mehr nach dem Yakuza-Kodex. Sie besitzen weniger Ehre als Hunde.«

Kilmer blickte immer noch stur auf die Landstraße hinaus. Sein Gehirn berechnete methodisch ihre Chancen. Problem: Stephie durfte nicht verletzt werden. Fakt: *Yakuza* schneiden Kehlen durch, wie sie Brot schneiden. Regel: Vermeide um jeden Preis eine Schießerei. Fakt: Die perfekte, geheime Abgeschiedenheit ihres Versteckes bedeutete vielleicht, daß sie nicht auf der Hut sein würden. Regel: Rechne mit dem Schlimmsten.

Die mittelalterlichen *yakuza* waren vogelfreie Spieler und kastenlose Vagabunden, die im Laufe der Jahrhunderte gewisse Regeln einer »Ehre unter Dieben« entwickelten. Ihr Kodex, obschon er auch durch den Kodex der Samurai-Oberschicht beeinflußt worden war, entsprang direkt den unteren, bäuerlichen Gesellschaftsschichten. Während der Samurai-Kodix ein Kodex der göttlichen Pflicht war, war der Yakuza-Kodex ein Kodex der persönlichen Pflicht. Zusammengesetzt aus anomaler konfuzianischer Ethik und roher Selbstdisziplin nach Art des Zen, verlangte der Yakuza-Kodex Höflichkeit und Ehrlichkeit im gesamten Verhalten – vom Essen bis zum Spielen, von der Eigenschaft, ein Gast in einem Hause bis zu der Eigenschaft ein Mörder zu sein –, und verbot vor allem anderen jede Verletzung der gesellschaftlichen

Pflichten und Verpflichtungen eines Mannes. Ihr Kodex war für das Überleben sowohl in körperlicher wie auch in geistiger Hinsicht unbedingt notwendig, da er sie davor abhielt, sich gegenseitig ungestraft umzubringen, und ihnen einen Kern von menschlicher Würde verlieh. Folglich begingen diese Meister des Selbst und des Todes genau wie die Samurai häufig großmütige Selbstopfer. Obschon sie abgehärtete, heimatlose Outlaws waren, die auf der Grenzlinie der feudalen Gesellschaft wanderten, unterstützten sie doch die unteren Gesellschaftsschichten, aus denen sie hervorgegangen waren, indem sie gegen die Samurai von schlechten und verdorbenen Fürsten kämpften, und starben sehr häufig, um die Bauern vor den Ungerechtigkeiten der feudalen Unterdrückung zu schützen. Ihre für gewöhnlich rohe und brutale Wildheit wurde durch ein unerwartet aufrichtiges und ernstes Mitgefühl gemäßigt. So, als Meister des flüchtigen Überlebens, bestanden die mittelalterlichen *yakuza* unverfroren und hartnäckig darauf, daß Erbarmen und Bescheidenheit einen rechtmäßigen Platz im Leben eines Mannes hatten – selbst in ihren verkommenen, niedrigen Leben als Klassenlose und Ausgestoßene.

Die modernen *yakuza* jedoch sind mächtige Clans und organisierte Verbrecherbanden, die seit Kriegsende den traditionellen Geist ihres Kodex pervertiert hatten. Im Namen der Effizienz bildeten sie bürokratische *yakuza*-Syndikate, die ihre kaltblütige Bösartigkeit von jedem möglichen Mitgefühl säuberten. Indem sie den Yakuza-Kodex durch die völlige Eliminierung der ihm ursprünglich innewohnenden Hindernisse zur unlauteren Machtübernahme an die modernen Zeiten anpaßten, hatten diese territorialen Syndikate riesige Reiche versteckter Macht angesammelt. Folglich hatten sie, anders als ihre Vorläufer, auch ihrem traditionellen Schutz der Armen ein Ende gesetzt. Während sie damit fortfuhren, die Reichen zu plündern und zu erpressen, verstießen sie statt dessen ohne jede Skrupel gegen ihre soziale Verpflichtung und plagten die Armen mit der gesamten Litanei des organisierten Verbrechens. Ihre schnellen, effizienten Schwerter ließen nichts zu, was das finanzielle Wachstum ihrer ekelhaften Geschäfte behinderte. Somit lassen die modernen *yakuza* als Meister der ökonomischen Monomanie die Milch der menschlichen Güte die Gosse der menschlichen Habgier hinunterfließen.

Zwanzig Minuten, nachdem sie die Autobahn verlassen hatten, bog Ken von der Landstraße ab und fuhr auf eine dunkle, einspurige Straße – nicht mehr als ein schmaler Streifen Asphalt und Schotter, der sich durch die Gebirgsausläufer in ein tiefeingeschnittenes, enges Tal schlängelte. Schon bald begann sich die abgelegene Straße in endlosen Kurven die steilen Hänge zu den sich mächtig über ihnen auftürmenden Gipfeln hinaufzuwinden. Das Licht der starken Scheinwerfer zerschnitt die Dunkelheit und fiel auf dichte Zedern- und Pinienwälder, die die steilen Abhänge bedeckten und deren Äste auf beiden Straßenseiten weit auf den schwarzen Asphalt hinausragten. Es gab keine anderen Autos und keine Häuser. Abgesehen von matten Streifen Mondlichtes, das sich durch die Äste kämpfte, störte nichts die alles verschlingende Finsternis in diesem engen Tal. Kleine Pelztiere huschten aus dem grellen Scheinwerferlicht und verschwanden im undurchdringlichen Unterholz des Waldes. Der KXL kletterte mit gleichbleibender Geschwindigkeit immer höher und höher in die dunkle, trostlose Stille hinauf.

Dreißig Minuten später und weniger als dreihundert Meter unterhalb der sie umgebenden Gipfel tauchte plötzlich ein altes hölzernes Hinweisschild im Lichtkegel der Scheinwerfer auf: »Eiji Kloster 1.7 km.« Ken hielt den Wagen an und fuhr dann vorsichtig auf den unbefestigten schmalen Feldweg, der sich kurvenreich durch einen dichten Zedernwald wand. Die beiden tief in die Erde eingeschnittenen Fahrspuren enthielten außer zahllosen knotigen Wurzeln auch eine frische Reifenspur. Der KXL rumpelte weiter den Weg hinauf, während die Zedernäste an den Türen des Wagens entlangstreiften. Hundert Meter vor ihnen zeichnete sich die Silhouette einer Hügelkuppe im Schweinwerferlicht ab. Ken schaltete das Licht sofort aus. Der Weg war pechschwarz. Kilmer griff unter seine graue Anzugjacke, zog die große .45er heraus und richtete sie durch die Windschutzscheibe nach vorne. Der KXL schob sich langsam durch die stockfinstere Nacht. Als sie über die Kuppe kamen, sahen sie die äußere Mauer des Klosters auf einer kleinen Lichtung vor sich liegen. Ken hielt am Rande des für Besucher vorgesehenen Parkplatzes an. Die gut vier Meter hohe Klostermauer war weiß getüncht und schimmerte silbern im Licht des Mondes. Die fünf horizontalen Balken eines erstklassigen Tempels waren zu erkennen. Das hohe, überdachte Haupttor befand sich in der Mitte der Mauer und ähnelte einem verlassenen Herrenhaus. Direkt neben dem Tor parkte ein Lieferwagen. Es gab keine Wachtposten.

Kilmer drehte sich halb um und starrte auf den dunklen Rücksitz. Seine Stimme war tief, hart und monoton. »Ich will auch nicht einen Fehler machen, Dusty. Also hör mir jetzt ganz genau zu. Regel Nummer Eis: Schieß nicht, bevor ich schieße. Regel Nummer Zwei: Schieß nicht, ohne vorher deine Augen aufzumachen. Die Mönche tragen schwarze Roben und die *yakuza* dunkle Anzüge. Regel Nummer Drei: Halt deine Augen auf und deinen Mund geschlossen.«

»Verstanden, Kilmer.«

»Vielleicht schaffen wir es, Stephie herauszubekommen, ohne einen einzigen Schuß abzugeben. Vielleicht auch nicht. Wie dem auch sei: Ich will, daß diese Sache hier schnell und anständig gemacht wird. Wenn du irgend etwas versaust, knalle ich dich höchstpersönlich ab.«

Dusty nickte stumm in der Dunkelheit.

»Wenn dir die Regeln nicht gefallen, bleib hier im Wagen.«

»Nein, kein Problem, Kilmer.«

Kilmer warf Ken einen kurzen Blick zu und drehte sich um. »Gehen wir.«

Ken fuhr auf den unbefestigten Parkplatz und stellte den Motor ab. In dem Lieferwagen rührte sich nichts. Der Wald und das Kloster lagen totenstill in der Nacht. Die gewaltigen Holzflügel des Haupttores waren geschlossen, doch eine kleine Tür für Fußgänger direkt daneben war offen. Der kleine hölzerne Türrahmen schimmerte hell im Mondlicht, doch in der Öffnung selbst war nichts als Schwärze.

Leise öffnete Kilmar die Beifahrertüre. Vorsichtig stiegen die drei Männer aus dem KXL, behielten den Lieferwagen und die offene Türe immer im Auge. Kilmer ging voran. Langsam schlichen sie sich über den Parkplatz. Sie folgten ihren eigenen Schatten. Ihre Schritte machten auf der festgestampften Erde leise, scharrende Geräusche. Sie erreichten die Trittsteine am Fuß der silbrighellen Mauer und gingen lautlos hintereinander auf die dunkle, schmale Türe zu. Kilmer blieb unmittelbar neben der ein Meter fünfzig hohen Türe stehen und hielt seine .45er Automatik an sein Ohr. Er bückte sich und steckte gleichzeitig seine .45er und seinen Kopf durch die Öffnung – keine Wachen. Leise trat er ein. Dusty und Ken folgten ihm.

Das Kloster lag still und dunkel in der Nacht. Nur hier und da warf der Mond helle Lichtflecken auf den Boden. Nichts rührte sich. Das Klostergelände war ein großes Rechteck voller hoher alter Zedern, hölzernen Tempelgebäuden und mit Steinplatten ausgelegter Wege, die von Hunderten großen Stein-Laternen flankiert wurden. Die endlosen Reihen der Steinlaternen sahen aus wie die Reihen großer, dunkler Grabsteine auf einem Friedhof.

Die aus Holz erbauten Tempel waren alle Richtung Süden auf das Haupttor hin ausgerichtet. Die beiden Hauptgebäude, eines hinter dem anderen, wirkten wie ein einziges Stück undurchdringlicher Dunkelheit. Sie waren höher als ein fünfstöckiges Gebäude, und ihre geschwungenen Dächer ragten weit über die Baumwipfel hinaus. Die Anlage der Hauptgebäude des Klosters folgte dem klassischen Zen-Muster und bildete ausgehend vom Haupttor eine exakt von Süden nach Norden verlaufende Linie: Sammon (Haupttor), Butsuden (Buddhahalle) und Hatto (Predigthalle). Der dunkle, massige Hauptteil wurde von der kleineren Sodo (Meditationshalle) im Westen und der Shoin (Studierhalle) im Osten flankiert. Die vier Tempel des zentralen Komplexes wurden von kleineren Tempeln und tempelähnlichen Schlafsälen umgeben, die an der Innenseife der viereinhalb Meter hohen äußeren Mauer errichtet worden waren und durch eine zweieinhalb Meter hohe innere Mauer vom inneren Tempelbezirk abgegrenzt waren. Alles in allem standen unter den dunklen Zedern des

Klosters mehr als dreißig Gebäude exakt so, wie sie dort seit fünf Jahrhunderten gestanden hatten. Früher hatten hier an die tausend Mönche gelebt, doch jetzt standen die meisten Gebäude und Quartiere leer. Da es für Touristen zu abgelegen, für die moderne Jugend zu streng und nüchtern und für staatliche Hilfe zu durchschnittlich war, war aus dem Eiji Kloster ein Versteck der *yakuza* geworden.

In zwei Gebäuden brannte Licht. Halb verborgen hinter den Stämmen der Zedern fiel schwachgelbes Licht aus den für die buddhistische Architektur typischen glockenförmigen Fenstern der Shoin sechzig Meter weit vor ihnen und zwanzig Meter östlich der massigen, dunklen Butsuden. Das andere Licht befand sich in der südöstlichen Ecke des Klostergeländes, fünfzig Meter weit entfernt. Es drang aus einem kleinen, tempelähnlichen Wohnhaus hinter der dunklen inneren Mauer. Aus dem Inneren der Shoin war plötzlich ein rauhes Lachen zu hören, dessen Echo über das Gelände hallte.

Wieder ging Kilmer voran, als sich die drei Männer über den dunklen Weg zwischen der Shoin und der massigen Butsuden in Bewegung setzten. Tiefe schwarze Schatten hüllten den schmalen Pfad ein. Vorsichtig schlichen sie zwischen den beiden langen Reihen der Steinlaternen entlang. Die beleuchtete Shoin kam nach und nach in Sicht, und nach etwa dreißig Metern lag sie zwischen den dunklen Bäumen deutlich sichtbar vor ihnen. Helles gelbliches Licht fiel aus der offenstehenden Vordertüre und dem daneben liegenden glockenförmigen Fenster auf eine polierte Veranda. Das stabile Holzgebäude stand auf quadratischen Zedernholzsäulen gut einen Meter weit über dem Boden und wurde von einer Veranda aus Zederndielen eingefaßt. Das rechteckige Gebäude hatte eine Breite von zehn Metern und eine Länge von fünfzehn Metern. Der vordere Tatami-Raum, dreißig Zentimeter über der Veranda, war durch Schiebewände vom hinteren Gebäudeteil, der vollkommen dunkel war, abgetrennt. Die gesamte Shoin lag in dunklen Schatten, doch das geschwungene schwarze Dach war mit kleinen silbrigen Sprenkeln Mondlicht übersät, das durch die Blätter der Bäume herabfiel.

Aus der Richtung des anderen beleuchteten Gebäudes hörten sie plötzlich schnelle, näherkommende Schritte. Die drei Männer blieben wie angewurzelt stehen und wirbelten dann herum. Dusty riß seine .38er aus dem Halfter und zielte. Augenblicklich sauste Kilmers starke Hand auf seine Schulter herab. Dusty senkte seinen Revolver. Sie kauerten sich hinter drei Steinlaternen zusammen, hielten den Atem an und starrten angestrengt in die Dunkelheit. Auf einem zwanzig Meter östlich parallel verlaufenden Pfad ging ein kräftig gebauter Mann in einem dunklen Anzug direkt auf die Shoin zu. An seiner Seite blitzte für einen kurzen Augenblick der nackte Stahl eines vier Fuß langen Langschwertes auf. Nachdem er die wenigen Stufen der Shoin hinaufgestiegen war, überquerte der Mann die schmale Veranda, zog seine Schuhe aus und verschwand durch die offenstehende Türe. Für einen kurzen Augenblick war die Silhouette eines typischen *yakuza*-Haarschnittes zu erkennen: an den Seiten kurz ausrasiert und das Deckhaar ein wenig länger.

Wieder übernahm Kilmer die Führung, als sie über den dunklen Weg in den tiefen Schatten der Butsuden weitergingen. Dusty bewegte sich nur auf Zehenspitzen, damit seine Absätze auf den flachen Steinen des Pfades keinerlei Geräusche verursachten. Einen Augenblick später standen sie zwanzig Meter vor der Westseite der Shoin entfernt dem großen glockenförmigen Fenster unmittelbar gegenüber, das teilweise von zwei dicken Baumstämmen verdeckt wurde. Sie hörten rauhe Stimmen, die auf *yakuza*-Dialekt ihre Einsätze machten. Äußerst leise und vorsichtig verließen sie den steinernen Pfad, glitten zwischen den Steinlaternen hindurch und liefen auf Zehenspitzen zu den knapp drei Meter entfernten Baumstämmen. Als sie von ihrem neuen Standort durch das große Fenster blickten, konnten sie beinahe den gesamten Tatami-Raum einsehen: fünf *yakuza*.

Vier *yakuza* saßen mit überkreuzten Beinen auf den Reisstrohmatten, hatten ihre gezückten Langschwerter neben sich liegen und würfelten. Sie hatten ihre dunklen Anzugjacken ausgezogen und die Ärmel ihrer weißen Hemden aufgerollt. Mit ihren muskulösen Armen warfen sie die Würfel und nahmen sie mit schnellen, präzisen Bewegungen wieder auf. Ihre harten Gesichter mit den strengen Bürstenhaarschnitten waren vollkommen ausdruckslos. Der fünfte *yakuza* war älter als die anderen und saß allein in dem geöffneten Fenster auf der anderen Seite des Raumes. Gelegentlich warf er einen flüchtigen Blick auf die Würfel und trank aus einer kleinen Flasche Whiskey. Seine wachsamen schwarzen Augen wanderten unablässig durch den Raum, waren auf alles gefaßt. Auf seinem Schoß lag eine vernickelte Pistole. Er veränderte seine Sitzhaltung in dem großen Fenster ein wenig, und da war Stephie – sie lag auf dem Bauch, schlief in seinem Schatten auf dem Boden, ihr langes blondes Haar bedeckte ihr Gesicht, die Ärmel ihrer grünen Paisley-Bluse waren abgerissen. Sie schien unverletzt zu sein, doch man hatte ihre Hände auf ihren Rücken gefesselt. Direkt neben ihr auf dem Boden schlief ein ebenfalls an den Händen gefesselter junger Mann – ein japanischer Teenager mit langen schwarzen Haaren. Einer der Würfel-Spieler rief plötzlich irgend etwas laut aus und nahm sich das auf der Matte liegende Geld. Die anderen drei grunzten und machten neue Einsätze. Stephanie bewegte sich nicht.

Dicht an die hohe Zeder gepreßt, starrte Kilmer konzentriert durch das große Fenster. Seine tiefliegenden Augen nahmen eiskalt sämtliche Einzelheiten in sich auf, sein Computer-Gehirn kalkulierte mit Höchstgeschwindigkeit die Logistik durch. Schlief Stephie einfach nur oder war sie unter Drogen gesetzt worden? Wer zum Teufel war der Junge? Elf Waffen: vier gezogene Langschwerter, sechs Kurzschwerter in Holzscheiden, eine Handfeuerwaffe, die wie ein sechsschüssiger .32er Revolver aussah. Fünf *yakuza:* drei in mittlerem Alter, einer unter dreißig, einer über sechzig. Die vier Spieler sahen wie erfahrene, geschickte Schwertkämpfer und furchtlose Killer aus. Der Anführer machte den Eindruck eines erfahrenen Profis, den man nicht leicht hereinlegen konnte. Stephie lag anderthalb Meter von der .32er und fünf Meter von der nächsten Klinge entfernt. Ein Kampf würde sie das Leben kosten. Eine Verfolgungsjagd würde noch schlimmer sein. Die *yakuza* mußten überrumpelt werden, ehe sie die Möglichkeit bekamen, sie zu bedrohen. Möglichkeit: Schieß durch das Fenster. Pro: Sie waren leichte Ziele. Contra: Zu viele Schwerter. Möglichkeit: Überraschungsangriff von innen. Pro: Sie waren reif. Contra: Die Schwerter würden mit Lichtgeschwindigkeit reagieren. Fakt: Eine extrem riskante Lage. Aber es gab keine andere Möglichkeit. Es kam einfach darauf an, sie so schnell zu überwältigen, daß ihnen gar keine andere Wahl mehr blieb als Stephie zu vergessen und ihr Glück in der Flucht zu suchen. Er mußte sie vollkommen überraschen. Aber würden sie trotzdem einen Kamikaze-Angriff versuchen? Fakt: Sehr, sehr riskant.

Kilmer drehte sich um, kehrte vorsichtig zu dem Steinpfad zurück und ging in Richtung Haupttor zurück. Ken und Dusty folgten ihm schweigend. Als sie außer Hörweite waren, etwa vierzig Meter vor der Shoin entfernt, blieb Kilmer stehen. Er stand in den schwarzen Schatten, steckte seine .45er in das Halfter zurück und schaute Ken an. »Wer ist der Junge bei Stephie?«

»Ihr Freund. Er heißt Yamada.«

Kilmer nickte bedächtig und ließ seine Augen über den im Dunkel liegenden Klosterbezirk wandern. Sein Gesicht war angespannt und wirkte entschlossen. »Wie viele Mönche leben hier heute schätzungsweise noch?«

»Weniger als zwanzig. Zehn vielleicht.«

»Glauben Sie, daß noch mehr *yakuza* hier sind?«

»Folgen Sie mir.«

Schnell und lautlos ging Ken über einen diagonalen Pfad, der zu dem zweiten beleuchteten Gebäude in der südöstlichen Ecke des Klostergeländes führte. Vor einer niedrigen hölzernen Türe in der zweieinhalb Meter hohen inneren Mauer blieb er stehen. An dem Querbalken der Türe hing ein kleines Schild: »Quartier des Abtes.« Sie traten durch die offene Türe und standen in einem kleinen Innenhof. Auf der linken Seite des tempelähnlichen Hauses fiel Licht auf einen typischen Zen-Steingarten. Durch die halbgeöffneten Schiebewände waren zwei Zen-Mönche zu erkennen, die mit überkreuzten Beinen vor einem niedrigen Tisch auf dem Tatami saßen. Der jüngere Mönch servierte dem Abt Tee. Ihre kahlrasierten Schädel glänzten im Licht der Lampe. Sie waren allein.

Ken trat vor die Bambustüre und schob sie zurück. Die erschreckten Mönche starrten die drei Männer überrascht an, die plötzlich in ihrer Türe standen. Ken und Kilmer nickten kurz. Dusty machte eine unsichere Kopfbewegung und versteckte seine .38er hinter seinem Rücken. Ruhig sagte Ken in förmlichem Japanisch: »Wir sind wegen des Mädchens gekommen. Geht es Ihnen gut, Abt?«

»Ja, aber sie haben angedroht, sie zu töten.«

»Wie viele sind es insgesamt?«

Der jüngere Mönch sprang auf seine Knie und stieß seine geöffnete Hand aus. »Fünf! Und einer hat eine Schußwaffe!«

»Setz dich wieder hin!« fuhr der Abt ihn mit scharfer Stimme an.

Der junge Mönch gehorchte sofort.

»*Domo.*« Ken nickte und sagte, als er die Tür wieder schloß: »Entschuldigen Sie unsere unverschämte Störung, Abt.«

Als sie wieder draußen im Tor zum Quartier des Abtes standen, blickten sie auf die in der Ferne liegende Shoin. Matte gelbe Lichtstrahlen, durch die dunklen Bäume kaum richtig zu erkennen, flackerten siebzig Meter entfernt in der Dunkelheit. Über dem dunklen Gelände des Klosters lag eine tiefe, absolute Stille.

Ein plötzlicher Windstoß ließ die Blätter der Zedern leise rascheln, und dann kehrte die Stille zurück. Schließlich zerschnitt Kilmers dunkle, besonnene Stimme die Ruhe. »Bist du soweit, Junge?«

Dusty fuhr ängstlich zusammen, entspannte sich dann wieder und nickte. »Klar doch.«

Kilmer zog seine .45er heraus, riß das Magazin aus dem Knauf und stieß es wieder zurück. Dusty ließ die Trommel der .38er herausspringen, ließ sie einige Umdrehungen herumwirbeln und schob sie mit einem satten Klicken zurück. Ken beobachtete sie bewegungslos.

Kilmer ging einen Schritt in Richtung auf die Shoin, drehte

sich dann wieder um und fixierte Dusty. »Paß genau auf, ich verrate dir jetzt ein paar grundlegende Regeln über *yakuza*. Erstens: Unterschätze niemals ein *katana*. Im Krieg habe ich mit eigenen Augen gesehen, wie ein Schwert den Lauf eines schweren MGs abgesäbelt hat. Zweitens: Unterschätze niemals den Mann, der ein *katana* führt. Er bewegt sich schnell wie ein Blitz und hackt dir deine Schußhand ab, noch bevor du den Abzug durchziehen kannst.«

Dusty nickte.

Kilmer fuhr ruhig fort, doch jetzt lag ein scharfer, drohender Unterton in seiner Stimme. »Drittens und wichtigstens: Laß Stephie keinen Augenblick aus den Augen. Wenn sie verlieren, werden sie versuchen, sie umzubringen. Unser Job ist es, daß ihr nichts passiert. Weder durch ihre noch durch unsere Waffen. Vergiß das nicht und benutze deine .38er mit größerer Vorsicht als dein Mundwerk.«

Dusty nickte.

Kilmers Stimme schlug wie ein Hammer zu. »Mach keinen Scheiß oder irgendwelche waghalsigen Extratouren!«

»Jesus! Keine Panik, Kilmer! Ich bin keine Jungfrau mehr!«

Offenbar zufrieden nahm Kilmers Stimme wieder ihren gewohnten Tonfall an. »Ich versuche nur, dir ein bißchen gesunde Angst einzujagen, Kleiner.«

»Die hab' ich auch so schon.«

»Gut.« Kilmer deutete durch die Dunkelheit auf die Shoin und sagte kühl: »Ich werde durch den Vordereingang reingehen und ihnen sagen, saß sie sich nicht bewegen sollen. Ich will, daß du vor dem Fenster stehst – das auf der linken Seite – und mir Deckung gibst. Verstanden?«

»Verstanden!«

»Schieß, sobald sie nach ihren Waffen greifen. Wenn sie abhauen, laß sie laufen. Ich übernehme den Burschen mit der Kanone.«

»Klar.«

Mit einem langsamen Nicken drehte Kilmer sich um und sah einen langen Augenblick auf die Shoin. Er stand absolut regungslos da. Ohne sich noch einmal umzudrehen, sagte er dann: »Fertig, Dusty?«

»Klar doch.«

»Dann los.«

Mit festen, lautlosen Schritten bewegte Kilmer sich in die Dunkelheit hinaus, ging zügig, ohne auch nur einmal langsamer zu werden. Die .45er hing locker an seiner Seite. Dusty folgte ihm im Abstand von drei Metern, umklammerte seine .38er. Ohne auch nur das winzigste Geräusch zu machen, ging Ken hinter ihnen her. Die drei dunklen Gestalten schritten tiefer und tiefer in die schwarzen Schatten der Nacht, die Steinlaternen glitten wie finstere Grabsteine an ihnen vorbei. Dustys Schußhand wurde feucht, und er rieb sich den Schweiß an seiner Lederweste ab. Sein Mund fühlte sich plötzlich verdorrt und trocken an, doch der Anblick von Kilmers entschlossen durch die Dunkelheit schreitender Gestalt vergrößerte seine eigene Entschlossenheit. Kilmer schob sich eine Maalox in den Mund und kaute sie langsam durch. Die drei Schemen setzten ihren Weg durch die Finsternis unverwandt fort. Laterne um Laterne.

Als sie die Shoin erreichten, blieb Kilmer an derselben Stelle wie zuvor stehen. Das große Fenster war zwanzig Meter entfernt. Die beiden anderen traten auf dem Steinpfad lautlos zu ihm. Ken blieb dicht neben Kilmer stehen und flüsterte zu ihm: »Ich warte hier. Ich bin kein *yakuza* oder *katana* mehr.«

Kilmer nickte kurz. Dann gingen er und Dusty durch die Reihe der Steinlaternen auf die zwei dicken, schwarzen Zedern zu. Die fünf *yakuza* hatten sich in der Zwischenzeit nicht bewegt. Kilmer deutete auf die Rückseite des Gebäudes und flüsterte dann an Dustys Ohr: »Wir machen es ganz leise, verstanden?«

Dusty nickte, kauerte sich zusammen und schlich sich verstohlen in die tiefen schwarzen Schatten hinter der Shoin. Nachdem er lautlos das Gebäude erreicht hatte, stellte er einen Stiefel auf einen großen Stein und wuchtete sich auf die schmale Veranda hinauf. Auf Händen und Knien schob er sich zentimeterweise leise über die Veranda, bis er nur noch einen halben Meter vor der gewölbten Kante des glockenförmigen Fensters entfernt war. Die untere Leiste des Fensters lag nur knapp dreißig Zentimeter oberhalb der Zedernbohlen. Er bewegte seine Füße unendlich langsam und vorsichtig, richtete sich auf, ohne auch nur das geringste Geräusch zu machen. Langsam, ganz langsam schob er dann seinen Kopf zentimeterweise vor und linste vorsichtig mit einem Auge in den Raum hinein. Er hielt seinen Atem an. Der nächste *yakuza* war zweieinhalb Meter von ihm entfernt. Überall auf dem Tatamiboden lagen glänzende, rasiermesserscharfe Schwerter herum. Es sah aus wie eine Szene aus einem Samurai-Film. Die ihm am nächsten liegende Klinge war knapp einen Meter weit entfernt und zeigte wie ein eisiger Finger des Todes auf das Fenster. Dusty riß seinen Kopf zurück, umklammerte krampfhaft die .38er und wartete. Sein Herz klopfte plötzlich wie ein Preßlufthammer.

Mit schnellen, fließenden Bewegungen stieg Kilmer die vier Eingangsstufen auf die Veranda hinauf, überquerte den knapp zwei Meter breiten Balkon auf Zehenspitzen und blieb links neben der offenstehenden Türe stehen. Der ältere *yakuza* hatte seine Pistole unter seinen Gürtel gesteckt. Stephie und Yamada schliefen immer noch. Kilmer zog seinen Kopf zurück. Vor der Türe standen fünf Paar Schuhe. Wolken hatten sich vor den Mond geschoben. Kilmer starrte an dem überhängenden Dach vorbei auf die silbrigen Woken, packte seine .45er, versteifte seinen Arm und begann bis fünfundzwanzig zu zählen. Das müßte Dusty ausreichend Zeit geben. Sechs. Wieder die Zeit abzählen. Neun.Es hat nichts Erregendes mehr. Vierzehn. Nur ein Job, der gut erledigt werden muß. Neunzehn. Verwandle dich in reine, instinktive Tat. Fünfundzwanzig. Indem er sich mit seinem rechten Fuß auf der Veranda abstützte, seine ausgestreckte .45er auf den *yakuza* mit der Pistole richtete, sprang Kilmer in den Raum.

»Ugokuna!«

Seine gewaltige Stimme prallte von den Wänden zurück. Der Pistolen-*yakuza* wirbelte herum und sprang aus dem Fenster über Stephies reglosem Körper nach draußen. Ein breitschultriger *yakuza* schoß wie ein Blitz vom Boden auf und holte mit seinem glänzenden Langschwert nach Kilmers Hinterkopf aus. Dusty sprang vor, streckte seine .38er durch das große Fenster und feuerte sofort, traf ihn in den Rücken. Der donnernde Schuß dröhnte durch den Raum. Kilmer wirbelte herum, sah die Schwertklinge und ließ sich augenblicklich auf ein Knie herabfallen. Der Schwerthieb fegte über seinen Kopf. Das Schwert vergrub sich tief in der Türleiste hinter ihm, während der Körper des fallenden *yakuza* seine Schulter streifte. Ein anderer *yakuza*, das Schwert hoch erhoben, griff wütend aus Dustys ungedeckter Flanke die ausgestreckte, rauchende .38er an. Kilmer fand augenblicklich sein Gleichgewicht wieder, zielte, drückte ab und traf den *yakuza* in die Lungen. Die enorme Gewalt der .45er-Kugel schleuderte den Mann gegen die Wand und ließ seinen Körper vor dem Fenster auf den Boden fallen. Die beiden letzten *yakuza* vergaßen ihre Schwerter, schossen durch den Raum und sprangen gleichzeitig kopfüber aus dem großen Fenster neben Stephanie. Sie krachten auf die Veranda und stürzten dann so schnell sie konnten in die Dunkelheit hinaus.

Plötzlich war der Raum wieder vollkommen still. Kilmer und Dusty schauten sich schnell um, warteten, ihre rauchenden Waffen bereit. Nichts rührte sich. Dusty kletterte durch das große Fenster, stieg über den toten *yakuza*. Kilmer ging zu Stephanie hinüber. Dusty durchquerte schnell den Raum und blickte aus dem gegenüberliegenden Fenster in die Nacht hinaus: nichts. Kilmer kniete sich nieder und legte seine Hand über Stephanies Mund: Sie atmete. Dann griff er sich ein in der Nähe liegendes Kurzschwert, riß es aus seiner Scheide und begann ihre Fesseln zu zerschneiden. Dusty blickte zu ihm herab. »Sind Sie okay?«

»Ja.«

»Drogen?«

»Ja.«

Dusty hockte sich hin. Seine Stimme klang plötzlich jubelnd. »Mann, Kilmer! Wir haben's geschafft! Wir haben's wirklich geschafft!«

»Deshalb sind wir gekommen«, knurrte Kilmer. »Und jetzt reib ihre Handgelenke.«

Dusty begann ihre Handgelenke zu massieren. Kilmer beeilte sich, kniete sich neben Yamada und schnitt gerade dessen Fesseln durch, als Tanaka Ken durch die offene Tür hereinkam. Kilmer wirbelte herum, riß seine .45er hoch und ließ sie sofort wieder sinken. Ken, der neben dem Langschwert stand, das in der Türleiste steckte, nickte Kilmer nur zu. Kilmer erwiderte das Nicken und fuhr dann fort, Yamadas Fessel zu durchschneiden. Dusty hielt Yamadas Arm fest.

Plötzlich spürte Ken in der Türe neben sich eine Bewegung. Er erstarrte. Er bewegte nur seine Augen und sah dann, wie ein Arm durch die Türe gesteckt und eine kleine vernickelte Pistole genau auf Kilmers Rücken gerichtet wurde. Seine Reaktion erfolgte augenblicklich und vollkommen instinktiv. Mit einer einzigen gleitenden Bewegung riß Ken das Schwert aus dem Türrahmen und trennte mit blendender Geschwindigkeit die ausgestreckte Hand ab. Noch im Fallen zog die Hand den Abzug der Pistole durch und feuerte eine Kugel in den Tatami-Boden. Eine Stimme schrie schmerzverzerrt auf und verschwand dann in der Finsternis.

Kilmer und Dusty wirbelten mit gezogenen Waffen auf ihren Knien herum und sahen Ken aus der Türe nach draußen blicken. Mit beiden Händen umklammerte er das blutige Schwert. Dann machte Ken urplötzlich zwei Schritte in den Raum zurück und riß das Schwert in die Bereitschaftsstellung hoch. Absolut bewegungslos stand er einfach da und wartete.

Ein großer Japaner trat aus der Dunkelheit ins Licht und stand jetzt im Türrahmen. Abgesehen von dem typischen *yakuza*-Haarschnitt sah er wie ein Samurai aus, in dessen hartem Gesicht sich keine Miene regte. Er trug einen förmlichen schwarzen Seiden-Kimono mit einer weißen Seidenschärpe. In seinen Händen hielt er ein vier Fuß langes Langschwert in einer schwarzlackierten Scheide. Sein ernstes, hartes Gesicht war absolut furchtlos.

»Jesus«, flüsterte Dusty und richtete seine .38er auf den

tiefen V-Ausschnitt des schwarzen Kimonos. »Das ist der Bursche aus Tanners Büro!«

Kilmer packte die .38er und stieß sie in Dustys Schulterhalfter. Seine .45er hielt er jedoch in der Hand. Fakt: Die beiden Schwertkämpfer schienen nur noch Augen für einander zu haben. Yakuza-Kodex: Schieße niemals auf einen Schwertkämpfer, sofern er nicht angreift.

Kato Sho ignorierte sie vollkommen. Seine schwarzen Augen waren auf Kens blutverschmiertes Schwert geheftet. Sein Körper war bewegungslos. Plötzlich riß Kato seine Arme zurück und erklärte seine Herausforderung, indem er seine nackten Schultern aus dem Kimono hervorstieß und seine *yakuza*-Tätowierung entblößte. Jeder Zentimeter seines muskulösen, normalerweise von einem T-Shirt mit V-Ausschnitt bedeckten Oberkörpers, war mit einem einzigen kunstvollen, ausgeschmückten Bild bedeckt: Es war ein schimmerndes schwarzes Meer mit leuchtend blauen Wellen, durch die ein blendend grüner chinesischer Drache schwamm. Die grünen Schuppen seines Schwanzes ringelten sich bis auf Katos linke Brust, der drohende Kopf mit seinen rotglühenden Augen funkelte wütend die rechte Schulter hinab und stieß dicke, aufgebauschte rote und gelbe Flammen über seine rechte Brust. Im Schein des Lichtes glänzten die brillanten Farben.

Ken verharrte in seiner Bereitschaftsstellung und bewegte nicht einen Muskel.

Kato legte seine Hand fest um das Heft des Schwertes und riß mit einem schnellen Ruck zehn Zentimeter gehärteten Stahl aus der langen schwarzen Scheide. Dann erkannte er plötzlich seinen Gegner. Seine Augen blitzten überrascht auf. »Tanaka Ken! *Warawanai Otoko!*«

Ken antwortete mit einem kurzen Nicken. »Es ist sehr lange her, Kato Sho.«

»*Soka.*« Kato fand augenblicklich zu seiner ernsten, unbeugsamen Fassung zurück und sprach mit tiefer, keuchender Stimme: »Wann hast du das *katana* wieder aufgenommen?«

»Heute.«

»Du weißt nicht, was du getan hast, Tanaka Ken. Du hast einen schrecklichen Fehler gemacht.« Mit einem lauten Klicken stieß Kato seine Stahlklinge in die Scheide zurück. Seine Augen funkelten wie schwarzes Feuer. »*Oyabun* Tono schätzt es nicht, wenn Nicht-*yakuza* sich einmischen. Tono wird davon unterrichtet worden.«

Ken nickte. Sein Gesicht war wie ein Stein. Kato erwiderte das Nicken, machte dann auf dem Absatz kehrt und schritt durch die Türe. Während er beobachtete, wie der tätowierte grüne Drachen mehr und mehr mit der Dunkelheit verschmolz, fragte Ken sich, aus welchem Grund Tono diesen Mann engagiert hatte. Kato Sho, ein Fachmann sowohl mit der Schußwaffe wie auch mit dem Schwert, war kein gewöhnlicher *yakuza*. Wenn man ihn beauftragte, war man bereit, hohe Summen dafür zu zahlen, und es waren Aufträge der höchsten Prioritätsstufe. Dieser Mann lief nicht einfach weg, und genausowenig tat dies Tono. Der Drache würde wieder brüllen. Ken löste seinen festen Griff um das Schwert und schleuderte es auf den Boden, als wäre es eine giftige Viper.

Dusty blickte auf den neben der Türe liegenden toten *yakuza* herab und hockte sich neben den ausgestreckten Körper. Die Kugel aus seiner .38er hatte auf den Rücken des weißen Hemdes ein kleines rotes Loch gemacht. Die Augen des Mannes waren geschlossen. Der kleine Finger seiner rechten Hand war nicht mehr als ein kurzer Stumpf aus nur einem Fingerglied.

Nachdem er Yamada von seinen Fesseln befreit hatte, stand Kilmer auf und sah sowohl Ken als auch Dusty auf Tonos tote Kumpane starren. Ken blickte von dem Einschußloch auf und funkelte Kilmer dann mit seinen wie heißer schwarzer Kaffee schimmernden Augen bitter an. Sein angespanntes, dunkles Gesicht drückte Ekel und Abscheu aus. »Welche Schönheit ist jemals aus einer Feuerwaffe gekommen?«

Kilmer nickte und antwortete nichts, erkannte sofort die rhethorische Frage. Doch Dusty stand auf und sagte: »Nun ja, sie können sehr effizient sein.« Er deutete auf die abgetrennte Hand, die in einer kleinen Blutlache immer noch die Pistole umklammerte. »Zumindest sind sie nicht so gottverdammt grausig. Das müssen Sie zugeben.«

Nichts zugebend, wischte Ken diese Bemerkung mit einer barschen Handbewegung fort und funkelte Dusty an. »Eine Schußwaffe ist wie jede Maschine kalt. Ich habe im Krieg eine Schußwaffe benutzt. Sie war sehr kalt.«

Dusty blickte auf seine Stiefel hinab, war nicht fähig, der grimmigen Macht in Kens Augen standzuhalten.

Ken machte auf dem Absatz kehrt und verließ den Raum durch die Türe. Kilmer nahm Stephanie auf den Arm und folgte ihm. Schnell hob Dusty sich Yamada auf die Schulter und lief den beiden anderen Männern nach. In schnellem Gang durchquerten die drei Männer das dunkle Klostergelände, bückten sich durch die kleine Türe neben dem Haupttor und traten auf den mondbeschienen Parkplatz hinaus. Der Lieferwagen war fort. Nachdem sie Stephanie und Yamada auf dem Rücksitz des KXL verstaut hatten, sagte Kilmer zu Dusty, daß er einen Augenblick lang allein auf die beiden aufpassen solle. Dann verschwanden er und Ken mit schnellen Schritten wieder im Inneren des Klosters. Dusty lehnte sich gegen den KXL und hielt seine .38er fest in der Hand.

Ken schob die Bambustüre des Abtes auf. Die beiden Mönche saßen immer noch vor dem niedrigen Tisch. In der Türe verbeugten Kilmer und Ken sich tief. In sehr förmlichem Japanisch sagte Ken mit ruhiger Stimme: »Verzeihen Sie uns, Abt, daß wir die Ruhe Ihres guten Tempels geschändet haben. Die *yakuza* sind fort und werden nicht zurückkehren.«

Der alte Abt erwiderte ihre Verbeugung, indem er seinen glänzenden, kahlen Kopf bis auf den Boden senkte. »Ich danke euch für eure liebenswürdige Hilfe. Eure Herzen sind sehr großmütig und edel.«

»Domo.« Sie verbeugten sich noch einmal, und Ken schloß die Türe. Der junge Mönch rappelte sich auf und wollte auf die Türe zugehen, doch die Stimme des Abtes fuhr wie ein Speer in seinen Rücken. »Wo willst du hin?«

»Aufräumen, Abt.«

»Das kann warten. Trink deinen Tee.«

»Ja, aber was ist, wenn die *yakuza* doch noch nicht richtig fort sind?«

»Er sagte, sie wären fort. Er ist ein Mann, der nur die Wahrheit spricht. Trink deinen Tee aus.«

Der junge Mönch nickte entschuldigend und beeilte sich dann, wieder an den niedrigen Tisch zurückzukommen.

Um 0.05 hielt der dunkelblaue KXL auf dem Parkplatz von George Tanners Apartmenthaus. Eine Stunde zuvor, als sie zum Tanken angehalten hatten, hatte Kilmer mit Tanner telefoniert und ihm versichert, daß Stephie und ihr Freund unverletzt, aber mit Drogen vollgepumpt waren, und hatte ihm geraten, einen Arzt bereitzuhalten. Ken hatte Eko angerufen, um ihr zu sagen, daß ihnen nichts passiert war. Eko hatte die drei Männer für den folgenden Abend zu einem *sayonara*-Essen in ihre Wohnung eingeladen. Stephie und Yamada schliefen immer noch, als Kilmer und Dusty sie in den Fahrstuhl trugen. Ken drückte den Knopf für die vierte Etage.

Tanner hatte sie aus dem Fenster seines Arbeitszimmers heraus bereits kommen sehen und erwartete sie auf dem Flur vor seiner Wohnung, als sich die Fahrstuhltüren öffneten. Sein maßgeschneiderter Anzug war zerknautscht, und seine Augen waren blutunterlaufen, doch als er Stephie sah, strahlte sein schmales, eingefallenes Gesicht vor Erleichterung. Schweigend legte Kilmer den schlaffen Körper des Mädchens in seine ausgestreckten Arme. Tanner umklammerte sie fest, strich ihre goldenen Haare aus ihrem Gesicht und küßte ihre bleiche Stirn. Als er mit feuchten Augen wieder aufblickte, sagte er: »Danke, Harry. Danke.«

Kilmer legte seine Hand auf Georges Schulter und schob ihn in seine Wohnung.

Zwei Männer erwarteten sie dort: ein grauhaariger Japaner mit einer schwarzen Tasche und ein Amerikaner mittleren Alters in einem hellbraunen Anzug. »Doktor Ando und mein Partner Frank Zerelli«, sagte Tanner, während er Stephanie direkt in einen nach hinten liegenden Schlafraum weitertrug.

Der Arzt folgte ihm. Der Amerikaner nickte, nahm Dusty Yamada ab und ging ebenfalls in das Schlafzimmer.

Mit Ken und Dusty wartete Kilmer schweigend in der Diele. Tanners Wohnzimmer war beeindruckend geräumig, ganz besonders für Tokioter Verhältnisse, wo der drastische Platzmangel den Tokioter Wohnungsbau zu einem der teuersten der ganzen Welt machte. Die gepflegte Inneneinrichtung vereinigte den letzten Schrei des japanischen und italienischen Möbeldesigns. Vor der gegenüberliegenden Wand stand ein Sofa aus poliertem Chrom und Zebrafell, davor ein Acrylglas-Couchtisch mit passenden Chromfüßen. Auf dem Tisch stand ein Eiskübel aus Sterling-Silber und eine leere Flasche Johnnie Walker Black.

Mit einem glücklichen Lächeln kehrte Tanner zurück und schüttelte Kilmer überschwenglich die Hand. »Gott segne dich, Harry. Ich wußte einfach, daß Harry Kilmer meine kleine Stephie finden würde.«

»Ist sie in Ordnung, George?«

»Ja, Doktor Ando sagt, daß sie morgen früh schon wieder auf den Beinen ist. Sie braucht nur etwas Ruhe.«

»Paß gut auf sie auf, George. Ich möchte nicht, daß so etwas noch einmal passiert.«

»Du weißt, daß ich das werde, Harry. Sobald sie wieder soweit ist, werde ich sie nach L. A. zurückschicken. Dort kann sie bleiben, bis diese ganze leidige Affäre geregelt ist.«

»Erwartest du weiteren Ärger?«

»Nein, jetzt kommen nur noch die Geschäfte. Nichts, mit dem ich nicht auch sehr gut allein klarkommen könnte.« Tanner schaute Ken und Dusty an und deutete auf die Türe zu seinem Büro. »Wenn ihr mir jetzt bitte folgen würdet, ich habe noch etwas für jeden von euch.«

Sie folgten ihm durch das große Wohnzimmer und betraten sein elegantes Büro. Hinter dem großen, modernen Schreibtisch befand sich in einer Glasvitrine das Modell eines großen Frachtschiffes: *»No. Tanner Maru.«* Tanner trat hinter seinen Schreibtisch, zog die mittlere Schublade auf und holte drei weiße Umschläge heraus. Einen überreichte er Dusty, den zweiten Kilmer. »Ich weiß, daß ich euch nicht genügend danken kann, Gentlemen, doch als Zeichen meiner grenzenlosen Dankbarkeit habe ich euch allen einen kleinen Bonus gegeben.« Den dritten weißen Umschlag bot er Ken an. »Und das hier ist für Sie, Tanaka-*san*.«

Ken schüttelte seinen Kopf. »Ich nehme für Gefälligkeiten kein Geld an. Geben Sie es Kilmer.«

Tanner verstand sofort und nickte für seine Unhöflichkeit eine schnelle Entschuldigung. Mit perfekten japanischen Manieren verbeugte er sich tief und sagte in förmlichem Japanisch: »Tanaka-*san*, ich danke Ihnen für Ihre übergroße Freundlichkeit, die Sie meiner Tochter und mir selbst entgegengebracht haben. *Domo arigato gozaimasu.*« Nachdem er sich wieder aufgerichtet hatte, wandte er sich wieder Kilmer zu und reichte ihm den dritten weißen Umschlag.

Kilmer schüttelte seinen Kopf. »Gib ihn Dusty.« Als Tanner den Umschlag zum drittenmal anbot, warf Dusty Kilmer einen fragenden Blick zu, und Kilmer sagte: »Nimm ihn.«

Dusty nahm ihn.

»Noch einmal, Gentlemen, ich möchte mich noch einmal ganz aufrichtig bei jedem von euch bedanken.« Tanner strich sich mit einer Hand durch sein dünner werdendes Haar, als würde eine verborgene Last ihn wie ein Korsett einengen, doch seine weltmännische Art blieb davon unerschüttert. Doch seine Stimme drückte die gewohnte selbstsichere Art eines Managers wieder vollkommen aus. »Hast du am Telefon nicht erwähnt, daß du übermorgen wieder abreisen willst, Harry?«

»Ja. Wir haben morgen abend noch eine kleine *sayonara*-Party.«

»Sehr schön. Ich halte es auch nicht für sehr klug, wenn du noch unnötig lange hierbleiben würdest.«

»Ach? Wieso das, George?«

»Diese *yakuza*, Harry. Sie sind skrupellos, unkalkulierbar und . . . und sie besitzen sehr mächtige und einflußreiche Freunde. Euer Leben kann schon in diesem Augenblick in ernster Gefahr schweben. Überflüssigerweise.«

»Ich werde dran denken.«

»Bitte, tu das, Harry. Ich meine es vollkommen ernst.« Tanner warf einen flüchtigen Blick auf Ken und Dusty. »Wenn die Herren mich jetzt einen Moment entschuldigen würden, ich muß noch mit Doktor Ando sprechen, ehe er wieder geht.«

»Wir gehen jetzt auch, George.«

»Okay, Harry. Aber bevor du nach L. A. zurückfliegst, müssen wir uns unbedingt noch einmal treffen.«

»Ja. Ich rufe dich morgen an.«

»Ja mata.«

Die drei Männer durchquerten schnell das Wohnzimmer, traten auf den mit Teppichboden ausgelegten Flur hinaus und warteten schweigend vor dem Fahrstuhl. Ohne ein Wort miteinander zu wechseln, fuhren sie dann in das Erdgeschoß hinunter. Auf den blankpolierten Stahltüren des Fahrstuhles spiegelten sich ihre drei kräftigen, muskulösen Körper.

Kilmer starrte nachdenklich auf das Spiegelbold von Kens ernstem Gesicht. Er war sich auf äußerst schmerzhafte Weise der Tatsache bewußt, daß er Ken in eine schreckliche Lage gebracht hatte. Fakt: Ein *yakuza*-Clan betrachtete Ken jetzt als einen feindlichen *yakuza.* Yakuza-Kodex: Zumindest würde Ken jetzt dazu gezwungen sein, sich vor Tono auf den Boden zu werfen, eine große Summe zu zahlen und sich vielleicht sogar einen Finger abschneiden zu müssen. Fakt: Ein elender, stinkender Schlamassel. Regel: Halt es sauber. Fakt: Ein ganzer Lastwagen voller stinkender Hundescheiße.

Während sie über den Parkplatz gingen, äffte Dusty Tanners weltmännisch aalglatten Ton nach. »Wie wär's mit einem Gläschen um Mitternacht, Gentlemen?«

Kilmer, froh darüber, daß sein düsteres Schweigen gebrochen worden war, klopfte Dusty auf die Schulter. »In Ordnung, Dusty. Abgemacht. Ich zahle.«

Dusty grinste über das ganze Gesicht. »Du bist der Boß, Kilmer.«

Kilmer lächelte dünn und bemerkte, daß selbst Kens angespannte zusammengepreßte Lippen eine Idee entspannter wirkten. Als er seine Wagentüre öffnete, nickte Ken kurz. »Ich kenne da ein paar ruhige, kleine Lokale.«

Fünfzehn Minuten später fuhren sie durch Shibuya, dem Vergnügungsviertel der Mittelschicht. Die breiten Boulevards waren gesäumt von dunklen Kaufhäusern und Spezialitätengeschäften. Die engen Seitenstraßen strotzten nur so von Porno-Kinos und Nachtclubs. Die knallig bunten Neonreklamen versuchten sich gegenseitig zu übertrumpfen. Ken bog auf eine ruhigere Nebenstraße mit nur wenigen Lichtern ab und stellte den Wagen schließlich vor einer kleinen Bar namens »Blue Horse« ab.

Über der Bambusschiebetüre hing ein rotweißer Papierlampion. Ken schob die Türe auf – keine anderen Gäste – und trat ein. Der Gastraum war sehr klein. Es gab keine Sitznischen oder Tische, sondern nur eine Musikbox und fünf Barhocker vor einer glänzenden, blankpolierten Kirschholztheke. Die einsame Bardame, eine junge Frau mit recht hübschem Gesicht und einem goldenen Mini-Kleid, warf ein Mode-Magazin hinter die Theke, sprang dann auf und begrüßte sie mit einer lebhaften Verbeugung. *»Irrashaimase.«*

Ken setzte sich auf den mittleren Barhocker. Dusty nahm den letzten, direkt vor der rückwärtigen Wand der Bar, und Kilmer setzte sich zwischen sie. Die kesse junge Wirtin lächelte honigsüß, und Kilmer bestellte eine Flasche Suntory Gold. Als sie die drei Gläser mit Whiskey und Wasser füllte, nickte jeder der drei Männer kurz und sagte: *»Domo.«* Kilmer hob sein Glas, sagte *»kampai«*, und dann tranken sie aus. Während die Bardame ihre Gläser neu füllte, drehte Kilmer sich zu Dusty. »Fandest du auch, daß George irgendwie beunruhigt ausgesehen hat?«

»Er sieht immer beunruhigt aus. Deshalb ist er ja auch reich.«

»Ja. George war schon immer ein bißchen eigentümlich.« Kilmer trank einen Schluck von seinem Whiskey. »Ich möchte daß du weißt, Dusty, daß du dich meiner Meinung nach da unten in dem Kloster gut geschlagen hast.«

»Danke.« Dusty lächelte, nickte knapp und sagte: *»Domo,* Kilmer-*san.«* Er nippte an seinem Glas, beugte sich dann über die Theke und schaute Ken an. »Mr. Tanaka, würden Sie mir wohl beibringen, wie man ein *katana* führt?«

Für einen sehr langen Augenblick sah Ken tief in Dustys Augen. Sein Gesicht war vollkommen ruhig und gelassen. Schließlich sagte er: »Wenn Sie mehr als nur neugierig sind, Mr. Dusty, dann fragen Sie mich das noch einmal.«

Die junge Wirtin, von den beiden Ausländern fasziniert, fragte Ken, wer sie wären. Er sagte ihr, sie solle doch Dusty fragen, wenn sie das wissen wollte. Als sie zu Dusty ging, lächelte der sie herzlich an. Trotz einer Spur zuviel goldenem Lidschatten war sie ausgesprochen reizend. Nachdem er sie mit einigen Sätzen von einfachem, gebildetem Englisch verwirrt hatte, sagte er langsam: »Ich nicht sprechen japanisch.«

Die süße kleine Hostess nahm all ihren Mut zusammen und versuchte es mit ihrem halbvergessenen Grundschulenglisch. »Du heißt wie?«

»Dusty. Dusty der Detektiv.«

»Mesta Dashy?«

»Ja«, gluckste Dusty leise. »Mister Dashy. Und Du?«

»Ich? Ich Kimiko.«

Während Dusty und Kimiko sich weiter in gebrochenem Englisch abmühten, drehte Kilmer sich zu Ken. »Tanaka-*san*, wie wird der Tono Clan auf den Verlust zweier seiner Männer reagieren?«

Während er leise auf englisch antwortete, starrte Ken weiter unverwandt in sein Glas. »*Oyabun* Tono ist kein Narr. Seine jungen heißblütigen *kobun* werden natürlich nach Rache schreien, doch der alte Mann wird seine nächsten Züge sehr vorsichtig durchführen.«

»Scheint so, als würde er nicht sonderlich viel machen können. Wenn er es weiterhin mit mehr Gewalt versuchen sollte, kann George zur Polizei gehen.«

Ken nickte vieldeutig.

»Aber ich glaube einfach nicht, daß Tono die ganze Sache einfach auf sich beruhen lassen wird.«

Wieder nickte Ken nur.

»Wie groß sind die Chancen, daß Tono die Sache einfach vergißt?«

»Schwer zu sagen, Kilmer.« Ken drehte sein Glas langsam in

seinen Händen. »Aber Ihr Freund hatte recht. Je früher Sie abreisen, desto besser.«

»Ja.« Kilmer nickte bedächtig und stellte sein Glas auf die Theke. »Entschuldigen Sie meine Unhöflichkeit, Tanaka-*san*, aber was ist mit Ihnen? Wird Tono . . .« Die Schiebetüre der Bar flog mit einem lauten Krachen auf und Kilmers Hand schoß blitzschnell zu seinem Schulterhalfter, packte die .45er. Dann sah er, daß der Mann nur ein harmloser, halb betrunkener Gast war, ein untersetzter, rundgesichtiger Arbeiter Mitte Fünfzig. Kilmer ließ seine Hand wieder unter seiner Jacke hervorgleiten und nahm ruhig sein Glas wieder in die Hand.

Kimiko drehte sich sofort zu dem Neuankömmling hin um, verbeugte sich höflich und lächelte. »Genda-*san, irrashaimase.*«

Genda trug ein weißes Schweißband um seine Stirn, und unter seinen Achseln zeichneten sich dunkle Schweißflecken auf seinem braunnen Arbeitshemd ab. Er sah erschöpft aus und ließ sich auf den der Türe am nächsten stehenden Barhocker fallen. »Wie immer, Kimiko.« Nachdem sie ihm einen doppelten Whiskey eingeschenkt hatte, stürzte Genda den Drink mit einem gierigen Schluck herunter und lächelte sie dann an. »Verpaß mir noch einen.« Kimiko schenkte nach, und wieder wie zuvor kippte Genda den Drink. Dann warf er einen langen Blick die Theke hinunter auf die anderen Gäste, und plötzlich leuchteten seine Augen überrascht auf. Ein gewaltiges Lächeln breitete sich auf seinem großen, runden Gesicht aus, als er laut ausrief: »Lieutenant Tanaka!«

»Hmm?« Ken starrte den Mann fragend an.

»Erinnern Sie sich denn nicht mehr an mich, Lieutenant?«

Ken kniff seine Augen zusammen und musterte das rundliche, angeheiterte Gesicht näher.

Genda klopfte sich mit einem Finger gegen die Nase. »Soldat Genda Goh. Oberst Takechis Neunte. Der Natib-Bergrücken. Die Philippinen. 1941.«

»Ach ja, natürlich. Soldat Genda.« Ken nickte kurz. »Wie geht es Ihnen, Genda-*san?*«

»Sehr gut, Lieutenant. Sehr gut.« Er nahm sein Glas und

rutschte auf den Barhocker direkt neben Ken. »Ich bin heute Automechaniker. In der Tankstelle direkt hier um die Ecke.«

»Sie haben ein bißchen zugenommen, also werden Sie wohl beruflich recht erfolgreich sein.«

»Ja.« Genda strahlte und sprach mit dem schleppenden Tokioter Dialekt. »Aber Sie sind immer noch so schlank wie in den guten alten Zeiten.«

Kilmer gab Dusty zu verstehen, daß er mit seinem Hocker etwas näher an die Wand rutschen sollte und schob dann seinen eigenen Hocker ein paar Zentimeter weiter, um so den beiden Männern zumindest die Illusion einer ungestörten Unterhaltung unter vier Augen zu geben.

»Ich spendiere Ihnen einen Drink, Lieutenant.«

»Nein, Genda-*san* , das ist wirklich nicht nötig.«

»Und ob ich das mache. Kimiko, Whiskey und Wasser für den Lieutenant hier. Und für mich noch einen Doppelten.«

Während Kimiko die Drinks einschenkte, berührte Genda leicht ihren Ellenbogen und sagte: »Das ist mein alter Lieutenant. Haudegen Tanaka. Damals, '41, haben wir beide zusammen die San-Vincente-Linie durchbrochen.«

Auf Kimikos hübschem jungem Gesicht machte sich ein angemessener Ausdruck höflichen Respektes breit. Sie hatte viel Erfahrung damit, alten Kriegsveteranen ihren Willen zu lassen.

Genda klopfte voller Stolz Kens kräftige Schulter. »Sagen Sie, Lieutenant, wo arbeiten Sie denn heute?«

»Ich habe ein Lastwagenunternehmen in Meguro.«

»Was? Kipper? Meine Güte, das ist ja wirklich Big Business. Meine Glückwünsche.«

Ken nickte. *»Domo.«*

»Kinder?«

»Nein. Und Sie?«

»Hai. Zwei Söhne. Der älteste soll Wirtschaftswissenschafter auf der Universität Keio studieren, aber er ist immer nur hinter den Mädchen her. Und das, obschon er so ein häßliches Gesicht wie sein alter Herr abbekommen hat.«

Dusty, inzwischen leicht angetrunken, verstand nicht ein

Wort von der Unterhaltung der beiden Japaner. Er rutschte von seinem Hocker und schlenderte zu der Musikbox hinüber. Er starrte verwirrt auf das unverständliche Durcheinander der japanischen Schriftzeichen. Genda winkte ihm zu und rief laut eine Nummer: »B-2! B-2!« Dusty nickte freundlich und suchte in seiner Tasche nach einer Münze.

Mit seinem Glas versteckt auf Kilmer und Dusty deutend, sagte Genda laut: »Wahrscheinlich Amerikaner, stimmt's nicht, Lieutenant?«

Leicht verlegen warf Ken einen kurzen Blick auf Kilmer. Kilmer verstand Kens Lage, nickte knapp und schaute dan wieder fort.

Genda bemerkte nichts von der stummen Kommunikation der beiden Männer, während er nachdenklich Dustys schulterlanges Haar anstarrte. Dann stieß er Ken mit seinem Ellenbogen an und begann mit lauter, überschwenglicher Stimme zu schimpfen. »Ach, Lieutenant, wenn wir den Krieg gewonnen hätten, würden unsere Kinder heute nicht in Mini-Röcken und mit langen Haaren herumlaufen. Nein, Sir, das würden sie nicht. Wir säßen dann heute in New York. Auf dem Times Square und dem Broadway! Hah! Radio City Music Hall! Ta ta-ta ta-ta!«

»*Ja*«, sagte Ken ruhig. »Vielleicht ist es auch gut, daß wir verloren haben.«

Genda starrte in sein Glas. »*Sa*, vielleicht.«

Plötzlich dröhnte Gendas Musikwunsch aus der Jukebox – ein Marsch aus der Zeit des 2. Weltkrieges – und Gendas Augen leuchteten wieder. Spontan sprang er von seinem Barhocker und begann auf einer Stelle zu der Melodie zu marschieren. Im Takt der Musik stieß er seinen Kopf nach rechts und links. Während er voller nostalgischem Stolz so marschierte, salutierte er unbeschwert vor Ken und sagte: »Kommen Sie, Lieutenant.«

Ken lehnte ab, schüttelte höflich seinen Kopf.

»Ach, kommen Sie schon, Lieutenant«, sagte Genda und lud Ken mit einer Handbewegung ein, sich ihm anzuschließen. »In Erinnerung an die guten alten Zeiten!«

Kens dunkelhäutiges Gesicht blieb höflich und ungerührt. Er sah den drohenden Zusammenprall heraufziehen und kannte keinen von ihnen gut genug, um dies verhindern zu können, doch ihm war nichts daran gelegen, Genda oder Kilmer zu beleidigen. Fest entschlossen, die Seite von keinem der beiden bei der möglichen Erniedrigung des anderen einzunehmen, schüttelte er also wieder seinen Kopf.

Die Musikbox bombardierte die kleine Bar weiter mit ihrer eingängigen Stakkato-Melodie, und Genda marschierte unbeirrt weiter dazu. Auf seine ungenierte Art bekam er nichts von der angespannten Atmosphäre mit und salutierte wieder vor Ken. Ken blieb regungslos auf seinem Barhocker sitzen.

Kilmer erkannte Kens Dilemma glasklar, stand auf und ging zu ihm. »Komm schon, Haudegen Tanaka!«

Ken stellte sein Glas auf die Theke, stand auf und legte seine Karten offen auf den Tisch. In förmlichem Japanisch sagte er dann: »Kilmer-*san,* das ist Ex-Soldat Genda. Genda-*san,* das ist Ex-Sergeant Kilmer.«

Genda war vollkommen perplex. Er hörte auf zu marschieren und starrte mit weit aufgerissenen, ungläubigen Augen von einem zu anderen. Schließlich wurde ihm klar, daß die beiden Männer Freunde waren, und vor äußerster Verlegenheit lief sein Gesicht tief dunkelrot an. Er warf seinen Kopf in einer extrem tiefen Verbeugung bis zu seinen Knien herunter und hielt ihn dort. »Entschuldigen Sie meine Unverschämtheit.«

Auf japanisch sagte Kilmer schnell: »Bitte, machen Sie das nicht, Genda-*san.* Das ist vollkommen unnötig. *Onengai shimasu.*«

Genda hielt seinen Kopf auch weiterhin unten, verbeugte sich wie aus einem inneren Zwang heraus wieder und wieder. Seine Arme zitterten völlig unkontrolliert, und seine Beschämung wurde für ihn beinahe unerträglich, als er erkannte, daß der amerikanische Freund des Lieutenants jedes einzelne seiner Worte verstanden hatte. »Entschuldigen Sie, entschuldigen Sie.«

Kilmer zuckte zusammen, blickte Ken unsicher an und sah,

daß Ken drauf und dran war, die Bar zu verlassen. Sein ernstes Gesicht drückte Abscheu und Ekel aus.

»Entschuldigen Sie. Entschuldigen Sie. Entschuldigen Sie.«

Kilmer blickte auf Gendas sich erniedrigende, verbeugende Gestalt hinab und sagte schließlich: »Genda-*san?* Genda-*san?*«

Genda wurde wieder ruhiger, hob schließlich langsam seinen hochroten Kopf und schaute die beiden Männer ängstlich an. Dann schlug Kilmer seine Hacken zusammen, nahm Habt-acht-Stellung ein und salutierte zackig und respektvoll vor dem kleinen Japaner. Genda zögerte einen Augenblick, doch Kilmer blieb salutierend vor ihm stehen und blickte tief in seine Augen. Dann stieß Genda unvermittelt seine Schulter zurück, streckte sich und, ebenfalls strammstehend, erwiderte den militärischen Gruß. Und dann begann Kilmer zu der Militärmusik zu marschieren, hielt seine salutierende Hand an seiner Schläfe, trat mit seinen Füßen auf der Stelle. Genda fiel in den Marsch ein. Ihre verbissenen, verkrampften Gesichter begannen sich zu entspannen.

Genda begann zu lächeln, winkte Kimiko zu. Sie kam hinter ihrer Bar hervor und marschierte ebenfalls mit. Dann marschierte Dusty in den Kreis. Er und Genda salutierten voreinander. Als er sah, daß ihm gar keine andere Wahl blieb, schloß auch Ken sich ihnen an. Mit einem breiten, zufriedenen Lächeln begann Genda zu singen, während die anderen leise mitsummten.

Und da standen sie also – eine Bardame und vier ehemalige Soldaten, zwei Amerikaner und zwei Japaner –, sangen ein altes japanisches Armeelied in einer kleinen Bar in Tokio, sangen falsch und marschierten im Gleichschritt. Ihre betrunkenen Stimmen wehten hinaus auf die dunkle, verlassene Straße.

7

Ein Mann und sein Haus sind wie der Tau
auf der Morgenwinde. Wer weiß schon,
wer den anderen überleben wird?
Kamo Chomei (1154 – 1216)

MITTWOCH, 18. Juli

Um zwölf Uhr mittags herrschte im gesamten Tokioter Becken schönes Wetter. Die stehende, verbrauchte Dunstglocke über der Stadt war zumindest teilweise von der strahlenden, dunstigen Sonne durchbrochen worden. Auch die drückende Luftfeuchtigkeit nahm langsam ab. Doch Harry Kilmer fühlte sich nicht wohl. Er ließ Wheat und Dusty allein am Küchentisch zurück, ging in Wheats Arbeitszimmer und wählte bereits zum fünften Mal seit dem Frühstück George Tanners Nummer. Das Telefon begann zu läuten.

Normalerweise liebte Kilmer nichts mehr als sich eine komplizierte, sorgfältig ausgeklügelte Strategie zu einem Schachmatt auszudenken und sich ein einfaches, aber nahrhaftes Frühstück zu bereiten. Doch an diesem Morgen war er nicht in der Lage gewesen, sich zu konzentrieren. Noch während des Frühstückes hatte er das lahme, auf und ab wogende Schachspiel mit Wheat beendet, indem er ein unbefriedigendes, schlampiges Patt erzwungen hatte. Später am Morgen, als Wheat zu einer Morgenvorlesung an die Aoyama Universität gefahren war und Dusty das antike *katana* im Garten schwang, war Kilmer zu dem Markt um die Ecke einkaufen gegangen und hatte sich anschließend sein Lieblingsmittagessen zubereitet: Schinken und Käse auf Roggenbrot, gemischten Salat, frische Erdbeeren. Doch er hätte sich beinahe zweimal geschnitten, als er den Salat putzte. Immer wieder waren ihm

Fragen in bezug auf den Tono Clan durch den Kopf gegangen, doch es waren immer wieder nur zufällige Schüsse ins Dunkel, die ihm keinerlei Antworten lieferten. Und jetzt läutete Tanners Telefon zum fünften Mal, ohne daß jemand an den Apparat ging.

Kilmer legte den Hörer wieder auf die Gabel und starrte dann mit leerem Blick durch das große Fenster des Arbeitszimmers auf den Garten hinaus. Er zählte noch einmal alle Fragen auf und versuchte sie zu einem einen Sinn ergebenden Muster zusammenzufügen. Frage Eins: Wie ging es Stephie und Yamada? Hatten sie irgend etwas über Tono erfahren? Frage Zwei: War Tono jetzt verzweifelt oder zuversichtlich? Frage Drei: War Tono hinter Tanners Reederei oder hinter Tanner selbst her? Drei A: Falls Tono die Firma haben wollte, was machte sie dann für ihn so wertvoll? Warum kaufte er sich kein anderes Unternehmen? Hatte George dem Tono Clan ein Geschäft verdorben, als er sie aus dem Hafen drängte? Drei B: Falls Tono einen Groll gegen George hatte, steckten persönliche oder geschäftliche Gründe dahinter? Konkurrierten sie um irgend etwas? Eine geheimnisvolle Frau vielleicht? Warum ausgerechnet nur George? Frage Vier: Hatte Tono sich heute schon mit George in Verbindung gesetzt? Frage Fünf: Hatte George vor, die Polizei einzuschalten? Wenn ja, würde er dann seine amerikanischen Privatdetektive erwähnen? Frage Sechs: Welche Verbindungen bestanden zwischen Tono und der Polizei? Frage Sieben: Wie viele Mitglieder hatte der Tono Clan? Schlußfolgerung: Die ganze Operation war einfach viel zu glatt über die Bühne gegangen. Das eigentliche Problem war eher verschoben als gelöst worden. Zusammenfassung: Was war das Problem, und was zum Teufel passierte gerade in diesem Augenblick? Regel: Rechne mit dem Schlimmsten.

Kilmer wählte die Nummer des JAL-Schalters auf dem Haneda Airport und reservierte zwei Plätze für den L. A.-Flug am kommenden Tag. Nachdem er den Hörer wieder aufgelegt hatte, öffnete er die Kiste mit den Waffen und nahm eine .38er Smith Wesson heraus. Fakt: Der .45er Colt war einfach zu groß, um ihn auf der Straße tragen zu können. Er band sich das

Halfter um seine Taille,so daß der Revolver genau in der Mitte seines Rückens hing; dann rückte er das Holster so zurecht, daß er die .38er mit einer schnellen Rückwärtsbewegung seiner Hand ziehen konnte. Er ließ die schwarze Trommel aufspringen, lud fünf Kammern, ließ die sechste unter dem Schlagbolzen leer und schob die .38er in das Holster. Klein, stark und zuverlässig.

Als er den rotgestreiften grauen Pullover herunterzog, um den Riemen des Schulterhalfters zu verbergen, mußte er an Tanaka Ken denken. Allein der Gedanke an seinen Namen reichte schon aus, daß sich sein Gesicht schmerzerfüllt verzog. Diese ganze Geschichte hatte sich zu einem dermaßen stinkenden Schlamassel entwickelt, daß ihm allein schon der Gedanke daran zuwider war. Er hatte die Ehre dieses Mannes beschmutzt, das Leben des Mannes in Gefahr gebracht, und er mußte unbedingt einen Weg finden, wie er das wiedergutmachen konnte. Gab es eine realistische Möglichkeit, Tono davon zu unterrichten, daß Ken mit dieser Sache im Grunde gar nichts zu tun hatte? Die letzte Gelegenheit, miteinander zu reden, würde sich auf Ekos Party bieten. Eine Entschuldigung war obligatorisch, und er mußte zumindest die volle Verantwortung für jeden möglichen noch kommenden Ärger übernehmen. Aber wie konnte er Ken das sagen? Was konnte er sagen oder tun, das den Mann nicht noch mehr beleidigen würde? Was auch immer er tat, die letzte, endgültige Entscheidung würde allein bei Ken liegen. Regel: Halte es so sauber wie irgend möglich.

Als er wieder auf den Flur hinausgegangen war, hörte Kilmer Dusty und Wheat in der Küche reden. Dusty erzählte Wheat gerade von den Ereignissen in dem alten Zen-Kloster. Als er den Raum betrat, hörte ihre Unterhaltung schlagartig auf, und sie sahen vom Küchentisch auf. Kilmer zog seine graue Anzugjacke von der Lehne seines Stuhles und blickte Dusty an. »Ich habe uns gerade zwei Plätze in der Maschine morgen mittag reservieren lassen, Dusty. Falls du dich also doch noch auf den Touristen-Trampelpfad schlagen willst, hast du heute die letzte Gelegenheit dazu.«

»Tja, also, da Tanner mich so gut bezahlt hat, würde ich mir ganz gerne noch eine Stereoanlage kaufen.«

»Was das anbelangt, sitzt du gerade vor genau dem richtigen Mann. Ollie, kannst du ihm vielleicht ein bißchen helfen?«

»Sehr gerne. Mein nächstes Seminar beginnt um halb fünf, damit bleibt uns noch jede Menge Zeit, um in Akihabara herumzustöbern.«

»Kennst du da in der Gegend einen guten Treffpunkt?«

»Ja. Ein kleines Café an der großen Kreuzung. Das ›Almond.‹ Rosa und weiße Streifen. Du kannst es gar nicht verfehlen.«

»Gut.« Kilmer zog sein Jackett an, klappte den Kragen herunter und sah Dusty an. »Wir treffen uns da um Punkt fünf.«

»Okay.«

»Und nimm besser deine .38er mit, Dusty. Aber trag sie gut versteckt.«

»Okay, Kilmer. Wo gehst du denn hin?«

»Im Almond. Punkt fünf.«

»Okay.«

»Ja mata.« Kilmer ging in den Flur und verließ das Haus.

Dusty wartete noch einen Augenblick und sagte dann: »Wo geht er hin?«

Wheat hob seine Schultern. »Ich vermute, er will sich mit Eko treffen.«

Dusty nickte und schenkte ihnen beiden eine frische Tasse Kaffee ein. »Was ist dieses Aki-was-weiß-ich-wie?«

»Akihabara. Ein riesiges Einkaufsviertel voller Discount-Läden, die sich auf elektronische Geräte spezialisiert haben.«

»Auto-Stereo-Zeugs?«

»Alles.«

»Klingt genau richtig.« Dusty nahm einen Schluck Kaffee. »Verraten Sie mir etwas, Wheat. Was genau ist ein *oyabun?«*

»Ein Boß von einer Horde Unterwelt-Halsabschneidern. Für gewöhnlich ist er Chef einer größeren Gruppe.«

»Was für einer Art von Gruppe?«

»Du mußt wissen, Dusty, daß die japanischen Gangster in familienähnlichen Clans organisiert sind.« Wheat gab etwas

Sahne in seinen Kaffee und rührte langsam um. »Der Chef eines Clans wird *oyabun* genannt und seine Gefolgsleute *kobun*. Obschon die Gefolgsleute unterschiedliche Aufgaben und Ränge besitzen, sind sie unter dem Sammelbegriff *kobun* bekannt. Zusätzlich zu ihren verschiedenen Rangtiteln.«

»Was bedeuten diese Worte?«

Wheat nahm einen Schluck von seinem Kaffee. »Nun, *bun* bedeutet Rolle oder Position. *Oya* bedeutet Eltern und *ko* bedeutet Kind. Also spielen die *oyabun* die Elternrolle und die *kobun* spielen die Rolle der Kinder.«

»Aber diese Burschen sind Gangster.«

»Stimmt, aber genau wie in einer normalen Familie achtet der Vater auf das Wohlergehen seiner Kinder, und die Kinder gehorchen ihrem Vater.«

»*Gehorchen* sie ihm wirklich richtig? Also in der eigentlichen Bedeutung des Wortes?«

»Natürlich.« Wheat warf einen kurzen Blick auf seine Armbanduhr und setzte die Kaffeetasse ab. »Wir machen uns jetzt besser auf den Weg, Dusty. Wir können uns unterwegs ja auch noch weiter unterhalten.«

Mit ungerührter, todernster Miene saß Tono Toshiro hinter seinem großen Schreibtisch. Acht seiner besten *kobun* beobachteten ihn aufmerksam, während er den dunklen Leberfleck neben seinem linken Ohrläppchen rieb. Die obersten vier Leutnants und Bezirksleiter saßen auf dem einen Sofa und seine besten vier Leibwächter und Vollstrecker auf dem anderen. Die Leutnants verlangten ein sofortiges Treffen mit Tanaka Ken. Die Leibwächter forderten den sofortigen Tod von jedem Beteiligten. Nachdem sie ihren jeweiligen Ansichten Ausdruck verliehen hatten, beobachteten sie jetzt in absolutem Schweigen ihren *oyabun*. Sie wußten, daß Tono gewohnheitsmäßig an seinem dunklen Leberfleck rieb, während er zu einer Entscheidung kam.

Seinen *kobun* zuliebe rieb Tono weiter an seinem Leberfleck, doch seine Entscheidung hatte er bereits einige Stunden zuvor gefällt, ehe er sie zu sich zitiert hatte. Er richtete seine Augen auf den *kobun* mit dem Namen Spinne, auf den Leibwächter mit dem Filzhut und dem glattrasierten Schädel, auf den Mann, den er für diese Aufgabe ausgewählt hatte. Wie alle Leibwächter erfüllte auch Spinne alle Anforderungen an einen ausgezeichneten Killer: Er war ein fähiger Schwertkämpfer, bedingungslos loyal und, was am wichtigsten war, nicht verheiratet. Kurz, er hatte keine Angst davor zu sterben. Doch die Spinne unterschied sich aufgrund seiner Vergangenheit von den anderen. Er war der potentiell wertvollste *kobun* des Clans, und falls er diese Aufgabe zur Zufriedenheit durchführte, würde sich dieses Potential auch realisieren.

Tono hörte auf, seinen dunklen Leberfleck weiter zu reiben, senkte seine Hand auf die Schreibtischplatte und bellte plötzlich: »Shiro die Spinne!«

»*Hai!*« Die Spinne sprang augenblicklich auf seine Füße und nahm dann in dem Gang zwischen den beiden Sofas Haltung an.

Tono sprach mit einer tiefen, Respekt einflößenden, monotonen Stimme. »Vor Sonnenaufgang morgen früh muß Tanaka Ken tot sein.«

»*Hai.*« Die Spinne nickte kurz und hielt seinen Kopf demütig gesenkt.

»Nimm zwei Männer zu deiner Begleitung mit.«

»*Hai.*«

»Das ist alles.«

»*Oyabun*«, sagte die Spinne steif und hielt seinen Kipf weiterhin gesenkt, während er den Schwur sprach: »Wenn ich versage, werde ich meinen Bauch aufschlitzen und sterben.«

Der Meiji-Schrein, zusammen mit dem nahegelegenen Shinjuku-Park und dem Gelände des Olympia-Stadions, ist Tokios Äquivalent zum New Yorker Central Park. Um 13.25 verließ Kilmer sein Taxi und wartete unter dem gewaltigen hölzernen Eingangstor des Shinto-Schreines. Er war fünf Minuten zu früh. Er lehnte sich gegen eine der hochaufragenden Holzsäulen des Torii und blickte auf die weitläufigen Anlagen des Schreines, einer grünen Oase in Tokios Neon- und Betonwüste.

Der breite und schnurgerade, mit Kies bestreute Hauptweg lief auf die Holzgebäude des eigentlichen Schreines zu, die sich hinter einem Zedernhain in der Ferne befanden. Der breite Hauptweg wurde von vielen kleineren Wegen und Pfaden gekreuzt, die sich kreuz und quer über die welligen Rasenflächen mit ihren hohen Bäumen und großen Blumenbeeten hinzogen. Ruhige gewundene Fußwege, die schließlich zu halbversteckten Teichen mit halbverborgenen Teehäusern führten. Die gesamte Parkanlage desodorisierte den beißenden Industriegestank der Tokioter Luft mit dem Duft von tausenden frischen Blumen.

»Harro! Harro!«

Kilmer blickte zu der Klasse Schulkinder hinüber, die ihrem Lehrer durch das Tor folgten. Drei strahlende, kleine Gesichter lächelten ihn schüchtern an. Er lächelte ebenfalls und sagte: »Hallo!« Die Kinder kicherten und flitzten dann ihren Mitschülern hinterher.

Während er den Kindern nachschaute, die über den Kiesweg hüpften und tollten, ließ Kilmer seinen Geist entspannen und abtreiben. Als die drei Kleinen ihre Klasse wieder erreicht hatten, mußte er an die Jahre mit Tanako Chieko zurückdenken. An die Sommersonntage am Meer, als sie in den sonnenbeschienenen Wellen geplanscht hatten, während Eko über Hanako lachte, die huckepack auf seinen Schultern saß. An jenen Herbstnachmittag, an dem sie auf den Fuji geklettert waren. Eko den ganzen Weg hinauf seinen Arm gehalten und Hanako auf dem Rückweg in seinen Armen geschlafen hatte. An die Wintermorgen, an denen sie ihm das Frühstück an das flauschigweiche Federbett gebracht hatte, an die Frische ihrer durchscheinenden Haut, an die zärtliche Kraft ihre Berührungen, an ihre eindringlichen, verlangenden Lippen. An den Frühlingsmorgen, an dem sie sich den Abschiedskuß gegeben hatten.

Kilmer drehte sich um und blickte zu der belebten Straßenecke zwanzig Meter von dem Eingangstor des Shinto-Schreines. Der Verkehr funkelte im Licht der dunstigen Sonne. Ein leuchtend grüner Nahverkehrszug rumpelte über die Kreuzung. Eilige, geschäftige Pendler blieben kurz vor dem Zeitungskiosk stehen. Und dann sah er Eko aus einem rotweißen Taxi steigen. An einer Hand hielt sie Taro, mit der anderen winkte sie ihm über die Menschenmassen hinweg zu und lächelte. Alles an ihr war strahlend und rein.

Kilmer winkte zurück, wartete unter dem großen Tor und beobachtete sie, wie sie näherkamen. Sie trug ein hübsches ärmelloses kurzes Sommerkleid, das die marmorne Sanftheit ihre Arme und Beine enthüllte. Das Kleid war himmelblau und hatte ein ruhiges Muster reiner, weißer Blumen. Einen weißen Schal hatte sie sich als Gürtel umgebunden. Ordentlich zurückgekämmt, fiel ihr glattes schwarzes Haar über ihre Schultern und glänzte im Sonnenlicht. Taro zerrte an ihrem Arm und stocherte mit seinem Plastikschwert im Kies, doch sie ging ruhig und gemächlich weiter. Der anmutige Rhythmus ihrer fließenden Bewegungen ließen das Kleid wie eine Wiese mit wilden weißen Blumen wirken, die unter einem blauen Sommerhimmel in einer sanften Brise wogte.

Einen Meter vor ihm blieb sie stehen und nickte. Ihre Mandelaugen waren klar und heiter. Kilmer lächelte trocken und sagte: »Hi, Schöne.« Auf ihren Lippen machte sich sofort ein großes Lächeln breit, als sie sich wieder an diese ersten Worte erinnerte, die er überhaupt zu ihr gesagt hatte. »Hallo, Harry.«

»Harro, Onkel Harry.«

»Hallo, Taro-*chan.*« Kilmer griff in seine Tasche und bot Taro einen Schokoladenriegel an. Taros strahlende braune Augen waren ganz groß, als er den Riegel nahm und *»Domo«* sagte. Ehe der Junge die Verpackung des Riegels aufreißen konnte, hob Kilmer ihn hoch in die Luft und sezte ihn auf seinen breiten Schultern ab. Taro umklammerte Kilmers markantes Kinn und spürte, wie sich die kleinen Beine fest um seinen Hals legten. »Okay, Taro?«

»Hai.«

Eko nahm Kilmers Arm, und dann schlenderten sie gemächlich in das friedliche Schrein-Gelände. Leise knirschte der Kies unter ihren Füßen. Als Taro den Schokoladenriegel endlich ausgepackt hatte, bogen sie auf einen schmalen, sich windenden Pfad ab, der von weit überhängenden Ahornbäumen gesäumt wurde. Hier und da fiel das Sonnenlicht in kleinen Flecken durch die hohen Blätter auf den Weg. Taro mampfte seine Schokolade und drückte das Plastikschwert fest gegen Kilmers Ohr. Ohne etwas zu sagen, spazierte Kilmer durch das Sonnenlicht und durch die Schatten, Taros Knöchel in seinen Händen, Ekos Finger leicht auf seinem Arm. Durch seinen Kopf zogen zärtliche, liebevolle Erinnerungen. Der Weg schlängelte sich um einige grüne Büsche und mündete schließlich auf ein ausgedehntes Beet voller lilafarbenen Iris, die sich in einer sanften Brise leicht neigten und bebten. Vor einem niedrigen Ahorn blieb Eko stehen und sagte: »Ich bin froh, daß dir nichts passiert ist, Harry.«

Kilmer nickte. Die weißen Blumen auf ihrem Kleid waren Pflaumenblüten. Die dunkle Musik in ihrer Augen spielte eine traurige Melodie.

»Ich habe mir sehr große Sorgen gemacht. *Yakuza* sind Abschaum.«

»Ja.« Für einen kurzen Augenblick verdunkelte sich Kilmers Gesicht. »Aber diese *yakuza*-Geschichte ist jetzt vorbei, Eko. Heute ist so ein schöner Tag, laß uns von etwas anderem reden.«

»Ja.«

Mit einem Lächeln nahm sie wieder seinen Arm, und sie setzten ihren ruhigen Weg über den schmalen Pfad fort. Nachdem sie durch eine hohe, dichte Hecke gekommen waren, fanden sie sich plötzlich vor einem kleinen Teich wieder, der die Form einer Acht hatte. Weiße Lotosblüten funkelten auf dem kühl schimmernden Wasser. Der Kiesweg führte zu einer kleinen japanischen Bogenbrücke, die den schmalen Teil des Teiches überspannte. Auf der anderen Seite des Teiches stand ein strohgedecktes Teehaus neben einem kleinen Wasserfall, der schläfrige kleine Wellen auf die ansonsten spiegelglatte Wasseroberfläche zauberte.

Als Taro die Schmetterlinge entdeckte, rutschte er aufgeregt auf Kilmers Schultern herum und schlug mit seinem Schwert auf Kilmers Arm. »Laß mich runter! Schnell!« Kilmer hob ihn mit einer geschickten Bewegung von seinen Schultern und stellte ihn auf den Boden. Sofort stürzte Taro hinter den gelben Schmetterlingen her, verfolgte sie am Rande des Teiches und schwang sein Schwert durch die Luft.

Kilmer und Eko stiegen langsam die hölzerne Bogenbrücke hinauf und blieben in ihrer Mitte stehen. Eko blickte über den Teich auf Taro, der mit großen Augen zu den Schmetterlingen hoch über seinem Kopf hinaufsah. Kilmer legte seine Hände auf das Bambusgeländer und sagte: »Er ist ein sehr netter Junge, Eko.«

»Ja. Ich fürchte nur, daß ich ihn zu sehr verwöhne.« Sie schaute Kilmer an. »Hast du auch Kinder, Harry?«

»Nein.«

»Erzähl mir von deiner Frau.«

»Von welcher?«

»Von beiden.«

»Gut.« Kilmer starrte mit leeren Augen auf die sich sanft kräuselnde Wasserfläche herab. Sein Gesicht war vollkommen ruhig und ausdruckslos. »Die erste ist gestorben. An Allergien. Sie war gegen irgendeine billige Schundmedizin allergisch. Das war Liza.«

Eko sagte nichts.

»Die zweite, Beth, hat einfach die Türe aufgemacht und ist gegangen.« Ein ironisches, reuevolles Lächeln huschte über Kilmers Gesicht. »Auch Allergien. Sie war wohl gegen mich allergisch. Gegen mich und meine billige Art.«

Eko blickte schweigend auf das Wasser hinab.

Kilmer sah sie von der Seite an. »Hast du jemals daran gedacht, wieder zu heiraten?«

»Nein. Ich bin zufrieden.« Sie blickte zu Taro hinüber, der Kieselsteine in den Teich warf. »Ich habe eine erwachsene Tochter und einen gesunden Sohn. Das ist genug.«

Kilmer nickte langsam, spürte wieder die tiefe Kraft, die diese Frau besaß. »Weißt du, Eko, ich habe viele Jahre über diesen Augenblick nachgedacht: Über den Augenblick, an dem wir uns wiedersehen würden. Ich dachte immer, daß ich es eines Tages verstehen würde, aber . . .«

»Harry«, sagte sie und schnitt ihm behutsam das Wort ab. »Frage nicht, Harry. Vieles ist geschehen.«

»Ja. Irgendwie ist es wie eine weit entfernte, angenehme und schöne Erinnerung – so wie die Erinnerung an die ersten Schultage.« Als er auf die weißen Lotosblüten herabschaute, empfand er wieder diese sehr japanischen Gefühle der nostalgischen Melancholie und des bitter-süßen Akzeptierens. »In Japan fühle ich mich immer sehr japanisch.«

Sie verließen die Brücke wieder und schlenderten am Rande des Teiches gemächlich auf Taro zu. Eko schaute zu ihm auf und sagte leise: »Warum hast du ausgerechnet mich ausgesucht, Harry?«

Kilmer lächelte beiläufig. »Weil du eben du bist.«

»Ach, Harry-*san*«, sagte sie und knuffte spielerisch seine Schulter. »Du änderst dich nie.«

»Doch, das tue ich. Sehr langsam.«

»Wie Wein. Mit dem Alter wirst du immer besser.«

Kilmer lächelte und schüttelte seinen Kopf. »Nein, nur älter.«

Plötzlich entdeckte Taro die gelben Schmetterlinge wieder und nahm seine Verfolgungsjagd erneut auf. Er verschwand hinter der Hecke. Sie folgten ihm. Ekos weißer Schal flatterte von ihrer Taille.

Eine Stunde später mußte Eko sich wieder auf den Weg machen, um die Vorbereitungen für ihr *sayonara*-Essen zu treffen, und Kilmer brachte sie zu einem Taxi. Er bot an, den Whiskey mitzubringen und, obschon er ganz genau wußte, daß das auch nichts ändern würde, bat sie, nicht zuviel Aufhebens um die Party zu machen. Nachdem er sich von ihnen verabschiedet hatte, überquerte Kilmer die Straße und schlenderte gemächlich zwischen den eindrucksvollen riesigen Gebäuden des Olympia-Stadions entlang, die von dem großen Tange Kenzo entworfen worden waren. Allmählich kehrte auch sein unbehagliches Gefühl zurück, diese dunkle Ahnung, daß irgendwo in einer verborgenen Ecke immer noch Ärger schwelte, daß Tono auch jetzt noch einige Trümpfe in der Hand hatte. Noch hatte er seine letzte Karte nicht ausgespielt. Kilmer setzte sich auf eine Bank und blickte auf die weit ausladenen Dächer aus Spannstahl und auf die eindrucksvollen Strebepfeiler aus vorgefertigten Betonteilen. Während er auf Tanges raffiniert ineinandergreifende Konstruktion starrte, versuchte er in seinem Kopf zu einem Muster mit ähnlicher Kohärenz zu gelangen. Methodisch rief er sich in chronologischer Reihenfolge jedes einzelne Detail der vergangenen drei Tage in den Geist zurück, untersuchte die gesamte Kette der Ereignisse und fand doch kein schwaches Glied. Schlußfolgerung: Er mußte sich unbedingt mit George treffen.

Kilmer stand auf und ging mit schnellen Schritten in den Shibuya-Bezirk hinaus, nahm dann die U-Bahn nach Roppongi und ging dann schnell um die Ecke von Tanners Wohnblock. Doch als er an Tanners Türe klopfte, erhielt er keine Antwort. Er nahm einen Kugelschreiber aus seiner Tasche und kritzelte eine hastige Nachricht auf einen Zettel, den er unter der Wohnungstür durchschob. »George, rufe dich morgen früh an. Reise mittags ab H. K.«

Da Kilmer nicht weiter mit der U-Bahn fahren wollte, verbrachte er die nächste Stunde damit, zu Fuß über den Aoyama Boulevard zum Shibuya-Bahnhof zu gehen. Er stieg die Treppe zu dem Bahnsteig der Richtung Norden verkehrenden Züge der als Hochbahn durch die Stadt geführten Yamanote-Linie hinauf und fuhr mit dem hellgrünen Pendlerzug bis zu Yoyogi-Station. Dort stieg er in die nach Osten führende Chuo-Linie um. Er nahm einen gelben Nahverkehrszug und nicht einen orangen Express, und hoffte, daß durch das Stoßen und Rütteln des Zuges auch in seinem Kopf irgend etwas gelöst oder angestoßen werden würde. Aber nichts dergleichen geschah – außer daß nur noch mehr Fragen auftauchten. Gab es denn absolut nichts, das durch ausreichendes Rütteln klar werden würde? War er einfach nur überängstlich? Wo zum Teufel steckte George?

Um 16.55 verließ Kilmer in Akihabara den Zug. Von dem hochliegenden Bahnsteig aus sah er Dusty, der vor dem Café »Almond« stand und immer wieder von dem dichten bunten Fußgängerstrom verdeckt wurde. Nachdem er zu Dusty hinuntergegangen war, rief er ein Taxi und nannte dem Fahrer die Anschrift von Tanaka Kens Baufirma. Während der Fahrt durch den Stadtbezirk Chuo plapperte Dusty ausgelassen über die niedrigen Preise für Stereoanlagen und über die große Höflichkeit der Verkäufer, insbesondere und ausführlich auch über eine Kellnerein, die ihm aus einem Restaurant gefolgt war, um ihm das Trinkgeld zurückzugeben. Als er gerade laut Spekulationen darüber anstellte, möglicherweise für einige Monate in Tokio zu bleiben, bemerkte Dusty Kilmers Gesichtsausdruck und hörte sofort auf zu reden. Kilmer starrte schweigend aus dem Fenster.

Dreißig Minuten später erreichte das Taxi den Stadtteil Meguro, bog an einer Straßenecke mit einem großen Holzlager ab und fuhr dann eine schmale Straße hinunter, an deren beiden Seiten sich eine Firma neben der anderen befand. Zwei Blocks später hielt das Taxi vor einem langen zweistöckigen Wellblechgebäude. Quer über dem Dach befand sich ein Schild, auf dem in japanisch und englisch zu lesen war: »Tanaka Truck & Construction Company«. Dreißig schwere Kipper standen in einer langen Reihe davor. Die großen dunkelblauen Lastwagen waren dreckverschmiert. Zwei Jugendliche waren gerade dabei, sie mit einem Schlauch abzuspritzen.

Sie stiegen aus dem Taxi und gingen dann durch die lange Reihe der großen dunkelblauen Laster. Mit weißer Schablonenschrift war auf die Fahrertüren geschrieben worden: »Tanaka Truck Co.« Aus den drei offenstehenden Garagentoren des Gebäudes kamen Lastwagenfahrer in kleinen Gruppen heraus. Alle trugen sie Arbeitsschuhe und dunkelblaue T-Shirts. Ihre sonnengebräunten Arme waren mit kräftigen Muskelpaketen bepackt. Obschon sie erschöpft und schmutzig waren, waren sie doch auch ausgesprochen guter Laune. Jeder der Männer hielt eine braune Lohntüte in der Hand. Ein paar Fahrer schauten Kilmer und Dusty fragend an, doch die meisten schienen nur darauf versessen zu sein, so schnell wie möglich die nächstgelegene Kneipe zu erreichen. Einem der Trucker fehlte der kleine Finger der linken Hand.

Sie gingen auf eines der offenen Garagentore zu, und Kilmer betrat das Gebäude. Dusty folgte ihm. Es roch stark nach Benzin, und der Betonboden, obschon er geschrubbt war, war voller schwarzer Ölflecken. Der rechteckige Raum war sehr groß, und über die gesamte Länge einer Wand erstreckten sich auf dem ersten Stock Büroräume. Vor der hinteren Wand standen zwei gelbe Bulldozer und ein dunkelroter Schaufelbagger. Sie sahen Kens Hinterkopf quer durch den Raum und gingen zu ihm. Er trug Blue Jeans und ein dunkelblaues T-Shirt.

Zehn seiner Fahrer hatten sich in einer langen Reihe vor ihm aufgestellt. Jeder der Männer nickte kurz, als er seine Lohntüte in Empfang nah. Ken nickte ebenfalls und bedankte sich namentlich bei jedem einzelnen Fahrer.

»Hani-*san, domo.*«

Der nächste Fahrer lächelte breit, als er seine Hand nach der Lohntüte ausstreckte und sagte, wobei er sich übertrieben tief verbeugte: *»Oyabun, domo.«*

»Sasaki«, sagte Ken ruhig. »Ich habe dir doch gesagt, daß du mich nicht mehr *oyabun* nennen sollst.«

»Hai, oyabun.«

Die anderen Fahrer beobachten Ken und lächelten leise in sich hinein. Der ganze Wortwechsel hatte etwas von einem Familienritual oder von einem Firmenscherz an sich. Dann nickten die restlichen Fahrer und nahmen ohne jede weitere Bemerkung ihren Lohn entgegen. Kilmer blickte den letzten beiden Männern auf ihrem Weg aus der Garage nach. Einer von ihnen bewegte sich mit der harten, stoischen Haltung eines *yakuza.* Dusty sah sich kurz in der großen Halle um und sagte dann: »Einen ziemlich ordentlichen Laden haben Sie hier, Mr. Tanaka.«

»Er ist vollkommen legal.«

Kilmer deutete mit seinem Kopf auf die letzten beiden Fahrer.

»Ich dachte immer, *yakuza* würden nur im Gefängnis körperliche Arbeit verrichten.«

»Ich bin der einzige Spediteur, der Ex-*yakuza* und ehemalige Sträflinge einstellt.«

»Ach?« Dusty sah Ken an. »Warum denn sonst keiner? Angst vor Schwierigkeiten und Ärger, oder was?«

Ken nickte und machte sich auf den Weg zum Tor. Kilmer ging neben ihm und sagte: »Ihre Männer sind wahrscheinlich sehr loyal.«

»Es sind ehrliche, aufrichtige Männer, Kilmer. Sie arbeiten hart und beschweren sich nicht.«

Ein Angestellter winkte ihnen von seinem Schreibtisch hinter einem Fenster im ersten Stock zu. Ken winkte zurück, und dann gingen die drei Männer durch das große Garagentor nach draußen.

Als der dunkelblaue KXL auf die Straße einbog und dann den Weg zu Ekos *kissaten* einschlug, drehte Kilmer sich zu Ken. »Tanaka-*san*, ich mache mir Sorgen um George. Ich habe ihn den ganzen Tag über nicht erreichen können. Ich befürchte, daß Tono ihn möglicherweise kassiert hat.«

Ken bog auf die Hauptverbindungsstraße ein. »Diese Besorgnis teile ich, Kilmer.«

»Kennen Sie jemanden, den wir fragen könnten?«

»Hai.« Ken nickte bedächtig, hielt seine Augen jedoch fest auf den dichten Rush-hour-Verkehr gerichtet. »Wir fahren jetzt dorthin. Es ist nicht sehr weit.«

Dreißig Minuten später parkte der KXL vor dem Shinjuku-Bahnhof, der täglich von zwei Millionen Pendlern benutzt wird. Shinjuku, Tokios am schnellsten wachsendes Vergnügungs- und Geschäftsviertel, pulsierte nur so vor Leben. Tausende von Pendlern stürmten wie Ameisen in den riesigen, eleganten Bahnhof.

Auf Betonpfeilern geführte Eisenbahnen rumpelten in alle Richtungen davon, während unter den Eisengittern in den Bürgersteigen die U-Bahnen donnerten. Die Hauptstraße war durch den extrem dichten Verkehr total verstopft, und die Bürgersteige waren mit hastenden Verkäufern und Angestellten überfüllt. Das gesamte Shinjuku-Viertel flackerte unter den zahllosen Neonreklamen wie ein einziger, riesengroßer Flipper, pulsierte mit einer endlosen, nicht versiegenden Energie und Aufregung.

Ken nahm sein dunkelblaues Hemd vom Sitz, zog es an und führte sie dann über den übervollen Bürgersteig durch die Menschenstörme. Hohe Bürogebäude, Banken, Kinos und Kaufhäuser säumten die breite Avenue. Als die drei Männer sich durch die dichte Menschenmenge drängten, starrte Dusty plötzlich überrascht auf eine ins Auge springende McDonald's-Filiale: Vor den Verkaufstheken drängten sich Massen langhaariger Teenager. Am Kinokuniya, dem fünfstöckigen gewaltigen Buchgeschäft, bog Ken von der Hauptstraße ab, und sie betraten das verwirrende Labyrinth der zahllosen Seiten- und Nebenstraßen Shinjukus, auf denen es weder Bürgersteige noch Autoverkehr gab.

Die schmale Seitenstraße war ein von Menschen wimmelndes Durcheinander von schickem High Fashion und ordinärem Low Life. Seite an Seite standen hier schicke Diskotheken und schmierige Kaschemmen, noble Nachtclubs und billige Spielhallen. »La Femme«, eine vornehme Boutique, zeigte in ihren Schaufensterauslagen zwischen einem Pfandhaus und einem Pornokino die neueste Pariser Mode. Drahtige Türsteher und reizende Hostessen luden die sich vorüberschiebende Menge höflich ein, doch einen kleinen Abstecher in ihre jeweiligen Nachtclubs zu machen, während gleichzeitig Straßenhändler mit Handkarren ihre Preise für gegrillten Tintenfisch, Kastanien und süße Kartoffeln mit derber Sprache hinausschrien. Die drängelnden Käufer kamen aus allen Schichten und Berufen: Hausfrauen, Studenten, kleine Straßenganoven, Sekretäre, Geschäftsleute und *yakuza*. Diese Seitenstraßen waren der Ort, an dem kleine, in der Hierarchie weit unten stehende *yakuza* mit den höchsten Rängen der Geschäftsswelt Tuchfühlung aufnehmen konnten.

Ken schob sich tiefer und tiefer in das glitzernde Labyrinth von Luxus-Bars und billigen Spielhallen. Dusty bemerkte einen Jungen, der hinter einem Schuhregal stand und Leim aus einer

Plastiktüte schnüffelte. Dann sah er zwei aufreizende Frauen, die wie Nutten aussahen, und dann eine faltige alte Frau, die auf dem Boden kauerte und gelassen eine Zigarette rauchte. Flaumige, aufgezogene kleine Spielzeugfiguren wirbelten über die auseinandergefalteten Zeitungen, die sie um sich ausgebreitet hatte. »Jesus! Wie lange hast du hier gelebt, Kilmer?«

»Sechs Jahre.«

»Glaubst du, Wheat könnte mir hier vielleicht irgendeinen Job besorgen?«

»Frag ihn einfach«, antwortete Kilmer barsch. Er beobachtete aufmerksam die verschiedenen Gruppen von *yakuza*, die ruhig und gemütlich durch die Menge spazierten. Anders als gewöhnliche kleine Straßenganoven trugen sie dunkle, unauffällige Anzüge. Das übrige Publikum der Kauflustigen achtete sorgfältig darauf, nicht mit diesen Männern zusammenzustoßen oder sie anzurempeln. Hinter dem rotgetönten Fenster einer kleinen Bar sah Kilmer einen Mann mit einem Filzhut, der ihm nachschaute.

Ken bog in eine noch engere Seitenstraße ein und blieb vor einem schäbigen Holzgebäude stehen. Die verglasten Fenster waren mit schwarzer *kanji* beschriftet: »Nakanos Go-Salon.« Ken drückte die Türe auf und trat ein. Kilmer und Dusty folgten ihm. Ihre Augen hatten sich schnell an die schummrige Beleuchtung gewöhnt.

Der kleine, schmutzig wirkende Raum enthielt zwanzig Tische mit *Go*-Spielbrettern. An jedem Tisch saßen zwei Spieler, die tief in ihr Spiel versunken waren. Um einige der Tische standen dichte Zuschauertrauben. Die schwül-warme Luft war völlig verqualmt. Die gedämpften Atemgeräusche der Spieler und Zuschauer wurden nur duch das periodische Klatschen von *Go*-Steinen auf die *Go*-Spielbretter unterbrochen. Der Großteil der Spieler waren College-Studenten und pensionierte Geschäftsleute, doch einige wenige waren Profi-Spieler und Vollzeit-*Go*-Haie.

Ken machte Kilmer durch Dusty ein Zeichen, daß sie an der Türe warten sollten, durchquerte dann schnell den rauchgeschwängerten Raum und stellte sich neben einen grauhaarigen alten Mann, der in einen weißen Sommer-Kimono gekleidet vor der rückwärtigen Wand des Salons saß. Über dem alten Mann hing an der Wand ein kleines Schild, auf dem seine Sätze für verschiedene Schwierigkeitsgrade und Handikaps aufgeführt waren. Sein Gegner, eine College-Student, starrte verbissen und wild entschlossen auf das Spielbrett, doch der alte Mann lehnte sich mit der geistesabwesenden Ausstrahlung eines professionellen *Go*-Meisters an die Wand zurück. Ihm fehlte der rechte Unterarm. Der herabhängende V-Ausschnitt seines weißen Baumwollkimonos ließ den Rand einer *yakuza*-Tätowierung erkennen.

Ken lehnte sich mit seinem Rücken gegen die Wand. Keiner der beiden Männer schaute den anderen an. Ken starrte auf das *Go*-Brett und sagte: »Alter Mann, warum hat der Tono Clan das amerikanische Mädchen entführt?«

»Um Machtpositionen auszuhandeln«, knurrte der alte Mann. Er sprach den derben Osaka-Dialekt.

Ken wartete schweigend.

»Schlimmer Ärger, Ken-*san*. Sehr seltsam. Halt dich da raus.«

Ken starrte weiterhin nur auf das *Go*-Brett.

Der alte Mann wartete darauf, daß Ken weiter ging, dann kratzte er sich am Kinn und sagte: »Seit zwei Wochen ist der Tono Clan jetzt schon nach außen wie ein Stein. Tonos *kobun* sagen kein Wort. Und sie tun auch nichts. Zero.«

»Sie haben das Mädchen entführt.«

»Und das ist auch schon alles. Selbst Tonos Schutzgeldeintreiber haben sich diese Woche noch nicht blicken lassen. Zero.«

»Warum?«

»Die Gerüchte sind sehr unzuverlässig. Manche behaupten, daß Tono gestorben wäre und daß der Clan den neuen *oyabun* wählt. Andere Gerüchte vermuten, daß Tono zur Zeit eine neue Operation plant. Unzuverlässig.«

»Was ist zwischen Tono und diesem Amerikaner?«

»Ich habe nur ein Gerücht gehört«. Zögernd setzte der College-Student einen weißen *Go*-Stein auf das Spielbrett, und augenblicklich knallte der alte Mann einen schwarzen

Stein direkt daneben. »Beide Männer wollen die gleichen Schiffe.«

»Warum?«

»Was man sich immer so über Schiffe erzählt – Schutzgelder, Gebühren für die Dockarbeiter, geschmuggelte Waffen. Unzuverlässig.«

»Wo ist der Amerikaner jetzt?«

»Mehr weiß ich nicht.« Ohne aufzublicken machte der alte Mann eine schroffe Handbewegung auf Kilmer und Dusty. »Halt dich da raus.«

»Vergiß nicht, mit wem du sprichst, alter Mann.«

»Ich vergesse es nicht. Ich stehe tief in deiner Schuld, Ken-*san*, aber mehr weiß ich wirklich nicht.«

»*Domo*.«

Ruhig ging Ken wieder durch den Raum und die drei Männer traten wieder auf die Straße. Während sie durch die Menschenmassen zu dem KXL zurückgingen, ließ das verblassende Tageslicht die bunten Neonreklamen mit besonderer Brillanz strahlen. Ein größerer Anteil der Fußgänger war inzwischen ausgesprochen lebhaft und angetrunken. Der gesamte Shinjuku-Bezirk glühte mit einem künstlichen Charme, gleichzeitig verlottert und sittsam, wie eine übergewichtige Hure, die sich für die Hochzeit ihrer Tochter aufgetakelt hat. Als sie den Wagen erreichten, fragte Kilmer Ken, was der alte Mann gesagt hatte.

Chieko und Hanako hatten drei Stunden lang emsig gearbeitet. Zusätzlich zu den Essensvorbereitungen hatten sie für die *tokonoma* ein dem Anlaß angemessenes festliches Rollbild ausgewählt und auch ein schlichtes Arrangement aus Blumen und Zweigen der Jahreszeit zusammengestellt. Alles war sorgfältig in Ordnung gebracht worden, und jetzt wirkte der kleine Tatami-Wohnraum sauber und auf eine friedvolle Weise elegant. Die gedämpfte Beleuchtung verlieh dem roten Lacktisch unter der geschmackvollen Fülle vielfarbiger Speisen einen sanften Glanz: kleingeschnittene *nashi*, *kiku*-Blätter, *tempura*, *sushi*, *sake*-Flaschen, *tsukemono* und dampfender Reis.

Die beiden Frauen brachten die letzten Gerichte aus der

Küche in den Tatami-Raum. Hanakos Baumwoll-Sommerkimono war leuchtend grün und trug ein geometrisches Muster goldener Schneeflocken. Der Obi war grün mit goldenen Streifen. Ekos Kimono war dunkelblau und hatte ein Muster von fliegenden weißen Reihern. Ihre Schärpe war dunkelblau mit einem breiten roten Streifen. Hanako, nicht so sehr an das Tragen eines Kimonos gewöhnt, bewegte sich eine Spur unbeholfen, doch Ekos Bewegungen flossen anmutig und leicht wie ein Bach über eine Weide.

Taro in seinen blauen Shorts und einem Superman-T-Shirt saß in der Küche vor dem Fernseher und schaute sich Zeichentrickfilme an. Plötzlich sprang er auf – *»Kimashita!«* –, rannte die Treppe hinunter und erwischte Kilmer und Dusty dabei, als sie gerade ihre Waffen hinter der Theke versteckten. Ken, der seine Schuhe bereits ausgezogen hatte, hob Taro auf seine kräftigen Arme und trug ihn die Treppe hinauf. Kilmer glitt aus seinen schwarzen Halbschuhen und folgte ihnen, während Dusty noch auf einem Bein am Fuß der Treppe herumhüpfte und sich mit seinen Krokodilleder-Stiefeln abkämpfte.

Als Dusty schließlich ebenfalls den Raum im ersten Stock betrat, sah er wie Kilmer und Ken sich unbehaglich anblickten. Keiner der beiden Männer wollte sich auf das Sitzkissen vor der *tokonoma,* auf den Ehrenplatz setzen. Taro löste dieses Problem, indem er zwischen die beiden Männer sprang und sich einfach auf das mittlere Kissen fallenließ und dann auf die beiden Kissen links und rechts von sich zeigte. »Onkel Ken hierhin. Und Onkel Harry hier.« Die anderen drei gingen zu den Kissen auf der anderen Seite des Tisches. Eko reservierte sich den Platz auf dem der Küche am nächsten liegenden Kissen und deutete Dusty an, sich zwischen sie und Hanako zu setzen. Dann nahmen alle Platz und machten es sich bequem. Die Männer verschränkten ihre Beine vor sich, die Frauen legten sie unter sich. Hanako reichte die *tempura* herum und mußte über das glücklich strahlende Gesicht von Taro lächeln. »Es ist gut für Taro-*chan,* daß Männer im Haus sind.« Dusty schaute sie an. Er war angenehm darüber überrascht, wie gut sie englisch sprach.

Zwei Stunden später war das schmutzige Geschirr abgeräumt, die Suntory-Gold-Flasche beinahe leer und der *sake*-Becher mehrfach wieder aufgefüllt worden. Das einzig noch Eßbare auf dem Tisch waren geschälte Mandarinen und Honigmelonenscheiben. Die drei Männer hatten sich inzwischen dunkelblaue Sommerkimonos mit weißen Schärpen angezogen, wodurch sie in dem gedämpften Licht gleichzeitig geruhsam und attraktiv aussahen.

Das Essen war ein durchschlagender Erfolg gewesen, und Eko, die perfekte, aufmerksame Gastgeberin, die unauffällig jeden Wunsch ihrer Gäste vorausahnte, war zufrieden. Früher am Abend hatte sie Toro gesagt, daß er keine weitere Coke mehr bekommen würde, solange er seinen Reis nicht aufgegessen hatte. Während Taro nun auf Kens Schoß saß, gab er sich damit die größte Mühe. Ken beobachtete mit verstecktem Amüsement, wie Taro versuchte, sich nicht zu beschweren. Kilmer blickte die beiden aus den Augenwinkeln heraus an und war aufrichtig überrascht, ein Lächeln auf Kens normalerweise strengem und ernstem Gesicht zu bemerken. Er mußte unbedingt eine Gelegenheit finden, allein mit Ken zu sprechen.

Während Ken und Kilmer in erster Linie allein getrunken hatten, hatten Hanako und Dusty den größten Teil der Unterhaltung am Tisch bestritten. Dusty mußte feststellen, daß er zunehmend mehr von ihrem ruhigen Selbstvertrauen und ihrer offenkundigen Intelligenz verzaubert wurde. Als sie ihm eine weitere Mandarine anbot, sagte er: »Sag mal, warum enden die Namen japanischer Frauen immer mit *ko?*«

»Weil es weiblich klingt. *Ko* bedeutet Kind. Der Name meiner Mutter bedeutet Kind der Erde. Unsere Kellnerin heißt Morgenkind.«

»Und was ist mit deinem Namen?«

»*Hana* bedeutet Blume, also bin ich ein Blumenkind.«

Dusty lachte überrascht los.

»He?« Hanako sah ihn fragend an. »Was ist daran so komisch, Dusty?«

»Hanako, du bist groovy.«

»Was bedeutet ›groovy‹?«

Dusty sah zu Kilmer hinüber. Kilmer hatte seine Arme verschränkt, die Hände in die Ärmel seines Kimonos geschoben und blickte sie nachsichtig und wehmütig an. Sie klangen genauso wie er und Eko sich vor zwanzig Jahren angehört hatten. Er lächelte Hanako herzlich an und sagte: »Groovy ist dasselbe wie *kakkoi.*«

»Aha.« Hanako lächelte Dusty schüchtern an. *»Domo.«*

Dann sprang Taro plötzlich auf und hielt seine leere Reisschale so, daß die anderen sie deutlich sehen konnten. »Ich hab alles aufgegessen, also krieg' ich jetzt auch eine Belohnung.«

Ken nickte bestätigend.

Indem er die Hände von Kilmer und Ken packte, sagte Taro: »Schaukeln! Schaukeln!«

Als Eko gerade schon etwas sagen wollte, wechselten Ken und Kilmer einen kurzen Blick. Ihre Augen trafen sich und dann nickten sie sich zustimmend an. Die beiden Männer standen auf und verschränkten ihre Hände zu einem kleinen Thron. Taro sprang sofort darauf, und dann begannen sie ihn mit stetig wachsendem Tempo vor und zurück zu schaukeln, während Taro vor Begeisterung lachte. Es dauerte nicht lange und auch die anderen begannen über die reine, unschuldige Freude des Kindes zu lachen. Mit einer letzten Bewegung warfen sie den Jungen dann hoch in die Luft – sein Kopf stieß beinahe gegen die Decke – und fingen ihn mit einem lauten dumpfen Schlag wieder auf. Taro drückte ihre Arme und brüllte: »Laßt mich runter! Laßt mich runter!« Kaum stand er wieder auf seinen eigenen Füßen, raste Taro auch schon wie ein geölter Blitz durch den Raum auf den Flur hinaus.

»Taro-*chan*«, sagte Ken. »Wo willst du hin?«

Taro drehte sich noch einmal kurz zu ihnen um. »Ich gehe kacken.«

Ken schüttelte belustigt seinen Kopf. Kilmer sah ihn an. »Ihr Neffe ist ein prächtiger kleiner Junge.« Ken nickte langsam und deutete mit seinem Kopf auf den Flur. »Wir haben viel getrunken, Kilmer. Gehen wir nach draußen etwas frische Luft schnappen.«

»Gut.« Kilmer war sofort einverstanden. Die beiden Männer nickten Eko kurz zu, entschuldigten sich, gingen dann über die Tatami und schließlich die Treppe hinunter.

Dusty half Hanako dabei, die letzten Teller und Schalen abzuräumen. Da er ihre größere Reife deutlich spürte, konzentrierte er sich darauf, die Teller methodisch aufeinanderzustapeln und unterdrückte seinen spontanen Impuls, einfach ihre Hand zu nehmen und mit ihr durch den Raum zu tanzen. Als sie das Geschirr in die Küche trugen, fragte er sie: »Erzähl mir doch noch mal das mit den Fingerzeichen.«

»Okay.« Hanako stellte das Geschirr auf der Küchentheke ab und benutzte ihre Hand, um ihre Worte zu veranschaulichen. »Also, der Daumen ist der Ehemann, der kleine Finger ist die Ehefrau und die Finger dazwischen sind ihre Kinder.«

Nachdem er seine Teller ebenfalls abgestellt hatte, hob Dusty seine linke Hand, wobei er den kleinen Finger zurückknickte, als würde er fehlen. »Ich habe ein paar Männer mit solchen Händen gesehen. Bedeutet das vielleicht, daß sie keine Frau mehr haben?«

»Nein.« Hanako lachte leise. »Das sind *yakuza.*«

»Was für *yakuza?*«

»*Yakuza* haben so ein Ritual, bei dem sie manchmal ihren kleinen Finger abschneiden. Ich zeige es dir.« Sie nahm ein scharfes Küchenmesser in die Hand und drückte dann ihre linke Faust so gegen die Kante der Arbeitsplatte, daß nur der kleine Finger auf die Arbeitsfläche selbst herausragte. Dann steckte Hanako die Messerspitze direkt neben dem Fingerknöchel in das Holz und tat so, als würde sie die Klinge mit einem scharfen Ruck zu sich herabziehen und so den kleinen Finger abschneiden wollen.

»Jesus!« sagte Dusty und zuckte sichtlich zusammen. »Sei vorsichtig!«

Hanako nickte und legte das Messer wieder aus der Hand.

»Aber wieso, Hanako? Warum in aller Welt *machen* die so was?«

»Oh, dafür gibt es viele Gründe. Manchmal ist es Rache. Manchmal Reue.«

»Reue?«

»Wenn ein *yakuza* ein großes Vergehen gegen seinen *oyabun* und Clan begeht oder wenn ein *oyabun* einen anderen *oyabun* beleidigt – das ist ein so schweres Vergehen, das entweder die Verbannung oder aber den Tod verlangt –, dann kann er auch versuchen zu sühnen und die Gunst seines *oyabuns* dadurch wiederzugewinnen, daß er ihm seinen kleinen Finger als Zeichen seiner Reue anbietet.« Hanako streckte ihre Hand aus, als würde sie Dusty ihren Finger anbieten wollen.

»Und was ist, wenn der *oyabun* dieses Zeichen der Sühne ablehnt?«

»Es gilt als sehr schlechter Ton, ein solches Angebot abzulehnen.«

Mit einem Arm voller schmutziger Gläser kam Eko in diesem Augenblick in die Küche und hörte, über was sie sprachen. »Hanako«, sagte sie mit einem strengen Unterton in ihrer Stimme, »du weißt ganz genau, daß ich in diesem Haus kein Gespräch über Abschaum dulde. Du weißt, wie ich über *yakuza* denke.«

»Es war meine Schuld«, sagte Dusty. »Es tut mir sehr leid, Mrs. Tanako.«

»Ach.« Eko nickte und stellte die Gläser auf der Küchentheke ab. »Gehen wir doch nach unten und hören etwas Musik.«

Ken und Kilmer spazierten langsam die dunkle Straße hinunter, genossen die warme Sommernacht. Sie trugen beide Holzsandalen und einen dunkelblauen Baumwollkimono. Sie begegneten nur wenigen Menschen, und diese gingen in die andere Richtung an ihnen vorbei. Die Leute schlenderten nach einem Besuch im öffentlichen Badehaus gemächlich nach Hause. Ihre weiß, um den Kopf gewickelten Handtücher waren selbst in der Dunkelheit gut zu erkennen. Zwischen dem rhythmischen Klacken der Holzsandalen auf dem Asphalt lag nur das leise Flüstern gedämpfter Stimmen und das Zirpen der Grillen in der milden Nachtluft. Die Schiebefenster vieler Häuser standen offen und erlaubten einen flüchtigen Blick auf

Familien, die sich vor dem Fernseher versammelt hatten. In einem Fenster hockte ein junger Mann, klimperte auf einer Gitarre und sang japanische Worte zu dem Beatles-Song »Yesterday.«

Als sie das zinnoberrote Tor am Ende des Häuserblocks erreicht hatten, betraten die beiden Männer den kleinen dunklen Innenhof des Shinto-Schreines dieses Stadtteiles. Auf dem Hof standen dunkle Kirschbäume. Schwache rote und weiße Lichtstrahlen fielen auf die Trittsteine des schmalen Pfades. Das Licht kam von den Papierlampions, die an einer Leine unter dem Vordacht des kleinen Schrein-Gebäudes angebracht waren. Die beiden Männer verließen den Pfad und gingen zwischen den Bäumen zur Seitenmauer und setzten sich dann auf zwei großen Reisweinfässer. Schweigend lehnten sie sich gegen die Mauer und lauschten auf die Geräusche der Nacht.

Eine alte Frau mit einem weißen Handtuch trat mit dem leisen Klappern ihrer Holzsandalen durch das Tor in den Hof und folgte dem Pfad bis vor das Schreingebäude. Im trüben Licht der rotweißen Papierlaternen warf sie eine Münze in eine Holzschachtel, zog an dem Glockenseil, um die Götter zu wecken, neigte stumm ihren Kopf und klatschte zweimal in die Hände. Dann drehte sie sich wieder um, durchquerte mit leisem Klappern ihrer Sandalen den dunklen Hof und ging wieder auf die Straße hinaus.

Ken blickte zu den dunklen Ästen über seinem Kopf hinauf und sagte mit tiefer, leiser Stimme: »Ich wußte schon immer, daß Sie ein sehr großmütiger Mann sind, Harry, doch ich habe mich immer gefragt, ob Sie auch ein ehrenhafter Mann sind.«

Kilmer sagte nichts. Frage: In bezug auf was?

»Aber jetzt weiß ich, daß Sie es sind.«

Immer noch schweigend blickte nun auch Kilmer zu den Bäumen auf. Hoch über den dunklen Ästen schwebte der dunkle Smog. Rote und weiße Lichtstrahlen fielen flackernd auf die dunklen Blätter.

Ein Motorrad röhrte über die Straße, und langsam verklang das Geräusch in der Ferne. Fakt: Zwanzig Jahre, doch nichts war vergessen. »Erst heute ist mir klargeworden, Ken, wieviel ich damals hinter mir zurückgelassen habe.«

»Führen Sie ein gutes Leben drüben in Amerika?«

»Ja, ich bin zufrieden. Und Sie?«

»Glück, Zufriedenheit, Freiheit – das sind amerikanische Worte.«

Kilmer antwortete nichts.

»Pflicht und Verpflichtung – das sind japanische Worte.«

Kilmer warf einen kurzen Seitenblick auf Kens dunkles Profil, das durch die Schatten des Schreines verborgen wurde. Frage: Über was dachte dieser Mann nach?

Ken starrte weiter auf die Kirschbäume in der tiefen Dunkelheit. Er sprach ganz langsam, gerade so, als würde er irgend etwas zitieren: »Ein Mann ohne Pflicht ist kein Mann.«

»Ja.« Kilmer nickte langsam. *Er hatte die Pflicht, sich zu bedanken, sich zu entschuldigen und seine Hilfe anzubieten. Er mußte die volle Verantwortung übernehmen. Wie sollte er das in Worte fassen, ohne beleidigend zu wirken?* Kilmer räusperte sich und sagte: »Da ist etwas, was ich Sie fragen muß.«

»Fragen Sie.«

Laute Schreie zerschnitten die Nacht. Die beiden Männer sprangen auf ihre Füße, starrten mit weit aufgerissenen Augen in die Dunkelheit und zitterten unter den Folgen des Adrenalin-Stoßes. Aus der Richtung von Ekos *kissaten* hörten sie das ohrenbetäubende Donnern eines Schußes. Augenblicklich stürzten sich die beiden Männer durch das Tor und liefen, so schnell sie konnten, die schmale Straße hinunter. Ihre Beine wirbelten und ihre Kimonos flatterten hinter ihnen. In den Häusern verloschen Lichter. Fenster wurden eilig zugeschlagen. Dunkelheit. Kilmer stolperte, schüttelte ohne stehenzubleiben seine Sandalen ab und lief mit Höchstgeschwindigkeit weiter. Seine nackten Füße schlugen dumpf auf den Asphalt. Die Türe der *kissaten* stand weit auf. Im Inneren brannte Licht. Ken schoß durch die Türe, Kilmer dicht auf seinen Fersen und holte zu ihm auf.

Dusty lag in einer großen Blutlache am anderen Ende der Theke. Er krümmte sich vor Schmerzen. Sein linker Arm war aufgeschlitzt, seine .38er lag unter der Jukebox. Über ihm stand ein *yakuza* mit einem schimmernden Langschwert. Er atmete schwer und blutete stark an einer klaffenden .38er-Wunde auf seiner Schulter. Ein zweiter *yakuza* mit einem Filzhut schwang ein Kurzschwert. Und hinter ihnen, am Fuß der Treppe, umklammerten Hanako und Eko den kleinen Taro, zu verängstigt, um sich noch bewegen zu können.

»*Yamero!*« Kens Schrei schlug wie eine Peitsche durch den Raum.

Die beiden *yakuza* wirbelten herum. Sofort kamen sie auf Ken zu, vergaßen Dusty und ignorierten Kilmer. Ihre Schwerter hoch erhoben. Während Ken sich auf sie zubewegte, glitt Kilmer die Vorderseite der Bar entlang, auf seine .38er zu, sprang auf die Theke und rollte sich dahinter ab.

Ken duckte sich und näherte sich vorsichtig den beiden *yakuza*, und plötzlich, in einer blitzschnellen, blendenden Bewegung, sprang er unter dem herabsausenden Langschwert des verwundeten *yakuza* fort und nahm ihn von hinten in einen Nelson. Der *yakuza* mit dem Filzhut griff augenblicklich an, schlug mit seinem Kurzschwert wiederholt und brutal zu, während Ken den verwundeten *yakuza* wie ein Schild herumriß, ihn nach links und rechts drehte. Sein menschliches Schild schrie unter den heftigen Hieben auf. Wütend griff der *yakuza* mit dem Filzhut frontal an und stieß dreißig Zentimeter Stahl in die Brust seines Kumpanen. Mit einem haßerfüllten, bösartigen Knurren riß der *yakuza* die Klinge wieder heraus, schlug den Filzhut von seinem Kopf und entblößte seinen rasierten Schädel. Auf der linken Vorderseite glänzte eine tätowierte schwarze Spinne.

Spinne bereitete sich auf einen neuen Angriff vor, und Ken stützte den toten *yakuza* ab, als Kilmer hinter der Theke aufsprang und die .38er aus ihrem Halfter riß. Spinne stürzte auf die Türe zu, stieß dabei Tische und Stühle um. Taro sprang aus Ekos Armen und verfolgte ihn, während er sein Plastikschwert durch die Luft wirbelte. Kilmer zielte, doch als er dann Taro sah, gefror sein Finger auf dem Abzug. Voller Verzweiflung sprintete Ken los, sprang über Tische, packte Taro am

Hals und hob ihn in eine der Sitznischen. Kilmer sprang über die Theke und stürzte durch die Türe. Ken folgt ihm sofort.

Spinne lief draußen auf der dunklen Straße im Zickzack auf ein wartendes Auto zu. Kilmer und Ken jagten ihm nach. Ihre Beine schlugen wie Dreschflegel auf die Straße, ihre Muskeln spannten sich an. Die Wagentüre wurde aufgestoßen. Der Motor wurde angelassen. Die beiden Männer steigerten ihr Tempo. Spinne sprang durch die geöffnete Türe, und der Wagen schoß sofort in die Dunkelheit. Kilmer ließ sich auf ein Knie fallen und zielte mit der .38er sorgfältig durch das Rückfenster auf den Kopf des Fahrers. Dann blitzten die Scheinwerfer des Wagens urplötzlich auf, und er sah in ihrem Licht zwei alte Männer mit weißen Handtüchern vor dem Bambuszaun neben dem fahrenden Wagen kauern. Er senkte die .38er, und mit lautem Dröhnen verschwand der Wagen in der Finsternis. Auf beiden Seiten der dunklen, schmalen Straße wurden Fenster zugeschlagen.

Ken und Kilmer drehten sich um und gingen mit weit ausholenden Schritten zurück zu Ekos *kissaten*. Immer wieder blickten sie über ihre Schultern zurück, atmeten schwer, waren schweißgebadet. Kens loser Kimono war mit *yakuza*-Blut getränkt, Kilmers Verstand zischte und stotterte wie nach einem Kurzschluß. Unmöglich, in diesem dicht bebauten Viertel zu schießen – *katana*-Land. Eine .38er-Kugel würde drei dieser dünnwandigen Häuser durchschlagen. Es war gut, daß er nicht geschossen hatte – mit einer illegalen Waffe. Nur ein Schuß war abgefeuert worden – von Dusty, und dieser eine konnte leicht als Fehlzündung interpretiert werden. Die Nachbarn würden nicht anders als die Zen-Mönche ihren Mund halten – wenn sie sicher waren, daß es sich nicht wiederholen würde – und Eko keine Schwierigkeiten machen. Das war nicht der richtige Augenblick, daß die Polizei viele Fragen stellte, auf die niemand eine Antwort geben konnte. Aber was zum Teufel waren denn die Antworten? Tono versuchte Ken auszuschalten. Dusty war bereits verwundet – was kam als nächstes? Es war ziemlich sicher, daß die Schwerter zurückkehren würden. Kein Fehlschlag würde *yakuza*-Killer aufhalten, die den Befehl zu einem Mord bekommen hatten. Ein unglaublich blutiger Schlamassel war das. *Der L. A.-Flug war storniert.*

Die beiden Männer erreichten die Türe und traten in das Licht. Der Raum war ein einziges chaotisches Durcheinander, doch trotzdem bewegte sich nichts und alles war still. Hanako verband gerade Dustys stark blutenden Arm mit einem Abtrockentuch. Sein fahles Gesicht war schmerzverzerrt. Ihre stummen Tränen fielen auf seine Brust. Eko saß in der mittleren Sitznische, drückte Taro fest an ihren Busen, streichelte seinen Kopf und wiegte ihn langsam vor und zurück. In einer riesigen Blutlache auf dem Boden lag der tote *yakuza*. Außer Taros leisem Schluchzen herrschte eine Grabesstille.

»Ken-*san!*« Eko starrte entsetzt auf Kens blutverschmierten Kimono. »Bist du in Ordnung?«

»*Hai.*« Ken nickte und ging zu ihr. »Und du?«

Sie nickte und sackte nach vorn, lehnte ihren Kopf gegen ihn. Ihre Schultern bebten. Ken legte seine starken Hände auf ihre Schultern und hielt sie fest, wartete, daß das Zittern nachließ. Eko seufzte tief auf, doch das Zittern blieb. Ken stand absolut regungslos da und starrte in dem Raum hinein. Sein Gesicht war angespannt, in seinen Augen loderte ein schwarzes Feuer. Er war wütend darüber, daß *yakuza* Ekos Haus überfallen hatten; wütend darüber, daß sie das auch nur in Erwägung gezogen hatten. *Yakuza* waren Hunde. Das *yakuza katana* lag auf dem Boden – auf Eko-*sans* Boden. Die Leiche des *yakuza* lag zwischen den Tischen – zwischen Eko-*sans* Tischen. Der Gestank des *yakuza*-Blutes zog durch das Haus – durch Eko-*sans* Haus. Moderne *yakuza* waren ein Rudel tollwütiger Hunde. Sie kämpften, töteten, starben – wie Hunde.

Dusty rollte seinen Kopf auf dem Fußboden, biß seine Zähne zusammen und blickte zu Ken auf. »Wer sind diese Schweine?«

»Danke, Mr. Dusty«, sagte Ken steif. Demütige Dankbarkeit erstickte seine Stimme, seine Hände umklammerten die immer noch zitternden Schultern. »Ich danke Ihnen, daß Sie meine Familie beschützt haben.«

»Wer sind sie?«

»Morgen.« Kens Stimme zerschnitt die Luft wie kalter Stahl. »Morgen werde ich das herausfinden.«

Kilmer stand bewegungslos in der dunklen Türe. Der verschwitzte Kimono klebte auf seiner Brust, die schwarze .38er hing schlaff in seiner herabhängenden Hand, tiefe, schmerzerfüllte Furchen lagen auf seinem Gesicht. Bewegungslos stand er dort in der Türe, als sich das Schloß seiner zärtlichen Erinnerungen in ein Kartenhaus verwandelte, das um ihn herum zusammenbrach und einstürzte. Indem er sich zwang, in den blutbesudelten Raum zu sehen, stellte er sich den ekelerregenden Konsequenzen seiner Taten und suchte verzweifelt nach einem Ausweg. *Er allein war für diesen abscheulichen Schlamassel verantwortlich, und er allein war auch dafür verantwortlich, daß das jetzt aufhörte.* Es gab keine andere Möglichkeit. Aber was sollte er Ken und Eko sagen? Wie konnte er ihnen nur in die Augen sehen? Sie hatten liebenswürdigerweise seine unverschämten Zumutungen akzeptiert, und er hatte sie mit Blut dafür bezahlt. Es gab nichts, wofür man sich jetzt noch mit Worten entschuldigen konnte. Er hatte sie der andauernden Bedrohung von Mord ausgesetzt. Er mußte diesem Schlamassel um jeden Preis ein Ende setzen, komme, was da wolle, für Geld oder kein Geld, und wenn es sieben Tage oder sieben Jahre dauerte.

Während er darum kämpfte, seinen verzehrenden Selbsthaß unter Kontrolle zu bringen, suchte Kilmer verzweifelt nach Worten, die stark genug waren, um einen heiligen persönlichen Schwur zu sprechen. Obschon er bereits mehrere amtliche Eide geleistet hatte, merkte er, daß er die Worte einer persönlicheren Zeremonie benutzte; er sprach sie langsam, ließ jedes einzelne stumme Wort die Ketten seiner festen Entschlossenheit straffen und stählen. »Ich gelobe, diesem Schlamassel ein Ende zu setzen, in guten und in schlechten Tagen, in Krankheit und in Gesundheit, bis daß der Tod uns scheidet.«

8

Japan ist ein geistiges Vakuum.
Die Japaner besitzen den Verstand von Zwölfjährigen.
General Douglas MacArthur

DONNERSTAG, 19. Juli

Der über der Stadt lastende Smog war dunkler geworden. Die Strahlen des Morgenlichtes, die durch den dichten rauchverhangenen Himmel drangen, waren fahl und schwach. Das Deckenlicht in Wheats Küche glühte hell, doch in dem Raum war es vollkommen still. Kilmer saß in totalem Schweigen am Tisch.

Sechs Stunden zuvor hatte er Dusty in die Notfall-Ambulanz eines Krankenhauses gebracht. Weil Dusty Tourist war, hatte Kilmer den jungen Arzt des Nachtdienstes leicht davon überzeugen können, daß Dusty sich bei einem Unfall verletzt hatte; während er das sagte, hatte er sich selbst verabscheut, in flüssigem Japanisch eine Lüge nach der anderen zu erzählen, pausenlos davon zu plappern, wie dumm und ungeschickt Dustys Versuch doch gewesen war, ein *katana* zu schwingen. Nachdem er Dustys linken Arm vom Handgelenk bis zum Ellenbogen verbunden hatte, sagte der arglose junge Arzt: »Sagen Sie Newman-*san,* daß er sehr viel Glück gehabt hat. Auch wenn sein Arm wahrscheinlich für immer etwas steif bleiben wird, ist die Wunde in drei Monaten wieder völlig verheilt.« Kilmer hatte alle Bemerkungen des Arztes übersetzt, doch später hatte er, abgesehen von einer wortkargen Entschuldigung auf den Stufen des Krankenhauses – »Sorry, Dusty« –, kein Wort mehr gesagt.

Und jetzt saß Kilmer vor dem Küchentisch, hatte seine Ellenbogen steif aufgestützt, bewegte sich nicht, starrte in mißmutigem Schweigen auf sein Frühstück, das er noch nicht angerührt hatte, und wartete auf Tanaka Ken. Etwas früher, nachdem Dusty alle Einzelheiten des *yakuza*-Überfalls berichtet hatte, hatte Wheat den Versuch gemacht, Kilmer an der Unterhaltung zu beteiligen, indem er mit freundlichem Ton gefragt hatte: »Wann hörst du eigentlich endlich auf, morgens schon Kaffee zu trinken, Harry?«

»Wenn ich ein Magengeschwür habe«, brummte Kilmer, ohne aufzublicken. Seine kurzangebundene, ausdruckslose Stimme konnte seine tiefe Verbitterung kaum verbergen. »Wann hörst du endlich auf, Zucker auf deine Cornflakes zu schütten?«

»Wenn ich Diabetes habe«, antwortete Wheat langsam und faßte den Entschluß, ohne lange Umschweife auf den Punkt zu kommen. »Harry, solltest du nicht besser zur Polizei gehen?«

»Nein«, fuhr Kilmer ihn scharf an. Seine tiefliegenden blauen Augen funkelten Wheat mit stechendem Zorn an, ehe er wieder auf seinen Teller herabschaute. »Noch nicht.«

Danach hatten die drei Männer zwanzig Minuten lang kein Wort mehr gesprochen, und jetzt saßen sie immer noch schweigend am Tisch. Dusty mühte sich stumm mit dem Rest seines Rühreies ab, aß mit einer Hand, während er den verbundenen Arm ruhig auf seinem Schoß liegen hatte. Wheat aß seine Schüssel Wheaties und überflog ruhig die mit Kaffee befleckte erste Seite der *Mainichi.* Gerade als Dusty sich die dritte Tasse Kaffee einschenkte, hörten sie, wie jemand durch die Haustüre kam und dann leise den Flur herabging. Die drei Männer starrten gebannt auf die Türe. Tanaka Ken blieb stehen, nickte kurz und ging dann direkt auf Dusty zu. Mit einem kurzen Blick auf den weißen Mullverband sagte er: »Wie geht es, Dusty?«

»Es geht. Ist nicht so schlimm.«

»Ich vergesse nicht, was Sie getan haben. Wenn ich irgend etwas für Sie tun kann, bitte fragen Sie mich jederzeit. Sie haben ein sehr mutiges und edles Herz.«

»Danke«, sagte Dusty und blickte kurz auf.

»Wenn Sie das *katana* erlernen wollen, stehe ich Ihnen jederzeit zur Verfügung. Fragen Sie nur. Ich vergesse niemals.«

Dusty blickte einen Moment in Kens klare braune Augen und wandte dann sein Gesicht schnell wieder ab – noch nie zuvor hatte er in dem Blick eines Menschen eine solche deutliche, unverblümte Dankbarkeit gesehen – und starrte plötzlich ganz verlegen in seine Kaffeetasse.

»*Domo.* Ich vergesse niemals.« Ken nickte und blickte dann über den Tisch. »Haben Sie die Morgenzeitung schon gelesen, Kilmer?«

»Nein.«

»Nur die Schlagzeilen«, sagte Wheat. »Warum?«

»Die Tochter Ihres Freundes und ihr Freund sind tot aufgefunden worden.«

Hastig nahm Kilmer die *Japan Times* vom Tisch und blätterte sie schnell durch, während Wheat das gleiche mit der *Mainichi* machte. Beide Zeitungen enthielten einen kurzen Artikel und das grobkörnige Photo von zwei Leichen, die in Polizeidecken eingewickelt auf einem Strand lagen.

DOPPELSELBSTMORD AUS LIEBE: AMERIKANISCHES MÄDCHEN

Heute morgen vor Tagesanbuch fanden Fischer die Leichen von Stephanie Tanner und Yamada Shige zehn Kilometer außerhalb von Kamakura. Die beiden Toten lagen nebeneinander in einer abgelegenen, malerischen kleinen Bucht an der Kamakura Bay, die in den vergangenen Jahren bereits mehrfach Schauplatz vieler Doppelselbstmorde gewesen ist. Tanner, eine amerikanische Jugendliche, ist die Tochter eines wohlhabenden Reedereibesitzers. Yamada, Student an der Universität Waseda, ist Sohn eines Angestellten der Tokioter Post.

An den bekleideten Leichen fanden sich keine Anhaltspunkte für einen unnatürlichen oder gewaltsamen Tod. Auch das Geld, das die beiden Jugendlichen bei sich führten, ist nicht angerührt worden. Der Leiter der Polizei Kamakura sagte: »Die beiden Verstorbenen benutzten ein schnell wirkendes flüssiges Gift. Ohne jeden Zweifel handelt es sich auch bei ihrem Tod um einen neuerlichen Doppelselbstmord eines Liebespaares.« Von offizieller Seite der Polizei wurde jede weitere Stellungnahme abgelehnt, bis der entgültige Untersuchungsbericht über diese beiden Todesfälle vorliegt.

Kilmer schlug die Zeitung auf den Tisch, schob seinen Stuhl zurück und stand auf. »Selbstmord! Scheiße auch!«

Dusty lehnte sich über den Tisch und sah sich das Photo an. »Jesus!«

Kilmer ging durch den Flur, durchquerte schnell das Wohnzimmer und blieb vor den auf den Garten hinausführenden Fenstern stehen. Er drückte sich seine geballte Faust gegen den Mund. Wie war Stephie wieder in Tonos Hände geraten? Und wo war George? Und was zum Teufel war überhaupt los?

Kilmer hörte Kens Schritte neben sich, drehte seinen Kopf, doch blickte sofort wieder aus dem Fenster, als er merkte, daß er Ken nicht in die Augen sehen konnte. Er starrte auf die Steinlaterne im Garten und ließ seine Faust sinken. »Dieser Schlamassel muß noch heute in Ordnung gebracht werden, Tanaka-*san*. Mit jeder weiteren Stunde wird es nur noch schlimmer. Wir benötigen sehr schnell präzise Informationen über Tanners Verbleib und über die Aktivitäten des Tono Clans.«

Ken griff in seine Tasche, hielt Kilmer dann eine kleine weiße Visitenkarte hin und sagte: »Dieser Mann wird alle Fragen beantworten können.«

Kilmer nahm die Visitenkarte – »Tanaka Goro, RYR Industries, Kasumigaseki Building« – und blickte wieder in den Garten hinaus. »Wer ist das?«

»Dieser Mann ist sehr mächtig und ungewöhnlich«, sagte Ken mit leiser, monotoner Stimme und blickte ebenfalls ruhig in den Garten hinaus. »Wie Sie wissen, Kilmer, besteht die *yakuza*-Welt aus vielen Clans, von denen jeder einen *oyabun* und seine *kobun* besitzt. Was Sie jedoch nicht wissen, ist, daß es heute eine höhere, mächtigere Person gibt, einen Super-*oyabun*, den *oyabun* der *oyabun*. Nur sehr wenige Menschen wissen das.

Jeder glaubt, daß ein *oyabun* die uneingeschränkte Macht über seinen Clan besitzt. Für gewöhnlich ist das auch so. Doch die enormen Zwänge der modernen Zeit verändern auch die Welt der *yakuza*. Heute gibt es diesen Mann, der alles kontrolliert. Diesen Mann, der seine Hände niemals mit Blut beschmiert, doch alles reibungslos für den Erfolg aller Clans leitet.«

Kilmer klopfte die Visitenkarte nachdenklich gegen seinen Daumen, war überrascht zu hören, daß die in ständiger Fehde untereinander liegenden *yakuza*-Welt genügend Einheit erreicht hatte, um einen alles leitenden und über allem stehenden Oberherren zu ernennen. »Wie kann ich ihn treffen?«

»Dieser Mann wünscht Sie heute um ein Uhr dreißig in seinem Büro zu sehen.«

»Kommen Sie mit?«

»Nein. *Ja mata.*« Ken nickte, durchquerte das Wohnzimmer und betrat den Flur. »Ich rufe Sie nach der Arbeit an, Kilmer. Hier um halb sieben.«

»In Ordnung. Aber warum will dieser Mann mich sprechen?«

»Tanaka Goro ist mein älterer Bruder.«

Verblüfft starrte Kilmer Ken nach, als dieser im Flur verschwand. Er fand schnell seine Fassung wieder und steckte die Visitenkarte in seine Brieftasche. Aus welchem Grund wollte Ken nicht mitkommen? Nachdem er die Brieftasche wieder eingesteckt hatte, verließ Kilmer das Wohnzimmer, ging, ohne noch einen Blick in die Küche zu werfen, den Flur hinunter, schaute kurz auf seine Uhr – 9.05 – und betrat Wheats Arbeitszimmer. Ehe er sich mit Kens Bruder traf, mußte er George sprechen. George hatte eine ganze Menge Fragen direkt und präzise, ohne Umschweife zu beantworten. Kilmer nahm die .38er aus der Kiste und war gerade dabei, sich die Waffe umzuschnallen, als Dusty die Türe öffnete und sagte: »Äh, Kilmer?«

»Ja.«

»Äh . . .« Zögernd betrat Dusty das Arbeitszimmer. »Da ist noch was, was ich dir vielleicht sagen sollte.«

»Schieß los.«

»Na ja, also bevor wir L. A. verlassen haben, hat George Tanner mir noch ein bißchen Geld extra gegeben, damit ich dich im Auge behalte.«

Kilmers Hände erstarrten auf dem Schulterhalfter, als er Dusty jetzt wütend anfunkelte.

»Also, ich sollte ihm berichten, na ja, du weißt schon, wohin du so gehst und mit wem du dich triffst.«

Kilmers Stimme explodierte wütend. »Was?«

Dusty scharrte nervös mit seinen Füßen. »Man, ich hatte doch keine Ahnung, was der Kerl vorhatte. Ehrlich, Kilmer. Ich dachte doch nur, das wäre ein bißchen leicht verdientes Geld extra.«

Kilmers schroffe, eiskalte Stimme spuckte die Worte wie fünf kalte Kugeln aus. »Was hast du ihm erzählt?«

»Nichts, Kilmer. Hatte noch keine Gelegenheit dazu. Er wollte nur ganz sicher gehen, daß du sofort wieder aus der Stadt verschwindest, nachdem du Stephie erstmal gefunden hattest.«

»Du saudummes Arschloch! Hast du eigentlich überhaupt eine Ahnung davon, in welche Lage ich mich hier gebracht habe? Ich befinde mich, mein Junge, in einer verdammt beschissenen, prekären Lage!«

»Jesus! Das weiß ich doch. Tut mir leid, Kilmer. Bitte, du mußt mir glauben.«

»Ja.«

»Deshalb erzähle ich dir das doch auch jetzt. Ich hätte es schon viel früher sagen sollen, ich weiß.«

Kilmer zog den Verschluß des Schulterhalfters zu. Was für ein Ding versuchte George hier abzuziehen? Selbst *nach* einer Schlacht war Lieutenant Tanner immer ein Schwarzseher gewesen. Jedenfalls war Dusty nicht der Schuldige. Kilmer zog seinen Pullover über das Schulterhalfter und sah Dusty wieder an. Die Schroffheit war aus seiner Stimme verschwunden.

»Sorry, Dusty. Ich bin froh, daß du es mir gesagt hast. Vergessen wir die Sache einfach.«

»Klar.«

»Du hast deinen Job gut gemacht, Dusty – im Kloster und

ganz besonders vergangene Nacht in Ekos Haus. Ruh dich jetzt einfach aus und paß gut auf deinen Arm auf.«

»Klar.«

Kilmer zog seine graue Anzugjacke an, durchquerte den Raum und blieb in der Türe stehen. »Wenn du wieder nach L. A. zurück willst, dann brauchst du nur den Flughafen anzurufen. Dort liegt ein Ticket für dich bereit.«

»Ich würde lieber hier bleiben, bis diese Geschichte zu Ende ist. Was glaubst du, ist mit Stephie passiert?«

»Keine Ahnung, Dusty. Aber todsicher ist das alles ein gottverdammter Schlamassel.«

Trotz des dichten Rush-hour-Verkehrs schaffte Kilmer es, auf der Hauptstraße ein Taxi zu bekommen, und erreichte Tanners Apartmenthaus um 9.40. Auf dem Flur von Tanners Wohnungstüre im vierten Stock des Hauses warteten fünf Reporter. Kilmer klopfte an, klopfte noch einmal, und hämmerte dann mit seiner Faust gegen die Türe. Keine Antwort. Als die Reporter versuchten, ihn auszufragen, ging Kilmer schnell am Fahrstuhl vorbei und lief eilig die Treppen hinunter.

Nachdem er in einer überfüllten U-Bahn zum Tokioter Hauptbahnhof gefahren war, erwischte Kilmer um 10.12 gerade noch den Nahverkehrszug nach Yokohama. Obschon dieser Zug alle zwölf Minuten verkehrte, war es doch so voll, daß er die gesamte Strecke über stehen mußte, während er von allen Seiten von anderen Passagieren bedrängt und eingequetscht wurde. Ein junger Mann in einem Büroanzug versuchte ihm zwischen die Beine zu packen, und Kilmer verpaßte ihm einen kurzen harten Stoß mit dem Ellenbogen in den Bauch.

Um 10.41 lief Kilmer die Stufen vor dem Bahnhof von Yokohama hinunter, suchte sich ein Taxi und sagte dem Fahrer, daß er zu Tanners Firma im Hafen wollte. Wenig später fuhr der Wagen in südlicher Richtung am Rande des riesigen Hafengeländes entlang.

Die gesamte Tokyo Bay war übersät mit Reihen von Frachtschiffen, die darauf warteten, einen Ankerplatz an den geschäftigen Docks zu bekommen. Auf den endlosen Docks von Yokohama wimmelte es nur so vor lauter Kränen und Arbeitstrupps. Das Taxi hatte keine Klimaanlage, und die vom Meer herüberwehende Brise war lauwarm und abgestanden wie der Atem eines alten Mannes, der ein Nickerchen machte.

In der Nähe der Südseite der Bucht entdeckte Kilmer dann das dreistöckige Gebäude zwischen zwei langen Docks: »Tanner Freight Shipping Company.« Das Holzgebäude war alt, hatte jedoch einen frischen braunen Anstrich mit weißen Leisten bekommen. Auf der Bank neben dem Vordereingang saßen zwei Reporter. Kilmer sagte dem Taxifahrer, daß er warten sollte, ging durch die Vordertüre und blieb vor einem Schreibtisch stehen. Die Empfangsdame war mittleren Alters und trug eine Bifokalbrille. Sie legte einen gelben Stift aus der Hand und lächelte ihn freundlich an. Auf japanisch sagte sie. »Kann ich Ihnen helfen?«

»*Hai.* Ich möchte George Tanner sprechen.«

»Es tut mir wirklich sehr leid, aber Mr. Tanner ist heute nicht im Hause. Haben Sie einen Termin?«

»Wo ist er?«

»Würden Sie mir bitte Ihren Namen verraten?«

»Kilmer. Ich bin ein alter Freund, George will mich wegen irgendetwas sehen, das mit seiner Tochter zu tun hat.«

»Ah, ich verstehe«, sagte sie und nahm ihre Bifokalbrille ab. »Ganz ehrlich, er ist seit zwei Tagen weder hier gewesen noch hat er angerufen.«

»Ist das nicht ein bißchen ungewöhnlich?«

»Normalerweise, ja. Aber Sie werden sicherlich von der Tragödie mit seiner Tochter gehört haben.«

»Haben Sie seinen Fahrer oder seinen Assistenten gesehen?«

»Nein, auch keinen seiner persönlichen Assistenten ist in den letzten Tagen hier gewesen. Ebensowenig der neue Amerikaner.«

»Welcher Amerikaner?«

»Frank Zerelli-*san* aus Kalifornien.«

»*Domo.* Nur für den Fall, daß George anruft: Sagen Sie ihm bitte, daß ich hier war.«

»*Hai.*«

Kilmer ging durch das Gebäude. In dem großen Büroraum saßen sechs Angestellte, doch zwei kleinere Büros waren leer. Nachdem er das Gebäude durch den Hinterausgang wieder verlassen hatte, schlenderte Kilmer das Dock entlang. *No. 3 Tanner Maru* wurde gerade mit irgendwelchen Geräten beladen, die in großen Kisten verpackt waren. Kilmer ging zu dem Chef des Arbeiter-Trupps und stellte ihm einige knappe Fragen. Keiner der Hafenarbeiter wußte mehr als das, was in den Morgenzeitungen gestanden hatte.

Als er zu seinem Taxi zurückkehrte, bemerkte Kilmer wieder die beiden Zeitungsreporter und blieb vor ihrer Bank stehen. »Suchen Sie Mr. Tanner?«

»*Hai.*« Der ältere Reporter nickte. »Er scheint vorübergehend verschwunden zu sein.«

»Irgendeine Idee, wo er vielleicht stecken könnte?«

»Zwei Möglichkeiten. Eins: Er ist nach Los Angeles geflogen, um dort alles Notwendige für die Beerdigung seiner Tochter vorzubereiten. Zwei: Er versteckt sich in irgendeinem Urlaubs- oder Kurort vor der Presse und trauert dort allein und zurückgezogen um seine Tochter.«

»Ja.«

In der Hoffnung, doch noch eine Story zu bekommen, stand der ältere Mann auf.

»Kennen Sie ihn gut?«

»Nur geschäftlich«, brummte Kilmer und ging schnell zu seinem wartenden Taxi.

Nach einem schnell eingenommenen Mittagessen, bestehend aus *shumai* und Nudeln an einem Imbiß-Stand im Bahnhof von Yokohama, saß Kilmer um 11.48 wieder in dem D-Zug nach Tokio. Der Zug war nicht so voll wie auf der Hinfahrt, und so fand er einen Sitzplatz. Der alte Mann neben ihm döste bald ein und schlief mit seinem Kopf gegen Kilmers Schulter gelehnt die ganze Strecke.

Wie gewöhnlich wimmelte es im Tokioter Bahnhof von

Menschenmassen, und Kilmer mußte in einer Schlange mehr als eine halbe Stunde auf ein Taxi warten. Um 13.05 hatte er endlich eines bekommen und sagte zu dem Fahrer: »Kasumigaseki Building.«

Der junge Taxifahrer war gesprächig. Nachdem er erklärte, wie er erst kürzlich einen Haufen Geld in einem von *yakuza* geführten illegalen Spielkasino gewonnen hatte, fragte er Kilmer über das legalisierte Glücksspiel in Las Vegas aus.

»Guck auf die Straße, mein Junge«, sagte Kilmer und starrte konzentriert aus dem Fenster. In Tokio gab es Hunderte von *yakuza*-Clans, von denen die meisten jedoch nur kleine Fische mit weniger als fünfzig Mitgliedern waren. Schätzungsweise zwanzig Clans waren wirklich große Machtfaktoren, die ausgedehnte Territorien mit in die Hunderte zählenden »Armeen« kontrollierten und beherrschten. Und an der Spitze der Pyramide standen fünf oder sechs Clans, die mit in die Tausende gehenden Mitgliederzahlen wahre Geschäftsgiganten darstellten. Frage: An welcher Stelle dieser Machtpyramide befand sich der Tono Clan? Kilmer blickte den jungen Taxifahrer an. »Hast du schon mal im Hause des Tono Clan gespielt?«

»Nein.« Offenbar überrascht darüber, daß ein Ausländer von ihnen gehört hatte, blickte der Taxifahrer kurz in den Innenspiegel. »Nein, die sind eine Nummer zu groß für mich. Ich bin nur ein kleiner Spieler.«

»Ist er einer der größeren Clans?«

»Nein, aber sie kommen schon ziemlich dicht an die Großen Sieben heran.«

»Aha.« Kilmer nickte und blickte wieder aus dem Fenster. Er hatte sich in die *yakuza*-Welt eingemischt, und schon sehr bald würde er den mächtigsten *yakuza* von allen kennenlernen. Nur: Falls der Mann ihm sagte, daß er umgehend das Land verlassen sollte, blieb ihm keine große Wahl mehr. *War das Kens Weg, ihn diskret aus dem Land zu bekommen?*

Das Taxi fuhr den breiten Boulevard zwischen dem Kaiserpalast und dem Parlament hinauf und erreichte schließlich ein reines Büro- und Bankenviertel. Die Fußgänger auf den

Bürgersteigen waren in erster Linie Büroangestellte und Sekretärinnen. Im Schatten eines hochaufragenden Gebäudes hielt das Taxi schließlich am Bordstein an. Kilmer setzte sich über die übliche Tokioter Sitte hinweg und gab dem Taxifahrer ein Trinkgeld.

»*Domo.*« Der junge Fahrer strahlte ihn überrascht an.

»Schon mal etwas von einem Tanaka Goro gehört?«

»*Sa.*« Der Taxifahrer kratzte sich nachdenklich am Kopf. »Das ist ein sehr weitverbreiteter Name, wissen Sie, aber er gehört keinem irgendwie bekannten oder berühmten Mann, wenn man mal von dem Baseball-Spieler aus Osaka absieht.«

»Man hat mir gesagt, daß dieser Mann ein Tokioter *yakuza* wäre.«

»Tja, wenn er das wirklich ist, dann muß er aber schon ein wirklich sehr kleines Licht sein.«

»*Domo.*«

Das Kasumigaseki Building, Japans erster Wolkenkratzer, überragte den gesamten Stadtbezirk. Die klaren Linien seiner fünfundvierzig Stockwerke waren schlicht und funktionell. Mitte der sechziger Jahre erbaut, nachdem man herausgefunden hatte, wie man Wolkenkratzer erdbebensicher bauen konnte, war das Kasumigaseki Building inzwischen auf der Rangliste der höchsten Gebäude Tokios auf Platz Fünf abgestiegen. Doch was Bedeutung und Wichtigkeit anbelangt, war es auch heute noch die unumstrittene Nummer Eins. Wenn der Kasumigaseki-Bezirk, Tokios Wall Street, der Thronsaal Japans war, dann war das Kasumigaseki Building der Thron selbst: Es war der Machtsessel der japanischen Wirtschaft und Industrie.

Um 13.31 ging Kilmer die Granitstufen zum Portal des Gebäudes hinauf und betrat den Terrazzo-Fußboden der Eingangshalle. Der Wegweiser neben den fünf Fahrstühlen las sich wie ein Namensaufruf des japanischen Kapitalismus: Sumitomo Bank, Nissan Motors, Sony Corporation, Fuji Heavy Industries, Mitsubishi Steel. Die Liste schien endlos zu sein. RYR Industries befand sich auf dem fünfundvierzigesten Stockwerk.

Kilmer nahm den Express-Fahrstuhl auf die oberste Etage, ging den mit Teppichboden ausgelegten Flur hinab und drückte die Metalltüre mit der Aufschrift »RYR Industries« auf. Die Empfangsdame trug eine pinkfarbene Bluse und ein burgunderrotes Kostüm. Sie erhob sich von ihrem Stuhl und lächelte in freundlich an. »Kilmer-*san?*«

»*Hai.*«

»Tanaka-*san* erwartet sie bereits. Gehen Sie bitte direkt durch.« Sie drückte auf einen versteckten Knopf und deutete mit ihrem Kopf auf eine massive Türe aus Walnußholz, die nicht weiter gekennzeichnet und schallsicher war.

Kilmer trat ein und schloß die schwere Türe hinter sich. Unbeweglich und still saß Tanako Goro hinter seinem Schreibtisch am anderen Ende des Raumes. Das geräumige, große Büro mit Bücherregalen an der einen und durchgehenden Fenstern an der anderen Wand war mit dem besten Mobiliar eingerichtet, das man für Geld kaufen konnte. Der gewaltige Schreibtisch, der Arbeitstisch, das lange schwarze Ledersofa vor den Bücherregalen – all das stammte von dem Designer George Nelson. Und an der Wand über den Büchern hingen zwei antike No-Masken: Der alte Weise und die jugendliche Jungfrau. Auf einem Ständer zwischen den Bücherregalen befand sich das Prachtstück des Raumes: eine grün und schwarz lackierte Samurai-Rüstung. Auf dem Sofa davor lag eine Goldtasche mit einem kompletten Satz Schlägern von Kenneth Smith. Vor der Fensterfront standen die beiden anderen Paradestücke dieses Raumes, vollkommen still und unauffällig: zwei Eames-Stühle neben einem Noguchi-Tisch.

Tanaka Goro blieb hinter seinem Schreibtisch sitzen. Schwieg, wartete ab. Er trug einen grauen Rollkragenpullover und einen schwarzen Seidenanzug mit grauen Streifen. Kilmer trat in die Mitte des Raumes und wartete; spürte, wie jeder Zentimeter von ihm aufmerksam gemustert wurde. Tanaka Goros dunkle Augen waren fest, reserviert, raffiniert, hatten vor nichts und niemandem Angst. Sein schwarzes Haar war sehr kurz geschnitten, und seine linke Wange wurde von einer dünnen, feinen Schnittnarbe verunstaltet. Unvermittelt erhob er sich – er war schlank und groß –, kam langsam um seinen Schreibtisch herum und ließ Kilmer dabei keine Sekunde aus den Augen. Obschon er sechzig Jahre alt war, bewegte sich sein breitschultriger Körper doch mit der geschickten Sicherheit und Zuversicht eines durchtrainierten Sportlers. Genau wie sein Bruder Ken strahlte Tanaka Goro die gelassene Würde eines Samurai aus: die Bereitschaft, in jedem beliebigen Augenblick seines Lebens zu sterben.

Tanaka blieb etwa einen Meter unmittelbar vor Kilmer stehen, und sie blickten sich gegenseitig fest und unverwandt in die Augen. Sein Verhalten nahm eine respektvolle, beinahe freundliche Art an, doch seine Höflichkeit konnte die schier vulkanische Energie nicht verbergen, die er allein durch seine bloße körperliche Präsenz ausstrahlte. Er wollte, daß man ihn unterschätzte, wollte, daß andere aus ihrer Reserve kamen, um sie dann zu überrumpeln. Er wußte, wann man handeln und wann man abwarten mußte.

Plötzlich krümmte Tanaka seinen Rücken und nahm die Begrüßungsstellung der *yakuza* ein: linke Hand auf linkem Knie, die rechte Hand mit nach oben gerichteter Handfläche ausgestreckt, die Augen nach oben auf Kilmer gerichtet. Auf *yakuza*-Dialekt sagte er: »Ich bin Tanaka Goro aus Tokio, der *oyabun* der *oyabun*.«

Kilmer zuckte leicht zusammen. Er fühlte sich unwohl und verlegen. Der Mann, der sich gerade vor ihm verbeugte, war einer der vier oder fünf mächtigsten Männer des Landes. So etwas hatte in Japan immer seinen Preis, und es war ein Preis, der nicht mit Geld bezahlt werden konnte. Ihm blieb gar keine Wahl. Als Tanaka sich wieder aufrichtete, bückte Kilmer sich ebenfalls in die Einleitungshaltung der *yakuza*. Den rechten Arm ausgestreckt, die Augen nach oben gewandt, sagte Kilmer auf *yakuza*-Dialekt: »Ich bin Harry Kilmer aus Los Angeles. Investor und Privatdetektiv.«

Als Kilmer sich wieder aufrichtete, lächelte Tanaka ihn trocken an und sagte in perfektem Englisch: »Vielleicht fühlen Sie sich in meinem Büro nicht sehr wohl, Mr. Kilmer. Wenn Sie mir bitte folgen würden. Es gibt vieles, was Sie wissen müssen.«

Kilmer folgte Tanaka durch das Büro der Vorzimmerdame,

dann den mit Teppichboden ausgelegten Flur zu einer Treppe hinunter und schließlich über diese Treppe hinauf auf das offene Dach des Wolkenkratzers. Die Tokioter Innenstadt lag zu ihren Füßen, dehnte sich scheinbar endlos in alle Himmelsrichtungen aus: Tokyo Tower, der Wassergraben und das Gebäude entlang der Ginza, der durch den Smog nur verschwommen erkennbare Horizont zerklüfteter Betonkonstruktionen.

Die beiden Männer spazierten gemächlich über die Dachterrasse zu einem privaten Freiluft-Café, das von einem U-förmig angelegten japanischen Steingarten mit Pinien umgeben wurde. Sie setzten sich an einen der fünf runden Tische, die von großen Sonnenschirmen überdacht wurden. Als Kilmer sich auf seinem Stuhl zurücklehnte, bemerkte er den grünen Golfplatz am anderen Endes des Daches. Mehrere Geschäftsleute, die Ärmel ihrer Hemden hochgekrempelt, unterhielten sich dort und übten ihr Putten. Sie schienen ihre Freizeit und Entspannung ebenso ernst zu nehmen wie ihre Arbeit.

Eine dienstbeflissene Kellnerin mit Minirock blieb neben Tanaka stehen. Er bestellte Eistee. Dann schaute er Kilmer an und begann mit seiner tiefen, klaren Baritonstimme zu sprechen. »Mr. Kilmer, Ihr Freund George Tanner ist ein schlechter Mensch. Vor einigen Monaten überzog er dummerweise seinen Kredit bei dem Tono Clan. Das darauf folgende Glücksspiel machte alles nur noch schlimmer, und er war nicht mehr in der Lage, seine Schulden zu begleichen. Doch das war schon in Ordnung so, denn Tono Toshiro war sowieso zu keinem Zeitpunkt an Geld interessiert. Tono wollte sich Tanners Verbindungen zur Hafenmeisterei und der amerikanischen Armee zunutze machen, um auf diese Weise nicht registrierte Waffen ins Land zu schmuggeln. Vielleicht kennen Sie das Sprichwort: Männer sind leichter zu ersetzen als Waffen.«

Kilmer nickte. Er spürte den Druck der nicht registrierten .38er auf seinem Rücken und rutschte eine Idee tiefer auf seinem Stuhl herab.

»Tono strebt danach, seinen irgendwo im Mittelfeld rangierenden Clan zum mächtigsten Clan der *yakuza*-Welt werden zu lassen. Die anderen *oyabun* waren mit diesen Bestrebungen nicht direkt einverstanden, und so geschah es zufälligerweise, daß Tanners Schiffsladung illegaler Waffen von der Hafenaufsicht beschlagnahmt werden konnte. Doch auch das war noch in Ordnung, denn es gab noch etwas, nach dem es Tono viel mehr als nach Waffen verlangte, etwas, hinter dem er die ganze Zeit bereits hergewesen war. Drücke ich mich deutlich genug aus?«

»Ja, vollkommen.«

»Ein junger aufsässiger Mafia-Mann aus Los Angeles, er heißt Frank Zerelli, besitzt einen umfangreichen Vorrat an illegalem Gold, den er sehr gerne in *Yen* eintauschen möchte und dabei natürlich auch einen ansehnlichen Profit für sich selbst im Auge hat. Wie es scheint, haben die führenden Personen der kalifornischen Mafia eine abwartende Haltung eingenommen: Sollte Zerelli versagen, werden sie ihn einfach fallenlassen; solle er jedoch Erfolg haben, werden sie ihn aus dem Geschäft herausdrängen. Tono Toshiro war nun der Ansicht, daß Tanners Firma die ideale Tarnung und gleichzeitig das ideale Beförderungsmittel für diese Operation wäre.«

Die junge Kellnerin kehrte mit dem Eistee an ihren Tisch zurück. Die beiden Männer sagten *»domo«*, und sie ging an ihre Theke zurück.

»Zusätzlich ist die Mafia an einer in beiden Richtungen funktionierenden Verbindung interessiert: Gold nach Japan und Heroin nach Amerika. Damit würde Tono die Chance, auf die er schon immer gewartet hat, bekommen, eine eigene, unabhängige Verbindung zu der amerikanischen Mafia aufzubauen. Indem er diese Connection ohne die Kooperation mit den anderen Clans herstellte, war Tono dummerweise in dem irrigen Glauben, uns damit drohen zu können. Ihr Freund George Tanner hatte scheinbar eine ähnliche und gleichermaßen dumme Idee, da er in Los Angeles blieb und mit diesem Zerelli verhandelte. Sowohl Tono als auch Tanner wollten diese Verbindung mit der Mafia allein kontrollieren.«

Kilmer nickte und trank einen Schluck von seinem Tee.

»Ist das zu kompliziert?«

»Nein, gar nicht.«

»In dem überstürzten Versuch, Tanner wieder nach Tokio zurückzuholen, entführte Tono daraufhin Tanners Tochter. Tanner brachte Zerelli mit und verhandelte gleichzeitig mit Tono und Zerelli. Und bekam Ärger und Schwierigkeiten mit beiden. Außerdem war seine Tochter gekidnappt worden. Also hatte ihr Freund plötzlich wirklich einen ganzen Haufen Probleme am Hals.«

»Wer hat seine Tochter ermordet?«

»Wer weiß das schon? Vielleicht war es Tono. Vielleicht auch Tanner selbst. Vielleicht war es aber auch, wie die Zeitungen behaupten, die Doppelselbstmord eines Liebespaares.«

»Sie sind nur höflich, weil Tanner mein Freund ist.«

»Sie sind ein sehr weiser Mann, Mr. Kilmer.«

»Hat Tanner ebenfalls versucht, Ken und mich umzubringen?«

»Und weil Sie ein sehr weiser Mann sind, Mr. Kilmer, möchte ich Ihnen ein Angebot machen. Falls es Tono tatsächlich gelingen sollte, seine eigene, unabhängige Verbindung zu der Mafia zu etablieren, wird das unsere gesamten Pläne, wie Sie sich in Ihrer Sprache ausdrücken würden, ›über den Haufen werfen‹. Folglich sind sowohl die Geschäftswelt als auch die *yakuza* sehr besorgt.

Die Geschäftswelt, weil das illegale Gold eine internationale Währungskrise auslösen könnte, die dem *Yen* einen nicht unbeträchtlichen Schaden zufügen würde. Und die *yakuza*, da die von den übrigen nicht gebilligte Beziehung zur Mafia einen Krieg unter den Clans auslösen könnte. Daraus folgt zwingend, daß die augenblickliche Situation für alle Beteiligten potentiell katastrophal ist.«

Kilmer nickte. Tanaka sagte ihm nur das, was Tanaka ihn wissen lassen wollte. Diese Information würde ein kleines Preisschildchen tragen. Höchstwahrscheinlich hatten Menschen schon sterben müssen, die weit weniger wußten.

Tanako Goro lehnte sich weit über den runden Tisch vor. »Und nun, Mr. Kilmer, stehen uns verschiedene Wege offen, wie man mit dieser angespannten Situation fertig werden kann. Die Geschäftswelt zum Beispiel könnte sich entschließen, Interpol einzuschalten, doch die mit Sicherheit folgenden Schlagzeilen in der Presse könnten durchaus den gleichen schädigenden Effekt auf den Wert des *Yen* haben. Eine andere Möglichkeit könnte es für die *yakuza* sein, einen Krieg unter den Clans zu inszenieren. Doch das daraus zwangsläufig resultierende Blutvergießen wird einen absolut sinnlosen Verlust an Einkünften und Leistungspotential zur Folge haben. Da jedoch all unsere Probleme eine einzige Quelle besitzen, wäre es doch erheblich zweckmäßiger, sich einzuschalten und den Kopf der Schlange zu zerschlagen. Wenn der Kopf erst vernichtet ist, wird sich die Schlange zurückziehen oder aber sterben.«

Kilmer nickte. Drei Geschäftsleute gingen auf die nach unten führende Treppe zu. Ihre Putter lagen lässig auf ihren Schultern.

Tanaka breitete seine Arme gerade von seinem Körper weg aus und führte sie langsam zurück an seinen Kopf. »Genau in diesem Augenblick gleiten zwei Schlangen von beiden Seiten des Pazifiks aufeinander zu und bereiten sich darauf vor, sich den Verbrüderungskuß zu geben.« Er brachte seine Hände langsam näher zusammen, bis sie sich schließlich berührten. »Ich spreche jetzt sowohl für die Geschäftswelt als auch für die Welt der *yakuza:* Ich – das heißt, *wir* glauben, daß Tanaka Ken derjenige Mann ist, der am besten dazu geeignet ist, den Kopf der Schlange zu zerschlagen. Tono versuchte bereits jetzt schon, ihn zu töten, und Ken steht außerhalb der Clans. Wenn Ken Tono eliminiert, wird keine weitere Rache mehr gesucht werden. Wir sind bereit, Ken und Ihnen die Summe von jeweils fünfundzwanzigtausend Dollar anzubieten. Glauben Sie mir, wir werden sehr leicht aus dieser Sache herauskommen.«

»Warum fragen Sie *mich* das? Fragen Sie Ken!«

»Damit komme ich zum Ende meines Vorschlages. Tanaka Ken ist mein Bruder. Außerdem ist er ein starker und mächtiger Mann, der von keinem Menschen Befehle entgegennimmt. Er ist ein Einzelgänger, ein Einsamer Wolf – das ist etwas sehr Seltenes bei uns in Japan. Er will weder mit *Yakuza* noch mit mir etwas zu tun haben. Vor vielen Jahren hat Ken sich von seinem *yakuza*-Clan getrennt, obschon er der designierte nächste *oyabun* seines Clans war. Ich schäme mich sehr, das zugeben zu müssen, doch als er sich von seinem Clan trennte, habe ich ihm weder Schutz noch Hilfe angeboten. Ganz im Gegenteil. Ich habe mich ihm in den Weg gestellt und alles nur noch schwerer gemacht. Doch Ken hat überlebt. Folglich ist er mir heute nicht mehr verpflichtet. Er ist ein sehr dickköpfiger und starrsinniger Mann, vielleicht ist er sogar der energischste und stärkste Mann in ganz Tokio. Ich weiß das, weil kein anderer Mann sich mir erfolgreich widersetzt hat.«

Kilmer sagte nichts.

»Aus diesem Grund war ich auch sehr überrascht, als ich hörte, daß Ken Sie vor zwei Nächten auf Ihrem Ausflug zu dem Eiji Kloster begleitet hat. Ich dachte, Tanaka Ken wäre keinem Menschen gegenüber verpflichtet. Jetzt weiß ich, daß er Ihnen verpflichtet ist. Wir wollen, daß er diese Aufgabe übernimmt, und sie sind der einzige Mann, der ihn darum bitten kann. Das ist mein Vorschlag.«

Kilmer richtete sich auf seinem Stuhl auf. »Ich werde Ken Ihren Vorschlag überbringen.«

»Ich danke Ihnen.«

Tanaka erhob sich, Kilmer stand ebenfalls auf, und dann spazierten sie langsam über die Dachterrasse zurück zur Treppe. Die Kellnerein nickte ihnen zu und lächelte. Kilmer blickte starr auf seine Füße und sagte: »Sind Sie wirklich davon überzeugt, daß Ken sich mir verpflichtet fühlt?«

»Natürlich, Mr. Kilmer. Aber wenn er den Vorschlag annimmt, dann werden Sie ihm verpflichtet sein.«

Kilmer antwortete nichts. Er wußte das alles selbst nur zu gut. Er war Ken bereits jetzt schon verpflichtet. Vor der Treppe blieb Kilmer stehen und blickte auf den diesigen, trüben Horizont im Südwesten.

Tanaka sah ihn fragend an. »Gibt es noch weitere Fragen?«

»Wo ist der Fuji?«

»Sie sind viele Jahre lang nicht in Japan gewesen, Mr. Kilmer.

Tokio ist heute die Stadt mit dem stärksten Smog der Welt. Den Fuji bekommen wir nur noch nach einem Taifun zu sehen.«

»Niemals«, zischte George Tanner. Er saß steif und angespannt hinter seinem Schreibtisch, sein beigefarbener Anzug war zerknittert, sein schmales Gesicht ausgezehrt. Doch in seinen Augen funkelte bissige, bösartige Gewalt. Seine beiden Assistenten standen in dem Büro in seiner Wohnung dicht hinter ihm. Ihre Hände lagen auf ihren Schulterhalftern.

Kato Sho verzog keine Miene, stand in seinem weißen Anzug und dem roten Hemd ungerührt vor Tanners Schreibtisch: Er war ein Ladestock in untadeliger Seide. Seine kratzende Stimme war ruhig und sicher. »Was geschehen ist, ist geschehen, Mr. Tanner. Auf beiden Seiten hat es Tote gegeben. *Oyabun* Tono ist bereit, die Verhandlung jetzt wieder aufzunehmen.«

»Sag Tono, daß er kopfüber in die Hölle springen soll!« Tanner schlug seine Hand mit aller Kraft auf die Schreibtischplatte. »Er wird mich niemals zwingen können, zu seinen Bedingungen mit ihm zu verhandeln. Nicht einmal dann, wenn er mir sämtliche Finger abschneidet.«

»Ganz im Gegenteil, Mr. Tanner. Tono ist bereit, den Kompromiß zu akzeptieren, den Sie heute morgen vorgeschlagen haben. Aber nur unter einer Bedingung.«

»Die wäre?«

»Tono ist sehr darüber beunruhigt, daß Sie Ihren Freund Harry Kilmer mit in diese Angelegenheit hineingezogen haben, der wiederum Tanaka Ken mit ins Spiel gebracht hat, der wiederum noch eine weitere Partei mit in diese Geschichte hineinziehen könnte. Über Kilmer könnte man hinwegsehen, aber Tanaka Ken ist einfach untragbar.«

Tanner legte seine Ellenbogen auf den Schreibtisch, beugte sich vor und bedeckte mit seinen Händen seinen Mund.

»Tono wird sich um Tanaka Ken kümmern. Doch die Bedingung für sein Einverständnis ist, daß Sie als Beweis Ihrer guten Absichten Harry Kilmer ausschalten müssen.«

Tanner sackte zusammen und vergrub sein Gesicht in seinen Händen. Für eine sehr lange Zeit blieb er bewegungslos so sitzen. Schließlich sagte er mit gedankenverlorener, weit entfernten Stimme, wobei seine Worte durch seine Hände gedämpft wurden: »Sie wissen nicht, was Sie da von mir verlangen?«

»Es gibt keine andere Möglichkeit, Mr. Tanner.«

Tanner schob seinen Stuhl zurück, stand ganz langsam auf und, als er endlich gerade vor ihm stand, starrte direkt in Katos Augen. Im Büro war es totenstill, bis er dann endlich zu sprechen begann. Seine Stimme war fest und eiskalt: »Sag Tono, daß er sein Geschäft hat.«

Um 20.30 hatte Kilmer mehr als zwanzig Minuten lang mit Ken gesprochen und ihm alle Einzelheiten von Goros Vorschlag berichtet. Die beiden Männer saßen an einem Tisch eines Nachtclubs, der wie ein Cabaret aufgemacht war. Der große Raum voller dicht besetzter Tische war romantisch beleuchtet und wirkte übertrieben vornehm. Das gesamte Interieur war in Weinrot gehalten.: Teppichboden, Vorhänge, Tischtücher, die Uniformen der Kellnerinnen. An den meisten Tischen saßen Geschäftsleute, die ihre Rechnungen über Geschäftskosten bezahlten, doch es gab auch einige Tische, die von gutgekleideten *yakuza* besetzt wurden.

Nüchtern und sachlich, ohne jeden Kommentar hatte Kilmer jedes einzelne von Tanaka Goros Worten wiederholt. Seine tiefliegenden Augen hatten dabei unverwandt in die Flamme der Kerze gestarrt, die auf ihrem Tisch langsam abbrannte. Seine farblose, monotone Stimme hob sich vor dem Hintergrund zahlloser Gespräche und Geräusche des Nachtclubs ab. Und jetzt blickte er schließlich auf. »Das war alles. Er behauptete, daß Tono bereits versucht, dich zu töten.«

Ken nickte knapp. »Ein fairer Vorschlag. Aber ich bin weder ein *yakuza* noch ein *katana*, daß man mich kaufen kann. Ich kümmere mich allein und ausschließlich um mich selbst.«

Kilmer starrte wieder in das flackernde Kerzenlicht. Er sollte sich statt dessen dafür entschuldigen, daß er Ken überhaupt mit in diese Sache hineingezogen hatte.

»Ich denke darüber nach, Kilmer.«

Kilmer sagte nichts. Mit einem weiteren knappen Nicken entschuldigte Ken sich und suchte sich seinen Weg durch die überfüllten Tische zur Toilette. Kilmer nahm sein Bourbon-Glas in die Hand. Das Licht im Raum wurde langsam schwächer, ließ den Schein der flackernden Kerzen hell auf die roten Tischdecken fallen.

Der rote Samtvorhang vor der Bühne teilte sich in der Mitte, und der rote Lichtkegel eines Schweinwerfers folgte einem *yakuza*-Sänger in die Mitte der Bühne. In der schwarzen Dunkelheit hinter ihm befand sich ein großes Orchester. Ihre metallischen Instrumente funkelten in dem kurz über sie gleitenden Licht des Scheinwerfers. Der Sänger nahm die Begrüßungshaltung der *yakuza* ein und erstarrte. Das Publikum applaudierte begeistert. Sein angegriffenes, markantes Gesicht sah aus, als wäre es einmal von einem Lastwagen überrollt worden. Er nahm ein Mikrophon in die Hand und begann, eine *yakuza*-Ballade zu singen. Seine rauhe, kehlige Stimme füllte den ganzen Raum aus.

Yakuza bezahlen ihre Schuld,
Yakuza tun ihre Pflicht.
Ein Mann ohne Schuld,
Ein Mann ohne Pflicht,
Ist kein Mann.

Während sich die Legende eines uralten *yakuza* nach und nach entfaltete, trank Kilmer ruhig seinen Bourbon. Die Musik der *yakuza* war ein eigenes Genre so etwa wie Country & Western in Amerika, doch sie besaß eine erheblich längere Tradition. Indem sie die Realitäten der modernen Welt ignorierten, sangen die Balladen der *yakuza* das Hohelied auf die Tugenden der *yakuza* aus Jahrhunderten, die unwiederbringlich vorbei waren. Die folkloristische Ballade erzählte eine Geschichte der Aufrichtigkeit und des Opfers; eine Geschichte, den Armen zu helfen und die Schwachen zu verteidigen Der langsame Rhythmus, wie bei einem primitiven, barbarischen Ritual, wirkte unwiderstehlich hypnotisierend.

Als Ken den Wasserhahn des Waschbeckens in der Toilette abdrehte, konnte er das Lied genau mithören. Er wusch sich gründlich seine Hände, als urplötzlich eine schwere Hand auf seine Schulter fiel. Er riß seinen Kopf hoch und sah in den Spiegel. Hinter ihm standen zwei *yakuza.* Kleine, billige *yakuza* von ganz weit unten in der Hierarchie. Der größere, gekleidet in auffällige Kleidung, hatte zwei Narben auf seinem Kinn und mußte ungefähr dreißig Jahre alt sein: Er war der Schläger. Der andere, der seine Hand auf Kens Schulter gelegt hatte, war fett und sah wie Mitte Vierzig aus: der Anführer und Sprecher. Indem er nur seine Augen bewegte, bemerkte Ken nun auch den dritten *yakuza.* Der Mann trug eine Sonnenbrille und einen dunklen Anzug, lehnte sich mit seinem Rücken gegen die Toilettentüre und hielt sie so verschlossen: der schweigende Henker. Alles an ihrem Annäherungsversuch war klein und mies und gefährlich: Sie besaßen nicht das Gespür des Profis, wann man besser nicht zuschlagen sollte. Ungehobelte, unbedeutende Männer mit ebenso ungehobelten, bedeutungslosen Ambitionen. Billige Hunde, die es zu nichts gebracht hatten. Abgesehen von dem Henker, der den harten, verbitterten Blick eines *yakuza* hatte, der von seinem Clan ausgestoßen worden war.

Der Fette klopfte in einer Parodie des brüderlichen Einvernehmens unter *yakuza* auf Kens Schulter. »Tanaka-*san,* jemand wird uns gut dafür bezahlen, diesen Amerikaner zusammenzuschlagen. Doch mit dir suchen wir keinen Ärger.«

Ken hörte auf, sich die Hände abzuspülen, hielt einen Augenblick inne, und sagte dann das japanische Wort für »Familie«, womit er meinte, daß Kilmer wie ein Bruder für ihn war und auch wie ein solcher verteidigt werden würde. Seine Stimme war fest, knapp und abgehackt. *»Kyodai.«*

»Scheiße, Mann!« Der protzig gekleidete *yakuza* bellte ein humorloses Lachen. »Er ist Amerikaner!«

Ken stand ungerührt wie ein Fels da. *»Kyodai.«*

Der fette *yakuza* klopfte wieder auf seine Schulter. »Jemand wird für den Tod es Amerikaners sehr viel bezahlen. Sehr viel.«

Ken zog ein Papierhandtuch aus dem Spender und trocknete sich dann langsam die Hände ab. Er ließ das Papier in den Mülleimer fallen, drehte sich dann um und sah dem fetten *yakuza* dann direkt in die Augen. Yakuza-Kodex: Familie ist Familie. Seine Stimme zerschnitt wie eine eiskalte Klinge die Luft des Raumes. »*Kyodai.*«

Der fette Mann zuckte zusammen. Mit zusammengekniffenen Augen blickte er Ken dann an und nickte mit einem verschlafenen, sadisfischen Grinsen auf seinem Geischt. »Jemand wird sogar für deinen Tod bezahlen, Warawanai Otoko. Aber wir wollen nur den Amerikaner.«

Ken entschuldigte sich mit einem knappen Nicken, schob sich durch die Männer – keiner von ihnen wagte es, ihn zurückzuhalten – und griff nach der Türklinke. Der Henker, sein Gesicht wirkte ausdruckslos und hölzern, starrte Ken an und trat dann stumm zur Seite. Ken öffnete die Türe, ging auf dem kürzesten Weg zu Kilmers Tisch und sagte, ohne sich erst hinzusetzen: »Wir fahren zu Goro.«

Eine Stunde später traten die beiden Männer durch das überdachte Tor und folgten dem mit Trittsteinen ausgelegten Pfad durch den moosbedeckten Garten zu Goros Haustüre. Ken drückte auf den Klingelknopf.

Tanaka Goros schönes, in traditionellem japanischem Stil erbautes Haus lag in einem ruhigen und exklusiven Wohngebiet. Es war eines dieser versteckt gelegenen, ruhigen Häuser, die den Eindruck erweckten, als stünden sie nicht in Tokio. Es war eines dieser alten, eleganten Häuser, die zunehmend rarer und immer teurer wurden. Die geradlinige klassische Architektur war eine beruhigend wirkende Komposition von rohen, behauenen Holzbalken und Bambusgitterwerk, umgeben von einem Moosgarten mit kantigen Steinen und knorrigen alten Bäumen, der wiederum von einem hohen Bambuszaun umgeben wurde.

Die Holzgittertüre glitt auf und enthüllte die sich tief verbeugende Gestalt eines zerbrechlichen alten Mannes mit nur einem Arm. Der Mann, dessen Gesicht faltig und eingefallen war, mußte über achtzig Jahre alt sein. Ein wettergegerbter, vom Leben gezeichneter *yakuza*, der zu alt geworden war, um etwas anderes zu machen, als die Türe zu öffnen. Ken und Kilmer begrüßten den Mann mit einem kurzen Nicken und traten dann in den Vorraum ein. Fakt: Goro kümmerte sich um seine *kobun*, selbst wenn sie nicht länger nützlich für ihn waren.

Der alte Mann wartete, bis sie ihre Schuhe ausgezogen hatten. »Folgen Sie mir bitte. Der Hausherr erwartet Sie.«

Die beiden Männer betraten über eine Schwelle den eigentlichen Wohnbereich und folgten dem alten Mann einen dunklen Flur hinab. Der Fußboden bestand aus polierten Zypressendielen. Am Ende des dunklen Flures verbeugte sich der alte Mann wieder, zog eine Schiebewand zurück und bedeutete ihnen einzutreten.

Tanaka Goro trug einen schwarzen Seidenkimono mit einem ebenfalls schwarzen Obi und saß hinter einem schwarz lackierten Tisch auf dem Tatami-Boden. Er nickte ihnen kurz zu und lud sie mit einer Handbewegung ein, sich auf die beiden Kissen vor dem Tisch zu setzen.

Der förmliche Tatami-Wohnraum war schlicht und karg, wenn man von der Glasvitrine vor der rechten Wand absah, in dern zehn Paare alter Samurai-Schwerter ohne Scheiden ausgestellt waren: Zehn Kurzschwerter, die über zehn Langschwertern angeordnet waren. Der unverhüllte Stahl schimmerte im Licht der Lampe. Die Schiebetüren der linken Zimmerwand waren halb geöffnet und erlaubten einen flüchtigen Blick auf den Moosgarten.

Ken und Kilmer bückten sich zu den Kissen herab und saßen in der förmlichen Sitzposition auf ihren Knien: Das Gesäß lag auf den Hacken, die Beine leicht auseinander gespreizt, die Hände auf den Tatami, der Rücken kerzengerade.

Nach fünf Jahren sahen sich die beiden Tanaka-Brüder zum ersten Mal wieder an. Sie wählten verschiedene Vokabulare der japanischen Sprache. Goro sprach absichtlich und sehr bewußt in der familiären Sprache. »Ken-*san, shibaraku da na.*«

»Shibaraku desu.« Kens Sprache war förmlich und höflich, hielt auf eine gewisse Distanz zwischen ihnen.

Goro nickte. Unmittelbar in seinem Rücken befand sich die *tokonoma* – der Alkoven oder Ehrenwinkel des Haues. Die dunkle Vase enthielt ein schlichtes Arrangement von Zweigen und zwei weißen Blumen. Das Rollbild war eine Tuschezeichnung im chinesischen Stil und zeigte einen Tiger auf einem von Nebel umgebenen Berg. Goro wechselte in die englische Sprache, wodurch er Kens offensichtlichen Wunsch, extrem förmlich und distanziert zu bleiben, einfach negierte. »Es freut mich sehr, daß ihr mein Angebot angenommen habt.«

Ken knickte kurz. »Wir sind einverstanden.«

»Ich bedanke mich bei euch beiden. *O-Sake wa?«*

Beide nickten und Goro füllte, nachdem er sich leicht vorgebeugt hatte, drei Schalen mit warmem *sake.* Der V-Ausschnitt seines schwarzen Seidenkimonos sprang etwas auf und ließ ein kleines Stück der in leuchtendem Rot und Grün gemalten Tätowierung auf seiner Brust erkennen.

Nachdem jeder mit einer kurzen Bewegung aus dem Handgelenk heraus seine Schale ausgetrunken hatte, zog Goro einen kleinen Umschlag aus seinem förmlichen schwarzen Kimono und schob ihn dann langsam über den schwarzen Tisch. »Hier sind vertrauliche Blaupausen von Tonos Hauptquartier. Außerdem Geheimberichte über seinen geschäftlichen Tagesablauf und über Sicherheitsvorkehrungen. Vernichtet bitte alles sobald wie möglich.«

Ken nickte knapp, nahm den Umschlag und legte ihn auf die Tatami neben seinem Sitzkissen.

»Soweit sonst irgend jemand betroffen ist, handelt es sich hierbei um eine völlige Privatangelegenheit zwischen dir und Tono Toshiro. Ist das klar?«

Ken nickte kurz. »Ich verstehe.«

Goro füllte die drei *sake*-Schalen erneut, und wieder leerten sie sie, besiegelten ihre Übereinkunft. Kilmer stellte seine Schale auf den Tisch zurück und sagte dann mit tonloser, monotoner Stimme: »Was ist mit George Tanner?«

»Tono Toshiro wird die Erfahrung machen müssen, daß ein

oyabun nicht hinter meinem Rücken arbeiten kann. Nachdem diese Sache erst einmal zu Ende geführt worden ist, wird Tanner keine weitere Rolle mehr spielen. Er ist nur ein kleiner Fisch, der sich zu weit vom Ufer entfernt hat.« Goro blickte Kilmer direkt in die Augen. »Er ist Ihre persönliche Verpflichtung.«

Kilmer nickte kurz. »Ich verstehe.«

Ken nahm den Umschlag in die Hand und schickte sich an zu gehen, als Goro sagte: »Da ist noch etwas.« Ken nahm wieder die formelle Sitzposition ein.

Goro lehnte sich zurück, ließ seine Hände in die schwarzen Kimonoärmel gleiten und verschränkte seine Arme vor der Brust. »Es ist eine Angelegenheit, die dermaßen unbedeutend ist, daß ich sie bislang nicht erwähnt habe. Allerdings ist sie für mich persönlich wichtig. Ich habe einen sehr eigensinnigen Sohn – Tanako Shiro –, der aus Trotz gegen seinen Vater die Universität verlassen hat, und der jetzt *kobun* im Tono Clan ist. Dies stellt für mich eine sehr große Schande dar und ist zudem eine Angelegenheit, die von keinem Außenstehenden bereinigt werden kann. Falls ihr jedoch meinem Sohn begegnen solltet, dann verschont ihn bitte. Und falls dies möglich sein sollte, dann bringt ihn bitte zu seinem reuevollen Vater zurück.«

Kens Gesicht war grimmig und hart.

Aufmerksam musterte er Goros Gesicht, versuchte die Ernsthaftigkeit seines Bruders einzuschätzen, sagte nichts, ließ die Tatsache unerwähnt, daß der *kobun*, den Tono damit beauftragt hatte, ihn zu töten, Goros Sohn – Tanaka Shiro, besser bekannt als die Spinne – war.

Goro nahm seine Hände wieder aus den Ärmeln seines Kimonos und räusperte sich. Seine Gefühle ließen ihn jetzt mit belegter Stimme sprechen. »Ich bin ohnehin schon der Narr, der seinen einzigen Bruder verloren hat. Ich ziehe es vor, nicht auch noch der Narr zu sein, der seinen einzigen Sohn verliert.«

Tanaka Ken war von der indirekten Entschuldigung seines Bruders für den irreparablen Bruch in ihrer Beziehung, für die teilweise Zerstörung der Familie ihres Vaters, zutiefst gerührt.

Mit einer zackigen Bewegung verbeugte er sich sehr tief vor seinem Bruder. Er hielt seine Stirn dicht über die Tatami und sprach einen Eid. Seine Stimme war hart und unnachgiebig wie Stahl. »Wenn ich deinen Sohn erschlage, werde ich meinen Bauch aufschlitzen und sterben.«

Goro war sprachlos, starrte mit aufgerissenen Augen auf Kens tief verbeugten Kopf. Die Plötzlichkeit und Intensität von Kens Anteilnahme verblüffte ihn. Als er seine Fassung wiedergefunden hatte, stieß er seinen Oberkörper herab, bis seine Stirn auf der Tatami-Matte lag. »In der ganzen . . .« Seine Stimme versagte, und er mußte sich räuspern. »In der ganzen japanischen Geschichte besaß nicht ein Mann einen besseren, edleren Bruder als den, den ich einmal hatte.« Goro hielt seinen Kopf auf dem Boden, bis Ken aufgestanden war und zum Flur ging. Als Kilmer sich anschickte, ihm zu folgen, streckte Goro seinen Arm über den Tisch aus und berührte Kilmers Ärmel. Er hatte Ken fest im Auge, doch er sprach zu Kilmer. »Ich möchte noch einen Augenblick mit Ihnen sprechen.»

Kilmer nickte.

»Bitte, folgen Sie mir.«

Goro ging zu den Schiebewänden neben der Vitrine mit den Schwertern, schob eine der Trennwände zurück und führte Kilmer in einen westlich eingerichteten Wohnraum: zwei lange schwarze Sofas, die einen großen Couchtisch aus Kirschholz flankierten. Sie setzten sich einander gegenüber auf die beiden Sofas, und Goro begann sofort zu sprechen.

»Sie haben mir eine sehr große Gefälligkeit erwiesen, Kilmer. Als Gegenleistung werde ich Ihnen nun auch einen Gefallen tun. Ich werde Ihnen etwas erzählen, das Sie wissen sollten. Etwas, das nur sehr wenige Menschen wissen.«

Kilmer nickte.

»Sie waren vielleicht überrascht, als sie hörten, daß Tanaka Ken und Tanaka Eko einen älteren Bruder hatten, der immer noch lebte. Das liegt daran, daß ich nicht Ekos Bruder bin. Und auch Ken ist nicht ihr Bruder.« Goro schwieg einen Augenblick. »Ken ist ihr Ehemann.«

Kilmer erstarrte. Sein Arm blieb mitten in einer Bewegung in der Luft hängen. Seine tiefliegenden Augen waren wie Reispapierschiebetüren weit aufgerissen.

»Als Ken sechs Jahre nach Kriegsende zurückkehrte, fand er Sie, einen Amerikaner, mit seiner Frau zusammenleben. Er war voller Wut und Haß. Doch gleichzeitig war er Ihnen auch sehr dankbar, daß Sie ihr ein noch schlimmeres Leben in Hunger und Schande erspart hatten. Sein Ehrenkodex verbot es ihm, mit ihr zusammenzuleben. Aber sie ist immer noch seine Frau. Keiner von ihnen hat sich scheiden lassen oder hat wieder geheiratet.«

Kilmer Gesicht war aschfahl. Seine Augen waren glasig wie die Augen eines Schlafwandlers, der aus einem schrecklichen Alpraum erwacht.

Goro beugte sich vor. »Allerdings glaube ich, daß Ken sie in den letzten Jahren häufiger gesehen hat. Ich glaube außerdem, daß Taro sein Sohn ist. Ken ist ein Mann, der unter einem Fluch lebt: Er kann seine eigene Familie nicht öffentlich anerkennen. Sein eigener Sohn nennt ihn ›Onkel.‹ Aus diesem Grund ist er auch als Warawanai Otoko, als Mann-der-niemals-lächelt bekannt. Tanaka Ken ist ein Mann von großer Ehre. Anders als die neuen Japaner, anders als ich selbst. Manchmal denke ich, daß wenn Kan eines Tages stirbt, die japanische Tradition mit ihm sterben wird. Jetzt wissen Sie auch, aus welchem Grund er Ihnen verpflichtet ist.« Goro stand auf und ging zurück zum Flur. »Viel Glück, Harry Kilmer.«

Kilmer umklammerte die Lehne des Sofas und sprang auf. Die Worte sprudelten einfach über seine Lippen. »Aber warum hat er mir das niemals gesagt?«

»Sie vergessen, Kilmer, das hier ist Japan!«

9

Nur ein guter Mensch kann wirklich lieben
und wirklich hassen.
Konfuzius

FREITAG, 20. Juli

Während der Nacht war durch eine mächtige Wasserströmung im Pazifik eine große Menge Warmluft von den Philippinen von der Küste bis zu den Bergen über Tokio abgeladen worden. Gegen zwölf Uhr mittags herrschte im gesamten Tokioter Becken eine schwüle, glühendheiße Atmosphäre. Die stahlgraue Dunstglocke über der Stadt verdoppelte ihre Dichte und lastete über Tokio wie der Deckel eines Dampfdruckkochtopfes.

Wheats Küchenfenster standen weit offen, und die weißen Gardinen hingen schlaff in der schwülwarmen Luft. Die drei Amerikaner hatten bereits zu Mittag gegessen, saßen jedoch immer noch am Küchentisch zusammen. Kilmer hatte Tanaka Goros Vorschlag kurz erwähnt, ohne jedoch auf nähere Einzelheiten einzugehen. Wheat und Dusty verzichteten darauf nachzufragen, als sie seine schlechte und mürrische Laune bemerkten. Während die beiden die Morgenzeitungen durchblätterten, warfen sie hin und wieder einen kurzen Blick auf ihn, doch keiner sagte auch nur ein Wort.

Kilmers Gesicht blieb völlig unbeteiligt und hart. Unter seinen tiefliegenden Augen hingen dicke, dunkle rotschwarze Säcke. Die ganze Nacht über hatte er sich in seinem Bett hin und her gewälzt, hatte erst gegen Tagesanbruch etwas Schlaf finden können und war zweimal durch üble Alpträume geweckt worden, die ihn ausgelaugt und schweißgebadet zurückgelassen hatten. Eine leuchtend grüne Schlange war in sein linkes Ohr gekrochen und verschlang seine Eingeweide, fraß auf grauenhafte Weise sein Gehirn und sein Herz und seinen Magen und ließ ihn hohl und schwach zurück. Mit einem eiskalten Schrecken war er wach geworden. Heißer Schmerz durchzuckte seinen Kopf und seinen Unterleib. Beim zweiten Mal war es noch schlimmer gewesen: Zwei Schlangen, eine in jedem Ohr, zerrten und bissen sich, kämpften um das Vorrecht, ihn zu verschlingen. Und wieder schoß er kerzengerade in seinem Bett auf. Sein Körper zitterte unter dem heißen Schweiß. Wie unter einem inneren Zwang riß er den schwarzen Ledergürtel von seiner Hose und war schließlich wieder eingeschlafen, nachdem er sich den Gürtel um seinen Kopf gebunden und so beide Ohren bedeckt hatte.

Wheat faltete die *Mainichi* zusammen und warf sie auf den Stapel der anderen alten Zeitungen. Dusty machte dasselbe mit der *Japan Times,* entschuldigte sich und ging in Wheats Wohnzimmer hinüber. Wheat schenkte sich eine weitere Tasse Kaffee ein und blickte Kilmer an. »Wann wirst du und Ken aufbrechen, Harry?«

»Heute abend.« Kilmer starrte mit leeren Augen auf seinen Teller. »Ich kann es immer noch nicht fassen, daß George mit dieser ganzen verdammten Sauerei angefangen hat.«

»Die Menschen verändern sich, Harry.«

»Ist das wahr, Ollie?«

»Ach, woher soll ich das wissen? Mein Seminar endet mit dem Bürgerkrieg.«

In Kilmers angespanntem, dünnem Lächeln lag auch nicht eine Spur von Belustigung. Er schob seinen Stuhl zurück, stand auf und starrte aus dem Fenster über dem Spülbecken nach draußen. Seine Stimme klang weit entfernt, irgendwie abstrakt, tastend, halb tot. »Lieutenant Tanner war wirklich schon ein Mordskerl, stimmt's nicht?«

»Ja. Das war er.«

»Vielleicht ist er es immer noch.«

Wheat sagte nichts.

»Vielleicht sollte ich mit ihm sprechen und . . .« Plötzlich erkannte Kilmer, daß er in diesem Raum seine Zeit vertrödelte und Unsinn redete. Er ging zu der Türe auf den Flur, blieb im Türrahmen stehen und blickte noch einmal über seine Schulter zurück. »Ollie?«

»Hmmm?«

»Tanaka Ken wird dich heute nachmittag fragen, ob Eko und ihre Familie bei dir bleiben können, bis dieser ganze unheilige Schlamassel geregelt ist.«

»Von mir aus gerne.«

»Danke, Ollie.«

»Wünschte, ich könnte mehr tun.«

»Ja. Wir sehen uns dann im Badehaus.«

Nachdem er die Treppe in den ersten Stock hinaufgegangen war, betrat Kilmer sein Schlafzimmer und, ausgelaugt durch zu wenig Schlaf, setzte sich auf die Kante des alten Messingbettes. Die Matratze gab unten seinem Gewicht nach und sackte durch. Selbst jetzt noch war das Bettlaken von seinem Schweiß feucht und klamm. Jede Faser seines Körpers schrie nach Ruhe und Entspannung, doch sein Verstand weigerte sich einfach, auszuruhen und abzuschalten. Er schloß seine Augen und massierte seine Schläfen. Die andauernde Anstrengung, hartnäckig jeden Gedanken an Ken und Eko auszusperren, hinterließ ihn körperlich erschöpft und geistig den dunklen Verdachtsmomenten George gegenüber weit geöffnet und zugänglich. Über den Morgen verteilt, hatte er mehrfach versucht, George telefonisch zu erreichen, doch hatte kein Mal Erfolg gehabt. Mit jedem neuen Fehlschlag wurde der empfindliche Stoff seines Vertrauens weiter strapaziert und brachte ihn dem endgültigen Zerreißpunkt immer näher. Und jetzt kehrten die düsteren Fragen wieder zurück. Wieviel von dem, was Goro erzählt hatte, stimmte? Wieviel von alledem hatte George angestiftet? Wieviel hatte George gewußt, als sie in Malibu miteinander gesprochen hatten? Wie war George überhaupt in diese ganze Scheiße hineingeraten? Wo zum Teufel steckte George jetzt? Regel: *Laß einen Freund niemals im Stich, sofern es nicht unbedingt notwendig ist.*

Kilmer legte seine Hände auf seine Knie, starrte auf den Fußboden und versuchte wieder einen klaren Kopf zu bekommen, indem er sich mechanisch die bisherigen Entwicklungen des heutigen Tages noch einmal vor Augen hielt. Um 10.30 hatte Ken angerufen und gesagt, daß er Tonos Termine für den Abend überprüfen wollte. Sie hatten sich zu viert für 15.30 im Paradise World verabredet. Ken und Kilmer würden über ihre weitere Vorgehensweise sprechen; Wheat würde die Familie Tanaka in sein Haus einladen; Dusty würde Hanako in der Schule abholen. Sie würden sich gemeinsam ein Alibi ausdenken. Damit schien alles abgedeckt zu sein. Ken hoffte, Tono aus seinem Hauptquartier herauslocken zu können, und das schien auch die beste Möglichkeit zu sein, mit George fertig zu werden. *Hör endlich auf; darüber nachzudenken.*

Nachdem er sich seinen Pullover ausgezogen hatte, streckte Kilmer sich auf dem Rücken aus und versuchte sich zu entspannen. Selbst mit geschlossenen Augen konnte er noch die Zimmerdecke sehen. Ein Gewimmel leuchtend grüner Schlangen tummelte sich auf. Ihre Zungen waren wie kleine rote Fahnen. Sie glitten übereinander, peitschten die Luft, zischten und küßten sich. Sie störten ihn nicht weiter, doch er wußte, daß sie ihn aufwecken würden. Kilmer kam sich selbst wie der letzte gottverdammte Idiot vor, tat es aber trotzdem. Er krümmte seinen Rücken, richtete sich halb auf und schnallte seinen Gürtel ab. Dann zog er ihn langsam aus den Schlaufen seiner Hose.

Wheat ging in sein Wohnzimmer, um sich sein Vorlesungsmanuskript zu holen, und sah Dusty auf dem Sofa sitzen. Das antike Langschwert hatte er zwischen seine Knie geklemmt. Indem er mit seinem verbundenen Arm die Scheide gegen das Bein drückte, umklammerte er mit der rechten Hand das Heft und zog die Stahlklinge heraus. Seine Augen klebten auf dem polierten Stahl, der wie Feuer und Eis glänzte.

Wheat, ein Schwertsammler, der die Reinheit des Samurai-Schwertes verstand, lächelte leise in sich hinein. Das japanische *katana* war das perfekteste Stahlschwert der Welt. Selbst das Damaskus-Krummschwert und das britische Excalibur konnten einen Vergleich mit der Arbeitsqualität und der Stahlgüte eines Samurai-Schwertes nicht standhalten. In alten Zeiten war die Arbeit eines japanischen Schwertschmiedes – der von allen Künstlern am höchsten angesehene – ein religiöses Ritual, das in einem religiösen Heiligtum praktiziert wurde: Er reinigte sich jeden Tag mit kalten Waschungen; er erlaubte niemandem außer dem Kaiser, seine Schmiede zu betreten, nicht einmal seiner eigenen Familie; er aß kein Fleisch, trank keine berauschenden Getränke und entsagte auch dem Geschlechtsverkehr, bis seine Klinge vollendet war. Die Herstellung einer einzigen Schwertklinge dauerte mehrere Monate: Weicher Stahl und harter Stahl wurden sorgfältig zu einer einzigen Stange zusammengeschmiedet; diese rohe Stahlstange wurde einmal gefaltet, wieder geschmiedet und in ihre ursprüngliche Form zurückgehämmert und dann auskühlen gelassen. Dieser mühselige Prozeß wurde zwanzigmal wiederholt, und so erhielt man am Ende eine solide Stahlklinge mit mehr als einer Million extrem dünn gehämmerter Schichten. Schließlich, nach dem Härten und Schleifen der Schneide, untersuchte der Schwertschmied mit peinlichster Genauigkeit sein Werk. Wenn er auch nur einen Mangel fand, dann wurde die befleckte, mangelhafte Klinge wieder eingeschmolzen und vernichtet, ehe ein anderer Mensch sie zu sehen bekam, weil die traditionellen japanischen Schwertschmiede nur eine einzige Art von Schwert herstellten: das perfekte Schwert. Durch immer wieder neue Versuche hatten die Meister dieser Kunst, wie Yasutsuna, das Samurai-Schwert etwa um das Jahr 850 n. Chr. perfektioniert, und es war, abgesehen von kleineren Modifikationen, im Jahre 1868 immer noch dasselbe, als die Samurai offiziell als eigenständige Klasse der japanischen Gesellschaft abgeschafft und ihre Schwerter aus der Öffentlichkeit verbannt wurden; als Japan mit einem Schlag den Sprung vom Feudalismus in die Neuzeit vollzog. Die Meister der Schwertschmiedekunst wurden in der Folge dazu gezwungen, ganz gewöhnliche Schmiedearbeit zu verrichten, dazu gezwungen, Scheren und Küchenmesser herzustellen. Seit dieser Zeit hat es keinen einzigen Meister mehr gegeben. Selbst die vor dem Krieg industriell hergestellten Schwerter, wobei man feststellen muß, daß es die besten jemals industriell hergestellten Schwerter waren, konnten auch nicht annähernd an die Qualität des traditionellen, handgearbeiteten *katana* heranreichen. Ein echtes *katana* war handgeschmiedet und besaß einen ausreichenden Anteil an weichem Stahl, so daß es niemals brechen konnte, und auch ausreichend harten Stahl, daß er sich niemals verbiegen konnte. Obschon es unglaublich klingt, es gab beurkundete, historische Berichte über Meisterschwertkämpfer, die drei Männer mit einem einzigen Hieb halbiert hatten. Das *katana,* das jetzt in Dustys Händen schimmerte, war von Masakuni aus Tamba handgeschmiedet worden. Masakuni war der drittgrößte Schwertschmied des vierzehnten Jahrhunderts gewesen. Nur sehr wenige Dinge auf dieser Welt waren mit größerer Perfektion hergestellt worden.

Dusty blickte auf und bemerkte, daß Wheat ihn beobachtete. »Sagen Sie, Wheat, wie lange dauert es, bis man wirklich mit einem dieser Dinger umgehen kann?«

»Zehn Jahre.«

»Jesus! Das meinen Sie ernst, oder?«

»Oder sogar noch länger, ja.« Wheat nickte und trat an den Couchtisch. »Meisterschaft benötigt immer seine Zeit. Wenn ein Schwertkämpfer ein Schwert führt, dann sollte sein Herz so rein wie seine Klinge sein.«

»Und das bedeutet?«

»Nun, zunächst einmal Wachsamkeit, Aufmerksamkeit.«

»Wachsamkeit?«

»Ja, richtig. Am Anfang seiner Ausbildung läßt man den jungen Schwertkämpfer in spe zum Beispiel unbeaufsichtigt in der Schule und trägt ihm solche Pflichten auf, wie zum Beispiel den Boden zu schrubben und das Geschirr abzuwaschen. In unregelmäßigen Intervallen schleicht sich der Schwertmeister an den Jungen heran und verpaßt ihm einen schmerzhaft stechenden Schlag mit einem Holzschwert. Auf diese Weise lernt der junge Mann, daß er konstant, ohne Unterbrechung auf der Hut vor diesen unerwarteten Schlägen sein muß. Aber selbst das hilft ihm nicht viel, denn wenn er mit einem Schlag aus der einen Richtung rechnet, dann kracht das hölzerne Schwert aus einer völlig anderen auf ihn herab, so als würde es aus dem Nichts zuschlagen. Und so lernt der Junge schließlich, daß er konstant wachsam ist, ohne dabei jedoch seine Aufmerksamkeit auf irgendeine bestimmte Richtung zu konzentrieren.

Am Ende wird er allen Dingen zu jeder Zeit aus allen Richtungen gegenüber wachsam sein. Es ist ständig auf einen Überraschungsangriff vorbereitet und auch darauf, schlagartig und umgehend zu reagieren. Denn das ist seine beste Verteidigung: ein Zustand unablässiger und allumfassender Wachsamkeit.«

»Klingt nach einer ziemlich gemeinen Schweinerei.«

»O ja, das ist es sicherlich, Dusty. Es basiert alles auf dem festen Glauben, daß Unaufmerksamkeit eine große Sünde ist. Namentlich die Sünde, gegenüber dem gegenwärtigen Augenblick unempfänglich zu sein. Weißt du, die Schwertkampfkunst ist der extreme Ausdruck des zugrundeliegenden japanischen Glaubens, daß Nicht-Handeln Handeln ist.«

»Ja«, brummte Dusty, der nicht alles verstand, aber endlich danach fragen wollte, was ihn am meisten interessierte. »Aber wie führt man so ein Ding denn jetzt?«

»Nun«, sagte Wheat und blickte auf seine Uhr. »Ich muß jetzt zu meinem Seminar aufbrechen, aber ich werde dir noch schnell zeigen, wie man das Schwert halten muß.«

»Prima.«

Wheat nahm das *katana* in beide Hände und ging dann in die Bereitschaftsstellung. Er hielt das Schwert wie ein Samurai mit beiden gerade von der Brust nach vorne ausgestreckten Armen.

»Sieht mir aber ziemlich unbeholfen aus. Wie holt man dann jetzt mit dem Ding aus?«

»So.« Wheat schwang die rasiermesserscharfe Klinge nach unten und dann nach vorne, indem er das schwarz lackierte Heft mit einem schnellen, kurzen Ruck auf seinen dicken Bauch zurückriß. »Es ist das genaue Gegenteil der westlichen Art zu fechten. Westliche Schwerter sind gerade zweischneidige Klingen, die in erster Linie zum Zustechen gemacht worden sind. Wie du sehen kannst, besitzt das Samurai-Schwert jedoch eine gekrümmte, einschneidige Klinge, mit der man zuschlagen kann. Und man holt aus und schwingt dieses Schwert, indem man das Heft auf seinen Bauch zu zieht oder reißt.«

»Ja.« Dusty nickte und schaute aufmerksam zu, als Wheat die Klinge erneut mit einem schnellen Ruck durch die Luft zischen ließ.

»Der Hieb eines Amerikaners führt nach *außen*, der eines Japaners nach *innen*.« Wheat hielt das Schwert, als würde er damit Holz sägen. »Wir Amerikaner geben beim Sägen den Hauptschwung und die größte Kraft in die von uns fortführende Bewegung – also nach außen; eine japanische Säge jedoch zerschneidet das Holz bei der auf den Mann zuführenden Bewegung – also nach innen. *Wenn ein Amerikaner durchdreht, dann öffnet er sein Fenster und schießt nach draußen; wenn ein Japaner durchdreht, dann schließt er das Fenster und bringt sich selbst um – Hara-kiri.*«

»Ja.«

»Hier ist alles umgekehrt. Natürlich, die grundlegenden Fakten sind dieselben, aber die kulturellen Einstellungen sind entgegengesetzt. Zum Beispiel Sex. Der amerikanische Euphemismus für Orgasmus ist *kommen:* Ich komme. Der japanische ist *gehen:* Ich gehe. Dieselbe Tatsache, doch die entgegengesetzte Einstellung.«

»Ja.«

Wheat gab Dusty das *katana* zurück, nahm sein Manuskript vom Couchtisch und sagte: »Gut. Ich mache mich dann jetzt auf den Weg, um etwas über Georuji Washintone und den Rebarooshunary War zu lehren.«

»Danke, Wheat.«

»Wir treffen uns dann im Badehaus, Dusty.«

Nachdem er die Klinge in ihre Scheide zurückgeschoben hatte, legte Dusty das Schwert wieder auf sein schwarz lackiertes Gestell und stöberte in Wheats Bücherregalen, suchte nach einem guten Buch über das *katana*.

»Paradise World« wurde seinem Namen vollkommen gerecht. Es war das perfekte Gegenmittel zu dem zermürbenden Streß und den aufreibenden Strapazen Tokios, ein luxuriöser Himmel der Ruhe für abgespannte Geschäftsleute. Das im vierten Stock liegende Schwimmbecken des Paradise war L-förmig und sehr groß. Die Seiten und der Boden des Beckens waren mit sauberen, quadratischen gelben Fliesen verkleidet und mit schmalen Reihen blauer Kacheln abgesetzt. Das beruhigend wirkende Mineralwasser war vier Fuß tief und ließ nur noch die Köpfe der Badenden herausschauen.

Das luxuriöse öffentliche Badehaus in der Tokioter Innenstadt war so angelegt, daß es einer Urwaldlagune ähnelte. Kleine Bäche rieselten über die zerklüfteten Felswände. Überall im ganzen Raum waren üppige tropische Pflanzen verteilt, wobei die dichtesten Gruppen im Winkel des L und vor der Eingangsschiebetüre wuchsen. Die dichten grünen Blätter verschluckten das Planschen und Spritzen des Wassers und die Seufzer der Badenden, verliehen dem gesamten Raum eine gewisse ruhige Privatsphäre, wodurch es leichtfiel, eine Unterhaltung zu führen, ohne dabei belauscht zu werden. Doch selbst die grünen Pflanzen wurden von dem satten, weißen Dampf verschluckt, der in trägen, sich drehenden Schnörkeln von dem heißen Wasser des Beckens aufstieg. Der dichte Dampf verlieh allem eine schläfrige Ruhe, die friedliche Atmosphäre von Dunst und Nebel.

Wie gewöhnlich kamen am späten Nachmittag nur wenige Badegäste her, und jetzt waren es nur fünf Männer, die sich am oberen Ende des L einweichen ließen und sich gegen die Außenwände des Beckens lehnten. In der linken Ecke, sich bei einer gedämpft geführten Unterhaltung im warmen Wasser aalend, befanden sich vier Geschäftsleute. Ihnen gegenüber in der rechten Ecke, alleine und extrem wachsam, saß ein muskulöser *yakuza,* dessen Oberkörper, durch das Wasser nur unscharf und verzerrt sichtbar, mit grellgrünen Reptilienschuppen tätowiert war.

Kilmers Gruppe hatte ihre Unterhaltung um 15.55 beendet und saß jetzt entspannt in einem Halbkreis am Fußende des L.

Sie ließen ihre Muskeln in dem heißen Mineralwasser entspannen und zu neuen Kräften kommen. Wheat wiederholte langsam sein persönliches Baderitual: Er tauchte sein dünnes weißes Handtuch in das Wasser, wrang es aus, wischte sich sorgfältig und methodisch den Schweiß aus seinem Gesicht und tauchte das Handtuch anschließend wieder in das Wasser ein. Dusty saß etwas abseits von den anderen, stützte sich mit einem Arm auf dem Rand des Beckens ab, hielt seinen bandagierten Arm aus dem Wasser und warf immer wieder verstohlene Blicke auf Kens nackte Oberarme. Ken hatte sich so in das Wasser gesetzt, daß es ihm bis unter das Kinn reichte. Sein Kopf ruhte gegen den Rand des Beckens gelehnt, seine Augen waren nahezu geschlossen. Seine Brust zeigte keinerlei auffällige Kennzeichen, doch von der Schulter abwärts bis zu den Ellenbogen waren seine muskulösen Arme mit lebhaften, bösartig wirkenden Jugendstilornamenten tätowiert: Giftige, leuchtend rote Blumen des Bösen mit gewundenen dunkelblauen Stengeln und Blättern in einem grellen Grün. Die brillanten Farben schimmerten unter der Wasseroberfläche.

Auch Kilmer hatte seinen Kopf gegen den Beckenrand zurückgelehnt, schloß seine Augen und ließ sich ihre Diskussion noch einmal durch den Kopf gehen. Er zählte die Fakten auf, die Ken herausgefunden hatte, ging noch einmal die einzelnen Details des Planes durch, auf den sie sich geeinigt hatten. Fakt eins: Tono hielt sich zur Zeit in Tokio auf, würde jedoch um 20.30 in sein Hauptquartier in Yokohama zurückkehren. Fakt zwei: Um 21.00 würde der Tono Clan die Übernahme der Tanner Reederei mit einer Party feiern. Fakt drei: George hatte sich in seiner Wohnung verkrochen, ging weder ans Telefon, noch öffnete er die Türe. Der Plan – erster Schritt: Ken würde Tono mit seinem *katana* um 20.30 ausschalten. Kilmer würde ihm mit seinen Schußwaffen Rückendekkung geben und sich ansonsten im Hintergrund halten, es sei denn, Kens Angriff schlug fehl oder er geriet in ernsthafte Schwierigkeiten. Zweiter Schritt: Kilmer würde Tanners Wohnung aufsuchen, während Ken unten auf dem Parkplatz im Wagen auf ihn wartete. Was dann weiter mit Tanner geschah, hing allein davon ab, was George auf einige Fragen antwortete. Dritter Schritt: Meldung bei Goro. Vierter Schritt: Rückkehr zu Wheats Haus noch vor Mitternacht. Alibi: Sie hatten zu viert den ganzen Abend über in Wheats Küche verbracht und gepokert. Die Vier Jacks. Zusammenfassung: Der Plan war klar und einfach, während er gleichzeitig genügend Spielraum für unerwartete Eventualitäten erlaubte.

Dusty verlagerte seinen Arm ein wenig und sagte: »Laß mich mitkommen, Kilmer. Mein Arm fühlt sich heute schon wieder ziemlich gut an. Ehrlich.«

»Nein«, sagte Kilmer einfach und öffnete seine Augen. »Das ist eine reine Privatsache.«

»Komm schon, Kilmer. Ich muß mir meinen Teil verdienen.«

»Deine Arbeit ist beendet, Dusty. Du hast schon mehr als deinen Teil getan, und du hast es gut getan.«

»Je-sus«, seufzte Dusty, verzweifelt über Kilmers unnachgiebigen Starrsinn.

Die Augen fast ganz geschlossen, sagte Ken: »Sie sollten Ihren Freund respektieren, Mr. Dusty.«

»Ja«, brummte Dusty und warf einen Seitenblick auf Ken. »Tanaka-*san*, wann kann ich mit den Anfängerübungen des *katana* beginnen?«

»Wenn Ihr Arm wieder völlig verheilt ist.«

»Domo.« Dusty nickte und wandte sich dann zu Wheat. »Glauben Sie, daß ich an Ihrer Universität vielleicht irgendeinen Job bekommen kann, Wheat?«

»Nun, Dusty, laß mich mal nachdenken.«

Noch während Wheat sich die verschiedenen Möglichkeiten durch den Kopf gehen ließ, stiegen am anderen Ende des Pools die vier gesetzten Geschäftsleute aus dem Wasser. Ihre weißen Handtücher hatten sie sich um ihre Lenden gebunden. Dann verschwanden sie hinter den tropischen Pflanzen vor dem Eingang, öffneten die Schiebetüre und schloßen sie dann wieder. Der *Yakuza*-Killer blieb noch einen Augenblick in seiner Ecke sitzen und glitt dann schnell den Rand des Beckens entlang. Die grünen Pflanzen im Winkel des L verbargen seine lautlose Annäherung vollkommen.

»Vielleicht ist im Englischen Seminar etwas möglich«, sagte Wheat und wischte sich mit dem Handtuch wieder methodisch sein Gesicht. »Wenn ich mich nicht irre, gibt es im kommenden Wintersemester bei denen eine freie Teilzeitstelle.«

Als der *yakuza* nur noch einen knappen Meter vor der Ecke des Winkels entfernt war, blieb er stehen und zog langsam das weiße Handtuch von der fünfundzwanzig Zentimeter langen Stahlklinge seines Kurzschwertes. Dann ließ er sich unter die Wasseroberfläche gleiten, stieß sich mit kräftigen Beinstößen im Wasser ab, schoß um die Ecke und glitt blitzschnell wie ein Torpedo unter Wasser auf Kilmer zu. Die rasiermesserscharfe Klinge hielt er dabei gerade ausgestreckt vor sich. Ganz plötzlich sah Kilmer den dunklen Schatten, der auf ihn zugerast kam, und sprang auf, doch mitten in seinem Sprung erwischte ihn die Stahlklinge, schnitt ganz leicht in seine rechte Seite, so wie ein Messer durch weiche Butter gleitet. Kilmer taumelte nach vorn, umklammerte seine Seite. Sein Blut spritzte wie rote Tinte in das Wasser.

Ken sprang über Kilmer, packte die Kehle des *yakuza* und drückte brutal zu. Der nach Luft schnappende *yakuza* riß unter Wasser seine Klinge herum und versuchte Kens Bauch zu treffen. Ken wich diesem Angriff geschickt aus und packte das Handgelenk des Mannes. Zappelnd, miteinander kämpfend stolperten sie in die Mitte des Beckens. Ihre Muskeln spannten sich an, traten deutlich heraus. Sie tauchten unter und kamen sofort wieder an die Oberfläche, wobei das Wasser in alle Richtungen spritzte. Sie schnappten nach Luft, drehten sich. Jetzt hielt Ken das Handgelenk mit beiden Händen umklammert. Mit einem mächtigen Ruck riß er den Schwertarm vom Körper des *yakuza* fort, drehte die Klingenspitze nach innen und rammte dem Mann fünfzehn Zentimeter kalten Stahl in den Bauch. Die Hand des *yakuza* rutschte von dem Heft ab, seine Augen verdrehten sich, nur noch das Weiße war zu sehen. Indem Ken das Schwert als Griff benutzte, spannte er seine Muskeln bis zum Äußersten an und schleuderte den Mann durch das Wasser, zwang ihn unnachgiebig durch das Becken und schob dabei das Schwert bis zum Heft in seinen

Bauch. Wolken von rotem Blut bauschten sich hinter ihnen im Wasser auf. Dann prallten sie gegen die Außenkante und augenblicklich verfärbte sich das Wasser von rosa nach rot. Der *yakuza* krallte nach Kens Gesicht, doch Ken hielt die Klinge unerbittlich fest. Seine Stimme war ein bösartiges, scharfes Zischen. »Wer? Wer hat dich geschickt?«

Der *yakuza* biß seine Zähne zusammen und kratzte nach Kens Augen. Ken drehte seinen Kopf schnell zur Seite, biß die Zähne zusammen und drehte die Stahlklinge in dem Bauch des Mannes solange, bis die Schneide nach oben gerichtet war. »Wer hat dich geschickt?«

Der stöhnende *yakuza* kämpfte verzweifelt, um die Klinge aus seinem Bauch herauszuziehen, vergrub seine Zähne tief in Kens Hals. Sein Gesicht war schmerzverzerrt.

»Wer?« Ken riß die Klinge hoch, fünfzehn Zentimeter, durch den Bauch hinauf zum Brustkorb. Seine Stimme war schonungslos und brutal. *»Wer?«* Der Kopf des *yakuza* fiel schlaff auf seine Schulter, Blut tropfte aus seinem Mund, seine Stimme war nur mehr ein gurgelndes Krächzen. »Tanner-*san.*«

Ken ließ den Mann los, zog die fünfundzwanzig Zentimeter lange Stahlklinge aus ihm heraus, stolperte durch das Becken und lehnte sich über den Rand, schnappte nach Luft, spuckte hustend Wasser. Sein Brustkorb hob und senkte sich heftig, seine tätowierten Arme waren blutverschmiert.

Der aufgeschlitzte Körper des *yakuza* brach vornüber zusammen und glitt in das dunkelrote Wasser. Die aufgewühlte Wasseroberfläche wurde allmählich wieder ruhiger und glatter. Die Leiche tauchte wieder auf und trieb auf seiner Seite im Wasser, stieß wiederholt gegen den Beckenrand.

Schwer atmend kletterte Ken aus dem Becken und sah zu den drei anderen hinüber, die wie gelähmt in dem dunkelroten Wasser standen. Seine Worte waren ein knapper Befehl: »Wir gehen jetzt!« Wheat und Dusty kletterten aus dem Wasser, gingen schnell an der Seite des Pools entlang und folgten ihm durch die Schiebetüre nach draußen.

Kilmer blieb bewegungslos stehen. Er umklammerte den fürchterlichen Schmerz in seiner Seite, stand brusttief in dem verfärbten Wasser und starrte den toten *yakuza* wütend an. Die Tätowierung auf seiner Brust stellte zwei grüne Schlangen mit strahlend roten Augen und grünen Zungen dar. Eine glitt über jede Brust. Die Rückentätowierung konnte er nicht sehen, und es war ihm auch völlig gleichgültig. Die Fragen waren beantwortet. Das Wasser war rot geworden.

Um 16.35 standen Kilmer und Ken mit nacktem Oberkörper in Wheats Arbeitszimmer, versorgten ihre Wunden und bereiteten sich auf das vor, was jetzt vor ihnen lag. Umgeben von mit Manuskripten irgendwelcher Studenten überfließenden Bücherregalen, arbeiteten die beiden Männer schnell und schweigend. Auf Kilmers hartnäckiges Verlangen hatten sie ihren Plan in einem Punkt abgeändert: Sie würden Tanner zuerst aufsuchen.

Kilmer hatte seine Seite bereits mit einer Desinfektionslösung betäubt und die Wunde mit Heftpflaster verschlossen. Jetzt rüstete er sich für maximale Kraft und Manövrierfähigkeit, indem er sich nach dem Vorbild eines Panzers ausrüstete. Er trug eine graue Anzughose und schwarze Halbschuhe mit Stahlkappen. Seinen Unterleib hatte er straff mit festen weißen Bandagen umwickelt. Die Wunde machte einen schmalen Streifen roter Blutflecken auf dem weißen Verband. Dann griff er nach seinem grauen Pullover, schlüpfte hinein und zog den rauhen Stoff behutsam über den Verband. Anschließend räumte er ein Stück auf Wheats ramponiertem altem Schreibtisch frei, schob die Schreibmaschine und die Lehrbücher zur Seite. Nachdem er die Kiste hochgehoben hatte, breitete er sein Arsenal auf dem Tisch aus: den .45er Armee-Colt Automatik, den schwarzen .38er Smith & Wesson Revolver, die Remington Schrotflinte Kaliber 20, die verschiedenen Schachteln mit Munition und Magazinen und mehrere Folien Maalox. Die Schrotflinte war tagsüber zu riskant. Er nahm das Schulterhalfter für die .45er und schnallte es über seine linke Brust. Während er das Halfter an die richtige Stelle zurechtschob, spürte er, wie sich eine Schlange in seinem Magen kringelte und am Rand seiner Wunde knabberte. Es war Zeit für eine Maalox.

Ken hatte sich das Blut bereits von seinem Oberkörper abgewischt und versorgte jetzt die Bißwunden auf seinem Hals mit der Desinfektionslösung. Seine Kleidung erlaubte ihm maximale Beweglichkeit und Schnelligkeit. Er versuchte seinen Körper nach dem Vorbild einer gehärteten Samurai-Klinge zu stählen. Er trug Blue Jeans und weiße Tennisschuhe. Wie ein *yakuza*, der sich auf den Kampf vorbereitete, wickelte er sich weißen Verbandsmull so straff und fest, wie es eben ging, um seinen Unterleib, ohne dabei sein freies Atmen zu beeinträchtigen. Falls er in den Bauch gestochen würde, dann würde dieser Verband verhindern, daß seine Innereien herausquollen. Somit war seine volle Funktionstüchtigkeit zumindest für ein paar weitere Minuten gewährleistet. Nachdem er das Ende des Mulls unter die vorangegangene Lage gesteckt hatte, nahm er sein dunkelblaues T-Shirt und zog es über, bedeckte die vielfarbigen Tätowierungen auf seinen Armen und seinem Rücken. Unter seinen Gürtel hatte er sich die einfache Holzscheide mit dem Kurzschwert des *yakuza*-Killers geschoben. Ken legte seine Hand auf die Holzscheide und sah Kilmer an, war dankbar darüber, daß seine Aufgabe nicht so emotional belastet war wie diejenige von Kilmer, und war auch dankbar dafür, daß seine Aufgabe kein Langschwert erforderte. Yakuza-Kodex: Eine Aufgabe ist eine Aufgabe. Yin: Seine Aufgabe wartete. Yang: Er war bereit.

Kilmer riß ein weiteres Päckchen Maalox auf. Sein rauhes, markantes Gesicht war aschfahl und blutleer. Während er mit einem Auge durch den schwarzen Stahllauf blickte und die sechs leeren Kammern untersuchte, zermalmte sein massiger Kiefer die Tablette. Mit wütender Entschlossenheit untersuchte er die erste Kugel und stieß sie in ihre Kammer. Die .38er befand sich in perfektem Zustand. George hatte für eine angemessene Feuerkraft gesorgt. Zumindest das konnte er zugunsten seines alten . . . Freundes sagen. Regel: *Halte es sauber*. Kilmer untersuchte die zweite Kugel und stieß sie in die nächste Kammer. Als er die dritte Kugel vom Tisch nahm, erlaubte er es sich, die gesamte Lage noch ein letztes Mal zu durchdenken. Axiom: Wenn ein Mann versucht, dich umzubringen, dann muß er vernichtet werden. Regel: Wenn ein Freund versucht, dich umzubringen, dann muß er hingerichtet werden. Sub-Regel: Er muß sofort und ohne jede Bosheit hingerichtet werden. Axiom: Ein Freund ist ein Freund.

Dusty öffnete die Türe einen Spaltbreit und steckte seinen Kopf herein. Dann trat er ganz ein und schloß die Türe hinter sich. Er hatte sich umgezogen und trug jetzt ein cremefarbenes mexikanisches Hemd, eine blaue Wildlederweste und blaue, bestickte Bellbottoms. Seinen Verband hatte er ebenfalls gewechselt. »Kilmer?«

Kilmer fuhr fort, den Revolver zu laden. »Was ist?«

»Ich gehe jetzt Hanako abholen. Dachte, ich sollte das erst noch mal mit dir abklären.«

Kilmer blickte kurz auf Dustys Kleidung. Seine Stimme war klar und hart. »Bring sie ohne Umwege direkt hierher. Halte wegen nichts und niemandem an. Und dann rührst du dich hier nicht mehr vom Fleck.«

»Okay.«

»Du hast deine .38er?«

Dusty klopfte auf das Schulterhalfter unter seiner blauen Wildlederweste. »Was macht deine Seite?«

»Ist schon in Ordnung. Nur eine kleine Fleischwunde.«

Dusty streckte seine Hand aus. »Tja, also bis dann, Kilmer.«

Kilmer schüttelte die Hand. »Wir sehen uns, Dusty.«

Während Kilmer dann weiter den Revolver lud, bot Dusty Ken die Hand an. *»Sayonara,* Tanaka-*san.«*

Ken nahm die ihm angebotene Hand nicht an. Sein ernstes Gesicht wirkte erschrocken und unbehaglich, gerade so, als wären Dustys Worte ein schlechtes Omen. Dann nickte er, sein Gesicht war wieder nur ernst und streng, seine Stimme fest, doch auch verständnisvoll. »Verabschieden Sie sich mit einem *sayonara* nur von jemandem, den Sie für lange Zeit nicht mehr wiederzusehen erwarten. Sie sollten statt dessen *ja mata* sagen.«

»Klar.« Dusty nickte und streckte wieder seine Hand aus. »*Ja mata*, Tanaka-*san*.«

Ken ergriff die Hand und schüttelte sie dieses Mal. »*Ja mata*, Mr. Dusty.«

Als Dusty den Raum wieder verließ, schob Kilmer die geladene .38er in das Schulterhalfter auf seinem Rücken. Dann richtete er das Halfter so lange aus, bis er mit einer einzigen schnellen Rückwärtsbewegung seiner linken Hand leicht an die Waffe kommen konnte. Er griff in die Munitionsschachteln und stopfte .38er-Kugeln in seine rechte Jackentasche, während er die .45er-Munition in die linke packte. Ken zog sich ein dunkelblaues Jackett aus leichtem Nylongewebe über, das die Schwertscheide vollständig verbarg. Kilmer stopfte sich eine Handvoll Maalox-Päckchen in die Innentasche seiner Jacke und blickte dann in Kens strenges, ernstes Gesicht auf. »Goros Sohn, dieser Tanaka Shiro . . . wie sieht er aus?«

»Sie haben ihn bereits einmal geshen.« Ken schwieg einen Augenblick und antwortete dann langsam. Seine Stimme war in diesem Moment alles andere als emotionslos. »Mittlere Statur, jung, ungefähr achtundzwanzig. Abgesehen von seinem kahlrasierten Schädel mit der Tätowierung einer schwarzen Spinne hat er keinerlei besondere Kennzeichen.«

»Was? Ist das der, der Ekos *kissaten* angegriffen hat?«

»*Hai.*«

Die Schrotflinte blieb auf dem Schreibtisch zurück. Die beiden Männer verließen das Arbeitzimmer, traten auf den Flur und gingen weiter zur Türe in Wheats Wohnzimmer. Wheat und Eko saßen auf dem Sofa. Taro spielte auf dem Fußboden mit einem Spielzeug-Feuerwehrauto. Alle schauten zu den beiden Männern auf, die jetzt mit grimmig entschlossenen Gesichtern Schulter an Schulter im Türrahmen standen. Taro blickte wieder auf den Boden, war mehr an seinem Feuerwehrauto interessiert. Wheat nickte langsam und sagte nichts.

Tanako Eko blieb absolut regungslos sitzen, blickte die beiden Männer mit ihren traurigen, ruhigen Augen geistesabwesend an. Eingerahmt von der breiten Holztüre sahen sie wie die erstarrten Gestalten eines Holzschnittes aus, wie zwei starrgesichtige Samurai, die auf den Tod vorbereitet waren. Und wieder hörte sie die Stimme ihrer toten Mutter: Das Schicksal der Frau ist es, schweigend zu leiden. Viele Jahre waren verstrichen, ehe sie die grenzenlose Reichweite dieser harten Worte verstand. Viele Jahre und viele Ereignisse. Zuerst – der eiskalte Winternachmittag, als der Brief Ken-*san* offiziell für tot erklärte; die rotglühende Sommernacht, als sich die Stadt und ihre Familie in Asche verwandelten; der regnerische Herbstmorgen, als das Baby auf die Welt kam; die Wintertage in den Bergen, als das Baby vor Hunger weinte. Und dann – die grauenhaften Monate, ehe sie Harry-*san* kennenlernte; die von panischem Schrecken ergriffene Woche, nachdem Ken-*san* zurückgekehrt war; die langen, stillen Jahre der Einsamkeit. Und jetzt – Ken-*san* und Harry-*san* standen dort, die Waffen des Todes bereit, auf ihren Gesichtern der Schatten des Todes und die Pflicht des Todes in ihren Augen. Und wieder einmal würden ihr nur diese herzlosen Worte bleiben: Das Schicksal eines Mannes ist es, für die Pflicht zu sterben, und das Schicksal der Frau ist es, schweigend zu leiden.

Ken und Kilmer nickten und sagten wie aus einem Mund: »*Ja mata*.«

»*Mat*«, erwiderte Wheat leise. »Viel Glück.«

Taro blickte kurz auf. »*Mata*.«

Eko sagte nichts. Die beiden starrgesichtigen Männer verließen den Holzschnitt und verschwanden auf dem Flur.

Dusty fuhr Wheats Toyota sehr langsam. Der Campus war voller umherlaufender Schüler und Studenten, die einfach überall gingen, selbst auf der Mitte der Hauptstraße des Universitätsgeländes. Die lachenden und herumalbernden Studenten beachteten seinen Wagen gar nicht, und Dusty wartete geduldig ab. Das, was er im Augenblick am allerwenigsten wollte, war ein Unfall. Nach und nach gingen die Studenten zur Seite und machten ihm Platz.

Die Aoyama Universität war ein sehr großes Gelände mit massigen Betonbauten, die eng aneinander gedrängt innerhalb einer hohen Mauer aus Hohlblocksteinen lagen. Obschon die tristen grauen Gebäude genau die gleiche Farbe wie der smogverschleierte bleierne Himmel hatte, wirkten sie durch die langen Reihen von Ahorn und Ulmen, die auf beiden Seiten der Campus-Allee angepflanzt worden waren, doch etwas freundlicher. Die dicken Baumstämme waren vollgekleistert mit bunten Flugblättern, Handzetteln und Schildern – einschließlich den Bildnissen von Che Guevara, William Shakespeare und Elvis Presley. Auf den Bänken unter den Bäumen saßen junge Pärchen, tranken Cola und flirteten miteinander.

Die Baseball-Mannschaft trottete auf die Turnhalle zu. Ihre Uniformen waren völlig verschwitzt. Hinter einem Stand am Bordstein saßen zwei Studentinnen und verkauften Eintrittskarten für irgendein Konzert. Auf den Eingangsstufen des Verwaltungsgebäudes, eines großen Baues mit einem hohen Glockenturm, zog eine Bande drohender, zorniger junger Männer ihr allwöchentliches Zerstörungsritual ab. Nachdem sie Tische und Stühle aus dem Gebäude herausgeschleppt hatten, zerschlugen sie das Mobiliar mit langen Stahlrohren. Sie trugen rote Helme, und ihre Gesichter waren mit weißen Handtüchern vermummt. Ein Student hatte eine Handtuch herabgezogen und brüllte ein wütendes Stakkato in ein Megaphon, verurteilte und brandmarkte den japanischen und amerikanischen Imperialismus. Neben ihm standen die tödlichen Eisenrohre, führten sie mit derselben Geschicklichkeit, als würden sie statt dessen Samurai-Schwerter schwingen. Unter ihren gezielten, präzisen Schlägen zersplitterte das Mobiliar in tausend Stücke. Die übrigen Studenten ignorierten dieses Spektakel, stiegen einfach über den Schutt und die Trümmer hinweg, um in das Gebäude hineinzugelangen.

Dusty fand Hanakos Schule, ein neues Ziegelgebäude, schließlich in der entlegensten Ecke des Campus-Geländes. Vor einem Metallschild mit der Aufschrift: »Aoyama Girl's High School« hielt er dann an. Auf dem angrenzenden Tennisplatz spielten einige Mädchen trotz der drückenden Hitze Volleyball. Ein Teenager mit dicken Brillengläsern und einem braunkarierten Hemd hockte auf den Eingangsstufen und beobachte die

Mädchen. Auf seinem Schoß lag ein Stapel Schulbücher. Der Schüler beobachtete dann aufmerksam, wie Dusty aus seinem Toyota stieg und über die Treppe das Schulgebäude betrat.

Leise ging Dusty den langen Korridor hinab, achtete sorgsam darauf, daß seine schweren Boots auf dem Boden nicht klackerten. Schließlich fand er Hanakos Klassenraum am Ende des Ganges. Als er durch das kleine Fenster in der Türe in die Klasse hineinblickte, sah er die mit englischen Sätzen beschriebene Tafel. Als er sich dichter vor die Tür stellte, sah er jetzt auch Hanako, die etwas auf diese Tafel schrieb. Auf ihren Händen bemerkte er weiße Kreideflecken. Sie trug einen sauberen, cremefarbenen Rock, eine adrette smaragdgrüne Bluse und ein dazu passendes Band in ihrem Haar. Ihre glänzenden, schwarzen Haare hatte sie über ihre Schulter auf den Rücken geworfen. Dann wandt sie sich wieder der Klasse zu, und Dusty spürte, wie sein schlummerndes Verlangen durch den Anblick der fließenden Bewegungen ihres geschmeidigen Körpers unter diesen eleganten Kleidern geweckt wurde.

Dusty beobachtete sie genau, war überrascht, wie sehr er sich freute, sie wiederzusehen, war verzaubert und tief beeindruckt. Hanako sprach zuversichtlich und selbstsicher, ließ sich nichts davon anmerken, daß sie erst vor zwei Tagen einen *yakuza*-Angriff miterlebt hatte. Obschon sie ihre Schüler offenbar vollkommen fest im Griff hatte, war sie doch rücksichtsvoll und vergnügt. Die Reihen schüchterner Mädchen in weißen Schuluniformen mit ihren aufgeweckten, heiteren Gesichtern beobachteten ihre Lehrerin aufmerksam und versuchten ganz offensichtlich, der strahlenden Selbstsicherheit ihrer jungen Lehrerin nachzueifern.

Plötzlich spürte Dusty einen wachsenden Druck in seiner Blase, ging leise den Korridor hinunter und drückte die Schwingtüre mit der Aufschrift »Lehrpersonal-Toilette« auf. Vor der linken Wand der leeren Toilette befanden sich fünf Pissoirs. Er stand einen Augenblick lang vor dem Pissoir unmittelbar neben der Türe und wollte gerade wieder seinen Reißverschluß hochziehen, als sich urplötzlich und unerwartet von hinten eine schwere Hand auf seine Schulter legte. Dusty wirbelte herum. Sein Gesicht war vor Schrecken erstarrt, seine Hand fuhr blitzschnell zu der verborgenen .38er. Und dann hielt er mitten in seiner Bewegung inne, begann erleichtert schallend zu lachen. Die Hand auf seiner Schulter gehörte einem jungen Schüler, demjenigen mit den dicken Brillengläsern und dem karierten braunen Hemd von der Eingangstreppe.

»Entschuldigen Sie bitte«, sagte der Schüler zögernd, ganz offenbar durch Dustys unerwartetes Lachen verunsichert. »Darf ich das Englisch mit Ihnen sprechen?«

»Klar doch«, sagte Dusty und kicherte immer noch, während er sich den Urin von seinen Bellbottoms wischte und den Reißverschluß endgültig hochzog.

»Wie rang sind Sie schon in Japan?«

»Zu rang.«

»Oh, das ist aber nett«, erwiderte der nüchtern dreinblikkende Schüler sofort. »Und wie gefällt Ihnen Japan?«

»Zuviele Schüler, die kein anständiges Englisch sprechen.«

»Oh, das ist aber nett. Sind Sie der Amerikaner?«

»Yeah, alle anderen sind Schwindler.«

»Oh, das ist aber nett. Was ist Ihre Heimatstadt?«

»Disneyland.«

»Das ist nett. Was ist Ihr Hobby?«

Dusty deutete nach unten. »Auf meine Hosen zu pissen.«

»Oh, das ist aber nett . . .«

Zunehmend mehr über die Unfähigkeit, vernünftig miteinander zu sprechen, frustriert, packte Dusty spontan die Hand des Studenten, ehe er seine nächste Frage abfeuern konnte, und begann um ihn herum zu tanzen. Indem er die Aussprache des Schülers imitierte, sang er: »Oh, das ist aber nett. Oh, das ist aber nett.« Der Schüler drehte sich langsam mit, starrte ihn mit aufgerissenem Mund an. Dusty grinste breit und steigerte sein Tempo, hüpfte schneller, sang mit wachsender Inbrunst und Begeisterung, bis er schließlich wieder stehenblieb und keuchend sagte: »Lächelst du eigentlich nie, Kumpel?«

Der Schüler starrte ihn einfach nur an. Seine Augen traten hinter seinen dicken Brillengläsern stark hervor.

Dusty grinste und klopfte ihm auf die Schultern. »Hör zu, Kumpel, ich habe mich wirklich toll amüsiert, aber ich küsse nie beim ersten Rendezvous. Also *ja mata.*«

»Ich verstehe nicht.«

»Eines Tages werden wir uns sogar noch viel mehr amüsieren.«

»Ich verstehe nicht.«

»Domo. Domo. Ja mata.« Dusty nickte kurz und spazierte mit einem letzten Winken aus der Türe.

»Baka bakkari na«, brummte der Schüler leise, schüttelte seinen Kopf und starrte auf die Türe. »Die Amerikaner spinnen doch alle.«

Tanaka Ken parkte den KXL am Bordstein vor Tanners Apartment-Haus. Das Tageslicht begann bereits langsam zu verblassen. Kilmer riß den Türgriff hoch und sagte: »Warten Sie fünf Minuten, und dann verschwinden Sie.«

Ken nickte knapp.

Kilmer betrat den Bürgersteig. Das taube Gefühl in seiner rechten Seite beeinträchtigte seine Bewegungsfähigkeit nicht. Ohne nach links und rechts zu blicken, marschierte Kilmer direkt auf den Hauseingang zu. Er sah nicht einmal zu Tanners Fenstern hoch. Er drückte die Glastüre auf und trat in das Foyer des Hauses. Er ignorierte den Fahrstuhl, ging schnurstracks auf das Treppenhaus zu und begann die vier Betontreppen hinaufzugehen. Er bewegte seine Beine in einem methodischen Rhythmus. Er atmete gleichmäßig und ruhig. Er konzentrierte sich auf seine mechanischen Bewegungen, auf den gleichmäßigen Rhythmus seiner Beine, und löste so einen Schneeballeffekt aus, der seine Kraft mit jeder weiteren Stufe wachsen ließ. Mit jedem Schritt verwandelte er sich mehr und mehr in eine Maschine, in ein eiskaltes Instrument der Gerechtigkeit. Kein Halten, kein Zögern, keine Pause – es gab nur noch eine einzige Vorwärtsbewegung. Stufe für Stufe, Schritt für Schritt. Er erreichte den Absatz der vierten Etage. Sein innerer Elan überwältigte alles andere. Ein Bote des Todes.

Der Flur war leer. Kilmer ging weiter, zog mit der rechten Hand seine .45er und hielt sie hinter seinen Rücken. Bereit für alles. Vor Tanners Wohnungstüre blieb er stehen und klopfte dreimal an. Er stand vollkommen regungslos da, doch seine innere Kraft baute sich weiter und immer mehr auf.

Die Türe wurde einen Spaltbreit geöffnet. Die Sicherheitskette war vorgelegt. In dem Spalt erschien das Gesicht von Tanners bulligem Chauffeur.

»Harry Kilmer hier. Ich will einen Augenblick mit George sprechen.«

Die Türe wurde wieder geschlossen. Die Kette wurde zurückgeschoben. Mit der Linken griff Kilmer hinter seinen Rücken, zog die .38er und drückte dann beide Läufe ging die lackierte Oberfläche der Holztüre. Die Türe öffnete sich zwanzig Zentimeter weit. Ein vernickelter Revolver tauchte in dem Spalt auf.

Kilmer zog beide Abzüge durch. Die gewaltigen Geschosse schlugen ein klaffendes Loch in das Holz, schleuderten die Türe weit auf. Ausgestreckt auf seinem Rücken lag der Chauffeur knapp zwei Meter weit in die Diele hinein. Sein Bauch war feucht und rot. Auf dem Korridor vor der Wohnung hallte das Echo der ohrenbetäubenden Explosion nach.

Kilmer ging mit großen Schritten weiter. Direkt in das große Wohnzimmer. Mit seiner rechten Hand hielt er die .45er auf Armeslänge vor sich. Wie die Kanone eines Panzers wies sie ihm den Weg. Unter der vorgestreckten .45er ließ er die .38er immer wieder von links nach rechts wandern, sicherte seine Flanken gegen feindliche Angriffe ab, während er unaufhaltsam weiterging.

Es waren zwei Männer. Ein *yakuza*-Leibwächter kauerte hinter dem Zebra-Sofa. Ein amerikanischer *Mafioso* bewegte sich auf die nach hinten hinaus liegenden Schlafzimmer neben Tanners Büro zu. Und beide richteten große Pistolen auf ihn.

Blitzschnell feuerte Kilmer zweimal hintereinander die .45er ab. Augenblicklich stanzten die Kugeln zwei Löcher in das Zebrafell und warfen den *yakuza* taumelnd zu Boden. Ohne auch nur eine Sekunde stehenzubleiben, schwang Kilmer die .38er auf den Amerikaner und gab zwei hastig gezielte Schüsse ab. Die erste Kugel schlug in die Schulter des Amerikaners, wirbelte ihn seitlich herum; die zweite explodierte in seinem Ohr, schleuderte seinen Körper gegen die Wand und schlug ihn dann auf den Boden.

Plötzlich öffnete sich die Türe des Arbeitszimmers und wurde sofort wieder geschlossen, nachdem ein knurrender Deutscher Schäferhund durch den Spalt hinausgeschickt worden war. Der große Hund schoß quer durch den Raum. Seine Fänge glänzten. Und dann setzte er zu einem wütenden Sprung auf Kilmers Kehle an. Ohne sein Tempo zu verlangsamen, jagte Kilmer dem Tier eine .45er-Kugel in die Lungen. Die hämmernde Wucht des Schusses wirbelte den Schäferhund mitten in der Luft herum und schleuderte ihn mit dem Kopf voran auf den Boden. Kilmer machte einen großen Schritt über den toten Hund und setzte unbeirrt seinen Weg auf die Türe zu Tanners Arbeitszimmer fort. Während er durch den langen Raum ging, hallte seine eiskalte Stimme von den Wänden zurück.

»Lieutenant Tanner.«

Er hob ein Bein und trat die Türe mit einem kraftvollen Tritt ein. Und dann, im Türrahmen, brachte er seine unaufhaltsame Vorwärtsbewegung schließlich zum Stehen. Absolut regungslos stand Kilmer einfach da. Beide Waffen streckte er vor sich aus.

George Tanner war allein. Er stand hinter dem großen Schreibtisch. Der Schweiß lief ihm in Strömen über sein bleiches Gesicht. Seine Augen waren wie die Augen eines Blinden: milchigtrübe Teller, in denen die nackte Angst schimmerte. Eine kleine »Westentaschenpistole« Kaliber .25 wackelte unsicher in seiner Hand.

Kilmer brach das Schweigen. »Laß sie fallen, George.«

Tanner legte die Waffe mit zittrigen, nervösen Fingern auf den Schreibtisch. Er versuchte ruhig zu sprechen, doch seine Stimme bebte, erinnerte an eine Tonbandaufnahme, die mit schwankenden Bandgeschwindigkeiten abgespielt wurde.

»Harry, alter Freund, Poker-Kumpel, Sergeant, Harry. Oh, Harry, bitte!«

Kilmer blickte zu Boden. Während Tanner weiter plapperte, riß er das halb verschossene Magazin aus der .45er, ließ es auf den Boden fallen und drückte mit einem deutlich hörbaren Klicken ein frisches Magazin hinein. Er blickte wieder auf und strecke die .38er in das Halfter hinter seinem Rücken.

Der Schrecken und die panische Angst in Tanners Augen breitete sich über sein ganzes Gesicht aus. Heftig zitternd wich er langsam rückwärts zurück, stieß gegen die Glasvitrine hinter seinem Rücken, zerschmetterte das Glas und warf das Modellschiff mit einem lauten Krachen auf den Boden. Seine Schultern bebten völlig unkontrolliert. Sein schrilles, gekreischtes Flehen verwandelte sich in ein tiefes Knurren. »Die Vergangenheit, Harry. Denk doch nur an die Vergangenheit. Gottverdammte Hundescheiße! Das kannst du doch nicht machen, Harry! Das kannst du nicht!«

Kilmer rührte sich nicht. Er hob die .45er und richtete sie langsam genau auf Tanners Herz. Als er zu sprechen begann, klangen seine Worte abgehackt, metallisch, monoton. »Sieben, George. Die vollkommene Zahl.«

Tanner machte einen Satz und versuchte die .25er auf seinem Schreibtisch zu erreichen.

Kilmer zog den Abzug durch. EINS. Die gewaltige Ladung hämmerte Tanners Rücken gegen die Wand, riß seinen Arm in krampfartigen Zuckungen hoch über seinen Kopf. ZWEI. Sein Mund sprang weit auf, doch der tosende Donner des Schusses verschluckte den Schrei. DREI. Langsam rutschte der blutende Torso die Wand hinunter, zuckte jedesmal wie eine Marionette, wenn eine Kugel in sein Herz schlug. VIER. Lautlos zählte Kilmer jeden Schuß, hielt nur kurz inne, um neu zu zielen und die .45er zu senken, folgte Tanners Herz auf seinem langsamen Weg auf den Boden. FÜNF und zielen SECHS und zielen SIEBEN.

Kilmer stand absolut still, als wäre er gelähmt. Seine Lippen fest aufeinander gepreßt, die .45er vor sich ausgestreckt. Rauchwolken wehten aus dem Lauf über den Schreibtisch.

Über die Wand zog sich eine rote Blutspur. Der verdrehte Klumpen auf dem Fußboden stieß gurgelnd eine Blutfontäne aus, bespritzte die Glasscherben. Der Klumpen hörte auf zu zucken. Kilmer senkte seinen Arm. Das Echo der Schüsse prallte von den Wänden zurück. Verbranntes Pulver würzte die Luft. Träge dahintreibende Rauchwolken verliehen dem Raum die Atmosphäre wie bei einem Marathon-Pokerspiel. Der Spieler auf dem Fußboden lebte nicht mehr, war kein Mensch mehr, war nicht mehr George.

Kilmer machte auf dem Absatz kehrt. Ohne noch einmal zurückzublicken, ging er schnell durch die Wohnung, den langen Korridor hinunter und die Treppen hinab. Seine schweren Schuhe schlugen einen schnellen Rhythmus auf die Betonstufen. Nachdem er die .45er wieder in ihr Holster geschoben hatte, betrat er das Foyer, stieß die Türe auf und verließ das Haus.

Kilmer kniff seine Augen in dem noch einmal auflodernden verblassenden Tageslicht fest zusammen und suchte schnell die nähere Umgebung ab: dichter Verkehr – Ken ließ den Motor seines Wagens bereits laufen – der Bürgersteig verstopft mit drängelnden Fußgängern – zwei graue Polizeiuniformen, die sich durch die Menge auf das Gebäude zuschoben – zu beschäftigt, als daß sie ihn bemerkten.

Schnell überquerte er den Bürgersteig, riß die Beifahrertüre des dunkelblauen KXL auf und sprang in den Wagen. Als er die Türe zuschlug, stürmten die beiden Polizisten über den Parkplatz auf den Seiteneingang des Gebäudes zu. Der KXL fädelte sich sofort in den zähen Fluß des Rush-hour-Verkehrs ein.

Kilmer starrte unverwandt nach vorne und sah nichts, nicht einmal die Windschutzscheibe. Sein Rückgrat wollte sich nicht entspannen. Seine Muskeln wehrten sich hartnäckig gegen die unvermeidliche Strafe für äußerste Anspannung. Er schloß seine Augen. Kilmer beugte sich vor und steckte seinen Kopf zwischen seine Beine. Langsam, mühsam, atmete er ein und aus. Lange, tiefe Züge. Schließlich, nach vielen tiefen Atemzügen, löste sich ganz tief in seinem Inneren ein stöhnender tiefer Schrei.

10

Befolge nicht die Alten Meister.
Befolge, was die Meister befolgten.
Basho (1644 – 1694)

Tokio verging weiter vor Hitze. Die untergehende Sonne, kaum durch den metallischen grauen Smog zu erkennen, schaffte es, ein halbkreisförmiges Stück des westlichen Horizontes zu erhellen, was der Stadt ein trostloses fluoreszierendes Glühen verlieh. Doch das verblassende Tageslicht brachte keinerlei Erholung von der trägen, drückenden Hitze.

In Wheats Wohnzimmer war es vollkommen still. Heißes, trübes Licht drang lautlos durch die weißen Vorhänge. Dusty und Hanako hatten sich seit ihrer Rückkehr unablässig miteinander unterhalten, doch jetzt befand sie sich in der Küche und brühte Kaffee auf.

Wheat und Eko saßen in den dicken Polstersesseln vor dem Sofa und warteten schweigend auf Harrys und Kens Rückkehr. Auf dem Schachbrett zwischen ihnen standen zwei Tumbler mit Whiskey on the rocks. Wheat trug eine rote Baseball-Mütze und eine Nickelbrille. Er lehnte sich seitlich aus seinem Sessel, knipste die Stehlampe an, legte seine Füße auf den Couchtisch und versuchte sich zum wiederholten Male auf die Seminararbeiten seiner Studenten zu konzentrieren, die auf seinem Schoß lagen. Eko trug ihr himmelblaues Kleid mit den weißen Pflaumenblüten. Sie blickte wieder herab und konzentrierte sich schweigend auf den halbfertigen dunkelblauen Pullover, den sie gerade für Taro strickte.

Dusty und Taro saßen nebeneinander auf dem alten, ausgesessenen Sofa. Taro fuhr mit seinem roten Plastik-Feuerwehrauto immer wieder Dustys Oberschenkel herauf und herunter. Dusty hatte seine Wildlederweste und das Schulterhalfter ausgezogen und die Ärmel seines cremefarbenen mexikanischen Hemdes bis über die Ellenbogen hochgekrempelt. Sein linker Arm hatte einen frischen Verband bekommen. Auf dem Beistelltisch direkt neben seinem rechten Arm lag seine geladene .38er.

Taro stieß plötzlich seinen Feuerwehrwagen gegen den Verband, blickte schnell zu Dusty auf und entschuldigte sich sofort. *»Gomen ne.«*

»Ist schon okay«, erwiderte Dusty, lächelte und streckte seinen steif gewordenen Arm über der Rückenlehne des Sofas aus. Als er gekommen war, hatte Taro ihn mit »Onkel Dusty« begrüßt. Taro hatte lachen müssen, als Dusty ihn bei der Erwiderung seiner Begrüßung »Onkel Taro« genannt hatte. Seitdem war Taro nicht mehr von seiner Seite gewichen.

Eine Kaffeetasse in jeder Hand kehrte Hanako durch die breite Türe in das Wohnzimmer zurück. Höflich lächelnd reichte sie ihm eine der beiden Tassen über Taro hinweg.

»Dozo.«

»Domo.« Dusty trank einen vorsichtigen Schluck – viel zu heiß – und stellte die Tasse neben seiner Waffe auf dem Beistelltisch ab.

Hanako setzte sich neben Taro und, nachdem sie ebenfalls vorsichtig an ihrem Kaffee genippt hatte, blickte Dusty an. »Bitte erzählen Sie mir doch mehr von diesen amerikanischen Handzeichen.«

»Klar.« Dusty bildete mit seinem Daumen und Zeigefinger einen Kreis. »Das bedeutet okay, okey-dokey, alles bestens.«

Hanako nickte. Ihre hübschen Augen blitzten interessiert auf.

Mit zwei Fingern machte Dusty ein »V« und sagte: »Das bedeutet Frieden.« Dann ballte er eine Faust und hob sie über seinen Kopf. »Und das bedeutet Student oder Black Power oder Schwarze Revolution.«

Hanako nickte wieder, wirkte jedoch ganz so, als wartete sie auf mehr.

»Tja, ich glaube, das war's dann wohl auch schon, Hanako. Mehr fällt mir nicht mehr ein.«

»Domo«, sagte sie höflich. In ihren Augen lag so etwas wie Enttäuschung.

Dusty drehte seinen Kopf nach rechts, griff nach seiner Tasse. Irgendwie war er über ihre Reaktion verwundert und fragte sich, ob sie an ihm wohl ebenso interessiert war wie an Handzeichen.

»Was bedeutet denn dieses Zeichen, Dusty?«

Dusty blickte über seine Schulter und blinzelte erstaunt. Langsam drehte er sich wieder ganz zu ihr um und starrte sie mit offenstehendem Mund groß an. Er konnte einfach nicht glauben, was seine Augen da sahen. Hanako, mit einem unschuldigen Lächeln auf ihrem hübschen Gesicht, zeigte ihm den Finger!

»Ich habe das in dem Film *Easy Rider* gesehen. Keiner in der Schule weiß, was dieses Zeichen zu bedeuten hat.«

Dusty, vollkommen perplex, versuchte sich das Lachen zu verkneifen, doch er begann so herzhaft zu kichern und zu glucksen, daß er sich verschluckte und einen roten Kopf bekam. Er räusperte sich und drehte sich dann mit einer hilflosen Geste zu Wheat um, der ihm beistehen sollte. Wheat sagte jedoch gar nichts, sondern zog nur zutiefst amüsiert an seiner Baseball-Mütze. Dusty rieb sich nervös sein Kinn und blickte Hanako wieder an. Er rieb sich immer noch sein Kinn, als urplötzlich und ohne jede Vorwarnung die Haustüre mit einem donnernden Krachen zersplitterte. Schwere Schritte hasteten über den Flur. Erschrocken starrten sie alle auf. Ihre Gesichter waren starr vor Entsetzen.

Zwei *yakuza* in dunklen Anzügen stürzten in die breite Wohnzimmertüre, hatten ihre Waffen erhoben. Der erste, seine Augen blitzten, hielt eine kleine Pistole in der Hand. Der zweite, den nackten Stahl eines Langschwerts schwingend, war Tanaka Shiro. Auf seinem kahlrasierten Schädel glänzte die schwarze Spinne. Der *yakuza* mit der Pistole stolzierte mitten in den Raum hinein und richtete seine Waffe auf Dusty. Shiro brüllte: »Tanaka Ken!«

Hastig griff Dusty nach seiner .38er, tastete mit seinen Fingern fieberhaft über den Beistelltisch, verschüttete heißen Kaffee über seine Hand und fand schließlich den schlüpfrigen Knauf des Revolvers.

Der erste *yakuza* gab einen Schuß auf Dustys Rücken ab. Flammen sprangen aus dem Lauf der Waffe. Die Kugel schoß vor Hanakos Augen vorbei. Taro stöhnte auf und stürzte nach vorne über den Couchtisch. Aus seinem Hals sprudelte Blut. Der *yakuza* zielte wieder, sorgfältiger diesmal.

Dusty wirbelte herum, umklammerte die .38er, ließ sich blitzschnell auf ein Knie fallen, zielte sofort über den auf seinem Bauch liegenden Taro hinweg und jagte dem *yakuza* schnell hintereinander drei Kugeln in den Bauch. Das Wohnzimmer donnerte, und der *yakuza* brach vornüber zusammen.

Shiro sprang über den fallenden Körper, landete auf dem Couchtisch und ließ sein blankes Schwert auf Dusty herabsausen. Als das Langschwert nach unten zuckte, brach der Couchtisch, der sich unter Shiros Gewicht bereits durchgebogen hatte, krachend zusammen. Noch ehe Dusty zielen konnte, trennte das blendende Schwert seine Hand am Handgelenk ab. Augenblicklich wurde die über einem Meter lange Klinge in die Bereitschaftsposition zurückgerissen und stieß, aufblitzend, direkt nach vorn. Als Dustys linke Hand nach der .38er greifen wollte, bohrte sich der rasiermesserscharfe Stahl tief in seinen Bauch, machte wie ein durch Pappe getriebener Eispickel ein knirschendes Geräusch, und glitt durch seinen Unterleib, bis das Heft des Schwertes gegen Dustys weißes mexikanisches Hemd stieß. Mehr als sechzig Zentimeter Stahl ragten aus seinem Rücken. Die Spitze der Klinge durchbohrte den Teppich hinter ihm und grub sich fast zehn Zentimeter tief in den Hartholzboden. Dustys strahlend blaue Augen sprangen weit auf, sahen nichts außer der grauenhaften schwarzen Spinne.

Eko stürzte sich nach vorn, warf sich über Taro auf den zusammengebrochenen Couchtisch, drückte seinen blutgetränkten Kopf an ihren Busen und beschützte seinen schlaffen Arm mit ihren eigenen. Mit zwei kräftigen Rucken zerrte Shiro die Klinge aus Dustys Bauch, wirbelte dann sofort herum und hob genau in dem Augenblick den rot glänzenden Stahl hoch über Ekos Kopf, als urplötzlich eine stählerne Stimme durch den Raum hallte.

»Yamero!«

Kato Sho stand in seinem schwarzen Kimono und mit seinem schwarz lackierten Langschwert in der Türe. Er blickte in den Raum, wußte, daß falls Kilmer und Ken im Hause wären, sie jetzt bereits kämpfen würden. Da der junge Amerikaner nun tot war, war ihre Arbeit hier beendet. Kato bedeutete Shiro mit einer barschen Handbewegung, daß er den Raum sofort verlassen sollte.

Shiro schüttelte seinen Kopf und holte mit der Klinge so aus, als wolle er die anderen angreifen. Kato riß sein Schwert zehn Zentimeter weit aus seiner schwarz lackierten Scheide. Beim Anblick von Katos Klinge stapfte Shiro sofort quer durch den Raum und ging den Flur hinunter. Kato betrat langsam das Wohnzimmer, schob sein Schwert zurück in die Scheide und hob die Pistole des toten *yakuza* auf. Nachdem er sich wieder aufgerichtet hatte, blickte er Wheat kurz an, nickte knapp und verließ das Haus.

»O mein Gott«, flüsterte Dusty. Sein bandagierter Arm umklammerte den blutigen Stumpf seines amputierten Armes. Der hellrote Fleck breitete sich schnell über sein weißes Hemd aus. Das rotglühende Chaos in seinen Innereien heulte wie ein tosender Hochofen. Seine weit aufgerissenen Augen sahen einen grellen Ball absoluter Schwärze. In der Schwärze befand sich ein dunkler Wald . . . In dem Wald stand seine Ex-Frau und winkte ihm zu . . . Über dem finsteren Wald, dahintreibend wie eine dunkle Gewitterwolke, schwebte das Haus seiner Kindheit, und draußen auf der Veranda standen seine Eltern und sagten ihm, daß es an der Zeit war, ins Bett zu gehen . . . Und sie alle trugen die gleiche Maske: das zerbrechliche, glänzende Gesicht einer schwarzen Spinne.

Die hereinbrechende Dunkelheit war tiefer geworden und verschluckte auch die letzten Spuren des verblassenden Tageslichtes, als der KXL neben der Ziegelmauer um Wheats Grundstück anhielt. Ken schaltete die Scheinwerfer aus, und die beiden Männer steigen aus dem Wagen in die finstre Dunkelheit. Als sie in das offenstehende Tor traten, sahen sie die Lichtstreifen, die aus der Haustüre in die Nacht fielen. Dann erkannten sie, daß die große Eichentüre nicht einfach geöffnet war, sondern von oben bis unten eingeschlagen worden war. Die zersplitterte linke Türhälfte hing immer noch an ihren Scharnieren. Ken riß seine dreißig Zentimeter lange Klinge heraus. Kilmer zückte blitzschnell beide Schußwaffen. Seine Blicke schossen durch die dunklen Schatten in Wheats Vorgarten. Ken lief los, und Kilmer folgte ihm. Sie stürzten durch die zerschmetterte Türe und liefen dann mit schlagenden Schritten den Flur hinunter. Das Licht, das aus der weit offenstehenden Wohnzimmertüre fiel, zeigte, daß der Boden des Flures mit geronnenem Blut glasiert war. Es glänzte und glitzerte wie eine rote Eisfläche. Als die beiden Männer nebeneinander in der breiten Türe stehenblieben, standen sie mit ihren Schuhen in Blut und starrten ungläubig in den Raum hinein. Ihre Augen bewegten sich kaum, und ihre Waffen zuckten nutzlos in ihren Händen.

Das Wohnzimmer war wie eine grelle Photografie. Nichts bewegte sich. Ein karges Tableau des Blutes und des Todes. Direkt vor ihren Füßen lag der tote *yakuza* mit dem Gesicht nach unten in der riesigen Blutlache. Wheat kniete hinter dem zerschmetterten Couchtisch auf dem Boden. Seine Hand lag auf Dustys Augen. Dusty selbst lag ausgestreckt auf dem grünen Teppich, umgeben von Lachen feuchten Blutes. Sein weit offenstehender Mund entblößte dunkelrote Zähne. Seine abgetrennte Hand lag in einer zähflüssigen Pfütze neben seinem Stiefel, umklammerte immer noch den .38er Revolver. Eko saß auf dem durchgesessenen grünen Sofa, starr vor Entsetzen, empfindungslos und taub. Ihre Augen waren glasig, ihre steifen Arme preßten Taro an ihren Busen. Taros kleine Arme waren kreuz und quer mit Streifen getrockneten Blutes überzogen. Sein Gesicht war von dem halbfertigen dunkelblauen Pullover bedeckt. Durch das blutgetränkte, triefende nasse Garn waren die Konturen seiner Stirn, seiner Nase und seines Kinns zu erkennen. Hanako lag bewußtlos auf dem Sofa, ihr Kopf auf dem Schoß ihrer Mutter. Sie umklammerte Taros gebeugte Knie. Dunkelrotes Blut tropfte von dem triefnassen blauen Pullover und verschwand in ihrem zerzausten schwarzen Haar.

Kens starke Hand umklammerte wie ein Schraubstock seine Schwertscheide. Seine Knöchel standen weiß hervor. Kilmer stand absolut bewegungslos da, hatte Angst, sich zu bewegen, fühlte sich wie ein Eindringling, der etwas sah, was niemals jemand sehen sollte. Seine Stimme stockte, als würden Worte diese Szene wie einen bösen Alptraum Wirklichkeit werden lassen. Dann schluckte er schwer, räusperte sich und sagte mit trockener, monotoner Stimme:

»Wer hat das getan, Ollie?«

Wheat rührte sich nicht, war völlig benommen. Seine Knie lagen in Dustys Blut.

»Ollie, Ollie?«

Langsam hob er seinen Kopf, dann blinzelte Wheat und richtete seine wässrigen Augen auf die beiden Männer in der Türe. »Harry? Sie sind tot, Harry!«

Kilmer trat gegen den toten *yakuza.* »Wer sonst noch?«

»Sie waren beide schon tot, ehe ich einen Krankenwagen rufen konnte.«

»Wer hat das gemacht?«

»Ein junger *yakuza«*, sagte Wheat und wischte sich seine blutigen Hände an seiner roten Baseball-Mütze ab. »Mit einer Spinnen-Tätowierung auf seinem Kopf. Der dritte war älter – ein großer Mann in einem schwarzen Kimono mit einer weißen Schärpe. Er hat den jüngeren daran gehindert, uns alle zu töten.«

»Bist du in Ordnung, Ollie?«

Wheat nickte langsam.

Kilmer drehte sich auf dem Absatz um, ging den blutverschmierten Flur hinunter und betrat Wheats Arbeitszimmer.

Ken schob sein Schwert in die Scheide zurück. Nachdem er über den toten *yakuza* gestiegen war, ging er langsam auf Eko zu. Die weißen Blüten auf ihrem Kleid waren mit dunkelrotem Blut befleckt. Er beugte sich vor, berührte zärtlich ihre Schultern. Doch ihre Augen bewegten sich nicht. Er legte seine Hand auf den blutdurchtränkten Pullover und hob ihn vorsichtig von Taros Gesicht. Die weiße, fahle Haut war blutverschmiert. Seine Augen waren geschlossen. Ekos blutige Fingerabdrücke waren auf dem blutverschmierten kleinen Gesicht deutlich zu sehen. Auf seinem Hals befanden sich zwei Wunden: Das Einschußloch war ein kleiner roter Punkt, doch die Austrittsöffnung war mehr als fünf Zentimeter groß.

Absolut starr dastehend, blickte Ken in das tote und verstümmelte Gesicht seines Sohnes herab. Plötzlich begannen seine starken, muskulösen Arme unkontrolliert zu zittern. Seine rechte Hand ballte sich zur Faust und wrang Blut aus dem Pullover. Mit der linken Faust schlug er die Schwertscheide heftig gegen seinen Oberschenkel. Der Name des Toten kam als ein tiefes Knurren aus seiner Kehle. »Taro-*chan.*« Fleisch von meinem Fleisch. Blut von meinem Blut. »Taro-*chan.*« Abgeschlachtet wie ein Hund. Ermordet von Hunden. Ken schloß seine Augen und sah den Raum in züngelnde rote und blaue Flammen explodieren. In seinem Bauch brach ein alles verzehrender, heftiger Schmerz auf. Heißer Mageninhalt stieg in einem mächtigen Schwall in seinen Mund. Er biß die Zähne zusammen und schluckte es wieder hinunter. Der sengende Schmerz trat und schlug in seinen Innereien wütend um sich, begann den Kern seiner Kraft zu verzehren, versengte das Eisen seiner Selbstdisziplin, lud ihn ein, sich selbst mit Trauer zu lähmen und mit Wut zu blenden. Wieder jagte heißer Mageninhalt seine Kehle hinauf, und wieder schluckte er es mit zusammengebissenen Zähnen herunter. Er ballte seine Fäuste, zwang seine Arme dazu, nicht mehr zu zittern. Indem er jede Faser seines Körpers mit brutaler Gewalt anspannte, erstickte er den rasenden Schmerz und hielt dessen Macht und Gewalt für den geeigneten Augenblick zurück. Sein Bauch zog sich zusammen und wurde wieder ruhig. Er öffnete seine Augen, und der Raum war wieder still und ruhig.

Er ließ den Pullover achtlos fallen und legte seine Hand fest auf Taros blutiges Gesicht. Und er spürte, wie die Kraft und die Reinheit der unerfüllten Männlichkeit seines Sohnes in seinen Arm flog. Als er seine angespannten dunklen Finger tief in Taros schlaffes Fleisch drückte, sah er, was eigentlich vorbei sein sollte, kommen. Zwei Möglichkeiten: Yin oder Yang. Sinnlosigkeit oder Fanatismus. Feige Kapitulation oder wahnsinniger Zorn. Die Alternativen der billigen, miesen *yakuza*. Der Weg des Hundes: den Schwanz einkneifen oder wie tollwütig angreifen. Es blieb nur noch ein anderer Weg. Der Weg des Schwertes.

Als Ken seine Augen wieder schloß, sah er ganz klar vor sich, was getan werden mußte; sah das Ungleichgewicht, das er ausgleichen mußte; sah die Ungerechtigkeit, die er berichtigen mußte. Yakuza-Kodex: Schütze die Unschuldigen. Doch der Unschuld war der Genickschuß gegeben worden. Pflicht: Der Tono Clan mußte die Schuld des Todes bezahlen. Noch vor Morgengrauen mußte Shiro sterben. Er mußte den Schwur brechen, den er Goro geleistet hatte. Yakuza-Kodex: Ein Schwert ist ein Schwur. Pflicht: Er selbst mußte vor Tagesanbruch sterben.

Ken öffnete seine Augen. Sein Gesicht war ernst und unerschütterlich. Yin: Der Tod wartet. Yang: Er war bereits Yin-Yang: Ein Kamikaze-Samurai.

Nachdem er seine Hand von dem Körper seines Sohnes gelöst hatte, hob Tanaka Ken den durchnäßten dunkelblauen Pullover wieder auf und breitete ihn ehrfurchtsvoll über das blutverschmierte Gesicht. Ohne zu zögern, dachte er von sich selbst bereits als toter Mann. Seine schwarzbraunen Augen glühten mit grimmiger Entschlossenheit. Er war weit über Trauer und Wut hinausgegangen und ein gehorsamer, pflichtbewußter Abgesandter geworden, ein reines, geläutertes *katana*, ein Instrument, Gerechtigkeit für seinen Sohn wiederherzustellen. Sein Gesicht war das Gesicht eines wahren *yakuza*.

Mit der Remington-Schrotflinte unter dem Arm kehrte Kilmer in das Wohnzimmer zurück. Die Munition beulte seine Taschen weit aus. Nachdem er unmittelbar zu Wheat gegangen war, nahm er dessen Ellenbogen, half ihm auf die Beine und begleitete ihn zu seinem Sessel. Als Wheat sich setzte, kehrte Kilmer zu Dusty zurück. Er bückte sich, hob behutsam Dustys abgetrennte Hand auf und zog den .38er Revolver aus seinen steifen Fingern. Die Hand fühlte sich wie ein Stück Hartgummi an, als er sie neben Dustys klaffendes Handgelenk legte. Kilmer stand auf, ließ die Trommel des Revolvers herausspringen, entfernte die drei leeren Patronenhülsen und lud die Kammern nach. Mit einem leisen Klicken warf er die Trommel zu und drückte die geladene .38er in Wheats rechte Hand.

»Du hast sechs Schuß, Ollie. Wenn irgendwer hier einbricht, erschieß ihn. Schieß, ehe er es tut.«

Wheat nickte, legte die .38er auf seinen Schenkel.

Kilmer schaltete die Stehlampe aus. Damit gab er Wheat über jeden möglichen Angreifer den Vorteil, besser sehen zu können. »Wir werden nicht lange fort sein, Ollie.« Wheat antwortete nichts. Kilmer drehte sich um und blickte fest in Kens Augen, die wie heißer schwarzer Kaffee schimmerten. Und er sah selbstmörderische Entschlossenheit. Einen langen Augenblick sahen sie sich an, und dann sagte Kilmer: »Ich komme mit Ihnen.« Ken nickte kurz. Sein Gesicht war vollkommen ausdruckslos. Kilmer ging durch die Türe und knipste das Licht im Flur an. Kens Schatten fiel über Eko, Hanako und Taro.

Ken warf einen Blick auf Dustys Leichnam, der in der Dunkelheit lag, und flüsterte mit krächzender, rauher Stimme: »*Sayonara,* Mr. Dusty.« Dann blickte er wieder auf den dunkelblauen Pullover, der den Leichnam bedeckte, dem er schon sehr bald folgen würde. Ken nickte knapp und flüsterte: »Taro-*chan, ja mata.*« Ken drehte sich um. Die beiden Männer mit ihren grimmig entschlossenen Gesichtern gingen den durch das Blut rutschig gewordenen Flur hinunter und dann durch die zerbrochene Türe nach draußen.

Um 19.30 bog der KXL in die dunkle enge Straße ein und hielt in dem Schatten neben dem Bambuszaun an, der das Haus umgab. Die beiden Männer schritten durch das kleine Tor aus Zypressenholz und betraten den kleinen Garten mit seinen knorrigen Pinien und moosbedeckten Steinen. Kilmer hatte Kens Haus nie zuvor gesehen. Das bescheidene Holzgebäude, das dank seiner Lage in einem der Außenbezirke der Stadt während des Krieges nicht beschädigt worden war, war sehr alt und sehr traditionell.

Ken blieb abrupt stehen. Die Haustüre stand auf. Die Bambusschiebetüre war aus ihren Führungsschienen gerissen und dann in den Garten geschleudert worden. Im Haus brannte Licht.

Beide Männer ergriffen ihre Waffen und betraten vollkommen lautlos den Vorraum. Aufmerksam lauschten sie in die Nacht hinein. Das Haus war leer. Schiebewände waren auf den Boden des Flures getreten worden. Schmutzige Schuhabdrücke führten über die Tatami. Ken zog seine Halbschuhe aus und betrat den kleinen formellen Wohnraum. Kilmer behielt seine Schuhe an und wartete schweigend im Vorraum.

Ken ging direkt zu der *tokonoma* und kniete sich in der förmlichen Sitzposition davor nieder. Unter der Schriftrolle, horizontal auf einem schwarz lackierten Gestell liegend, ruhten zwei Scheiden. Beide waren aus einfachem Magnolienholz hergestellt und nur glatt geschmirgelt, nicht lackiert. Die beiden glatten Stäbe erinnerten an Spazierstöcke.

Ken rührte sich nicht. Mit durchdringendem Blick sah er das einfache Holz der Schwertscheiden an und meditierte kurz über die Geschichte der darin verborgenen Klingen; absorbierte ihre Vergangenheit, säuberte seine Gedanken von allem anderen; schmolz sein Herz wie ein Stück flüssiges Eisen; härtete seine Seele wie einen Stab aus Stahl; läuterte seinen Geist, bis er dem reinen Stahl in den geläuterten Klingen würdig war. Samurai-Kodex: Mißerfolg stellt sich nur dann ein, wenn der Schwertkämpfer das Schwert im Stich läßt, denn das heilige Schwert läßt den Schwertkämpfer niemals im Stich. Mit seinen dunkelbraunen Augen nahm er die beiden Schwerter in sich auf, bis am Ende nichts weiter blieb als zwei Worte: *Schuld und Pflicht.*

Ken nahm die kurze Scheide von deren Ständer und spürte, wie die Kraft des Schwertes durch seinen Arm strömte. Dann riß er die dreißig Zentimeter lange Klinge mit einem Ruck heraus. Die neue Scheide aus einfachem, unbehandeltem Holz war erst fünfundzwanzig Jahre alt, doch die Stahlklinge war im Jahre 1785 von Motohira von Satsuma handgeschmiedet worden. Er war einer der größten Schwertschmiede der »Neue Schwert«-Schwerter gewesen. Der letzte Samurai, der das Kurzschwert geführt hatte, war Kens Großvater, Tanaka Kentaro, gewesen, der es während des Satsuma-Aufstandes gegen die Modernisierung von 1877 getragen hatte. Das dazu passende Langschwert gehörte Tanaka Goro. Die beiden Stahlklingen waren die einzigen Überlebenden der Feuer des Krieges, die das Haus ihres Vaters zerstört hatten. Das Heft und die Scheide waren damals verbrannt, doch die unzerstörbaren Klingen waren unbeschädigt geblieben. Nachdem er das Kurzschwert mit einem satten Klicken in seine Scheide zurückgedrückt hatte, zog Ken den Reißverschluß seiner dunkelblauen Nylon-Jacke auf, warf das billige *yakuza*-Schwert auf die Tatami-Matte hinter sich und schob sich statt dessen das Schwert seiner Familie unter den Gürtel.

Mit beiden Händen hob Ken dann die lange, ebenfalls aus einfachem Holz gearbeitete Scheide von dem Ständer, riß den Sicherheitskragen heraus und entblößte dann langsam einen Meter reinen Stahl. Die flache Oberfläche funkelte wie poliertes Silber über dem dunkelblauen Glanz der gehärteten, rasiermesserscharfen Schneide. Diese Klinge war die perfekteste der perfekten Klingen. Die Reinheit ihres Stahles war ohnegleichen, da der legendäre Masamune von Sagami diese Klinge handgeschmolzen und handgeschmiedet hatte. Er war der größte Schwertschmied der »Alte Schwert«-Schwerter, der größte Schwertschmied aller Zeiten und aller Orte. Ken hatte die perfekte Klinge im Jahre 1952 von einem mittellosen Antiquitätenhändler zum halben Preis erstanden. Die dreitausend Dollar hatte er sich von seinem *oyabun* geliehen. Sieben harte, aufreibende Jahre lang hatte er die makellose Masamune-Klinge benutzt, um seinen Namen tief in die *yakuza*-Welt einzuhauen. Er war dabei so erfolgreich, daß er seinem *oyabun* die Schulden bereits nach fünfzehn Monaten zurückzahlen konnte. Dann hatte er 1959 das Schwert niedergelegt und die Klinge seitdem nur einmal alle drei Monate wieder gezogen, um den perfekten Stahl zu polieren. Doch jetzt, zum endgültig letzten Mal, würde er noch einmal die stumme Sprache des Schwertes sprechen.

Wie hypnotisiert starrte Ken auf das Spiegelbild seiner dunkelbraunen Augen, die dunkel auf dem glänzend polierten Stahl brannten. Samurai-Kodex: Der Wille eines Mannes und das Handeln eines Mannes müssen eins sein. Mit einem schmatzenden Klick schob er die glänzende Klinge zurück in ihre lange, einfache Holzscheide und stand wieder auf. Kendo-Kodex: Schwert und Schwertkämpfer müssen eins sein. Während er in den dunklen Vorraum blickte, in dem Kilmer auf ihn wartete, schritt Ken in vollkommenem Schweigen geradeaus. Die Klinge seiner Familie lag hinter seinem Gürtel und die perfekte Klinge hielt er fest in seiner Hand umklammert. Die zeitlose Güte beider Schwerter lag verborgen hinter modernen, einfachen Holzscheiden.

Um 20.10 glitten die Scheinwerfer des KXL über die Rampe der Auffahrt und bewegten sich dann auf der auf Betonpfeilern erbauten Shuto-Expressway in südlicher Richtung nach Yokohama. Die nächtliche Dunstglocke war pechschwarz und hüllte das gesamte Tokioter Becken in eine trübe, dichte Finsternis. Die Geschwindigkeitsbegrenzungsschilder schrieben eine Höchstgeschwindigkeit von 80 Kilometer pro Stunde vor. Ken hielt die Tachometernadel fest auf 85. Der KXL brauste tiefer und tiefer in die Dunkelheit. Die Ausfahrtschilder blitzten im Scheinwerferlicht wie geworfene Messer grell auf.

Kens Geist blieb leer, geläutert von jeder Ablenkung. Seine Aufmerksamkeit und Konzentration war vollständig auf einen einzigen Punkt gerichtet: Die verschwommene Straße im Scheinwerferlicht, die Straße zur Pflicht. Keine Erinnerung mehr, keine Trauer mehr, keine Gnade mehr – nur noch die bewegungslosen Bewegungen der Pflicht. Yakuza Kodex: Gedanke und Handeln sind nicht zwei Dinge, sondern eins.

Kilmers Geist pochte vor Schmerz, war vollgestopft mit falschen Entschuldigungen. Er kämpfte vergebens darum, das Unwiderrufliche rückgängig zu machen: Taro war tot. Gleichgültig, wie auch immer er diese Tatsache rationalisieren mochte, er allein war persönlich dafür verantwortlich: Kens Sohn war tot, weil er sich Ken auf unverschämte Weise aufgedrängt hatte. Zuerst hatte er für zwanzig Jahre das Leben dieses Mannes gestört, und jetzt . . . und jetzt war er für den Mord an dem einzigen Sohn dieses Mannes verantwortlich. Gleichgültig welchen Kamikaze-Angriff Ken auch immer unternehmen mochte, er würde mitmachen. Es gab keine andere Möglichkeit.

Kilmer drehte seinen Kopf zur Seite und blickte aus dem Fenster. Er sah das Spiegelbild von Kens entschlossenem Gesicht, das im schwachen Licht des Armaturenbrettes dunkel leuchtete. Die Schlange nagte an seinem Magen. Kilmer bewegte nur seine Hand, zog eine Maalox aus seiner Tasche und schob sie in seinen Mund. Er wurde wieder ruhiger, indem er den Lauf der Schrotflinte mit beiden Händen umklammerte und methodisch die kalkhaltige Tablette zerkaute. Kilmer veränderte die Brennweite seiner Augen, blickte durch Kens Spiegelbild hindurch und konzentrierte sich auf die Neonschilder, die in der riesigen Dunkelheit weit unter ihm blinkten.

Um 21.15 erreichte der KXL die Außenbezirke von Yokohama und fuhr weiter Richtung Süden über die Schnellstraße. Am östlichen Horizont erstreckte sich die Tokyo Bay in der Dunkelheit, und im Westen leuchteten die Neonlichter Yokohamas in der Nacht. Beide Männer starrten auf den unter ihnen vorbeisausenden Straßenbelag im Scheinwerferlicht. Um 21.35 nahm Ken die Ausfahrt auf die Tada Avenue und fuhr durch die südlichen Vororte von Yokohama. Die Tada Avenue führte mitten durch ein wohlhabendes, besseres Wohngebiet und war von schicken neuen Geschäften gesäumt. An jeder sechsten Straßenecke befand sich eine jener typisch japanischen Mini-

Polizeiwachen, *kabun* genannt, mit jeweils zwei Polizisten hinter einem großen Panoramafenster.

Kilmer musterte die an ihnen vorbeigleitenden Polizeihäuschen aufmerksam. Manche der Beamten waren unbewaffnete Verkehrspolizisten, und manche trugen schwere Revolver. Keiner von ihnen würde sich in eine ausgewachsene *yakuza*-Schlacht einmischen, solange sie den *yakuza* zahlenmäßig nicht klar überlegen waren. Und solange die *yakuza* keine Nicht-*yakuza* gefährdeten oder verletzten, würde die örtliche Polizei das Gebiet nur abriegeln und die Tokioter Bereitschaftspolizei rufen. Ein Bataillon gepanzerter Bereitschaftspolizei würde von seiner Mobilisierung bis zum Eintreffen dreißig Minuten benötigen. Rechne mit dem Schlimmsten. *Es kann gar nicht gottverdammt schlimmer werden.*

Nachdem sie die fünfte Mini-Wache passiert hatten, bog der KXL nach links in eine schmale dunkle Straße ein und fuhr in südlicher Richtung in ein Labyrinth dunkler, namenloser Seitenstraßen, die auf beiden Seiten von den hohen Bambuszäunen teurer Grundstücke umgeben waren. Die vereinzelten neueren Häuser besaßen Mauern aus unverputzten Hohlblocksteinen. In den meisten Häusern brannte Licht, doch die Straße selbst war finster und verlassen. Die gewundene, enge Straße schlängelte sich durch zahllose Kurven, bis sie schließlich einen weiten Bogen nach Süden machte und von dort aus relativ gerade weiter verlief. Zum ersten Mal, seit sie Wheats Wohnung verlassen hatten,sagte Ken jetzt etwas.

»Das ist die Straße.«

»Ja.«

Etwas langsamer fahrend, überquerte der KXL drei kleine Kreuzungen in dem engen Bambuskorridor. Mit den offenen Rinnsteinen auf beiden Seiten war die Straße kaum breit genug, um zwei Wagen aneinander vorbeifahren zu lassen. Ken drosselte das Tempo noch weiter und zeigte schweigend auf die rechte Seite, deutete auf ein großes Holztor in der Mitte eines achtzig Meter langen Bambuszaunes. Die beiden Torflügel standen weit nach innen auf. Langsam fuhren sie daran vorbei. Gegen einen der beiden Flügel gelehnt, stand ein *yakuza*-Wächter, der aus einer *sake*-Flasche trank. Hinter ihm parkten vor einer kleinen gewölbten Brücke mehrere Autos. Hinter dieser Brücke lag Tonos Haus. Es war ein langes zweistöckiges Haus in traditionellem japanischem Baustil, das in der Dunkelheit leuchtete.

Ken fuhr weiter. Das Tono-Grundstück lag an einer Straßenecke, und Ken bog auf die schmale westlich führende Straße ein, die an der Südseite des Grundstückes entlangführte. Das Stück des hohen Bambuszaunes, das auf dieser Seite zum Grundstück Tonos gehörte, war etwa vierzig Meter lang. Ken schaltete die Scheinwerfer aus und hielt etwa in der Mitte des Zaunes an. Er stellte den Wagen neben zwei Motorrädern ab. Die dunkle, schmale Straße war leer und ruhig. Durch die Spalte des Bambus-Zaunes fielen schwache gelbe Lichtstrahlen auf den Asphalt. Die Stille wurde von einem kurzen Lachen zerrissen, das durch den dunklen Bambus herüberwehte.

Kilmer starrte auf den hohen, dunklen Zaun, wußte, daß sich dahinter mindestens zwanzig *yakuza* befanden, vermutete, daß Ken durch den Vordereingang gehen wollte, als wäre dies sein Haus. Kilmer drehte seinen Kopf und blickte in Kens ernstes, unbewegliches Gesicht, das in der Finsternis kaum zu erkennen war. Leise sagte er dann: »Sie sind an der Reihe, Ken. Aber ich finde, wir sollten die Lage erst einmal auskundschaften – um ganz sicherzugehen, daß Tono und Shiro auch wirklich hier sind.«

Die beiden Männer sahen sich fest in die Augen. Ken nickte, und dann stiegen sie beide leise aus dem Wagen. Das einzige Geräusch war das gedämpfte Gelächter, das durch den Zaun auf die Straße drang. Ken zog sich seine dunkelblaue Nylonjacke aus und warf sie auf den Rücksitz. Dann nahm er sein Langschwert vom Wagenboden.

Nachdem sie kurz die Straße hinauf und hinunter geschaut hatten, überquerten die beiden Männer schnell den schmalen Asphaltstreifen. Der Bambuszaun war knapp zehn Zentimeter stark und gut sechs Meter hoch. Am Fuß des Zaunes verlief ein offener Betonrinnstein – dreißig Zentimeter breit und anderthalb Meter tief –, in dem das dunkle Wasser etwa sechs

Zentimeter hoch stand. Sie lehnten sich über die Gosse, legten ihre Hände gegen den Zaun und lugten durch die Spalten: Das Haus lag etwa zwanzig Meter weit entfernt. Unmittelbar hinter dem Zaun begann ein dunkler Garten. Ken trat zurück auf die Straße und wollte gerade sein Langschwert ziehen, als eine knurrende Stimme plötzlich auf *yakuza*-Dialekt brüllte.

»He! Was macht ihr Hunde da?«

Es war einer der *yakuza*-Wachen des Eingangstores. Er hatte gehört, wie der Motor des Wagens abgestellt worden war und war daraufhin um die Straßenecke gekommen. Er kam durch die Nacht weiter auf sie zu, war jetzt noch fünfzehn Meter entfernt.

Die beiden Männer standen in der Mitte der finsteren Straße und warteten auf ihn. Ken verbarg sein Langschwert hinter seinem Rücken. Die lange Scheide reichte von seinen Schultern bis zu seinen Kniekehlen. Mit der rechten Hand schob Kilmer die Flinte auf seinen Rücken und ergriff mit der linken die versteckte .38er.

Der *yakuza* kam langsam näher. In der Hand hielt er eine Pistole. Die beiden Männer hielten ihren Atem an: Ein Schuß würde alles verderben. Ihre verkrampften Handflächen begannen auf den Holzgriffen ihrer Waffen zu schwitzen. Als der *yakuza* nur noch neun Meter entfernt war, brüllte er sie wieder an.

»*Bakayaro!* Wer seid ihr Burschen?«

Langsam drehte Ken sein starkes linkes Handgelenk, zog das Heft des Langschwertes dicht an seine linke Hüfte. Die über einen Meter lange Holzscheide stand horizontal hinter seinem Rücken ab. Kilmer stand absolut bewegungslos da, hoffte auf eine passende Gelegenheit, dem *yakuza* die Pistole mit seiner Schrotflinte aus der Hand zu schlagen.

Knapp drei Meter vor ihnen blieb der *yakuza*-Wächter stehen und hielt beide Männer mit seiner Pistole in Schach. Es sah ganz so aus, als wolle er sie mit einer nachdrücklichen Warnung verjagen, als er Kilmer bemerkte und seine Augen in der Dunkelheit zusammenkniff. Er war überrascht und verwirrt, um diese Uhrzeit hier draußen noch einen Ausländer zu sehen. Dann bemerkte er die Scheide des Kurzschwertes unter Kens Gürtel. Das Holzheft des Kurzschwertes war das Letzte, was er jemals sah.

Mit einer einzigen, blitzschnellen Bewegung sprang Ken vor, riß seine Klinge aus ihrer Scheide und führte mit absoluter Perfektion den aufwärtsgerichteten, von links nach rechts gehenden Diagonalschlag mit einer Hand aus – es war der zweitschwierigste Schlag des Schwertkämpfers überhaupt. Der blendende Stahl zerschnitt den Wachtposten von seinem rechten Brustkorb bis zu seiner linken Schulter in zwei Teile. Die Pistole fiel auf den schwarzen Asphalt. Die Augen des *yakuza* verdrehten sich nach oben. Ken wartete. Sein kraftvoller rechter Arm hielt den blutigen Stahl noch erhoben über seinem Kopf, war bereit, sofort wieder abwärts zu schlagen. Langsam löste sich der obere Körperteil des *yakuza* – der Kopf und sein Pistolenarm – von dem Brustkorb, rutschte seitlich weg, fiel, prallte auf den Asphalt und rollte dann in den Rinnstein. Der kopflose, einarmige Torso stürzte vornüber. Ein Schwall Blut und Luft spritzte aus der durchschlagenen Lunge. Mit einem kräftigen Tritt schleuderte Ken den stürzenden Torso ebenfalls in die Gosse. Der dumpfe Aufschlag war lauter als das Spritzen des Wassers.

Kilmer warf einen flüchtigen Blick in den Rinnstein. Dann hob er die Pistole von dem Asphalt – ein fünfschüssiger .32er Revolver – und steckte ihn sich hinter seinen Gürtel.

Ken drehte sich sofort wieder dem Bambuszaun zu, schwang seine Klinge in dem doppelten Schmetterlingsschlag und schob sie dann schnell wieder in die Scheide zurück. Am unteren Ende war eine anderthalb Meter hohe Öffnung in den Zaun geschlagen, die die Form eines Indianerzeltes hatte. Ken trat das Loch auf, bückte sich und betrat den dunklen Garten. Kilmer folgte ihm.

Als sie ihre Köpfe wieder erhoben, fanden sich die beiden Männer in einem dunklen Ginkgo-Hain wieder. Eine Gruppe gestutzter Pinien nahm ihnen die freie Sicht auf das hellerleuchtete Haus. Sie bewegten sich verhalten über den weichen Moosteppich unter den hohen Ginkgos und blieben schließlich hinter den niedrigeren Pinien stehen. Durch die Zweige der Pinien konnten sie jetzt den großen Teich sehen, der das Gebäude wie einen Wassergraben umgab. Das aus dem Haus fallende Licht ließ das dunkle Wasser wie eine Schatztruhe voller blendender Goldmünzen schimmern und funkeln. Die Ufer des Teiches wurden durch zwei Miniatur-Inseln und drei flache Brücken miteinander verbunden. Jede dieser Brücken bestand aus einer massiven, behauenen Steinplatte. Auf der Vorderseite des Hauses verengte sich der funkelnde dunkle Teich zu einem tiefgoldenen Bach, der von einer hölzernen Bogenfußgängerbrücke überspannt wurde.

Lautlos glitt Ken zwischen den Pinien durch, huschte schnell über die erste kurze Steinbrücke und kauerte sich hinter einem Miniatur-Baum auf der ersten Insel zusammen. Kilmer hockte sich neben ihn. Von hier aus hatten sie einen unbehinderten Blick auf Tonos Haus, auf das Hauptquartier des Tono Clans.

Das teure zweistöckige Haus im traditionellen japanischen Stil besaß eine Veranda aus blankpolierten Zypressendielen. Aus dem ein Stück über dem Boden liegenden Erdgeschoß fiel das gelbgoldene Licht in den Garten. Das Obergeschoß war vollkommen dunkel. Das große Holzgebäude besaß die gleichen rechtwinkligen Proportionen wie eine Schuhschachtel und wurde der Länge nach durch einen langen Flur, dessen Boden ebenfalls aus Zypressendielen bestand, in zwei Bereiche geteilt. Der restliche Boden war mit Tatami ausgelegt. Der nur schwach beleuchtete Flur wurde auf beiden Seiten von geschlossenen Schiebewänden begrenzt. Die hintere Haushälfte war ebenfalls ziemlich dunkel. Die Schiebetüren waren lediglich ein Stück weit geöffnet. Doch die gesamte vordere Hälfte des Hauses leuchtete hell wie ein Sommerpavillon in die Nacht; ein großer geschwungener Baldachin, der von schön bearbeiteten Holzsäulen getragen wurde – eine hölzerne Version des griechischen Parthenon. Die verschiebbaren Wandteile waren zu jeweils vier Elementen zusammengeschoben worden, so daß quasi nur jedes vierte Element die Funktion einer Wand erfüllte. Die inneren Schiebewände und Schiebetüren waren vollständig entfernt worden. Die gesamte vordere

Hälfte des Hauses, normalerweise befanden sich hier vier große Tatami-Zimmer, war in einen einzigen großen, nach außen offenen Raum verwandelt worden: Zehn mal vierzig Meter groß, eine einzige riesige Tatami-Halle. Der riesige Raum war voller *yakuza,* die in Gruppen verteilt auf den Tatami-Matten zusammensaßen.

Kilmer bewegte seine verkrampften Beine, wartete auf Kens nächsten Schritt, starrte zu dem finsteren und eleganten Haus hinüber. Von der Insel aus betrachtet sah das auf einer Holzbalkenkonstruktion errichtete Haus wie ein braunes Holzschiff aus, das in einem See aus schimmernden Gold vor Anker gegangen war.

Lautlos überquerte Ken die mittlere Steinbrücke, wobei er seine Augen fest und unverwandt auf die Männer im Inneren des Hauses richtete. Ohne auf der zweiten Insel anzuhalten, schlich er sich über die letzte Brücke und kauerte sich auf dem Grasufer des Teiches zusammen. Zwischen ihm und dem Haus lagen jetzt nur noch gut fünf Meter Rasen. Kilmer hockte sich neben ihn, wußte, daß Ken in dem Augenblick, wo man ihre Gegenwart bemerkte, in das Haus stürmen würde. Sie waren immer noch nicht entdeckt worden.

Ken voran, krochen die beiden Männer leise über das hell beleuchtete Gras in den Schatten der Veranda, verharrten dort einen Moment lang, und blickten dann vorsichtig über den Rand.

Die kräftigen *yakuza* drängten sich förmlich in der Tatamihalle, spielten und tranken in der Hitze einer Sommernacht. Kilmer zählte die Männer zweimal hintereinander schnell ab und erhielt beide Male dasselbe Ergebnis. Summe: Siebenundzwanzig *yakuza* plus sechs Prostituierte.

Der lange Spieltisch befand sich in der Mitte des Raumes, war knapp zehn Zentimeter hoch und mit einem weißen Tuch bedeckt. Um diesen Tisch saßen sechzehn Männer mit überkreuzten Beinen auf den Tatami-Matten, tranken und machten in einem Spiel mit Blumen-Karten ihre hohen Einsätze. Die Spieler waren bis zur Taille nackt, trugen nur leichte Sommerkimonos oder ausgebeulte, knielange Unterwäsche. Auf ihren verschwitzten Rücken und muskulösen Oberarmen glänzten unheimliche rote und grüne Muster und Ornamente. Ihre in grellen, leuchtenden Farben tätowierte Haut sah wie die schuppige Haut von Reptilien aus.

Elf Männer in gut geschnittenen Geschäftsanzügen saßen hinter drei niedrigen, schwarz lackierten Tischen, die in einer Reihe vor der langen Wand der Flurschiebewände angeordnet waren. Die sechs Prostituierten in ihren leuchtend roten und goldenen Kimonos scherzten und alberten mit den elf Männern, während sie ihnen Whiskey und *sake* aus unzähligen Flaschen einschenkten. Der mittlere der drei schwarz lackierten Tische stand unmittelbar vor der *tokonoma,* dem einzigen Teil der langen rückwärtigen Wand, der nicht verschoben werden konnte.

Überall auf den Reisstrohmatten lagen Scheiden mit Kurz- und Langschwertern. Die meisten der Scheiden waren aus einfachem Holz gefertigt, woraus man schließen konnte, daß ihre Klingen aus minderwertigem, industriell geschmiedetem Stahl waren.

Ken erkannte die Männer in den gedeckten Anzügen. Sechs von ihnen waren *yakuza*-Leutnants, die Befehlshaber der sechs Machtbezirke des Tono Clans. Ihre persönlichen Leibwächter befanden sich unter den *kobun* am Spieltisch. Vier der Anzüge waren Tonos Rechtsanwälte und Berater. Ken erkannte auch das unbewegliche, stählerne Gesicht des elften Mannes; des Mannes, der genau in der Mitte des mittleren Tisches saß; des Mannes, der auf dem Ehrenplatz eines japanischen Hauses saß und von dem Alkoven der *tokonoma* umrahmt wurde; des Mannes in dem braunen Anzug, der von den übrigen Anzügen mit dem einem *oyabun* geziemenden Respekt behandelt wurde. Ken berührte leicht Kilmers Ellenbogen und deutete schweigend auf den mittleren schwarzen Lacktisch.

Kilmer blickte auf das unbewegliche Gesicht des Mannes in dem braunen Anzug und formte mit seinen Lippen zwei stumme Silben: To – no?

Ken nickte.

Plötzlich erhob sich einer der tätowierten *yakuza* vom

Spieltisch und kam direkt auf sie zu. Die beiden Männer ließen sich sofort auf ihre Knie sinken, umklammerten ihre Waffen und krochen unter die Veranda. Sie hielten ihren Atem an und beobachteten durch die Spalten zwischen den Zypressendielen die Füße des *yakuza.* Bei jedem seiner Schritte knarrten die Holzdielen. Am Rande der Veranda blieb der *yakuza* schließlich stehen, warf eine leere Flasche in den Teich, verfluchte sein Pech beim Kartenspiel – »*Chiksho!*« – und kehrte in die Tatami-Halle zurück.

Kilmer atmete langsam wieder aus und löste seinen Finger vom Abzug der Schrotflinte.

Ken lockerte seinen Griff um die Scheide des Langschwertes. Er war unzufrieden darüber, daß er seinen Neffen Tanaka Shiro nicht in dem großen Tatami-Raum gesehen hatte, und entschloß sich dann, die Rückseite des Hauses zu überprüfen. Yakuza-Kodex: Ein Attentäter begeht keine Fehler. Ein *yakuza*-Attentäter stirbt nicht, ehe er seine Pflicht erfüllt hat.

Wieder übernahm Ken die Führung und die beiden Männer krochen unter der Veranda bis zur südwestlichen Ecke des Hauses. Abgesehen von den fünf kräftigen gelben Lichtstrahlen, die aus den fünf Räumen auf der Rückseite des Hauses nach draußen fielen, lag der Garten hinter dem Gebäude in völliger Finsternis. Die gelben Lichtstrahlen fielen über etwa fünf Meter Rasenfläche und weiteten sich dann auf dem dunklen Teich aus. Vorsichtig glitt Ken unter der Veranda hervor, hob seinen Kopf in der Dunkelheit neben dem ersten Lichtstrahl. Kilmers Kopf tauchte unmittelbar neben ihm auf.

Die hölzernen Schiebewände waren etwa einen Meter weit auseinandergezogen worden. Sie blickten in ein nur schwach beleuchtetes Tatami-Schlafzimmer. Hinter dem leuchtenden Spalt lag ein muskulöser *yakuza* ausgestreckt auf dem Bauch. Eine junge Prostituierte massierte gerade seinen nackten Rücken, der von einem tätowierten chinesischen Löwen bedeckt wurde. Das halbnackte Mädchen biß in die entblößten Fänge des tätowierten Löwens. Ihre festen Brüste hatte sie auf die Pranken des Löwen gepreßt. Hinter ihr neckte eine weitere halbbekleidete Prostituierte drei *kobun yakuza* mit der Klinge eines Kurzschwertes. Sie drohte ihnen scherzhaft damit, die Narben auf ihren hageren Gesichtern zu öffnen. Ihre große Geschicklichkeit bei diesem Vorspiel nach *yakuza*-Art ließ die drei Männer breit und amüsiert grinsen.

»Areya! Onna no bushi ka?«

Ken erkannte die Löwentätowierung. Sie gehörte zu Masuda Masa, allgemein auch bekannt als Masa der Löwe, einstmals führender Killer-Schwertkämpfer des Kitano Clans, bis dieser in den Clan-Kriegen des Jahres 1959 vernichtet wurde. Heute war Masa *oyabun* Tonos persönlicher Leibwächter. Die Schwertscheide neben Masa war aus schwarz lackiertem Holz.

Kilmer addierte diese Männer zu seiner früheren Rechnung. Einunddreißig *yakuza*.

Die beiden Männer duckten sich wieder unter die Kante der Veranda und krochen leise in ihrem Schatten zum nächsten Raum. Es war Tonos Büro, ein in westlichem Stil eingerichteter Raum mit elegantem, braunem Teppichboden. Mit dem Rücken zur Veranda saß ein *yakuza* hinter dem großen Schreibtisch. Über der Rückenlehne des Ledersessels war sein kahler Kopf deutlich zu erkennen. Die schroffen Laute des *yakuza*-Dialektes drangen nach draußen.

»Es gibt keinerlei Veranlassung, noch länger auf seinem Dock zu warten, da er tot ist . . . Ja. Ich bin ganz sicher . . . Weil der Polizeiinformant des *oyabun* den offiziellen Bericht vor einer Stunde telefonisch durchgegeben hat. Tanner ist von zwei unbekannten Killern erschossen worden. Oder auch nur von einem mit zwei Kanonen . . .«

Von ihrem Standort am Rand der Veranda konnten die beiden Männer die schwarze Spinnentätowierung nicht sehen, doch beide erkannten sie den kahlrasierten Kopf von Tanaka Shiro. Die beiden *kobun,* die Shiro aufmerksam zuhörten, standen mit Kurzschwertern in den Händen zwischen den beiden Sofas. Derjenige ohne Jackett trug ein Schulterhalfter.

»Unmöglich, Kato-*san*. Der *oyabun* will, daß wir zunächst in seiner Firma nachsehen und dann in Kens Haus auf sie warten. Aber ich sage, wir sollten im Haus dieses amerikanischen Professors warten. Vielleicht sollten wir beides machen . . .«

Summme: Vierunddreißig *yakuza.*

Ken und Kilmer bewegten sich weiter. Das nächste Stück der hölzernen Außenwand ließ sich nicht verschieben und hatte an seinem oberen Ende ein kleines Fenster. Die Toilette. Ohne stehenzubleiben, schlichen sie sich zu dem dritten Lichtstrahl weiter, und blickten durch den knapp einen Meter breiten Spalt nach innen: die Küche. Um den Küchentisch saßen fünf *yakuza*-Veteranen, die ein Baseball-Spiel im Fernsehen verfolgten und warmen *sake* aus einer großen Flasche tranken, die auf dem Herd stand. Auf dem Linoleum neben der Türe lagen ordentlich aufeinandergestapelt fünf Langschwertscheiden.

Ken erkannte zwei der Männer. Beide waren hervorragende Schwertkämpfer, erfahrene Überlebende in der Welt der *yakuza,* in der nur wirklich hervorragende Schwertkämpfer überleben konnten. Sie waren die Besten, und sie würden nicht mit den anderen zusammen trinken, wenn nicht auch sie zu den Besten gehörten. Fünf erfahrene Schwertkämpfer: Unbewegliche, stahlharte Gesichter; Männer, die nur den Tod und die Pflicht liebten; unversöhnliche Männer, die die anderen *kobun* verschmähten und verachteten, die sich vor nichts fürchteten; schweigsame, wortkarge Männer, die von der Macht des Geldes gelangweilt waren, und die nur für die seltsamen Begegnungen mit den wenigen Männern lebten, die sich mit ihren hochentwickelten Schwertkampf-Fähigkeiten messen konnten. Sie waren die wahren, die echten *yakuza.* Ihre Schwerter waren das Rückgrad des Tono Clans.

Kilmer brachte seine Kopfzählung auf den neuen Stand. Neununddreißig *yakuza.*

Die beiden Männer krochen weiter. Ken bewegte sich jetzt schneller, blieb schließlich vor dem vierten gelben Lichtstrahl stehen. Hinter dem hell erleuchteten Spalt befanden sich elf junge *yakuza* in grellen, auffallenden Sportjacken. Sie hockten auf den Tatami, würfelten, stießen sich gegenseitig an und fluchten lautstark. Einige der Männer hatten ihre Jacken ausgezogen, und zwei von ihnen trugen Schulterhalfter. Ihre Holzscheiden lagen wahllos über den Boden verteilt.

Ken erkannte keines ihrer Gesichter, doch er kannte ihr Herz und ihren Geist. Sie repräsentierten die neuen, die modernen *yakuza.* Elf billige, miese Hunde: großkotzige Dreckskerle, die nachlässige Fehler begingen; brutale Hunde, die selbstmörderisches Draufgängertum liebten; feige Dreckskerle, die die Schwachen terrorisierten. Sie waren die Schläger und Handlanger des Tono Clans. Sie waren Hunde.

Ken und Kilmer kauerten in der Dunkelheit vor dem letzten Raum an der nordöstlichen Ecke des Hauses. Vier *yakuza* mittleren Alters saßen hier, entspannten sich in ihren leichten Sommerkimonos und tranken Whiskey. Drei unterhielten sich über Pferderennen. Der vierte reinigte den Lauf einer kleinkalibrigen Pistole. Neben ihnen lagen ihre Schwertscheiden.

Kilmer beendete seine Aufstellung. Endsumme: Vierundfünfzig *yakuza.* Abgesehen von der Möglichkeit, daß sich im Obergeschoß des Hauses weitere Männer aufhalten konnten.

Lautlos lief Ken über das Gras zum Ufer des nördlich vom Haus liegenden Teiches. Kilmer kauerte sich neben ihn. In der nordöstlichen Ecke des einem Burggraben nicht unähnlichen Teiches stand eine Gruppe von drei japanischen Ahornbäumen. In Hockstellung liefen die beiden Männer am gebogenen Ufer des Teiches entlang, bis sie vor unerwünschten Blicken sicher hinter den Ahorn angekommen waren. Bis zur nordöstlichen Veranda waren es von dort aus gut acht Meter. Sie lehnten sich gegen die dunklen Baumstämme, atmeten tief und streckten ihre etwas steif gewordenen Muskeln, lösten so die brennende Anspannung aus ihren Beinen und Armen. Allmählich fanden sie zu einer ausgeglicheneren Verfassung der konzentrierten Wachsamkeit zurück.

Durch die dunklen Blätter der Ahornbäume hatten sie einen guten Überblick über die ganze Tatami-Halle. Die Spieler hatten eine weitere Kiste Bier geöffnet, und die Prostituierten hatten die Tische gewechselt. Tono beriet sich mit einem der in Anzüge gekleideten Männer, saß jedoch immer noch vor der *tokonoma.*

Kilmer wechselte die Schrotflinte von der rechten in die linke Hand, zog den großen .45er Colt aus seinem Schulterhalfter und sprach mit gedämpfter, leiser Stimme. »Ich kann Tono von hier aus erwischen – ins Herz oder in die Lunge.«

Ken rührte keinen Muskel. Als er schließlich antwortete, war seine Stimme kalt und angespannt. »Ein *oyabun* muß mit dem *katana* getötet werden.«

Kilmer nickte und verstaute den .45er wieder unter seiner linken Achselhöhle.

Einige Augenblicke lang blieben die beiden Männer mit ihren grimmigen, fest entschlossenen Gesichtern absolut bewegungslos und stumm, standen in den dunklen Schatten des Ahorns, blickten auf den bedrohlich gelben Schein, bereiteten sich auf konzentrierte Aktion vor. Obschon sie hinter denselben Bäumen standen und auf dasselbe Haus blickten, sahen die beiden Männer doch nicht dieselbe Sache. Tanaka Ken sah seinen Friedhof. Er bereitete sich darauf vor, seine Pflicht zu erfüllen und, wenn der Augenblick gekommen war, ehrfürchtig die Füße des Todes zu umarmen. Samurai-Kodex: *Ein Mann stirbt wie ein Regentropfen, der in den Ozean zurückkehrt.* Harry Kilmer sah sein Schlachtfeld. Er bereitete sich darauf vor, jeden Zentimeter des Weges zu kämpfen und, wenn der Augenblick kam, dem Tod trotzig ins Auge zu spucken. *Niemals aufgeben!*

Eine der mit Reispapier bespannten Schiebetüren des Flures glitt auf, brachte eine Prostituierte zum Vorschein, die ein Tablett mit *sake*-Bechern trug. Als sie den Raum durchquerte, funkelte die Goldstickerei auf ihrem roten Kimono im gelben Licht.

Kens dunkelbraune Aguen nahmen Tonos Haus in sich auf. Seine Augen schließend, nahm er das Ganze und die Teile wahr. Wie ein Magnet zog sein Geist ihre Rhythmen an. Er prägte sich die exakten Proportionen jedes einzelnen Raumes ein, die exakte Haltung eines jeden *yakuza,* die exakte Lage eines jeden Schwertes. Seine geschlossenen Augen sahen jedes Detail und die Muster innerhalb des ganzen Musters. Ohne ihre Gesamtzahl zu wissen, wußte er, wo jeder einzelne *yakuza* sich befand und wohin jeder einzelne *yakuza* springen würde, sobald ein Angreifer in ihrer Gegenwart auftauchte. Durch ihre Sprünge und Gegenangriffe legte er den natürlichen Weg zu

Tono und Shiro fest; den Weg, der sich immer klarer und klarer abzeichnete, bis er zu einem Fluß wurde, dessen Strömung er ohne nachzudenken folgen konnte, bis der irreversible Strom sauber und klar zwischen den überladenen Ufern floß. Er öffnete seine Augen und überprüfte nochmals die Kurven und Biegungen des Flußes der ewigen Wiederkehr.

Kilmers dunkelblaue Augen durchbohrten die Tatami-Halle. Mit feurigem, leidenschaftlichem Blick berechnete er die Logistik und die klar formulierten Überlebensregeln. Wie ein extrem schneller Computer verarbeitete sein Verstand alle relevanten Daten mit Hochgeschwindigkeit. Das ganze Haus würde in einen Wirbelwind der Verwirrung explodieren. Kugeln und Schwerter würden überall herumfliegen. *Yakuza* würden aus allen Richtungen Kamikaze-Angriffe durchführen. Und außer hinter dünnen Papierwänden konnte man sich nirgends verstecken. Indem die meisten Japaner die Logik einer Schußwaffe falsch verstehen, sind sie fürchterliche Schützen, die entweder zu langsam zielen oder zu wahllos drauflos schießen. Regel: Schieß schnell und direkt. Fakt: Mit ihren Schwertern sind alle *yakuza* tödlich. Die Logik des Schwertes ist die Logik ihres Herzens. Regel: Laß die Klingen nicht zu nah an dich herankommen. Fakt: Für einen professionellen Schwertkämpfer war er kein gleichwertiger Gegner. Regel: Nimm kein Schwert in die Hand. Fakt: Stehenbleiben, um nachzuladen würde bedeuten, daß ihm der Kopf abgehackt würde. Regel: Nicht nachladen. Grundsätzliches Fakt: Die Kamikaze-Klingen würden sehr nahe herankommen. Grundsätzliche Regel: Immer in Bewegung bleiben.

Methodisch überprüfte Kilmer noch einmal den Munitionsbestand in jeder Schußwaffe: Die .45er hatte sieben Schuß, die .38er sechs Schuß, die 32.er fünf schwache Schuß, die Schrotflinte fünf gewaltige Schläge. Summe: Dreiundzwanzig Schuß ohne nachladen, doch die .32er war unzuverlässig. Tatsächliche Summe: Achtzehn gute Schuß. Nicht genug. Der Tono Clan besaß ein Minimum von vierundfünfzig Schwertern plus einer unbekannten Anzahl von Handfeuerwaffen. Denk nicht weiter darüber nach. Regel: Sei optimistisch.

Ein *yakuza* mit grün tätowierter Schulter stand vom Spieltisch auf, packte sich zwischen die Beine und tat so, als hätte er einen ziemlichen Druck auf der Blase. Grinsend hüpfte er auf und ab. Er drehte sich um, schob die Reispapierschiebetüre neben den Toilette auf und trat auf den dunklen Flur hinaus. Die anderen Spieler brüllten ihm nach.

»*Matte zo!* Du kannst doch jetzt nicht einfach aussteigen, wo du soviel Vorsprung hast, du Ratte!«

Schweigend hob Ken seinen starken, muskulösen rechten Arm und zeigte unmittelbar geradeaus durch die dunklen Äste des Ahorn. Kilmer sah, daß er auf die offene Türe und den Vorraum zeigte. Dann bewegte Ken einen starren Arm nach rechts, bis er genau auf die Nordseite der Veranda gerichtet war. Die kleinen, fünfzackigen Ahornblätter strichen über seine Hand. Er warf einen kurzen Blick auf die kleinen Blätter – zerbrechlich und schlaff wie die Hände toter Kinder – und senkte seinen Arm. Seine Stimme war leise, seine Worte knapp und abgehackt.

»Ich gehe durch die Vordertüre. Sie stehen dort drüben.«

Kilmer warf einen Blick auf die offene Nordseite der Veranda.

»Sie warten, bis ich Tono erreicht habe, und suchen diejenigen heraus, die Schußwaffen haben. Die erschießen Sie zuerst.«

»In Ordnung.«

Beide Männer drehten ihren Kopf. Sie sahen sich in die Augen. Fahle gelbe Lichtstrahlen flackerten dunkel über ihre grimmigen, entschlossenen Gesichter. Jeder Mann sah, daß der andere bereit war. Beide Männer nickten kurz.

Ken drehte sich um und ging lautlos in südlicher Richtung zu der hölzernen Bogenbrücke. Sein dunkelblaues Hemd und seine Jeans waren in der Dunkelheit kaum zu erkennen. Neben dem Holzgeländer blieb er stehen, sah auf die sechs Meter entfernte Türe. Er starrte durch den offenen, aus Holzbalken gebauten Türrahmen auf das harte Gesicht von Tono Toshiro. Nur fünfzehn Meter entfernt. Yin: Das Herz wartete. Yang: Die Klinge war bereit. Yin-Yang: Der Fluß war in Bewegung.

Kilmer folgte dem gewundenen Ufer des Teiches, bis er noch fünf Meter von der Mitte der nördlichen Veranda entfernt war. Er ging in die Hocke, stemmte seine Füße fest auf den Boden, um loszusprinten. Und dann bemerkte er, daß seine Hände zitterten. Schnell packte er mit beiden Händen die Schrotflinte und drückte zweimal fest zu. Das Zittern hörte auf. Während er die Spieler aufmerksam im Auge behielt, lief er schnell über den hell erleuchteten Rasen in den dunklen Schatten der Veranda. Die lange Wand der Flurschiebetüren lag einen Meter entfernt auf seiner rechten Seite. Als er über den Rand der Veranda blickte, sah er Tono knapp fünfzehn Meter in gerader Linie entfernt hinter dem schwarz lackierten Tisch sitzen. Auf Tonos Wange war ein dunkelbrauner Leberfleck. Er hatte dieselbe Farbe war sein dunkelbrauner Anzug. Als er fünfundvierzig Grad nach links über die ebenen Tatami-Matten blickte, sah Kilmer Kens neben der dunklen Brücke kaum erkennbaren Oberkörper gut zwanzig Meter entfernt. Er duckte sich und zog langsam seine .45er Automatik. Der gleitsichere Walnußknauf rutschte in seiner stark schwitzenden Handfläche. Schnell wischte er den Knauf an seinem Jackett ab und als er dann seine verschwitzten Handflächen an seinen Hosenbeinen abwischte, jagten heiße Adrenalinstöße seinen Rücken hinauf und explodierten in seinen Ohren. Sein Kopf summte und die Nackenhaare standen ihm zu Berge. Kilmer nahm eine Maalox aus der Tasche, riß die Aluminiumfolie mit seinen Zähnen auf und schluckte die Tablette. Das Summen in seinem Kopf verschwand. Das Kribbeln auf seinem Nacken war immer noch da, doch seine Hände waren jetzt ruhig und trocken. Regel: Sei optimistisch.

Ken blieb absolut bewegungslos in den Schatten stehen, seine Blue Jeans und sein dunkelblaues T-Shirt waren naß vor Schweiß. Er sah, daß Kilmer seine Stellung eingenommen hatte. Er verstärkte den Griff seiner linken Hand um die Scheide und legte die rechte Hand fest um das Heft. Er riß den Sicherheitskragen los, zog die vier Fuß lange Klinge heraus und hielt den rasiermesserscharfen Stahl an seiner Seite. Der nackte, eiskalte Stahl enthielt die disziplinierte Reinheit und die weißglühende Energie der heiligen Schmiede, wo sie gehärtet worden war. Adrenalinstöße jagten durch seine Arme und pulsierten in seinen Muskeln. Die Kraft schien von der Klinge in seinen Körper und von seinem Körper in die Klinge zu fließen. Die Scheide gepackt, das *katana* fest umklammernd, setzte sich Tanaka Ken mit weit ausholenden Schritten auf die offene Türe in Bewegung. Schwert und Schwertkämpfer waren eins. Mit mächtigen, fließenden Schritten legte er den sieben Meter langen Weg zurück, glitt über die Schwelle und blieb in dem mit Schuhen gefüllten Vorraum stehen. Er schleuderte die Scheide auf die über den Boden verstreuten Schuhe des Tono Clans und wußte, daß er die Scheide niemals mehr benötigen würde. In dem gelben Licht glänzte sein unerbittliches dunkles Gesicht wie blankpolierter Stahl.

Nachdem er sein Schwert in die beidhändige Bereitschaftsstellung hochgerissen hatte, sprang Ken durch die zweite Türe, landete auf der Tatami-Matte und marschierte schnell auf die *tokonoma* hinter dem Spieltisch zu. Unbemerkt flitzte die dunkelblaue Gestalt weiter, sauste wie der blitzschnelle Streich einer dunkelblauen, gehärteten Stahlklinge durch den Raum. Plötzlich blickte einer der Spieler unmittelbar in seinem Weg auf, riß voller Entsetzen seine Augen auf und sprang zu einem Angriff hoch. Ohne auch nur eine Sekunde innezuhalten, marschierte Ken zwischen den abgewandten Rücken zweier Spieler hindurch, trat dreist und unverfroren mitten auf den niedrigen Spieltisch und ließ sein Schwert herabsausen. Der Kopf des springenden Spielers rollte über die Tatami. Der kopflose Torso streifte kurz Kens sich schnell bewegende Beine und fiel mit einem dumpfen Schlag auf den Spieltisch. Aus dem durchtrennten Hals spritzte Blut auf das weiße Tuch. Die fasssungslosen Spieler starrten auf die hellroten Flecken, bewegungsunfähig und verständnislos.

Ken ging mit großen Schritten weiter unmittelbar auf die *tokonoma* zu und schleuderte den niedrigen schwarzen Tisch mit einem gewaltigen Tritt über Tonos Kopf. Nachdem er den Raum in weniger als zwei Sekunden durchquert hatte, blieb er jetzt in der Bereitschaftsstellung stehen, blickte unverwandt in

Tonos entsetzte schwarze Augen und sprach die förmliche Verkündigung des Schicksals.

»Tono Toshiro, ich werde deinen Tod empfangen.«

In nackter Angst schmolz Tonos stählerne, unbewegliche Miene dahin. Seine leeren, ausdruckslosen Augen füllten sich mit panischem Schrecken. Verzweifelt kroch er rückwärts in die *tokonoma,* strauchelte, fiel auf seinen Rücken und strampelte wie ein umgedrehter Skorpion auf der Tatami. Seine schrille Stimme kreischte panische Befehle.

»*Korosu!* Töten! Tötet ihn!«

Ken bereitete sich auf den Schlag vor. Tono sprang zur Seite und tastete verzweifelt nach einem nahegelegenen Schwert, doch noch ehe seine Hand die Scheide berühren konnte, schnitt Kens wirbelnde Klinge in einem blitzschnellen Schmetterlingsschlag ein dunkelrotes X in seine Brust. Der Körper krümmte sich in wilden, unkontrollierten Zuckungen, das dunkelbraune Anzugjackett lag ruhig über dem blutigen X, die Arme schlugen heftig auf den Boden. Ken trat mit seinen Tennisschuhen auf die Ellenbogen des Mannes, nagelte die Arme auf die Tatami, hielt das sich hebende und senkende X unbeweglich fest. Breitbeinig über dem blutenden Torso stehend, ließ er die Klingenspitze fünf Zentimeter über Tonos Herz schweben, biß die Zähne zusammen und stieß die Klinge dann senkrecht nach unten in das Zentrum des klaffenden roten X. Tonos schwarze Augen rollten irr nach oben und wurden milchig weiß. Sofort riß Ken das Schwert wieder heraus, wirbelte in die Bereitschaftsstellung herum und stellte sich der Horde wütender *yakuza.*

Kilmer katapultierte sich auf die Veranda und sprang anderthalb Meter weit in den chaotischen Raum hinein. Seine ausgestreckte .45er voran. Niemand sah ihn. Die *yakuza* stürzten alle auf die *tokonoma* zu. Kens Klinge fällte zwei von ihnen. Drei Anzug-Typen zogen ihre Pistolen und zielten langsam auf die dunkelblaue Gestalt. Sofort feuerte Kilmer dreimal schnell hintereinander. Die Geschäftsmänner – sie standen in einer Reihe – fielen wie drei Ziele einer Jahrmarkts-Schießbude um.

Kugeln fegten über Kilmers Kopf. Eine zerschmetterte die Glühbirne unter der Decke und warf die Nordseite des Raumes dadurch schlagartig in Dunkelheit. Zwei Spieler hielten Pistolen, aus deren Läufen gelbe Flammen stießen. Kilmer riß die .45er herum, schoß zweimal, traf beide Spieler in die Brust. Zehn schimmernde Klingen stürmten um die beiden fallenden Körper und kamen auf Kilmer zugerast. Blitzschnell schob Kilmer die .45er zurück in ihr Halfter, schlug den Schaft der Schrotflinte in seine rechte Handfläche und zog noch im selben Augenblick den Abzug durch: KRACH! Das gewaltige Donnern ließ die nahegelegenen Schiebewände zum Flur erbeben. Drei *yakuza* verdrehten sich in der Luft, sieben kamen weiterhin auf ihn zu und zehn weitere schlossen sich ihnen an: ein rauschender Wald von glänzendem Stahl. Mit der linken Hand den Ladehebel pumpend, hämmerte Kilmer ein vernichtendes Viertelkreis-Sperrfeuer heraus: Pumpen – KRACH. Blauer Rauch wirbelte aus dem Lauf. Acht Mann fielen in blutigen Fetzen auf die Tatami, während die anderen fortsprangen und sich über die vordere Veranda nach draußen drängelten. Zwei kamen immer noch auf ihn zu, stürmten die zerbrechlichen Trennwände entlang, bluteten stark, knurrten wie tollwütige Hunde. Kilmer hatte schon gezielt und begonnen, den Abzug durchzuziehen, als plötzlich eine Stahlklinge direkt über seinem Kopf durch die am nächsten gelegene Trennwand schmetterte – pumpen-KRACH! – und den Lauf der Schrotflinte abhackte, die Waffe zu Boden schleuderte. Kilmers Hände sprangen nach oben. Der auf so kurze Distanz abgefeuerte Schuß der Schrotflinte verspritzte die beiden *yakuza* in blutigen Brocken und Fetzen. Kilmer riß seine .45 heraus, richtete den Lauf auf die aufgeschlitzte Trennwand und drückte ab. Die Reispapierwand brach zum Flur hin auf und ließ einen *yakuza*-Veteranen sichtbar werden, der zu Boden stürzte. Kilmer, seine Blicke schossen blitzschnell hin und her, sah wie hinter sich – zu lange an einer Stelle – auf der Nordseite der Veranda eine Klinge aufblitzte, wirbelte herum und feuerte. Die gewaltige .45er-Kugel explodierte im Mund des *yakuza* und ließ einen Regen von Schädelfragmenten über den dunklen

Garten herabrieseln. Mehrere *yakuza* schlichen sich zur Stirnseite der Veranda, machten Anstalten, einen Kamikaze-Angriff durchzuführen. Keine weiteren Schußwaffen mehr: Bleib in Bewegung. Gleichzeitig schob Kilmer die leere .45er in das Halfter zurück und hob die amputierte Schrotflinte auf, pumpte dann die letzte Patrone in den Lauf, trat duch die zerfetzte Trennwand auf den Flur, zielte nach links – ein Chaos von blitzendem Stahl – und schoß: KRACH! Die Explosion des durch den kurzen Lauf abgegebenen Schußes verbrannte seine linke Hand, Stahlsplitter zerschnitten seine Stirn, warmes Blut tropfte ihm in sein rechtes Auge, Stahlklingen fielen klirrend auf den Holzboden. Noch während er die Schrotflinte fortwarf, trat Kilmer die Schiebewand eines der hinteren Räume ein, riß seine beiden Revolver heraus und stürmte auf die nordwestliche Ecke des Hauses zu. Auf dem Boden kniete ein *yakuza*, der gerade fieberhaft einen kleinen Revolver lud. Kilmers .38er hämmerte seinen Kopf auf die Tatami-Matte. Der Raum war leer. Auf der Südseite des Raumes knallte eine Schiebewand auf den Boden, und eine kleinkalibrige Kugel bohrte sich in Kilmers linken Knöchel, schlug sein Bein nach hinten weg, ließ ihn auf sein linkes Knie fallen. Kilmer blinzelte das Blut aus seinem rechten Auge und jagte dem Schützen eine .38er-Kugel durch die Lunge. Zwei Klingen stürzten um den zusammenbrechenden Körper herum. Kilmer schoß zweimal schnell hintereinander, rappelte sich auf, hüpfte in die nordwestliche Ecke des Hauses und wirbelte dann wieder herum, den hölzernen Eckpfeiler in seinem Rücken. Blut aus seiner Knöchelwunde begann in seinen linken Schuh zu laufen. Auf seiner rechten Seite stürmten in diesem Augenblick zwei weitere Schwertkämpfer von Süden her in den Raum. Aus dem Flur auf seiner linken Seite stürzten drei schimmernde Klingen in einem Kamikaze-Angriff auf ihn zu. Kilmer stützte sich mit dem Rücken an dem massiven Holzpfeiler ab, zog mit einer blitzschnellen Bewegung die .32er, zielte mit beiden Revolvern aus der Hüfte und zog so schnell sich seine Finger eben bewegen konnten – wobei seine Augen wie ein Steppenbrand blitzten – beide Abzüge mehrmals durch.

Tanaka Ken stand in der Mitte eines soliden Ringes aus rasierklingenscharfem Stahl. Er wartete regungslos ab. Seine dunklen Augen bewegten sich nicht einen Millimeter. Sein angespannter Körper nahm wie ein Seismograph die sich immer wieder verändernde Bewegung um sich herum wahr, nahm wie ein Mann, der auch auf seinem Hinterkopf Augen besitzt, selbst die kleinsten Manöver wahr. Die wimmelnde *yakuza*-Meute schlich mit vorsichtigen Schritten immer im Kreis um ihn herum, zwei Reihen hintereinander. Sie warteten auf eine Blöße, eine Angriffsmöglichkeit. Der glitzernde Stahlring pulsierte wie sich kräuselndes Wasser um ihn herum, kam jedoch auf keiner Seite weniger als knapp zwei Meter an ihn heran. Die Schwerterspitzen schnappten pausenlos wie bösartige Zähne nach seinen Seiten. Erbitterte Stimmen verfluchten seinen Namen.

»Tanaka Ken *korosu zo!*«

Plötzlich schnellte ein Langschwert vor, holte nach seinem Kopf aus. Mit einer blitzschnellen kurzen Drehung des Handgelenkes wehrte Ken den Hieb ab – Stahl klirrte auf Stahl, die andere Klinge zerbrach –, setzte sofort nach und schlitzte den Brustkorb des *yakuza* auf, ehe dieser in den Kreis zurückspringen konnte. Blut breitete sich in dem V-Ausschnitt des Kimonos aus und dann brach der Körper zusammen.

»*Chiksho!* Stecht ihm in den Rücken!«

»Und auf seine Füße! Jetzt!«

Vier *yakuza* griffen gleichzeitig an. Zwei von jeder Seite. Ken machte zwei kurze Hüftschritte nach rechts und fälschte die Klingen auf seiner rechten Flanke mit einem gewaltigen Windmühlenschlag ab. Die beiden zuschlagenden Klingen auf seiner Linken verfehlten um Haaresbreite seinen Brustkorb und schnitten tief in die Tatami-Matte. Ehe auch nur eine der beiden Klingen wieder gehoben werden konnte, sprang Ken mit kurzen, schnellen Schritten zwischen sie und wirbelte sein Schwert in einem fürchterlichen doppelten Schmetterlingshieb durch die Luft. Er schlitzte die beiden auf seiner linken Seite angreifenden *yakuza* von der Kehle bis zum Schritt auf. Ohne einen Augenblick innezuhalten, drehte Ken sich blitzschnell wieder zu den beiden Angreifern auf seiner rechten Flanke um, parierte ihre zweiten Schläge, riß seine Arme augenblicklich zurück, spannte sich an und ließ seine Klinge in einer surrenden halbkreisförmigen Bewegung horizontal durch die Luft fegen. Er zerschnitt beide Schädel. Ken riß seine Klinge in die Bereitschaftsstellung zurück und stand wieder absolut bewegungslos da, während die vier Leichen um ihn herum langsam auf die Tatami sanken. Alles hatte nicht mehr als drei Sekunden gedauert.

Einen winzigen Augenblick lang zögerte die um ihn schwärmende *yakuza*-Meute – überrascht und verblüfft über die hochwertige Güte seines Stahles, über die kräftigen Handgelenke und Arme, die blitzschnelle Fußarbeit, die perfekte Koordination aller Bewegungen –, blieb jedoch ansonsten unerschrocken, da sie ihm zahlenmäßig weit überlegen waren und weil ihr *oyabun* ermordet worden war. Die vier Lücken der ersten Reihe waren mit Schwerten der zweiten Reihe schnell wieder geschlossen worden. Die tätowierten Reptilien umkreisten und bedrohten ihn. Tanaka Ken wartete, seine Klinge schimmerte – eine reine blaue Flamme in der finsteren Wildnis von durcheinanderwirbelndem Rot und Grün. Schweißperlen liefen seine unbeugsame Stirn in seine Augen hinab, trübten und verschleierten sein Sehvermögen. Er rührte sich nicht.

Fünf grünschultrige *yakuza* griffen gemeinsam an. Drei Klingen von vorne, die vierte von links und die fünfte von hinten. Indem er zwei kleine, blitzschnelle Sprünge nach rechts und hinten machte, wehrte Ken den vierten und fünften Angreifer mit mächtigen linkshändig geführten Hinter-den-Rücken-Hieben ab. Die drei von vorne angreifenden Schwerter surrten herab und verfehlten Kens Bauch nur um wenige Zentimeter. Ehe die drei Klingen wieder gehoben werden konnten, vollführte Ken einen muskelzerrenden, beidhändigen, horizontalen von links nach rechts geführten Windmühlenschlag, schnitt zwei Bäuche auf, verfehlte den ersten *yakuza*, der in den Kreis zurücksprang.Dann setzte er sofort mit einem nach links geführten Hieb nach und trennte dem vierten *yakuza* beide Hände ab. Am Ende dieses gesamten Bewegungsablaufes hatte er seine Arme vor sich ausgestreckt, wobei seine Schwertspitze gegen seine linke Hüfte schlug und die horizontal gehaltene Klinge auf den fünften *yakuza* hinter seinem Rücken zeigte. Der fünfte *yakuza* hob jetzt sein Schwert über Kens Hinterkopf. Ohne sich umzudrehen, rammte Ken einen Meter soliden Stahl direkt in den Unterleib des fünften *yakuza*. Die Wucht des mit beiden Händen ausgeführten Stoßes lähmte die Klinge des *yakuza* mitten im Schlag. Die drei Leichen brachen zusammen und krachten steif auf die Tatami. Wieder stand Ken in der Bereitschaftsstellung und wartete regungslos ab. Sein dunkelblaues T-Shirt und seine Blue Jeans waren mit *yakuza*-Blut durchnäßt.

Neun Schwerter schnellten vor, schlugen blitzschnell zu und sprangen zurück. Mit zwei mächtigen, klirrenden Schlägen blockte Ken sechs Klingen ab. Zwei der nicht abgewehrten Schwerter verfehlten nur knapp seinen Bauch, doch das letzte schnitt das Fleisch auf der Rückseite seines linken Oberschenkels auf. Warmes Blut floß unter seiner Jeans das Bein herab. Ein extrem starkes Schwert kam mit blendender Geschwindigkeit auf ihn zugeschossen, wurde nur so gerade eben pariert, sofort zurückgerissen, um unmittelbar darauf wieder zuzuschlagen. Wieder wehrte Ken es nur um ein Haar ab. Tanaka Ken blinzelte sich den Schweiß aus den Augen und konzentrierte sich auf diese mächtige Klinge: Masa der Löwe. Mit rasender Geschwindigkeit holten beide Männer zu drei gewaltigen, klirrenden Schlägen aus. Masa schritt zurück. Beide Klingen summten wie angeschlagene Stimmgabeln. Dann drängte sich ein dunkler Anzug in die vordere Reihe der Angreifer neben Masa. Ken blinzelte kurz: Tanaka Shiro; die schwarze Spinne schimmerte finster über seinen schwarzen Augen. Vier tätowierte *yakuza* griffen an. Zwei auf jeder Seite. Ken blockte die vier Schwerter mit einer gewaltigen, surrenden Windmühle ab, trennte ein Handgelenk durch und vervollständigte diesen Schlag, der an die Substanz seiner Muskeln ging, mit einer weitausholenden Bewegung hinter seinem Rücken. Masa der Löwe griff an. Die Wahl des Zeitpunktes war einfach perfekt. Seine mächtige Klinge fuhr auf die rechte Seite von

Kens Schädel herab. Da er nicht in der Lage war, diesen Schlag zu parieren, sprang Ken mit trippelnden Schritten zurück. Doch die herabsausende Klinge schnitt ihm seine rechte Wange vom Ohrläppchen bis zum Kinn auf. Ken streckte sich über die nun nach unten geschlagene Klinge hinweg und vergrub augenblicklich dreißig Zentimeter Stahl in Masas Hals, riß die Klinge dann seitlich heraus und wehrte einen weiteren Hieb hinter seinem Rücken ab. Masas Kopf fiel zur Seite, als er auf die Tatami rollte. Blut lief über Kens rechte Wange und tropfte dann von seinem energischen Kinn.

Tanaka Shiro brüllte ihn durch schimmernde weiße Zähne an. »Verfluchter Onkel, ich werde deinen Tod empfangen!«

Tanaka Ken blickte Shiro unverwandt an. Sein blutgefüllter Mund spuckte rote Kügelchen aus, als er knappe, bittere Worte der Verdammung improvisierte.

»Du bist nicht der Enkel meines Vaters, nicht der Sohn meines Bruders. Du gehörst nicht zu meiner Familie, bist nicht mein *kazoku*. Schiro die Spinne, ich werde deinen Tod empfangen!«

Ken machte einen Schritt vor, pirschte sich an Shiro an, war bereit seinen Schwur zu brechen und zu sterben, ignorierte einfach den schimmernden Kreis der Klingen, der jeder seiner Bewegungen folgte. Shiro wich langsam zurück, suchte nach einer Blöße, schwang drohend sein Schwert. Ganz bewußt machte Ken dann einen leichtsinnigen Zug, gab Shiro die Möglichkeit, die er suchte. Shiro sprang vor, sein Schwert sauste von oben herab, die Spitze der Klinge zerfetzte Kens T-Shirt. Sofort ließ Ken dann eine ganze Serie anstrengender, blitzschneller horizontalen Schläge los, während sein Schwert und sein Körper zu einer einzigen, undeutlichen Bewegung verschmolzen. Der blitzende Stahl sprang über Shiros nach unten geführtes Schwert, fegte nach links und trennte beide Hände mit einer einzigen schnellen Bewegung ab. Ohne anzuhalten, wirbelte der surrende Stahl zurück – knapp zehn Zentimeter über den Reisstrohmatten –, durchschlug wie eine Sichel, die jungen Bambus fällt, beide Knöchel. Als Shiros Schwert und seine amputierten Hände auf die Tatami fielen, zog Shiro seine blutenden Armstümpfe in die Bereitschaftsstellung hoch. Im selben Augenblick sackte plötzlich sein ganzer Körper gut zehn Zentimeter nach unten und seine Beinstümpfe prallten auf die Tatami. Und schon wieder wirbelte der rasierklingenscharfe Stahl durch die Luft und fuhr sirrend nach rechts zurück – einen Meter über dem Boden –, schlug durch Shiros Hüften, zerschnitt sein Rückgrat an der stärksten Stelle, knirschte durch den steinharten Beckenknochen – halbierte den Körper mit dem schwierigsten Schlag des Schwertkämpfers sauber in zwei Teile. Shiros Augen explodierten in nacktem Entsetzen. Der Mund flog auf, doch heraus kam nichts. Der Oberteil seines Körpers schwankte zweimal, fiel dann nach hinten, knallte mit einem dumpfen Schlag auf die Tatami und stieß den unteren Teil des Körpers nach vorn. Die verzerrten Gesichtsmuskeln zuckten und bebten, doch die mit panischem Schrecken gefüllten Augen blieben fest auf die dunkelblaue Gestalt gerichtet. Tanaka Ken stand in der Bereitschaftsstellung, atmete schwer. Warmes Blut strömte über seine Brust und sein zerrissenes T-Shirt. Er hatte seinen Schwur gebrochen, seine Pflicht erfüllt, war von fünfzehn wütenden Schwertern umringt und bereit, zu sterben.

Harry Kilmer hatte seinen Rücken fest gegen den roh behauenen Holzpfeiler gepreßt, seinen verwundeten linken Knöchel entlastet, indem er sein Gewicht auf das rechte Bein legte, und hatte nur noch einen Schuß in jedem der beiden rauchenden Revolver, als ein weiterer *yakuza* tot zusammenbrach. Zwei letzte *yakuza* griffen ihn jetzt gleichzeitig mit hoch erhobenen Schwertern an. Kilmer jagte dem ersten Angreifer die Kugel der .38er in die Brust, als dieser nur noch gut anderhalb Meter entfernt war. Der fallende Leichnam kam weiter auf ihn zu, die wild schwingenden Klinge schlug ihm die .38er aus der Hand, die stürzende Schulter stieß ihm hart an den Bauch. Kilmer schwankte einen Moment auf seinem rechten Bein, fiel dann krachend auf den Boden, schlug mit dem Rücken auf die Tatami auf. Der tote *yakuza* lag quer über seinem Bauch. Die Klinge des zweiten *yakuza* war jetzt nur noch knapp einen Meter von ihm entfernt. Blitzschnell zielte Kilmer über die Schulter des toten *yakuza* und bohrte dem zweiten *yakuza* die kleine Kugel der .32er genau zwischen die Augen. Der tödlich getroffene *yakuza* sprang, stieß seine Klinge durch die Schulter des toten *yakuza* und spießte knapp drei Zentimeter unterhalb der alten Wunde Kilmers bandagierte Seite auf. Schlagartig brach aus beiden Wunden Blut hervor. Die durchschossene Stirn des fallenden *yakuza* krachte in Kilmers Gesicht, spuckte Blut in seinen Mund und in seine Augen. Kilmer hörte, wie weitere *yakuza* aus dem Flur in den Raum hereinkamen. Verzweifelt versuchte er, die .45er in seinem Schulterhalfter zu erreichen, doch die beiden Leichen behinderten ihn. Von Panik ergriffen trat und wuchtete er die Leichen beiseite und sah die beiden Langschwerter unmittelbar auf sich zugestürzt kommen. Nachdem er die nutzlose .32er in das Gesicht des einen *yakuza* geschleudert hatte, kroch er über einen Meter blutgetränkter Tatami und packte das Heft eines auf den Boden gefallenen Langschwertes. In diesem Augenblick sauste die Klinge des zweiten *yakuza* herab. Kilmer erhob sich auf seine Knie und schwang das Schwert wie einen Baseballschläger. Klirrend prallte sein Langschwert gegen die herabsausende Klinge, hielt sie auf. Ein stechender Schmerz durchzuckte seinen Arm und das Schwert sprang aus seiner Hand. Humpelnd rappelte Kilmer sich auf, sprang voller Verzweiflung durch eine der dünnen Wandsegmente auf die Veranda hinaus, kam auf Händen und Knien auf, sah sofort weitere *yakuza* in dem dunklen Garten und kroch schnell zu dem hölzernen Eckpfeiler zurück. Links und rechts des Pfeilers barsten die beiden *yakuza* durch die Wände, kamen auf ihren Füßen auf. Kilmer sprang zwischen den beiden kopfüber zurück in den Raum, die Spitzen ihrer Schwerter erwischten gerade eben noch seine Schuhsohlen. Auf dem Bauch rutschte er dann über die durch das Blut glitschig gewordene Tatami. Zwischen den beiden blutenden Leichen blieb er liegen, rollte sich schnell auf den Rücken. Sein Herz hämmerte wie verrückt. Fieberhaft bewegten sich seine Hände. Mit der einen zückte er blitzschnell die .45er, mit der anderen riß er drei frische Magazine aus seiner linken Jackentasche. Die beiden *yakuza* sprangen durch die zerbrochenen Wände. Kilmer schlug das leere Magazin aus dem Knauf, schob hastig ein frisches ein, hielt es mit der linken Handfläche fest und zog den Abzug ohne zu zielen durch. Wieder und wieder drückte er ab, verschoß wie ein MG-Schütze breitgefächert alle sieben Kugeln. Die beiden *yakuza* verdrehten sich, zuckten, schwankten, strampelten und wurden in blutige Fetzen gerissen. Fünf weitere *yakuza*, die bereits stark bluteten, stürmten durch die zerstörten Wände hinein. Ihre Schwerter hielten sie wie Speere weit vor sich ausgestreckt. Kilmer riß das leere Magazin heraus, stieß das nächste hinein, verschoß im Schnellfeuer alle sieben Patronen, riß es wieder heraus, stieß das dritte Magazin in die Waffe und verspuckte eine weitere Garbe. Drei *yakuza* krümmten sich und zerplatzten in der Luft. Einer sprang zurück auf die Veranda, doch der letzte *yakuza* setzte seinen Angriff unbeirrt fort, flog durch die Luft auf ihn zu, hielt sein Schwert wie einen Speer. Die .45er-Kugeln rissen ihm die Schulter weg. Kilmer hob die Stahlkappe seines rechten Schuhs und trat verzweifelt die flache Seite des herabstoßenden Schwertes zur Seite. Die rasiermesserscharfe Spitze der Klinge drang unmittelbar neben seinem linken Ohr tief in die Tatami. Der blutige Brei des schulterlosen Körpers prallte auf seinen Brustkorb und rollte dann über sein Gesicht. Kilmer rappelte sich schnell auf, riß ein weiteres Magazin aus seiner linken Tasche, lud die .45er nach und suchte blitzschnell den Raum ab. Nichts rührte sich. Kilmer schlich sich schnell über die mit Leichen übersäten Tatami, streckte seine linke Hand aus und packte die leere .38er wie ein Ertrinkender einen Rettungsring umklammert. Sofort schlug er die Trommel auf und klopfte die leeren Patronenhülsen aus den Kammern. Als er in der rechten Jackentasche nach der Munition für die .38er suchte, tropfte das Blut von seinem Kinn in die leeren Kammern der Trommel.

Tanaka Ken, bereit zu sterben, blieb jetzt nicht mehr länger still stehen, sondern schritt rücksichtslos durch den Raum und verfolgte einzelne Schwertkämpfer. Der wimmelnde Kreis der *yakuza* bewegte sich mit ihm, folgte jeder seiner Bewegungen wie ein Rudel Straßenköter einer läufigen Hündin. Zwei *yakuza* hielten ihre Klingen zu niedrig, und Ken schlitzte mit blendender Geschwindigkeit beiden die Kehle auf. Acht Schwerter griffen wie Speere an. Mit Leib und Seele holte Ken zu einem Schlag aus, blockte alle acht Schwerter ab und zerbrach zwei von ihnen. Wie acht MG-Kugeln auf kugelsicheren Stahl prallte sein Schwert gegen die acht Klingen. Dann griff er das schwächste Glied in dem ihn umgebenden Kreis an, schlug sich einen Weg frei, wirbelte sofort wieder herum und stellte sich dem U-förmigen Panzerhandschuh der dreizehn *yakuza.* Während Ken in das U hineinging, wirbelte er sein Schwert in einer unablässigen Windmühle mit grimmiger Entschlossenheit durch die Luft, strengte dabei jeden einzelnen Muskel bis an seine Grenzen an – links, rechts, links –, bis er durch die Unterseite des U wieder auf freien Raum hinaustrat. Sich blitzschnell wieder umdrehend, stand Ken jetzt vor zwei Reihen von Schwertern, während drei abgeschlagene Arme auf die Tatami zwischen ihnen rollten. Zwei junge einarmige *yakuza* stürzten durch den Raum auf die Veranda auf der Stirnseite des Hauses zu. Und indem Ken schnell wieder zwischen die elf jetzt noch verbleibenden *yakuza* trat, wiederholte Ken die muskelzerreißende Sequenz von nicht endenden Windmühlenschlägen, wechselte dabei rücksichtslos seine Klinge immer wieder von einer Hand in die andere – links-rechts, links-rechts. Die kreisförmige, nur verschwommen wahrnehmbare Bewegung seiner Schultern und seiner Klinge war so schnell wie ein dunkelblaues Wasserrad. Als Ken sich dann wieder umdrehte, stand er nur noch vor neun *yakuza,* während zwei Körper und drei abgetrennte Hände auf die blutverschmierte Tatami fielen. Er schwang sein Schwert jetzt wie einen Dreschflegel und stieß in ihre Mitte. Die Adern auf seinem blutverschmierten, kräftigen Hals standen weit heraus. Die neun *yakuza* wichen zuerst langsam zurück, dann schneller und schließlich begannen sie um ihre Leben zu laufen, rasten in einem heillosen Durcheinander zur vorderen Veranda. Auf beiden Seiten des Raumes erhoben sich verwundete *yakuza* mühsam vom Boden und folgten stolpernd den anderen, sprangen von der vorderen Veranda in die Nacht hinaus.

Tanaka Ken war verwirrt und sprachlos. Er blieb in der Nähe der nach Süden gelegenen Veranda stehen und schaute den *yakuza* nach, die draußen über das Gras humpelten und durch den dunklen Teich planschten. In der Tatami-Halle war es plötzlich absolut still. Schmerzkämpfe jagten durch seinen blutenden linken Oberschenkel. Schwer atmend starrte er mit leeren Augen in die Dunkelheit, war überrascht und enttäuscht zugleich, daß er keine Gegner mehr hatte und immer noch lebte. Lärm auf dem Flur. Er wirbelte herum.

Harry Kilmer kam aus Tonos Büro und humpelte in die südliche Ecke der Tatami-Halle. In jeder Hand hielt er eine geladene Waffe, sein grauer Anzug war mit schwarzen Blutflecken durchnäßt. Seine tiefliegenden Augen waren ruhig und wachsam, zwar voller Schmerz, doch auch wieder Herr der Lage.

Die beiden völlig blutdurchnäßten Männer blickten auf ihre blutverschmierten Gesichter und sahen sich dann in dem großen Raum um. Unzählige Leichen und abgetrennte Gliedmaßen. Keinerlei Bewegung. Mit aufheulenden Motoren verließen mehrere Autos den Parkplatz. Einer streifte das Eingangstor. Die beiden Männer blickten in die Dunkelheit und sahen plötzlich zwei große dunkle Gestalten über die Holzbrücke auf das Haus zu kommen.

Die beiden dunklen Gestalten traten durch die Vordertüre in das trübe gelbe Licht. Der erste war Kato Sho in seinem schwarzen Seidenkimono mit dem weißen Seidenobi. Der zweite war ein jüngerer *yakuza* in einem dunkelgrünen Anzug. Der jüngere *kobun* stürmte über die Leichen hinweg in die *tokonoma,* warf sich über Tonos blutigen Leichnam, vergrub sein Gesicht in Tonos blutigen Wunden und begann zu klagen: *»Oyabun, oyabun.«* Dann sprang er plötzlich auf und zog eine Pistole aus einem Schulterhalfter. Kilmer jagte eine .45er-Kugel durch seinen offenstehenden Mund und sein Körper flog nach hinten auf den Boden.

Kato Sho betrat den Raum, starrte auf Kilmers rauchende .45er und sagte auf englisch: »Mr. Kilmer, mit Ihnen habe ich nichts zu schaffen.« Dann ließ Kato langsam beide Schultern seines Kimonos herabgleiten und entblößte dadurch eine leuchtend bunte Drachen-Tätowierung und eine Pistole, die unter dem Verband um seine Taille steckte. Kato zog die Waffe vorsichtig mit zwei Fingern heraus und warf sie über die Veranda hinaus in die Dunkelheit.

Ken gab Kilmer zu verstehen, daß er seinen Colt wegstecken sollte. Kilmer ließ seine Hand an seiner Seite herabsinken.

Kato warf einen kurzen Blick auf Tonos blutige Leiche. Yakuza-Kodex: Der Tod seines Arbeitgebers zerbrach nicht die Bande der Pflicht. Er hatte geschworen, diesen Auftrag zu Ende zu führen. Der Auftrag würde zu Ende geführt werden. Kato wandte sich wieder Ken zu und riß seine Stahlklinge fünfzehn Zentimeter aus der langen schwarzlackierten Scheide. In formellem *yakuza*-Dialekt begann er zu sprechen. Seine tiefe Stimme schnarrte durch den Raum.

»Tanaka Ken, ich werde deinen Tod empfangen!«

Kens Stimme war abgehackt, knapp und förmlich. »Ich werde ihn nicht geben. Du mußt ihn dir schon nehmen.«

Kato nickte kurz, nahm das Duell an. »Es ist eine große Ehre gegen einen Mann zu kämpfen, der immer noch nach dem Yakuza-Kodex lebt.«

Ken nickte knapp, nahm das Kompliment an. »Ich habe die gleiche Ehre.«

»Dies ist nicht mein Wunsch, sondern meine Pflicht.«

Ken nickte.

Mit einer schnellen Bewegung riß Kato Sho seine vier Fuß lange Klinge in die Bereitschaftsstellung und schleuderte die Scheide auf die Tatami.

Tanaka Ken ergriff den Kragen seines zerfetzten T-Shirts und riß es herunter, entblößte seinen muskulösen, schweißgebadeten Oberkörper. Auf seinen Armen schimmerten die grellroten Blumen-des-Bösen. Das lebhafte Gesicht eines Samurai-Schwertkämpfers, wie es von einem Kabuki-Schauspieler dargestellt wurde, bedeckte seinen nackten, kräftigen Rücken. Das furchtlose Gesicht glänzte unter den satten Farben der Theaterschminke in Blutrot, grellem Weiß, brilliantem Schwarz und Dunkelblau. Die tätowierten Augen des Samurais waren mit *yakuza*-Blut verschmiert.

Die beiden kräftigen Männer bewegten sich wie zwei Samurai mit absolut reglosen, starren Gesichtern über die Tatami. In einem sich langsam drehenden Kreis pirschten sie sich aneinander an. Im trüben, schwachen Licht des Raumes schimmerten ihre bunten Tätowierungen. Der Drachen glitt über Katos Rücken und Schultern, die Blumen und der Samurai kräuselten sich auf Kens Muskeln. Sie kreuzten einmal kurz ihre Klingen, und jeder wußte, daß der andere einen Stahl von makelloser Güte in seiner Hand hielt. Ohne jede Vorwarnung wechselten sie dann fünf stürmische, blitzschnelle Streiche, Funken sprühten, und sie wichen wieder zurück. Im Raum hallte es wie in einem Glockenturm nach. Sie beschlichen sich weiter, maßen gegenseitig ihre Reflexe. Plötzlich gingen sie beide gleichzeitig mit aller Kraft geführten Schlägen zum Angriff über. Sofort erkannte jeder der beiden Männer, daß der Schlag des anderen tödlich war. Jeder verwandelte mitten im Hieb seinen Angriff in eine Verteidigungsparade, holte mit all seiner Kraft weit aus. Muskeln spannten sich an, wölbten sich. Mit einem ohrenbetäubenden Klirren krachten die beiden Schwertklingen gegeneinander, und dann flogen beide Schwerter durch die Luft. Augenblicklich rissen beide Männer ihre Kurzschwerter aus ihren Scheiden. Vollkommen bewegungslos standen sie kaum zwei Meter voneinander entfernt, starrten sich in die Augen, waren bereit, jeden Moment loszuspringen und anzugreifen. Mit ihren rechten Händen richteten sie ihre Kurzschwerter auf den Unterleib des anderen, hatten ihre linken Hände ausgestreckt, um die Schwerthand des Gegners zu umklammern. Und dann stürzten sie plötzlich aufeinander los, prallten zusammen, ihre Brustkörbe schlugen laut krachend gegeneinander, die roten Blumen und der grüne Drachen wurden fest aneinander gepreßt, und sie standen in einer bewegungslosen, stillen Umarmung des Todes einfach nur da.

Die beiden Männer starrten sich mit ihren ausdruckslosen Gesichtern in ihre ausdruckslosen dunklen Augen, ihre Gesichter kaum zehn Zentimeter voneinander entfernt. Kato Sho nickte knapp, erkannte Kens Geschicklichkeit und seine Ehre an. Tanaka Ken erwiderte das Nicken, akzeptierte damit das Kompliment und erwiderte es gleichzeitig. Blut floß zwischen ihnen auf die Tatami. Ihre Gesichter blieben starr und ausdruckslos, Katos Knie begannen sich zu beugen, gaben nach, und dann glitt sein Kopf langsam über Kens Brust. Er sank nach hinten zusammen und fiel dann mit einem dumpfen Aufschlag mit dem Rücken auf die Tatami. Ken lockerte seinen mächtigen Griff um Katos Schwerthand, sein durchbohrter Leib glitt von dem dreißig Zentimeter langen Stahl in Kens starrer rechten Hand.

Im Raum herrschte Totenstille.

Kilmer starrte die beiden regungslosen Männer an, dann warf er einen schnellen Blick auf seine Uhr. 10.25. Dreißig Minuten seit ihrer Ankunft. Fünfzehn Minuten, seit die Schießerei begonnen hatte. Kilmer verlagerte sein Gewicht auf das rechte Bein, hüpfte schnell über die blutgetränkten Tatami durch den Raum und hob die unbrauchbare Schrotflinte im dunklen Flur vom Boden auf. Ken schob mit einem leisen Klicken das Kurzschwert wieder in die Scheide, die unter seinem Gürtel steckte. Dann verlagerte er sein Gewicht auf das rechte Bein, um den stark blutenden linken Oberschenkel zu entlasten. Nahm sein zu Boden gefallenes Langschwert wieder auf und ging in den Vorraum, um sich dort seine Scheide zu holen. Dann humpelte er schnell quer durch die Tatami-Halle und sprang von der Veranda in die Finsternis. Kilmer folgte ihm.

Die beiden Männer humpelten so schnell es eben ging über den Rasen zu den drei flachen Steinbrücken. Hinter ihnen zogen sich zwei Blutspuren über das Gras. Auf der mittleren flachen Steinplatte blieb Kilmer kurz stehen und warf seine vier Waffen in das dunkle Wasser, das die Fingerabdrücke beseitigen würde. Von dort, wo die vier Waffen auf die Oberfläche aufgeschlagen waren, breiteten sich einander überschneidende Wellen auf dem Meer aus Gold aus. Zwischen den Pinien und Ginkgos hindurch hasteten sie zu der zeltförmigen Öffnung in dem Bambuszaun, duckten sich durch die Öffnung, richteten sich in der völligen Dunkelheit der Straße wieder auf und gingen über den schmalen

Asphaltstreifen zu dem KXL hinüber, den sie bei den beiden Motorrädern geparkt hatten.

Zwischen den Motorrädern hatte sich ein *yakuza*-Veteran zusammengekauert und wartete in der Dunkelheit auf sie. Mit der linken Hand umklammerte er das Heft eines Kurzschwertes, sein rechter Arm fehlte. Er wartete darauf, seine Pflicht zu tun. Er war tot.

In der Ferne heulten Sirenen. Schnell humpelten sie zu ihrem Wagen weiter. Ken warf das Langschwert auf den Rücksitz, zog hastig seine blaue Nylon-Jacke über und ließ den Motor an. Der KXL setzte sich mit einem Ruck in Bewegung, bog mit quietschenden Reifen auf die erste enge Straße Richtung Norden ein und jagte mit hoher Geschwindigkeit auf die Tada Avenue zu. Mehrere Wagen fuhren ebenfalls mit hohem Tempo in die gleiche Richtung. Anwohner dieses Viertels, die aus der Gegend flohen.

Nachdem sie links auf die Tada Avenue abgebogen waren, donnerten sie weiter Richtung Autobahn. Jede fünfte Seitenstraße Richtung Süden war von der Polizei abgesperrt worden. Die übrigen Straßen waren immer noch offen. Die Miniatur-Polizeiwachen an den Straßenecken waren leer. Als sie sich der Autobahn näherten, sahen sie die lange Reihe der sich drehenden Rotlichter auf den Polizeiwagen, die gerade in diesem Augenblick die Ausfahrtrampe der Expressway herunterkamen. Der KXL fuhr an den Bordstein, hielt an, wartete geduldig ab, stank nach frischem Blut. Sirenen kreischten. Zwei Streifenwagen der Polizei Yokohama rasten an ihnen vorbei. Vier Lastwagen mit Tokioter Bereitschaftspolizei folgten ihnen. Am Ende der Kolonne kamen noch drei Tokioter Streifenwagen. Ken zog sein Taschentuch heraus, biß die Zähne fest zusammen und wickelte es sich stramm um sein blutendes linkes Bein. Kilmer band sich sein eigenes Taschentuch um seinen blutenden linken Knöchel. Als er sich vornüberbeugte, begannen die beiden Wunden in seiner Seite wieder stärker zu bluten. Die Polizeisirenen verhallten irgendwo hinter ihnen in der Nacht.

Der KXL raste die Auffahrtsrampe hinauf und jagte mit

Höchstgeschwindigkeit auf das Tokioter Privathaus eines Spezialisten für Notfälle zu, die nicht bekannt werden durften; auf das Haus eines Arztes zu, der wohlhabende *yakuza* behandelte. Wie eine Blutspur fielen die Ausfahrtschilder hinter ihnen zurück. Die beiden Männer umklammerten ihre Wunden, sagten während der Fahrt kein einziges Wort. Sie empfanden nichts mehr außer ihren peinigenden Schmerzen. Keine Aufregung, kein Hochgefühl, keine Energie – nur noch Ekel und Abscheu. Ausfahrt um Ausfahrt.

Um ihre Wunden nicht durchzurütteln, hielt Tanaka Ken die Tachometernadel konstant auf 85. Er lenkte mit der Linken, während er seine rechte Hand auf die brennende, klaffende Wunde in seiner fiebernden Wange presste. Er hielt seine dunklen Augen fest auf die Straße gerichtet, sah nichts anderes als den Weg zu seinem pflichtbewußten Tod vor sich, spürte die neue Verpflichtung für seine Familie, die letzten Pflichten, ehe er starb. Taro-*chan* mußte anständig eingeäschert werden. Für Chieko-*san* mußte angemessen gesorgt werden. Etikette: Warten, bis Kilmer abgereist ist. Yin: Der Tod wartet immer noch. Yang: Er war immer noch bereit. Yin-Yang: Hara-Kiri.

Harry Kilmer versuchte sich weder zu bewegen noch nachzudenken, sondern saß vollkommen still da. Er versuchte sich zu beruhigen, indem er mit seiner rechten Hand das Armaturenbrett fest umklammerte, während er seine linke Hand über den sengenden Brei in seiner verletzten Seite legte. Er hielt seine tiefliegenden Augen fest geschlossen, sah nichts als die Schande der Ehre, spürte, daß er sich und die Welt wieder einmal beschmutzt hatte. Gewalt ist die reinste Hölle der Erniedrigung. Gewalt, selbst dann, wenn sie unvermeidlich und notwendig ist, bleibt doch immer das gleiche: immer erniedrigend. Axiom: Gewalt ist Gewalt.

Der KXL summte ruhig und gleichmäßig durch die Nacht. Blut aus ihren Wunden drang in die Lederpolster ein und schwappte auf die Gummimatten auf dem Wagenboden. Die dunklen Wellen der Übelkeit und des Ekels wurden beständig stärker, und das Stechen wurde schlimmer und schlimmer, als die Wunden sich schlossen.

11

Meine Aufgabe als Samurai ist Loyalität dem Fürsten,
Treue dem Freund, Schuld der Familie und,
vor allem anderen, Ergebenheit der Pflicht.
Yamaga Soko (1622 – 1685)

SAMSTAG, 21. Juli

Vor Tagesanbruch war aus dem dichten Smog eine wahre Sintflut peitschenden Regens über die ganze Stadt niedergegangen. Doch im Verlauf des Morgens hatte der Wolkenbruch schließlich nachgelassen, und jetzt, als das Mittagslicht sich durch die schmutzigen, smogverhangenen Sturmwolken kämpfte, war der Regen nur noch ein unaufhörliches Nieseln.

Harry Kilmer wachte gegen Mittag auf und hörte den Regen zum erstenmal, als er den schwarzen Ledergürtel von seinen Ohren nahm. Doch dann ließ er plötzlich den Gürtel fallen, ballte seine Fäuste und ließ ein langes, leises und entsetzliches Stöhnen durch das Schlafzimmer hallen. Die Bewegung seines rechten Armes hatte an den Nähten auf seiner rechten Bauchseite gezogen. Stiche sengenden Schmerzes schnitten wie Rasierklingen durch seine Eingeweide. Er verzog sein Gesicht und spürte die Schweißperlen auf seiner Brust. Er zwang sich, langsam, ruhig und gleichmäßig durchzuatmen, drückte den Schmerz wieder auf ein erträgliches Level herab. Das Beruhigungsmittel wirkte nicht mehr. Seine Stirn, seine Taille und sein Knöchel waren mit weißer Gaze bandagiert. Er öffnete seine Fäuste, drehte seinen linken Knöchel vorsichtig nach links und rechts: Die Schußwunde fühlte sich härter als Beton an. Langsam und behutsam hob er seinen linken Arm, schob den Verband über seinen Kopf zurück und berührte seine Stirn: Die Hautabschürfungen waren bereits mit Schorf bedeckt. Dann senkte er langsam seinen Arm an seine rechte Seite, biß sich heftig auf die Unterlippe und betastete vorsichtig die beiden fünfzehn Zentimeter langen Nähte unter dem Mullverband: Die klaffenden, parallel verlaufenden Wunden fühlten sich größer als die Tore einer Doppelgarage an. Mit einem leisen Stöhnen legte er den Arm wieder an seine linke Seite und starrte auf die Zimmerdecke. Bevor es besser wurde, würde der Schmerz noch schlimmer werden. Noch viel schlimmer.

Zehn Minuten lang blieb Kilmer absolut bewegungslos liegen, starrte auf die Decke und lauschte auf das leise Klimpern der Regentropfen gegen die Fensterscheibe. Dann machte er eine Bestandsaufnahme seiner Symptome und verschrieb sich die notwendige Medizin. Übelkeit: Bis zum Abend nichts essen. Fieber: Viel Flüssigkeit trinken. Erschöpfung: Ausruhen und schlafen. Aber: In Tokio konnte man sich unmöglich ausruhen, unmöglich entspannen. Medizin: Heute noch nach L.A. abreisen. Den Flug noch vor Mitternacht nehmen.

Vorsichtig rollte Kilmer sich aus dem Bett, doch kaum stand er wieder auf seinen Füßen, da explodierte auch schon ein brennender Schmerz in seinem linken Knöchel. Er zog sein verknittertes graues Hemd an, biß die Zähne zusammen und mühte sich in seinen zweiten grauen Serge-Anzug. Als er sich auf die Bettkante setzte, ließ der Schmerz sofort teilweise nach. Er starrte auf den Fußboden und versuchte sich das Programm für den Tag in Erinnerung zu rufen. Eins: Für Dustys Einäscherung sorgen. Zwei: Um 20.30 bei Tanaka Goro melden. Drei: Tanaka Eko . . . Vier: Tanaka Ken . . . Wie soll man etwas wiedergutmachen, das nicht wiedergutzumachen ist? Hör auf, darüber nachzudenken! Fünf: Nach L.A. fliegen. Wie soll man sein Beileid für etwas aussprechen, für das man kein Beileid aussprechen kann? Regel: Immer in Bewegung bleiben.

Um 12.30 hatte Kilmer sich rasiert, die Zähne geputzt und sich telefonisch einen Platz für den JAL-Flug um 22.30 nach

L. A. reservieren lassen. Dann setzte er sich an den Küchentisch und machte sich mit zwei Tassen Whiskey-Kaffee – trotz seines Magengeschwüres – Mut für den weiteren Tag. Der Alkohol und das Koffein linderten das scharfe Stechen in seinen Wunden, doch es war leider auch genau das, was die Schlangen in seinem Magen unbedingt brauchten. Er trank eine weitere Tasse und riß drei Päckchen Maalox auf.

Um 12.45 betrat Kilmer leise das Wohnzimmer, hob Dustys steifen Leichnam von dem Sofa und wickelte ihn in eine dunkelgrüne Decke ein. Kilmer bewegte sich langsam und vorsichtig, trat in den Regen hinaus und legte die Leiche in den Kofferraum von Wheats Toyota. Dann fuhr er durch den dichten Mittagsverkehr zur Tomei Expressway und weiter Richtung Westen. Der smogverhangene Himmel blieb dunkel und zugezogen. Nach zwei langen Stunden Fahrt durch den unablässigen Nieselregen bog er schließlich von der Autobahn auf eine nach Norden führende Landstraße ab und fuhr auf das Krematorium am Fuße des Fuji zu.

Auf beiden Seiten der schmalen, zweispurigen Landstraße erstreckten sich die sanften Hügel der Gebirgsausläufer, auf denen Erddämme und wassergefüllte Reisfelder terrassenförmig angelegt worden waren. Der neblige Regen hielt die Bauern in ihren strohgedeckten Häusern. Als der Toyota eine Kette kleinerer Berge überquerte, tauchte plötzlich der anmutige, massive Bergrücken des Fuji vor dem Wagen auf und füllte die gesamte Windschutzscheibe aus. Der schneebedeckte Gipfel lag halb versteckt hinter den wirbelnden Sturmwolken, während die hoch aufragenden dunklen Abhänge wie ein violettschwarzer Kimono mit grauem Obi von kleineren grauen Wolken umgeben wurden. Kilmer starrte durch die hin und her schlagenden Wischerblätter. Der verhaltene, gigantische Berg wurde allmählich größer und größer.

Dusty mußte eingeäschert werden. Der drastische Platzmangel in Japan hatte ein Gesetz gegen die normale Erdbestattung der Toten notwendig werden lassen, das wegen der Schwierigkeit, eine Leiche über internationale Grenzen zu transportieren, ebenfalls für Touristen galt, die zuvor keine legalen Gegenmaßnahmen ergriffen hatten. Ken hatte zu einem Krematorium außerhalb von Tokio geraten, da – obschon immer noch vollkommen legal – die ländlichen Behörden weniger mißtrauisch als die in der Stadt waren. Ken schlug außerdem vor, daß man sie dort nicht zusammen sehen sollte. So hatten sich die beiden Männer, während der Arzt ihre Wunden versorgte, darauf geeinigt, daß Ken und Eko am Morgen mit Taro hier herausfahren würden, und daß Kilmer mit Dusty nachmittags fahren sollte.

Um 15.15 erreichte Kilmer den Fuß des Fuji, machte die Anschrift ausfindig und hielt auf dem kleinen, mit Kies bestreuten Parkplatz an. Das Krematorium war ein schlichtes, funktionales Gebäude ohne jede Verzierung, eine einstöckiges, tristes braunes Ziegelgebäude mit einem Ziegelschornstein auf seiner Rückseite. Die Ziegel waren naß und glänzten in dem feinen Regen. Kilmer öffnete den Kofferraum, hob Dusty auf seine Arme und humpelte dann – wobei er sorgfältig darauf achtete, sein linkes Bein nicht zu sehr zu belasten – auf die kleine Türe in dem braunen Backsteingebäude zu. Fakt: Ken war durch dieselbe Türe gehumpelt. Regel: Immer in Bewegung bleiben.

Es gab nur einen einzigen Angestellten, einen liebenswürdigen alten Mann mit einem faltigen Gesicht, der eine braune Uniform und ein weißes Stirnband trug.Er stand zwischen einem kleinen Holzschreibtisch und einem großen gußeisernen Ofen. Vor diesem Ofen stand eine rechteckige Kiste aus Kiefernholz. Der alte Mann nickte respektvoll. »Kilmer-*san?*«

Kilmer nickte bestätigend. »*Hai.*«

»Bitte, treten Sie doch ein«, sagte der alte Mann förmlich und benutzte den örtlichen Dialekt. »Ich habe schon auf Sie gewartet.«

»*Domo.*« Da Kilmer wußte, daß die Landbevölkerung seinen Tokioter Dialekt als grob und unhöflich empfinden würde, kompensierte er dies, indem er peinlich genau auf gute und korrekte Umgangsformen achtete. Er wollte mit diesem Angestellten keine Scherereien bekommen. Er wollte mit überhaupt keinem Menschen Ärger und Schwierigkeiten bekommen.

»Bitte, wenn Sie den Verstorbenen jetzt hier hineinlegen würden.«

»Hai.« Kilmer legte Dustys Leichnam in die Kiefernholzkiste und nickte dem Angestellten zu, daß er jetzt beginnen könnte. *»Dozo.«*

«Sind Wertgegenstände und Papiere entfernt worden?«

»Hai.«

Der alte Mann schlug die grüne Decke kurz zurück und warf einen flüchtigen Blick auf Dustys starres graues Gesicht. Dann legte er den Holzdeckel auf die Kiste, schlug die gußeisernen Türen auf und schob die Holzkiste in das Innere des dunklen, leeren Verbrennungsofens. Dann schlug er die Türen wieder zu, verriegelte sie sorgfältig und drückte auf einen roten Knopf. Versteckte Flammen schlugen stürmisch wie Windböen im Winter in den Ofen hinein.

Der alte Mann ging zu seinem kleinen Schreibtisch, setzte sich auf den dahinterstehenden Stuhl, nahm das amtliche Formular einer »Sterbeurkunde« aus einer Schublade und bedeutete Kilmer, ihm gegenüber auf dem Stuhl vor dem Schreibtisch Platz zu nehmen. Kilmer setzte sich und reichte dem Mann höflich Dustys Reisepaß. Während der alte Mann methodisch die offenen Stellen der auf Seidenpapier gedruckten Urkunde ausfüllte, blickte er immer wieder zu Kilmer auf, um sich mündlich jede einzelne Eintragung bestätigen zu lassen.

»Name: Dashy Numahn. Staatsangehörigkeit: Amerikaner.«

Kilmer nickte. *»Hai, so desu.«* (Ja, das ist richtig.)

»Geschlecht: Männlich. Alter: Sechsundzwanzig.«

Kilmer nickte. *»Hai, so desu.«*

»Heimatstadt: North Hollywood.«

»Hai, so desu.«

»Ahh, Hollywood«, sagte der alte Mann gedehnt, als ihm bewußt wurde, daß er diesen Namen kannte. »Wenn ich so unhöflich sein darf, war Nuhman-*san* ein Film-Star?«

Kilmer nickte. *»Hai, so desu.«*

Fünf Minuten später, nachdem er zu seiner Zufriedenheit ermittelt hatte, daß die Todesursache ein Unfall war, gab der

Angestellte Kilmer den Paß zurück. »Ich entschuldige mich für die Unannehmlichkeiten, Kilmer-*san*«, sagte er höflich, »aber es wird noch fünfzehn Minuten dauern.«

»Domo.«

Kilmer stand auf, nickte höflich, steckte den Paß in seine Tasche und ging durch die Türe nach draußen, ließ die heulenden Flammen im Inneren des Ofens hinter sich zurück. Zwanzig Meter vom Krematorium entfernt stand unter einem auf vier Pfosten ruhenden Holzdach ein Picknicktisch. Kilmer trat aus dem Nieselregen unter das schützende Dach und setzte sich hin, entlastete seinen verwundeten Knöchel. Nachdem er mehrmals tief Luft geholt hatte, spürte er, wie er sich langsam entspannte, schaute dann auf und starrte unverwandt auf den nassen braunen Schornstein. Dünne, graue Rauchfahnen schraubten sich spiralförmig in den dunstigen Regen und verschwanden. Während er den sich kringelnden Rauch beobachtete, mußte er an Dusty denken: eine Blume, die während sie noch knospte, dahingerafft worden war. Und Taro. Plötzlich wurde ihm bewußt, daß Ken und Eko auf denselben Schornstein gestarrt hatten. Ein scharfer Schmerz durchzuckte ihn und er wandte schnell seinen Kopf ab, drehte ihn zur Seite, bis er nur noch die violettschwarzen Hänge des Fuji sah. Obschon von drohenden dunklen Sturmwolken umgeben, blieb der majestätische Berg doch ungestört, unverändert und vollkommen ruhig. Er konnte Taro einfach nicht vergessen, und plötzlich fühlte er sich nicht mehr dazu berechtigt, auf die reinen, mächtigen Hänge des Fuji zu blicken. Als er zu seinen Schuhen herabschaute, überschwemmte der bittere Geschmack der Hilflosigkeit seinen Mund. Er suchte tastend in seiner Jackentasche und unterdrückte die Bitterkeit mit dem kalkigen Geschmack der Maalox. Er saß still da, hatte seine Hände auf seine Knie gelegt und zerkaute langsam die Tabletten, während er auf den feuchten Kies herabschaute. Regel: Wenn du einen Schlamassel nicht in Ordnung bringen kannst, dann mach es dir entweder zur Lebensaufgabe oder laß deine Finger für immer davon.

Kilmer hielt seine Augen fest nach unten abgewendet und

grübelte über die Hoffnungslosigkeit der Situation nach. Es gab bestimmte Worte, die seit seiner Jugend nicht mehr über seine Lippen gekommen waren; Worte ohne jede Bedeutung, wenn sie zu anderen Menschen gesagt wurden, und doch notwendig, wenn man mit sich selbst sprach. Doch jetzt entzogen sich diese Worte wie flüchtige Rauchschwaden seinem Zugriff: Gerechtigkeit, Anständigkeit, Ehre. Er hatte immer geglaubt, daß ein Mann seinem eigenen, richtigen Weg folgen mußte; dem einzigen Weg, der für den Menschen überhaupt in Frage kam, dem Weg der Ehre. Er hatte geglaubt, daß selbst die dunklen Wächter des Tores zur Seite treten und ihn durchlassen müßten, wenn ein Mann seinem eigenen richtigen Weg folgte. Doch jetzt war nichts mehr geblieben außer dem schwindenden Rauch und dem fallenden Regen und dem feuchten Kies. Er erkannte, daß er nicht mit Ken und Eko sprechen konnte, da er nicht einmal mit sich selbst sprechen konnte. Er begann heftig zu zittern. Indem er die primitivsten Fundamentalsätze wiederholte, sie wie eine törichte Litanei immer wieder herunterleierte und dabei doch wußte, daß sie nur das verzweifelte Versmaß eines verzweifelten Mannes waren, gewann er seine Selbstbeherrschung wieder. Axiom: Axiome sind Axiome. Regel: Regeln sind weniger als Regeln. Fakt: Fakten sind mehr als Fakten.

Um 16.15 erreichte Kilmer mit seinem Toyota wieder die Schnellstraße und fuhr in östlicher Richtung nach Tokio. Den ersten Punkt auf seinem Tagesplan hatte er erledigt. Auf dem Beifahrersitz ruhte eine fünfzehn Zentimeter im Quadrat große Urne aus Magnolienholz, um die das angemessene Band aus schwarzer Seide gebunden war. Nach einer Stunde hörte der Regen schließlich auf. Er schaltete den Scheibenwischer aus. Die dichte Dunstglocke über Tokio wurde zunehmend dunkler. Doch der zwölfstündige Regen hatte einen Teil des Smogs durch Tokios Gossen und Hochwasserkanäle abgespült, weil jetzt die dunkelrote Sonne über dem westlichen Horizont hervorbrach.

Er blickte auf den rosaroten Himmel in seinem Rückspiegel.

Die rote Sonne sah wie ein Reispapier-Regenschirm aus, der mit Blutflecken bedeckt war. Er richtete seine tiefliegenden Augen wieder auf die Straße vor sich. Immer in Bewegung bleiben.

Tanaka Ken trug einen dunkelblauen Kimono mit einer ebenfalls dunkelblauen Schärpe. Er stand allein im östlichen Tor und blickte nach Westen auf den dunklen, nassen Grabstein. Der langsam verblassende rote Sonnenuntergang schimmerte dunkel auf seinem ernsten, entschlossenen Gesicht. In seinem dunkelblauen Kimono steckte ein unterzeichnetes Geständnis, in dem er erklärte, daß er allein für den Tod von Tanner und Tono verantwortlich war. Seine festen dunklen Augen blieben bewegungslos. Yin: Die Familie wartete. Yang: Er war bereit.

Der Aoyama-Friedhof lag menschenleer in der Dunkelheit. Das große stille Gelände mitten im Herzen Tokios war dicht bepackt mit Reihen um Reihen zahlloser alter Grabsteine. Jeder Granitstein, dreißig Zentimeter breit und gut einen Meter hoch, trug auf seiner Vorderseite einen von oben nach unten eingemeißelten Namen. Dunkles, scharlachrotes Licht strömte durch die finsteren Wolken im Westen, fiel wie die Dachbalken eines gewaltigen Tempels in geraden Strahlen über den Friedhof. Das ruhige Gelände war nach dem Regen auch jetzt noch naß. Die dunkelroten Strahlen schimmerten um die Kanten der sich nur als Silhouetten abzeichnenden Steine, verliehen den langen Reihen der regennassen Grabsteine eine Ähnlichkeit mit meditierenden Mönchen in blutgetränkten schwarzen Roben.

Den Lärm der Stadt hinter sich lassend, betrat Tanaka Ken den riesigen stillen Friedhof zum allerletzten Mal. Der dunkle, schmale Weg war asphaltiert. Er ignorierte den Schmerz in seinem Oberschenkel einfach und ging ruhig und gelassen zwischen den Grabsteinen her. Seine Holzsandalen klapperten in einem gleichmäßigen Rhythmus auf dem nassen Asphalt. Mit sicherem, entschlossenem Schritt ging er unverwandt auf wie ein Ladestock, die Arme hatte er über seiner Brust verschränkt, seine Miene drückte Gelassenheit aus. Dunkelrotes Licht tanzte über seinen dunkelblauen Kimono. Die Augen blieben ohne abzuschweifen nur auf den einen, speziellen Grabstein gerichtet, der sich in nichts von den anderen unterschied. Als er den Stein erreicht hatte, blieb er in der lautlosen Dunkelheit vor dem nassen Stein stehen. Seine Augen wanderten langsam nach unten, während er den eingemeißelten Namen las.

Ken löste seine Arme und kniete sich in der förmlichen, traditionellen Weise hin. Seine Knie drückten den Kimono auf den nassen Asphalt. Dann beugte er sich langsam vor, bis seine Stirn den matschigen Boden vor dem Stein berührte.Er hielt diese Verbeugung für eine lange Zeit. Wieder und wieder hallte die zeitlose Wahrheit langsam durch sein Herz. Schließlich hob er seinen Kopf, bis er sich nur noch halb verbeugte, starrte unverwandt auf den Fuß des Grabsteines und spannte sich an. Schweigend ließ er Erinnerungen an den Mann in seinen Geist einströmen, dessen Name hier in diesen Stein gehauen war: Das letzte Mal, daß sie miteinander gesprochen hatten . . . Das letzte Mal, daß sie sich voreinander verbeugt hatten, ehe er zu den Philippinen aufbrach . . . Und der letzte Brief, das einzelne handgeschriebene Blatt, das er in einem Dschungeldorf erhielt. Der ganz alltägliche Brief, der ihm versicherte, daß die Familie gesund war und stolz verkündete, daß das Baby ein Mädchen war. Der schlichte, bescheidene Brief, der mit einem Zitat von Nakae Toju schloß, dieses weisen Mannes des siebzehnten Jahrhunderts: »Ein Mann respektiert seine Eltern und Familie, indem er seine eigene moralische Natur respektiert. Persönlich bei ihnen zu sein ist nicht so wichtig.«

Ken hielt seine Augen fest auf den Fuß des Grabsteines gerichtet und verharrte in der angespannten Stellung der halben Verbeugung. Ohne aufzusehen, ließ er eine Hand in seinen Kimono gleiten und riß die Dreißig-Zentimeter-Klinge aus seiner Scheide. Mit tiefer, belegter Stimme begann er zu sprechen. Seine Worte kamen sicher und fest, er stockte nicht.

sprechen. Seine Worte kamen sicher und fest, er stockte nicht. Seine abgehackten Sätze zerschnitten die dunkle Stille wie drei Hiebe einer perfekten Schwertklinge.

»Ich habe versucht, nach deinen Prinzipien zu leben. Doch ich habe versagt. Ich habe den ältesten Sohn deines ältesten Sohnes erschlagen.«

In angespanntem Schweigen wartete er, ließ seine Worte durch sein Herz schneiden und schlagen. Dann, indem er die rasiermesserscharfe Klinge wie den Pinsel eines Kalligraphen hielt, kratzte er sechs Worte in die matschige Erde vor dem Grabstein.

»Meinem Versagen kann nicht vergeben werden.«

Dann schob er das Kurzschwert in die Scheide zurück, verbeugte sich nochmals und stand wieder auf. Zwei Wasserflecken beschmutzten die Vorderseite seines dunkelblauen Kimonos. Mit festen Schritten ging er zu dem Tor zurück. Sein Gesicht war ruhig und gefaßt. Sein schwacher Schatten eilte ihm auf dem dunklen, feuchten Asphalt voraus. Yin-Yang: Ein Mann stirbt wie ein Regentropfen, der in den Ozean zurückkehrt.

Um 19.30 hatte Kilmer und Wheat ihr Abendbrot beendet, saßen aber immer noch am Küchentisch. Kilmers Koffer stand auf dem Flur. Die Urne aus Magnolienholz ruhte auf dem Stuhl, auf dem Dusty immer gesessen hatte. Wheat wollte schon etwas sagen, doch nach einem flüchtigen Blick auf Kilmers finsteres, aschfahles Gesicht überlegte er es sich anders. Er räumte die schmutzigen Teller vom Tisch und trug sie zur Spüle.

Kilmer blieb am Tisch sitzen, rührte sich nicht, starrte angespannt in seine Tasse schwarzen Kaffee. Er behielt das Essen in seinem Magen, doch er spürte, wie die Schlangen sich darüber hermachten.

»Du siehst nicht gut aus, Harry«, sagte Wheat, drehte den Wasserhahn auf und warf einen kurzen Blick über seine Schulter. »Mußt du wirklich unbedingt zu diesem Treffen?«

»Ja.« Kilmer schaute nicht auf. Das Schwindelgefühl wurde schlimmer, und er trank schnell einen weiteren Schluck Kaffee.

»Also, ich wünschte, du würdest mich dich wenigstens zum Flughafen fahren lassen.«

»Nein.«

»Wie du willst, Harry.« Wheat nahm die Tageszeitung von der Arbeitsplatte neben der Spüle und warf sie auf den Tisch. »Hast du das schon gelesen?«

Kilmer faltete die erste Seite der *Asahi Evening News* auseinander, blickte kurz auf das Photo des Tono-Hauses und begann dann zu lesen.

CLAN-KRIEG IN YOKOHAMA: 36 TOTE
Schlimmste Schlacht seit drei Jahren
Gestern abend war das Hauptquartier des Tono Clans in Yokohama Schauplatz einer ausgewachsenen yakuza-Schlacht. Seit drei Jahren war dies der erste größere Ausbruch eines Bandenkrieges. Die Polizei fand den Besitz des Tono Clans, seit vielen Jahren einer der großen Machtfaktoren im Hafen, in totalen Trümmern und mit Leichen übersät vor. Nachdem die Toten zusammengetragen worden waren, zählte die Polizei 36 vollständige Körper und 9 weitere Gliedmaßen. Unter den Toten wurden Tono Toshiro, oyabun des Clans, und vier Männer, die man für die führenden Leutnants der Clan-Hierarchie hält, eindeutig identifiziert. Viele der Leichen waren dermaßen entstellt und verstümmelt, daß eine schnelle Identifikation nicht möglich war. Die Polizei stellte auf dem Gelände 19 Schußwaffen und 72 Schwerter sicher.

In einer offiziellen Verlautbarung vom heutigen Morgen betonten die Behörden von Yokohama noch einmal, daß ausschließlich yakuza zu den Opfern dieses Massakers gehören. Ferner sicherten die Behörden »erneuerte Wachsamkeit bei der Eliminierung dieser Bedrohung für alle gesetzestreuen Bürger unserer Stadt« zu. Die Polizei von Yokohama war zu keinerlei Stellungnahme zu den Vorfällen bereit. Inoffiziell äußerte jedoch einer ihrer Beamten: »Der

Tono Clan ist am Ende. Ein Gemetzel dieser Größenordnung werden sie unmöglich überleben.«

Hamada Junzo, Leiter der Sondereinsatzgruppe für Organisiertes Verbrechen bei der Tokioter Polizei, stellte Spekulationen darüber an, daß dieser Überfall das Werk von zumindest vier professionellen yakuza-Killern gewesen ist. Die Identität eines der Angreifer, so sagte er, sei bereits von Polizeibeamten festgestellt worden. Es handelt sich um einen gewissen Kato Sho. Man geht davon aus, daß in Kürze weitere Angreifer unter den Toten gefunden werden. Auf die Frage, ob dieser Zwischenfall möglicherweise einen Krieg unter den yakuza-Clans des Tokioter Großraumes auslösen könnte, antwortete Chief Hanada: »Im Augenblick wissen wir noch nicht mit Sicherheit, wer dieses Gemetzel befohlen hat, und ebenfalls nicht, aus welchem Grund. Doch es ist vollkommen klar, daß der Tono Clan ein für alle Male vernichtet ist. Es mag durchaus sein, daß es noch zu kleineren, geringfügigen Unruhen aufgrund des nun entstandenen Machtvakuums kommen wird, doch höchstwahrscheinlich kann davon ausgegangen werden, daß die Frage der Aufteilung des Tono Clan-Territoriums bereits geregelt ist. Wir sehen keinerlei Veranlassung, davon ausgehen zu müssen, daß das Blutvergießen in irgendeinem nennenswerten Umfang weitergehen wird.«

AMERIKANISCHER GESCHÄFTSMANN
IN ROPPONGI ERMORDET
Möglicher Zusammenhang mit Tono Clan-Krieg
Gestern abend wurde der vermögende amerikanische Reeder George Tanner in seiner Wohnung in Roppongi erschossen aufgefunden. Außerdem befanden sich drei weitere Tote, Geschäftspartner Tanners, einer davon Amerikaner, in der Wohnung.

Die Tokioter Polizei lehnt jede Stellungnahme zu Tanners Tod ab. Ebenso gibt es bislang noch keine offizielle Verlautbarung über den dubiosen »Doppelselbstmord aus Liebe«, in dem Tanners jugendliche Tochter vor vier Tagen ums Leben kam. Aus einer für gewöhnlich zuverlässigen Quelle war jedoch zu erfahren daß der zweite tote Amerikaner höchstwahrscheinlich ein kalifornischer Gangster ist. Auch soll Kato Sho, professioneller Killer und Tatverdächtiger im Zusammenhang mit den Tono Clan-Morden, erst kürzlich mit Tanner in Kontakt gestanden haben. Unsere Quelle stellt die Vermutung an, daß Tanner und Tono möglicherweise den Tod des anderen in Auftrag gegeben haben.

Um exakt 20.30 führte Tanaka Goros alter einarmiger Diener Ken und Kilmer den dunklen Flur hinab. Nachdem er eine Schiebetüre zurückgeschoben hatte, verbeugte er sich und bedeutete ihnen, den förmlichen Tatami-Raum zu betreten. Gemeinsam betraten die beiden Männer den Raum. Ken trug seinen dunkelblauen Kimono. Kilmer trug seinen grauen Serge-Anzug. Die nackten Stahlklingen schimmerten kalt in ihren Vitrinen und Kilmers Hand zuckte kurz hoch, als wolle er zu seinem Schulterhalfter greifen.

Tanako Goro, er trug einen schwarzen Seiden-Kimono, saß hinter dem niedrigen schwarz lackierten Tisch vor der *tokonoma.* Er hatte sich entschlossen, weder Shiro noch Taro während ihres Gesprächs zu erwähnen. Shiros Tod war unvermeidlich gewesen und wurde am besten einfach vergessen, doch Taros Tod war eine vollkommen andere Angelegenheit. Er hatte sich entschlossen, sich zu geeigneter Zeit förmlich bei Ken zu entschuldigen, sich niederzuwerfen und Ken um Verzeihung für eine unverzeihliche Tragödie zu bitten. Dies war keine einfache Sache, und Kens kompromißlose Strenge würde es nicht einfacher machen. Doch er mußte die Schuld bezahlen, mußte tun, was ein *yakuza* immer tun muß: seine Pflicht. Doch dies war jetzt nicht der richtige Augenblick dafür. Er würde warten, bis Kilmer nach Amerika zurückgekehrt war und bis Ken Zeit gehabt hatte, sich an seine Trauer zu gewöhnen und großmütig genug war, ihn zu empfangen. Goro verbeugte sich respektvoll vor den beiden Männern und bat sie mit einer einladenden Geste, auf den beiden Kissen vor dem Tisch Platz zu nehmen.

Ken und Kilmer knieten sich in der formellen Position hin. Ihre ernsten Gesichter waren müde und ausdruckslos. Wie ein Diener schenkte Goro dann zwei Schalen *sake* ein, schob die Schalen über den schwarzen Tisch, verbeugte sich wieder und sagte: »Ich möchte meinen aufrichtigen Dank aussprechen.« Die beiden Männer hoben die Schalen an ihre Lippen, leerten sie mit einer schnellen Drehung ihrer Handgelenke und stellten sie auf den Tisch zurück.

Goro nahm wieder die förmliche Sitzhaltung ein und nickte. »Die Polizei verdächtigt keinen von euch. Aber auch wenn sie Verdacht schöpfen sollten, werden sie keinerlei Beweismaterial besitzen. Überlebende des Tono Clans, die um ihre Aufnahme in einen der anderen Clans bitten, werden dem Schweigekodex gehorchen. Wenn nicht, werden sie auf Dauer zum Schweigen gebracht. In wenigen Tagen werden zwei meiner *kobun* die Tat gestehen. Im Augenblick werden sie sorgfältig darüber unterrichtet, was sie zu sagen haben. Es kann davon ausgegangen werden, daß sie in fünf Jahren auf Bewährung wieder entlassen werden. Für sie wie für ihre Familien wird gut und ausreichend gesorgt werden.« Goro hielt inne und schaute auf Kilmers müdes, aschfahles Gesicht. »Einer dieser Männer ist Halb-Amerikaner. Ein Waise aus den frühen Tagen der Besatzungszeit. Nichtsdestoweniger halte ich es jedoch für klug, Mr. Kilmer, wenn sie Japan baldmöglichst verlassen.«

Kilmer nickte. »Ich fliege noch heute abend um zehn Uhr dreißig.«

»Gut.« Goro nickte und griff in seinen schwarzen Seiden-Kimono. Er nahm zwei versiegelte braune Umschläge heraus und schob sie über den Tisch, einen in jeder Hand. »Obschon fünfundzwanzigtausend Dollar unangemessen sind, das ist eure Bezahlung. Es sind Schecks zu Lasten eines Kontos bei der Schweizer Nationalbank. Die Geschäftswelt schließt sich meinem aufrichtigen Dank an.«

Ken und Kilmer nickten knapp, nahmen die Umschläge vom Tisch und legten sie diskret neben ihre gekrümmten Knie.

Goro verbeugte sich wieder und bedankte sich ein weiteres Mal förmlich bei ihnen. *»Domo arigato gozaimashita.«*

Kilmer schaute auf, war bereit zu gehen.

Ken starrte weiterhin auf seine Knie. Seine Stimme war schroff und hart. »Das Herz meines Bruders ist zu großmütig. Der Auftrag wird bald abgeschlossen sein.«

Goro, verblüfft, sah einen Augenblick mit großen Augen auf Kens gesenkten Kopf. Und dann verstand er, was Ken gemeint hatte. Mit bebenden Gesichtszügen schlug Goro seine Faust auf den Tisch und brüllte: »Nein! Ich verbiete es! *Tonde mo nai!«*

Ken starrte weiter unverwandt auf seine Knie herab. »Mein Bruder ist viel zu liebenswürdig.«

Goro schwankte zurück. Sein Gesicht hatte jede Farbe verloren, seine Augen suchten verzweifelt die Zimmerdecke nach den richtigen Worten ab, die er in diesem Augenblick sagen konnte. Schließlich senkte er seinen Kopf in einer förmlichen Verbeugung und sprach mit gedämpfter Stimme.

»Vergib mir, mein Bruder. Ich habe nicht das Recht, dir etwas zu verbieten. Aber ich bitte dich, flehe dich inständig an. Bitte, töte dich nicht. Ich entbinde dich von deinem Schwur.«

Ken starrte auf seine Knie und sagte nichts.

»Ich bin ganz sicher, unser Vater würde mir zustimmen. Ich entbinde dich von deinem Schwur.«

Ken rührte sich nicht. »Mein Bruder ist entweder zu liebenswürdig oder einfach zu weich.«

»Ich bitte dich um meinetwillen«, sagte Goro schnell. »Ich habe schon einen Sohn verloren. Ich will nicht auch noch einen Bruder verlieren.«

Ken nickte knapp. »Ich verstehe.«

»Domo arigato.« Goro hab seinen Kopf, atmete deutlich hörbar auf und fand langsam seine Fassung wieder.

Kilmer blickte mit starren Augen auf seine Hände, biß sich unsicher auf seine Lippen.

Ehe Goro und Kilmer erkannten, was geschah, hatte Ken, ohne zuvor die Scheide aus seinem Kimono zu nehmen, sein Kurzschwert herausgerissen, drückte seine linke Faust gegen die Tischkante, wobei er den kleinen Finger auf die Tischplatte hinausragen ließ, bohrte die Klingenspitze neben dem ersten Fingerglied in das Holz und schlug den Stahl dann schnell herab. Das Knacken des Knochens hallte durch den stillen Raum.

Goros und Kilmers Kopf schnellte herum und sie sahen den sauber abgetrennten Finger auf dem schwarzen Tisch neben der weißen *sake*-Schale liegen. Augenblicklich riß Goro seinen Körper in die formelle Sitzposition, den Rücken kerzengerade. Kilmer fühlte sich schwach, kippte nach vorne und fand sein Gleichgewicht wieder, indem er seine Fäuste schnell auf die Tatami stützte.

Ruhig und mit aller Sorgfalt beendete Ken das Ritual. Während Blut von seiner linken Hand auf seinen Schoß tropfte, steckte er die Klinge wieder in seinen dunkelblauen Kimono und nahm zwei Stück weißen Stoff heraus: Baumwolle und Seide. Nachdem er das Baumwolltuch um seine blutende linke Hand gewickelt hatte, umklammerte er es mit seiner geballten Faust und legte die Linke dann zuerst in die förmliche Stellung neben seinem Bein auf die Tatami. Mit der rechten Hand breitete er dann das Quadrat aus brillanter weißer Seide sorgfältig auf dem schwarz lackierten Tisch aus: schimmerndes Weiß auf schimmerndem Schwarz. Mit anmutiger Präzision hob er dann den abgetrennten Finger auf, legte ihn exakt in die Mitte des Seidenquadrates und faltete die vier Ecken des Stoffes eine nach der anderen über den Finger. Hellrotes Blut befleckte eine Seite der weißen Seide. Dann verbeugte Ken sich sehr tief, hielt die Verbeugung, hob seinen rechten Arm und schob seine rot-weiße Opfergabe über den Tisch zu Goro. Den Kopf immer noch gesenkt, legte er auch seine rechte Hand in die förmliche Stellung neben seinem Bein und begann mit belegter Stimme zu sprechen.

»Bitte nimm dies als Zeichen meiner Entschuldigung an.«

Goro nahm die rot-weiße Seide mit beiden Händen vom Tisch auf, senkte seinen Kopf und drückte die Seide dann gegen seine Stirn. Seine Stimme war kaum mehr als ein Flüstern: »Ich nehme es an.« Dann kehrte er wieder in die aufrechte Sitzposition zurück, schob die blutbefleckte Seide in seinen schwarzen Kimono. Auf seiner Stirn war ein Flecken von Kens Blut.

Ken hob seinen Kopf, saß vollkommen aufrecht da und blickte direkt in Goros Augen. »Das Herz meines Bruders ist sehr großmütig und edel.«

Goro, vor unterdrückten Emotionen bebend, behielt sich vollkommen in der Gewalt und antwortete mit klarer, fester Stimme: »Das Herz meines Bruders ist aufrichtig und treu – anderen gegenüber und gegenüber sich selbst.«

Mit einem kurzen Nicken stand Ken auf, drehte sich um und verließ den Raum. Kilmer rappelte sich ebenfalls hastig auf und folgte ihm hinkend über den dunklen Flur. Seite an Seite blieben die beiden Männer einen Augenblick im Vorraum stehen.

Kilmer bückte sich, zog seine Schuhe an und blickte verstohlen zur Seite, nachdem er sich wieder aufgerichtet hatte. Er sah das blutige Stück Stoff in Kens geballter Faust und erhaschte einen kurzen Blick von dem strengen Antlitz eines Mannes, der die Wege des Schmerzes kannte, von dem gelassenen Antlitz eines Mannes, der die Wege der Ehre kannte. Schnell senkte er wieder seine Augen auf den Boden, wußte, daß er etwas sagen mußte, und wußte doch, daß es nichts zu sagen gab. Worte würden nur eine weitere Zumutung für die Pflicht des Mannes sein, nur eine weitere Entweihung der Ehre dieses Mannes, nur eine weitere Erniedrigung des Schmerzes dieses Mannes. Kilmer starrte auf seine Schuhe und wartete schweigend auf Ken. Die Schlangen begannen seinen Magen aufzufressen.

Lautlos traten die beiden Männer mit grimmigen Gesichtern in die Dunkelheit hinaus. Nachdem sie Goros Garten durchquert hatten, schritten sie durch das Tor und blieben auf der dunklen schmalen Straße neben dem KXL stehen. Ken stand da, seine Hand auf dem Türgriff und schaute zurück. Kilmer starrte bewegungslos auf den Boden, während die Schlangen seine Kraft verzehrten.

»Ich fahre jetzt zu dem Arzt«, sagte Ken ruhig. »Professor Wheats Haus liegt auf meinem Weg.«

»Nein.« Kilmer hielt seinen Kopf gesenkt, wußte, daß er

nicht wert war, den Mann von Angesicht zu Angesicht anzusprechen. »Ich werde . . . äh . . . ein Taxi nehmen.«

Ken nickte kurz. »*Sayonara*, Harry.«

Kilmer sagte nicht. Er starrte weiter verkrampft auf den Boden und spürte deutlich, wie sein Gesicht wie billige Keramik Risse bekam, wie es sich verzog.

Ken blieb noch einen Augenblick stehen. Das Blut tropfte von seiner Hand. Er wartete auf eine Antwort. Dann nickte er, stieg in seinen Wagen und fuhr fort.

Kilmer schaute den roten Rücklichtern nach, die langsam in der Nacht verschwanden. Die Schlangen gruben sich plötzlich einen Gang durch seine Lungen und begannen, nachdem sie sich in seinen Schädel durchgeschlagen hatten, sein Gehirn in sich hineinzuschlingen. Er taumelte nach vorn, stolperte durch die Finsternis, schwankte ziellos. Vertraute Phrasen schossen nutzlos durch sein übel zugerichtetes Gehirn. *Immer in Bewegung bleiben.* Unbeholfen stapften seine Roboter-Beine weiter. Seine Hände umklammerten seine Ohren. *Halt es sauber.* Grelle Scheinwerfer griffen an und verschwanden wieder. Wie eine Flutwelle brach die Finsternis über ihn herein. *Erkenne das Muster.* Seine geblendeten Augen verdrehten sich ziellos. Er stolperte nach vorne und stürzte in eine schwarze, mit schwarzem Wasser gefüllte Grube.

Kilmer schüttelte wütend seinen Kopf und stellte fest, daß er auf Knien in der Gosse hockte, zitterte, mit kaltem Schweiß bedeckt war, verzweifelt nach Luft schnappte. Schwarzes Abwasser floß langsam um seine Knie. Zähneknirschend kämpfte er gegen sein Zittern an, unterdrückte es. Er hielt sich absolut reglos, seine Fäuste geballt, seine Lungen hoben und senkten sich. Allmählich richtete sich sein Blick auf den braunen Umschlag in seiner Faust. Fünfundzwanzigtausend Dollar.

Kilmer riß sich wieder hoch, kroch aus der Gosse und drehte sich auf dem Absatz um. Schmerz explodierte wie ein greller Blitz in seinem Knöchel. Er ignorierte den Schmerz einfach und ging mit langen, festen Schritten die dunkle schmale Straße entlang. Mit einer Hand hielt er den braunen Umschlag ausgestreckt vor sich. Er humpelte durch das hölzerne Tor, überquerte den Garten und hämmerte mit der Faust gegen die Bambustüre. Schwer atmend sah er an sich herab und starrte auf das schwarze Abwasser, das seine grauen Hosenbeine herunterlief.

Die Tür wurde zurückgeschoben. Bevor der Diener auch nur ein Wort sagen konnte, erschien Goro selbst auf dem Flur. »Stimmt etwas nicht, Mr. Kilmer?«

Kilmer stieß den Umschlag vor. »Ich reise ab. Bitte geben Sie das hier Ken.«

»Es tut mir sehr leid. Ich bin Ihnen verpflichtet, Kilmer, und würde wirklich sehr viel für Sie tun. Doch das ist etwas, was ich nicht tun kann. Und wie Sie ja sicherlich wissen, Tanaka Ken würde es auch gar nicht annehmen.«

Kilmer senkte seine Augen.

Als Goro Kilmers aschfahles Gesicht bemerkte, trat er die Schwelle herab in den Vorraum. »Sie sehen nicht sehr gut aus, Kilmer. Mein Fahrer wird Sie nach Hause bringen.«

»Nein.«

Goro schaute dem grauen Serge-Anzug nach, der durch das Gartentor humpelte und dann in der Dunkelheit verschwand. Dann wandte er sich seinem alten, einarmigen Portier zu und schüttelte seinen Kopf. »Diese Amerikaner sind auf eine sehr sture Art unabhängig.«

Um 21.15 betrat Kilmer Wheats Haus und fühlte sich wieder halbwegs in Ordnung. Nachdem er seinen Koffer und die Magnolienholz-Urne in die Hand genommen hatte, warf er einen kurzen Blick ins Wohnzimmer und sah, daß Wheat auf dem Sofa ein Schläfchen machte. Ohne ihn zu wecken verließ er das Haus, ging zu dem wartenden Taxi und gab dem Fahrer Tanaka Ekos Adresse.

Zwanzig Minuten später bat er den Fahrer wieder zu warten und stieg aus dem Taxi in die dunkle, schmale Straße. Das Neonschild »Kilmer House« brannte nicht, doch hinter der undurchsichtigen Milchglastüre bemerkte er ein schwaches gelbes Licht. Er holte tief Luft und klopfte an. Nur einen Augenblick später wurde die Tür geöffnet, und Ekos Gesicht erschien in dem schmalen Spalt. Er sah, daß ihre traurigen braunen Augen vom vielen Weinen ganz rot geworden waren, und spürte, wie er selbst die Beherrschung über sich wieder zu verlieren begann.

»Komm rein, Harry.«

»Nein. Ich . . . ich fliege in einer Stunde.« Er wich ihrem Blick aus und starrte auf die dunkle Neonreklame hinauf; erkannte plötzlich, daß er zwanzig Jahre zuvor genau die gleichen Worte gesagt hatte. Doch dieses Mal war es sogar noch schlimmer.

»Ich hole Hanako.«

»Nein.« Kilmer senkte seinen Blick von dem »Kilmer House«, sah kurz in ihr verweintes Gesicht und starrte dann auf seine Füße. »Ich habe nicht das Recht, dich darum zu bitten, Eko, aber ich möchte, daß du den Namen deiner *kissaten* änderst. Dieses Haus gehört dir – nicht mir.«

»Ich habe keine Geheimnisse mehr, Harry, oder?«

»Wa . . .? Die wirst du nie verlieren, Darlin'.«

»Harry.« Sie machte einen Schritt auf ihn zu, um ihm einen Abschiedskuß zu geben.

Kilmer zuckte zusammen. Er hielt sie mit steifen Händen zurück, stolperte einen Schritt von ihr fort und ging dann schnell, ohne noch einmal aufzusehen, zu dem wartenden Taxi. »Haneda Airport. Und geben Sie Gas.«

Gegen 22.15 hatte Kilmer sein Ticket in Empfang genommen, sein Gepäck aufgegeben, war durch die Leibesvisitation der Sicherheitskontrolle gegangen und wartete jetzt in einer langen Schlange vor der Zollabfertigung. Er sehnte sich danach, sich endlich weiterbewegen zu können, doch die Schlange kam keinen Millimeter voran. Er schob sich eine Maalox in den Mund und preßte seine Arme angespannt gegen seine Seite. Er versuchte sich auf den Augenblick zu konzentrieren, an dem er an Bord der Maschine steigen würde, versuchte sich auf seine

Ankunft in L.A. in zwölf Stunden zu konzentrieren. Doch sein Verstand verweigerte einfach jede Zusammenarbeit, während wahllose Glaubenssätze durch seinen Kopf geisterten: Ein Mann ohne Pflicht – Ein Mann ohne Schlamassel – Ein Mann ohne Ehre – Ein Mann ohne Maalox ist kein Mann. Er schob sich eine weitere Maalox in den Mund und begann sie stur zu zerkauen, als er urplötzlich das merkwürdige Gefühl hatte, daß er vor einer sehr langen Zeit schon einmal in genau derselben Schlange gewartet hatte. Dann erinnerte er sich: Der Greyhound-Bahnhof, wo er in einer Schlange gewartet hatte, als er von zu Hause weggelaufen war. Er schluckte die Tabletten herunter und zwang sich dazu, sich ganz auf die Unterhaltung der beiden Passagiere vor ihm in der Reihe zu konzentrieren. Zwei Amerikaner in Geschäftsanzügen.

»Und ein Wirtschaftswunder«, sagte der ältere Mann. »Ich habe noch nie zuvor effizientere Verhandlungen erlebt. Diese Japaner sind die besten Geschäftsleute der heutigen Welt. Man muß wirklich jede Sekunde auf Zack sein.«

»Sicher, sicher«, erwiderte der jüngere Amerikaner und lachte leise, »aber vergessen Sie doch nicht, wer den Krieg gewonnen hat.«

Kilmer streckte seinen kräftigen rechten Arm aus, packte die Schulter des jungen Mannes, riß ihn mit einem Ruck herum, stieß ihn brutal zurück und begann mit energischen Schritten auf ihn zuzugehen, als wolle er den Mann quer durch den ganzen Flughafen prügeln.

»He!« Der junge Mann taumelte nach hinten und hob seine Aktentasche schützend vor sein Gesicht. »He! Was zum Teufel ist denn los?«

Dann blieb Kilmer plötzlich stehen, starrte mit leeren Augen ins Nichts und stand absolut bewegungslos da. Die kunterbunt durcheinander gewürfelten Fragmente in seinem Kopf begannen sich zusammenzufügen und brachten einen Weg zum Vorschein: den Weg des Schwertes.

»He, Kumpel, bist du verrückt, oder was?«

Kilmer drehte sich auf dem Absatz um. Er dachte nicht mehr an seinen Knöchel, ging durch die Sicherheitskontolle zurück, durchquerte schnell das Terminal, stieß die Glastüre des Eingangs auf und rief ein Taxi. Nachdem er dem Fahrer Wheats Adresse genannt hatte, lehnte er sich in den Sitz zurück. Sein Verstand arbeitete wieder mit der gewohnten Präzision eines Computers. Lösung: der Weg des Schwertes. Es gab gar keinen anderen Weg.

Um 23.25 betrat Kilmer mit großen Schritten das Wohnzimmer, beugte sich über das Sofa und schüttelte leise Wheats Schulter.

Blinzelnd öffnete Wheat seine Augen.

»Stell jetzt keine Fragen«, sagte Kilmer ruhig. Seine Stimme klang tief und entschlossen. »Ich brauche ein kurzes *katana* und einen förmlichen Kimono, Ollie. Hilfst du mir beim Anziehen? Ich muß anständig und korrekt aussehen.«

»Sicher, Harry.«

Dreißig Minuten später, kurz vor Mitternacht, verließ Harry Kilmer das Taxi und stand auf der dunklen, schmalen Straße. Er trug einen dunkelblauen Kimono mit einem dunkelblauen Obi. Er sah angemessen aus. Mit absolut gerader Haltung überquerte er die Straße und blieb vor dem Tor stehen. Seine Holzsandalen klapperten auf dem Asphalt. Er stand in den tiefen Schatten zwischen den Torpfosten aus Zypressenholz und starrte schweigend auf Tanaka Kens Haus.

Das im traditionellen japanischen Stil erbaute Haus leuchtete unauffällig in der dunklen Nacht. Die mit Reispapier bespannten Holzgitterfenster strahlten einen sanft gelben Hof aus, der einen Teil des Gartens beleuchtete, auf den Piniennadeln und den alten Steinen glänzte. Das sanfte Licht fiel über die dunkelblaue Gestalt, die im Gartentor stand. Sein markantes Gesicht war beherrscht und entschlossen.

Kilmer hob seine Schultern und ging weiter, durchquerte den dunklen Garten und klopfte gegen die leuchtende Bambustüre. Durch das mit Reispapier bespannte Gitter sah er, wie Kens Silhouette in den Flur hinaustrat, auf die Türe zukam und sich über den schmalen Vorraum beugte. Die Türe glitt auf und Kilmer stellte sich dem Gesicht eines Mannes, der wußte, daß Schmerz im Leben eher die Regel als die Ausnahme war.

»Nan desu ka?« Ken trug ein blaues T-Shirt und Jeans. Um seine linke Hand hatte er einen weißen Verband. Seine dunklen Augen weiteten sich überrascht. »Kilmer. Stimmt irgend etwas nicht, Kilmer?«

Kilmer verbeugte sich leicht und sagt in förmlichem Japanisch: »Tanaka Ken-san, ich möchte mit Ihnen sprechen.«

»Natürlich. Treten Sie ein.«

Kilmer betrat den Vorraum, zog seine Holzsandalen aus und ging über die eine Stufe zu dem Flur hinauf. Ken schob ein Wandsegement des Flures zurück und deutete auf zwei Sessel in dem westlich eingerichteten Wohnzimmer.

»Nein.« Kilmer schüttelte seinen Kopf. »Ich möchte förmlich mit Ihnen sprechen.«

Ken verstand sofort. Er schob eine Türe auf der anderen Seite des Flures zurück, bedeutete Kilmer, in dem dahinter liegendem Raum zu warten und sagte: »Ich ziehe meinen Kimono an und bin gleich wieder zurück.«

Kilmer nickte und betrat den förmlichen Tatami-Raum. In dem ruhigen Zimmer hing der Geruch von Whiskey und Trauer. Auf dem niedrigen, schwarz lackierten Tisch stand eine Flasche Johnnie Walker Black und ein leeres Glas.

Hinter dem Tisch, auf einem Gestell in der *tokonoma,* ruhten die beiden Scheiden aus schlichtem, einfachem Holz.

Kilmer ging über die stille Tatami und kniete sich, fest entschlossen, fertig zu sein, ehe Ken zurückkehrte, auf das dunkelblaue Kissen vor dem Tisch. Der Seiden-Kimono drückte sich gegen seine Knie. Er legte seine rechte Hand in den V-Ausschnitt des Kimonos, griff unter den weißen Verband und zog das Quadrat weißer Seide und die schwarze Scheide von Wheats Kurzschwert heraus. Der Verband lockerte sich etwas, doch sein Bauch verkrampfte sich unter Schmerzen. Nachdem er die weiße Seide ordentlich auf dem schwarzen Tisch ausgebreitet hatte, dicht an der Kante, sah er auf die schwarz lackierte Schwertscheide herab, die in seiner linken Hand glänzte. Er umgriff das Heft, riß die dreißig Zentimeter lange Klinge heraus und, ohne seinen Bewegungsablauf nur einmal zu unterbrechen, legte die Scheide neben sein linkes Knie auf die Tatami, drückte seine linke Faust gegen die Tischkante und stieß seinen kleinen Finger so vor, daß er auf die Tischplatte ragte und auf der weißen Seide lag. Er starrte auf seinen Finger und bemerkte einen dünnen Kratzer zwischen den beiden Fingerknöcheln. Er hielt das Kurzschwert senkrecht nach unten, holte tief Luft und plazierte die glänzende Klinge direkt neben den dünnen Kratzer. Die scharfe Schwertspitze durchbohrte die Seide und vergrub sich in die lackierte hölzerne Tischplatte. Die rasiermesserscharfe Schneide war auf seinen Finger gerichtet. Sein Herz begann heftig zu klopfen, als er plötzlich innehielt und sich fragte, was er tun sollte, falls Ken die Opfergabe nicht annahm. Doch das, erkannte er, ging ihn dann nichts mehr an. Er würde tun, was er tun mußte, und Ken würde tun, was auch immer Ken tun mußte. Es gab keinen anderen Weg.

Kilmer holte wieder tief Luft, blickte unverwandt auf seinen Finger, umklammerte das Heft des Schwertes mit all seiner Kraft, biß die Zähne zusammen und schlug die Schneide nach unten. Der Stahl säbelte durch den Finger, wie ein Schlachtermesser einen dünnen Bleistift zerhackt. Der Knochen brach. Blut schoß sofort über die weiße Seide. Greller, nackter Schmerz raste durch seinen Arm, ließ seine Hand unsicher werden und wackeln. Der Finger war immer noch mit der heftig zitternden Hand verbunden. Die Haut auf der Unterseite des Fingers war noch nicht durchtrennt. Kilmer biß seine Zähne noch fester aufeinander, zwang seine Hand mit all seiner Kraft, still zu liegen, stieß die Spitze der Stahlklinge in die blutende, klaffende Wunde, drückte fest nach unten und zerschnitt die Haut wie eine dünne Scheibe Käse. Heiße Flammen reinen Schmerzes vibrierten wie Elektrizität in seinem Arm und krochen dann die linke Seite seines Halses hinauf. Immer noch verkrampft die Luft anhaltend, legte Kilmer seine linke Hand auf den Schoß. Das hellrote Blut lief über den dunkelblauen Kimono. Er legte den blutbefleckten Stahl neben sein rechtes Bein auf die Tatami, griff in seinen Kimono und zog das weiße Baumwoll-Taschentuch heraus. Nachdem er es über den blutenden Stumpf gelegt hatte, band er sich das weiße Tuch fest um die linke Hand, ballte sie dann zur Faust und legte den heiß stechenden Arm dann wieder auf seinen Schoß.Er schloß seine Augen, atmete lange und tief aus, als plötzlich ein stechender Schmerz in seinem Schädel explodierte, pochte und alles verbrannte. Der Raum wurde schwarz vor seinen Augen und elektrischgelbe Funken tanzten plötzlich durch die Luft. Er kippte nach vorne, wurde beinahe ohnmächtig, sein Herz hämmerte rasend, bis er seine rechte Handfläche ausstieß und so sein Gleichgewicht wiederfand. Er bewegte sich nicht, verharrte absolut still, war fest entschlossen, auf gar keinen Fall ohnmächtig zu werden. Und nach einem Augenblick verschwanden die Funken und der schwarze Raum war wieder schwach beleuchtet.

Kilmer straffte seine Schultern, blickte auf den Tisch herab und sah den purpurroten Querschnitt des sauber abgetrennten Fingers. Der weiße Knochen schimmerte wie eine rote Perle. Das Seidentuch war vollkommen rot. Kilmer hielt seinen Rücken gerade, lehnte sich vor und streckte seinen rechten Arm aus. Er zwang seine Finger dazu, sich präzise und geduldig zu bewegen, faltete jede Ecke der durchnäßten roten Seide über den schlaffen grauen Finger, eine Ecke nach der anderen, bis die Opfergabe soweit war, daß sie angemessen überreicht werden konnte. Dann setzte er sich in die formelle Sitzposition zurück und wartete auf Ken. Schweißtropfen liefen über sein fieberndes, angespanntes Gesicht. Er blieb in der förmlichen Sitzhaltung, war fest entschlossen, nicht ohnmächtig zu werden.

Einen Augenblick später betrat Ken den stillen Raum. Er trug wieder seinen dunkelblauen Kimono mit dem dunkelblauen Obi. Sofort sahen seine dunklen Augen die nasse rote Seide auf dem Tisch und blitzten überrascht auf. Doch er faßte sich wieder schnell, schritt hinter den niedrigen Tisch, kniete sich auf das Kissen und wischte mit einer ausholenden Armbewegung den Whiskey vom Tisch auf den Tatami-Boden. Nur die nasse rote Seide blieb auf dem schwarzen Tisch liegen. Ken straffte seine Schultern, saß kerzengerade in der förmlichen Sitzhaltung und wartete schweigend.

Kilmer nahm die förmliche Stellung der halben Verbeugung ein, heftete seine Blicke auf seine Knie, hielt seine Hände an seiner Seite. Ohne aufzuschauen, sagte er langsam in förmlichem Japanisch: »Tanaka Ken-*san*. Ich habe großen Schmerz in ihr Leben gebracht – sowohl in der Vergangenheit als auch in der Gegenwart.«

Ken verharrte einen Augenblick schweigend, dann sagte er mit tiefer, ruhiger Stimme: »Ich verstehe. Sagen Sie nichts mehr.«

»Ich muß noch mehr sagen.« Kilmer kniff seine gesenkten Augen fest zusammen, sein Hals verkrampfte sich, während er darum kämpfte, Ekos Namen auszusprechen. Schließlich sagte er mit stockender Stimme: »Viele Jahre lang haben Sie schweigend . . . Ich kann Ihnen nicht sagen, was Sie tun sollen . .. aber wenn Sie wollen . . .«

Nach einem sehr langen Augenblick sagte Ken auf englisch: »Sagen Sie es einfach, Harry.«

»Ich . . .« Kilmer hielt seinen Kopf gesenkt, räusperte seinen brennenden Hals und sprach Englisch. »Ich kenne nicht alle Regeln und Vorschriften dieser Zeremonie, Tanaka-*san*. Ist es unmöglich, wenn ich Sie um einen Gefallen bitte?«

Ken versuchte seine innere Bewegung zu unterdrücken, räusperte sich ebenfalls. »Sie und ich, Harry, wir können unsere eigenen Regeln aufstellen. Bitte.«

Schwere Gewichte lasteten auf Kilmers Rücken, die Adern auf seinem Hals traten deutlich hervor, sein Kopf schmerzte. Er spannte sich an und senkte seinen Kopf zur vollen Verbeugung, seine glühende Stirn berührte die Tatami. Wieder räusperte er sich und sprach langsam mit klarer Stimme. »Tanaka Ken-*san*. Es würde mich im Innersten meines Herzens glücklich machen, wenn Sie wieder mit Ihrer Frau Eko zusammenleben würden.« Seine Stimme stockte, als er Ekos Namen aussprach, und er schluckte schwer, spannte seine Nackenmuskeln schmerzhaft mit all seiner Kraft an. »Und ihr werdet wieder ein Kind haben, das so gut wie Taro ist.« Wieder schluckte Kilmer und zwang weitere Worte über seine Lippen. »Ich bitte Sie um meinetwillen.«

»Ich verstehe.«

Kilmer hob seine rechte Hand und schob den Finger in der roten Seide langsam über den schwarzen Tisch zu Ken. Dann legte er beide Hände vor sich auf den Boden, berührte mit seiner Stirn wieder die Tatami und spürte, wie heiße, salzige Tränen in seinen Augen stachen. Er würgte die zähe Trägheit in seinem Hals mit einem schmerzhaften Schluck herunter und preßte die Worte mit klarer, unmißverständlicher Stimme heraus. »Bitte nehmen Sie dies als Zeichen meiner Entschuldigung.«

Voller Respekt hob Ken die rote Seide mit beiden Händen vom Tisch, drückte sie gegen seine Stirn und schob sie dann mit unbeweglicher Miene in seinen Kimono. Seine tiefe Stimme verbarg das Beben in seinem Flüstern.

»Ich nehme es an.«

»Ich danke Ihnen, Ken. *Domo arigato gozaimasu.*«

Ken antwortete in förmlichem Japanisch. »Es gibt keinen besseren Freund als Harry Kilmer.«

Die gewaltige Last hob sich von Kilmers Rücken, ließ ihn benommen und schwindlig zurück. Schroff rieb er seine feuchten Augen, hob seinen Kopf und nahm wieder die förmliche Sitzhaltung ein. Er blickte über den Tisch und sah den Blutflecken auf Kens Stirn. Ihre Blicke trafen sich. Kilmer hielt sich absolut gerade, schaute direkt in Kens dunkle Augen und sagte in förmlichem Japanisch: »Es gibt keinen besseren Freund als Tanaka Ken.«

Ken nickte kurz, griff nach hinten in die *tokonoma* und nahm eine kleine *sake*-Flasche und zwei weiße Schalen heraus. »Trinken Sie eine Schale *sake* mit mir?«

Kilmer nickte und lächelte leicht. Ken füllte die beiden Schalen, stellte die Flasche auf den Tisch und bot Ken eine der Schalen auf die förmliche Weise an. Kilmer nickte, beugte sich vor und streckte eine Hand nach der Schale aus, als sich plötzlich seine Augen verdrehten. Er neigte sich zur Seite, schwankte einen Augenblick und kippte dann um. Sein Kopf schlug hart auf die Tatami.

12

Der Fluß ändert sich niemals, doch das Wasser
ändert sich immer.
Kamo Chomei (1154 – 1216)

SONNTAG, 22. Juli

Nach dem Regen war während der Nacht eine erfrischende Brise von Sibirien heruntergekommen und hatte den Smog auf den Pazifik hinausgetrieben. Gegen Nachmittag war der Himmel über dem Tokioter Becken wolkenlos und strahlend blau. Die warme Sonne funkelte auf dem weißen Toyota, der über die Shuto Expressway Richtung Süden zum Haneda Airport fuhr. Kilmer und Wheat saßen in entspanntem Schweigen im Wagen.

Während Kilmer geduscht, sich rasiert und seine Verbände gewechselt hatte – einschließlich des neuen Verbandes über der genähten Wunde an seiner linken Hand –, hatte Wheat Kilmers grauen Serge-Anzug in eine Schnellreinigung gebracht. Als Kilmer jetzt still in dem Toyota saß, sah er vom Scheitel bis zur Sohle wieder tadellos aus. Sein Hemd war gebügelt, sein Anzug sauber und seine Schuhe blankpoliert. Sein Kopf war klar und sein Magen ruhig. Als er sich nach Westen drehte, sah er am weit entfernten Horizont den Fuji: ein schimmernder, violettblauer Turm mit einer Krone von funkelndem Weiß. Kilmer starrte in die Sonne, sein glattrasiertes Gesicht war entspannt und gelassen.

Zwanzig Minuten später drehte Kilmer sich vor dem JAL-Schalter wieder um, um sich von Wheat zu verabschieden, und sah, daß Ken und Eko sich inzwischen zu Wheat gesellt hatten.

Er ging zu Wheat und streckte seine Hand aus. »Danke,Major. Mach's gut.«

»Ja. Mach's auch gut, Sergeant.«

Kilmer machte einen Schritt zur Seite und sah Eko an. Ihre tiefen, wunderschönen Augen waren voller düsterer, großer Trauer und geduldiger Hinnahme ihres Schicksals, doch den Arm ihres Mannes umklammerte sie stolz und fest. Kilmer hob ihre zarte Hand an seine Lippen und küßte sie leicht. »*Sayonara,* Eko.«

»*Sayonara,* Harry.«

Kilmer trat einen weiteren Schritt nach rechts, blieb vor Ken stehen und starrte in seine eindringlichen, dunklen Augen. Sie schüttelten sich mit beiden Händen fest die Hand, ihre verbundenen Hände stießen gegeneinander. Beide Männer zuckten leicht zusammen und nickten dann kurz.

»*Sayonara,* Harry.«

»*Sayonara,* Ken.«

Während sie sich noch unzählige Male ein *sayonara* zunickten, betrat Kilmer die Kabine der Sicherheitskontrolle. Nachdem er auch den Zoll passiert hatte, blieb er zehn Minuten später vor dem Schalter der Einwanderungsbehörde stehen und reichte dem Beamten seinen Paß.

Der Beamte mittleren Alters war extrem ernst und verbissen. Ehe er das Visum überprüfte, warf er einen kurzen, selbstgefälligen Blick auf Kilmer, war sich sicher, daß Kilmer auch nur ein Tourist war. Dann schlug er den Paß auf und sagte: »Sind Sie der amerikanische Tourist?«

»Ja«, antwortete Kilmer nickend. »Ich bin der amerikanische Tourist.«

Der Beamte mit der gestrengen Miene überprüfte das Paßbild und blätterte dann auf die Seite mit dem eingestempelten Visum zurück. »Hatten Sie einen angenehmen Aufenthalt in Japan?«

Kilmer sagte nichts.

»Alles in Ordnung«, sagte der Beamte dann langsam, reichte den Paß zurück und gab Kilmer mit einem Nicken zu verstehen, daß er weitergehen sollte.

»*Domo*«, sagte Kilmer, nickte und steckte den Paß in die Innentasche seines Jacketts zurück.

Der Beamte blickte auf Kilmers Revers, entdeckte dann

plötzlich den bandagierten Fingerstumpf und riß seine Augen weit auf. Unfähig, seine Neugier im Zaum zu halten, platzte er heraus: »Sind Sie der *yakuza?*«

Kilmer antwortete nichts, drehte sich einfach um und ging durch die Glastüren in die strahlende Sonne hinaus. Ohne zu hinken, ging er mit festen, großen Schritten über die Landebahn auf den wartenden JAL-Jumbo Jet zu. Das riesige weiße Flugzeug glänzte wunderschön im Licht der Sonne. Er stieg die Gangway hinauf. Seine Beine bewegten sich schnell über die Stufen. Auf dem Absatz am oberen Ende der Gangway blieb er stehen. Er drehte sich um und starrte direkt in die Sonne: Der Flughafen war ein gewaltiger Ring aus reinem, weißem Licht. Und dann sah er sie genau in der Mitte des Ringes. Sie standen auf der Aussichtsplattform und die blendende, reine Sonne war direkt hinter ihnen. Ken hatte seinen mächtigen Arm um ihre Schultern gelegt. Eko winkte.

Kilmer begann zurückzuwinken und spürte, wie sein Arm plötzlich zu zittern begann. Seine Beine zitterten. Er holte tief Luft und verneigte sich aus der Taille heraus, dann noch tiefer, bis sein Kopf beinahe den Boden der Gangway berührte.

Und da stand er, Harry Kilmer, verbeugte sich auf dem Kopfende der Gangway, während die anderen Passagiere ihn fragend anstarrten, hielt seinen Kopf weit unterhalb seiner Knie, verbeugte sich im herrlichen Licht der Sonne, sagte ganz tief und aufrichtig Lebewohl, zollte verbeugend Tanaka Ken und Tanaka Eko seinen Tribut, wartete darauf, daß das Zittern in seinen Gliedern aufhörte. Es dauerte sehr lange.

ENDE

Zwischen ›giri‹ und ›ninjo‹
Zu Leonardo Schraders Roman ›Yakuza‹

Für Leonard Schrader war es ein langer Weg bis zu seinem ersten Roman, der in zwei Stufen entstand.

Zunächst hatte er bloß eine Story: die Idee zu einer Geschichte, in der ein cleverer, aber tapsiger Amerikaner nach Japan kommt, wo er 20 Jahre zuvor schon einmal war, und dort zwischen alle Regeln und Riten fällt. Ihren besonderen Charakter sollte diese Geschichte durch die mythische Dimension erhalten, die Schrader im ›yakuza-eiga‹, dem Genre des japanischen Gangsterfilms, vorgefunden hatte.

Er schickte die Story seinem Bruder Paul, der damals als Drehbuchautor noch unbekannt und ziemlich erfolglos war. Der entwickelte sie zu einem fertigen Drehbuch und ließ es über seinen Agenten verschiedenen *major companies* anbieten. Nach längeren Verhandlungen kaufte schließlich Warner Bros. das Buch. Bevor die Gesellschaft dann Sydney Pollack als Regisseur verpflichtete, setzte sie erst einmal einen ihrer Starautoren, den trouble shooter für unzulängliche Bücher: Robert Towne, an die Arbeit. Zusammen mit Paul Schrader schrieb er die letzte, die endgültige Fassung.

Der Film, 1974 gedreht und im März 1975 uraufgeführt, war am Ende also das Ergebnis einer vielköpfigen Zusammenarbeit: Leonard Schrader hatte die Idee. Paul Schrader verfaßte das erste Script, und Robert Towne gab dem Buch den letzten Schliff. Sydney Pollack interpretierte dann alles noch einmal in seinem Sinne (ein wenig ›zu sanft‹, ›zu geziert‹, wie Paul Schrader später meinte), und auch Robert Mitchum mischte noch mit: Er drückte Harry Kilmer (der Figur, die er darstellte), seinen eigenen Stempel auf.

Vergleicht man nun Schraders Roman mit Pollacks Film, so wird offenkundig, daß Schrader von der Arbeit aller profitiert hat. Der Roman ist deutlich dem Film nach-geschrieben. Die kleinen Veränderungen in der Handlung, die vorkommen, sind von eher marginalem Charakter.

Im Kern allerdings, auf der ideologischen Ebene, geht Schrader weit über den Film hinaus. In einem Ausmaß, wie das vielleicht auch nur in einem literarischen Werk zu erreichen ist, reflektiert er das Tun seiner Figuren vor dem Hintergrund traditioneller Verhaltensmuster. Wichtig zu wissen, ist hierbei, daß diese Traditionen nur zum Teil der historischen Wirklichkeit entspringen. Zum größeren Teil hat Schrader sie den Trivialmythen des ›yakuza-eiga‹ entnommen, dem Kino also.

Schon Pollacks Film zeigt, wie sehr der Yakuza Code die Handlung der Protagonisten bestimmt. In Schraders Roman werden darüber hinaus die Hintergründe aufgefächert. Schrader bietet eine Sicht von innen: Er zeigt die äußeren Zwänge wie die moralische Größe, die dem rituellen Verhalten entspringt; er nimmt den Mythos als gegebene Tatsache – und läßt so sein action-Abenteuer zugleich zu einem Abenteuer werden, das von unseren Auffassungen von der Welt und vom Leben allgemein handelt.

Leonard Schrader: geboren und aufgewachsen in Grand Rapids (im US-Bundesstaat Michigan). Seine Familie ist holländischer Abstammung. Von jeher ist sie streng kalvinistisch geprägt. Diese Religion schreibt ihren Gläubigen vor, sich weder Alkohol noch Nikotin, weder Tanz noch Kino zu gestatten.

Seine Schulzeit beendete er am strengen Calvin College von Michigan. Da er Schriftsteller werden wollte, ging er anschließend an die Michigan Academy of Arts and Sciences, wo er sich darin übte, Romane in Drehbücher zu verarbeiten. Später traf er dann an der University of Iowa – bei einem Autoren-Workshop – die Schriftsteller Nelson Algren, Robert Coover und Kurt Vonnegut.

Mitte der sechziger Jahre ging Schrader nach Japan. Er unterrichtete an der Universität Doshisha in Kyoto englische Sprache und englische Literatur. Japan faszinierte ihn nachhaltig. Er heiratete und wurde dort ansässig.

Heute gilt Schrader als ein exzellenter Kenner der japanischen Geschichte und Kultur. Und als ein Experte für das japanische Kino, insbesondere für die Genres der Samuraifilme (jidai-geki) und der Gangsterfilme (yakuza-eiga).

Nach seinem ersten Erfolg mit ›Yakuza‹ schrieb Leonard Schrader weitere Drehbücher. Mit seinem Bruder Paul zusammen verfaßte er das Buch zu ›Blue Collar‹ (mit dem Paul 1978 als Regisseur debütierte), zu ›Old Boyfrieds‹ (1979; Regie: Joan Tewkesbury) und zu ›Mishisma‹ (1985; Regie: Paul Schrader). Für den japanischen Regisseur Kazuhiko Hasegawa schrieb er ›The Man who Stole the Sun‹ (1983). Und er feierte einen großen Erfolg mit seinem Buch ›Kiss of the Spider Woman‹ (1985; Regie: Hector Babenco). Der Film wurde 1986 mit dem ›Oscar‹ für den besten ausländischen Film ausgezeichnet.

›Yakuza‹ bedeutet eigentlich ganz wörtlich übersetzt: Spieler, Taugenichts. Heute ist der Begriff auch ein Synonym für: Gangster, Bandit.

Keiko Yamane erläutert: »Yakuza, eine Art japanischer Mafioso, nennt man einen Menschentyp, der seinen Unterhalt zumeist aus gesetzwidrigen Quellen, vor allem dem verbotenen Glücksspiel, bestreitet und als Außenseiter der Gesellschaft in eine hierarchisch gegliederte, feudalistische Gesinnungsgemeinschaft eingebunden ist. Seit dem späten Mittelalter gab es diese soziologisch interessante Gruppe der ›fahrenden Spieler‹ in Japan. Ursprünglich genossen sie als arbeitsscheue Außenseiter und Halbkriminelle einen schlechten Ruf, doch nach der Restauration begann man sie aus nationalistischen Erwägungen heraus zu idealisieren.«

Schraders Sicht der Yakuza ist, wie bereits erwähnt, vom Mythos der Kinolegenden durchdrungen. Der historischen Überlieferung hat er lediglich die Aura des ›outlaws‹, des Außenseiters, des Gesetzlosen entnommen. Der Verhaltenscode der Yakuza, wie er ihn in seinem Roman beschreibt, ist dagegen pure Kinoerfindung, Essenz eines Filmgenres, das seine Höhepunkte zwischen 1964 und 1978 hatte.

Sein Bruder Paul beschreibt in einem Essay, den er im Januar 1974 in der amerikanischen Filmzeitschrift ›*Film Comment*‹ publizierte, die Entwicklung dieses Genres: den Übergang von den historischen Samurai- zu den modernen Yakuza-Filmen. Der klassische Samurai-Film mußte notgedrungen historisch sein, da 1868 landesweit in Japan verboten wurde, das Langschwert zu tragen. Der Kampf mit dem Schwert, das Zentrum jeder Samuraigeschichte, konnte also nach 1868 kein ehrenwerter Ritus mehr sein. Paul Schrader erklärt, daß in der Zeit nach 1868, den Gesetzen entsprechend, jeder Schwertträger zum Gesetzlosen wurde. Und »no filmmaker wished to assign the simon-pure samurai code of *giri-ninjo* (›duty-humanity‹) to an outlaw; and without *giri-ninjo*, there could be no protagonist.«

Der Wunsch, die Faszination der Samurai-Filme auf moderne, auf die heutige Zeit zu übertragen, setzte den Bruch mit den strengen Regeln der Samurai-Filme voraus. Die Einheit von *giri-ninjo*, die Einheit von Pflichttreue und Menschlichkeit, mußte aufgegeben werden. Nur so konnten anschließend auch Gangster und Banditen als Helden akzeptabel sein. Paul Schrader dazu: »The samurai film, of course, had only one theme, *giri-ninjo*; the Siamese-twin themes of duty and humanity were so interlocked as to be indistinguishable from each other. For the samurai, duty was humanity, and vice versa. But this single theme proved to be financially limiting in a contemporary setting. The high-flown code of *giri-ninjo* could not be applied to a modern gangster, who, by the very fact that he carried a long sword, was an outlaw and therefore violated the duty expected of him as a member of the state. Ergo: there could be no *yakuza* heroes . . . So *giri-ninjo* became *giri* and *ninjo*; duty-humanity became duty or humanity, thus side-stepping the samurai/yakuza dichotomy. It was now possible for a gangster to have duty without humanity, humanity without duty, or any combination thereof. Under certain circumstandes, the yakuza could be both honorable and criminal.«

Ein anderer Gegensatz von Samurai- und Yakuza-Film, nach Paul Schrader: »The ancient samurai would kill himself before killing his evil master; the contemporary yakuza, however, because *ninjo* has been split off from *giri*, is free to forsake duty and kill his master . . . the samurai forsakes duty and dies, the yakuza forsakes duty and lives.«

Leonard Schrader bietet in seinem Roman eine Innensicht der Yakuza-Mythen. Er zeigt die äußeren Zwänge wie die moralische Größe des Verhaltens, das dem (fiktiven) Code der japanischen Gangster folgt. Zugleich variiert er den Mythos: Zum einen, indem er mit Tanaka Ken einen Helden einführt, der kein Yakuza mehr ist, weil er sich im Herzen dem Samurai Code verpflichtet fühlt. Und zum anderen, indem er den Amerikaner Harry Kilmer wie einen Reiseführer einsetzt, der uns Leser – behutsam, fast nachsichtig – in die geheime Welt hinter der eigentlichen, materiellen Welt einführt.

Der ungeschriebene Samurai-Kodex wird bei Schrader zum Fakt und zur Utopie zugleich. Es ist für ihn keine Frage, daß er existiert. Nur gibt es auch in seinem Japan kaum noch jemanden, der sich ihm voll und ganz unterwirft. Letztlich ist es allein Tanaka Ken, der uneingeschrängt dem Kodex folgt. Da er allerdings nicht an einen Clan gebunden ist, er also keinem oyabun gehorchen muß, kann er noch einmal die alte Einheit von Pflicht und Menschlichkeit verkörpern. Für ihn gilt, was ein Sänger über die alten Yakuza einmal singt: »Yakuza pay their debt. / Yakuza do their duty. / A man without dept, / A man without duty, / Is not a man.«

Schrader läßt keinen Zweifel daran, daß Tanaka Ken einst in den Yakuza die Nachfahren der Samurai sah: Menschen, die, an ein Clan-Oberhaupt gebunden, in Ehre ihre Pflicht erfüllten. Als die Yakuza sich veränderten, zog er die Konsequenzen. »Tanaka Ken«, sagt sein Bruder, »is a man of great honor, unlike the new Japanese, unlike myself. Sometimes I believe that when Ken dies, Japanese tradition will die with him.«

Als Tanaka Ken sieht, was die Yukaza bei einem Überfall im Haus seiner Schwester angerichtet haben, stellt er einfach fest: »Modern Yakuza were a pack of wild dogs. Fighthing, killing, dying – like dogs.« Bei seinem Kampf gegen die Yakuza am Ende des Romans weicht er selbst aber keinen Schritt ab vom ungeschrieben-vorgeschriebenen Kampfritus, vom traditionellen ›Way of the Sword‹. Nachdem er dann alle besiegt hat, steht er vor dem letzten Gegner, auch der ein Yakuza alten Schlags. Der weiß, daß sein oyabun tot ist, und er weiß, daß er gegen Tanaka Ken verlieren wird, aber er weiß auch, daß er kämpfen muß. Zuvor aber ehrt er Tanaka Ken: »It is an honor to fight a man who still lives by the Yakuza Code.«

Was Schraders Roman auch so fesselnd und so berührend macht, ist die Art und Weise, wie der Amerikaner Harry Kilmer charakterisiert ist. Er kommt nach Japan, um einem alten Freund zu helfen. Dafür klagt er bei Tanaka Ken eine alte Schuld ein – ohne zu wissen, daß er selbst tief in dessen Schuld steht. Er hatte sich einst vergangen, wo er geholfen zu haben glaubte. Der Amerikaner löst den Konflikt, indem er sich den einheimischen Bräuchen und Riten unterwirft.

Vielleicht werden viele es sentimental und lächerlich finden, wenn Kilmer am Ende seine Heimreise abbricht, Tanaka Ken noch einmal aufsucht und sich dem Yakuza Ritual unterzieht. Ich finde es sehr berührend.

Und schön ist, wie er einen Amerikaner einmal den Unterschied zwischen einem Amerikaner und einem Japaner erklären läßt: »An American slashes *out*; a Japanese slashes *in* . . . An American saw cuts on the push stroke – outward; a Japanese saw cuts on the pull stroke – inward. When an American cracks up, he opens the window and shoots out; when a Japanese cracks, he closes the window and cuts in – hara-kiri . . . The American euphimism for orgasm is *come*: I'm coming. The Japanes is *go*: I'm going. Same fact, opposite attitude.«

Norbert Grob

Norbert Grob ist Filmkritiker und Mitarbeiter der ›Zeit‹ und lebt in Berlin

Schwarze SERIE

In dieser Reihe erscheinen die Klassiker und besten jungen Autoren des modernen harten Kriminalromans. Die Reihe bietet einen Querschnitt durch die Spitzenleistungen des Krimis.

Band 19 102

Loren D. Estleman

Das Sterben in Detroit

Deutsche Erstveröffentlichung

Amos Walkers Freund Barry Stackpole ist verschwunden. Stackpole, Detroits scharfsinnigster Kriminalreporter, war scheinbar einer großen Sache auf der Spur. Und seine Kolumnen beunruhigten besonders die korrupte Stadtverwaltung der Autostadt. Walker nimmt die Spur auf und gerät in einen Sumpf aus Gewalt, Korruption – und Mord!

Loren D. Estlemans neuester Roman der Amos-Walker-Serie, die in den USA als eine der drei besten Privatdetektiv-Serien der 80er Jahrer gilt.